7년후
7ans après···

7년후
7ans après...

기욤 뮈소 장편소설

임호경 옮김

밝은세상

7년 후

초판 1쇄 발행일 2012년 11월 27일 | **초판 13쇄 발행일** 2022년 3월 15일
지은이 기욤 뮈소 | **옮긴이** 임호경 | **펴낸이** 김석원
펴낸곳 도서출판 밝은세상 | **출판등록** 1990. 10. 5 (제 10 – 427호)
주 소 (10881) 경기도 파주시 문발로 119, 202호
전 화 031–955–8101 | **팩 스** 031–955–8110 | **메일** wsesang@hanmail.net
블로그 blog.naver.com/balgunsesang8101 | **인스타그램** www.instagram.com/wsesang

ISBN 978-89-8437-120-0 03860 | **값** 13,500원
잘못된 책은 구입한 곳에서 교환해 드립니다.

7ans après…

CONTENTS

제 1 부
브루클린의 옥상에서

정처 없이 드라이브하고 싶다면 혼자여야 한다.
둘이 있으면 항상 어떤 곳으로 가게 된다.

－알프레드 히치콕, 〈현기증〉

1

깃털이불 속에 몸을 웅크린 카미유는 창문턱에 내려앉은 티티새를 지켜보았다. 가을바람이 불자 창유리가 부르르 떨렸고, 맑은 햇살이 나뭇잎 사이로 새어 들어와 커다란 격자유리창을 황금빛 얼룩으로 물들였다. 밤새 비가 내렸지만 지금은 하늘이 파란색으로 빛나며 청명한 시월의 하루를 예고하고 있었다.

침대 발치에 엎드린 크림색 골든리트리버가 코끝을 쫑긋 치켜 올리며 고개를 쳐들었다.

"버크, 이리 와!"

카미유는 베개를 탁탁 치며 개를 불렀다.

녀석은 두 번 부르는 수고를 할 필요도 없이 주인의 아침 애무를 받으려고 침대 위로 훌쩍 뛰어올랐다. 카미유는 녀석의 둥그런 머리통이며 늘어진 귀를 쓰다듬으며 한껏 게으름을 피우다가 더는 안 되겠다는 듯 벌떡 몸을 일으켰다.

자, 이제 그만 일어나야 해!

이불 속을 빠져나온 카미유는 재빨리 운동복을 걸쳐 입고, 농구화를 신고, 금발머리를 쪽 지어 틀어 올렸다.

"버크, 어서 서둘러! 너도 살을 빼려면 달려야 한단 말이야!"

카미유는 현관으로 통하는 층계를 날쌔게 뛰어 내려가며 소리쳤다.

널찍한 아트리움(유리천장으로 덮인 중앙홀 : 옮긴이)을 중심으로 조화롭게 배열된 실내는 자연스런 빛 속에 잠겨있었다. 갈색 석재로 지은 이 우아한 타운하우스는 래러비 가문이 삼 대째 살아온 저택이었다.

실용적이고도 심플하게 설계된 3층집으로 각각의 방들은 시원스럽게 트여있고, 벽에는 마르크 샤갈, 타마라 드 렘피카, 조르주 브라크를 비롯한 1920년대 화가들의 유명 작품들이 걸려 있었다. 고가의 그림들과 미니멀리즘적인 분위기만 보자면 어퍼이스트사이드보다는 소호나 트라이베카에 어울리는 저택이었다.

"아빠? 아빠, 어디 있어?"

주방으로 들어선 카미유는 유리컵에 냉수를 따라 마시며 주변을 둘러보았다. 세바스찬 래러비는 이미 아침식사를 끝내고 어디로 간 듯했다. 식탁 위에 반쯤 마시다 만 커피 잔과 먹다 남은 베이글 조각이 담긴 접시가 놓여 있었다. 세바스찬이 아침식사를 할 때마다 뒤적이는 《월스트리트저널》과 현악기전문잡지인 《더스트라드》도 접시 옆에 놓여 있었다.

카미유의 쫑긋 세운 귀에 위층에서 샤워하는 소리가 들려왔다. 세바스찬이 샤워를 하는 모양이었다.

"버크, 안 돼!"

카미유는 먹다 남은 닭고기 조각을 입에 물려는 버크를 손으로 살짝 때리며 냉장고 문을 쾅 닫았다.

"나중에 먹어, 이 먹보야!"

귀에다 헤드셋을 끼고 집을 나선 카미유는 거리를 따라 달리기 시작했다. 래러비 가의 저택은 매디슨애비뉴와 파크애비뉴 사이 가로수들이 늘어선 74번가 곁길에 위치해있었다.

이른 시간이었지만 거리는 벌써부터 활기가 넘쳤다. 택시와 리무진들이 아름다운 저택들과 웅장한 아파트건물 앞길을 줄지어 지나갔다.

5번가까지 달린 카미유는 센트럴파크를 따라 메트로폴리탄, 구겐하임미술관, 노이어 갤러리 등 뉴욕의 유명미술관들이 연이어 나타나는 '백만장자들의 거리'를 따라 달렸다.

"버크, 좀 더 힘껏 뛰어!"

카미유는 속도를 높여 조깅 트랙으로 달려들면서 외쳤다.

카미유가 집에서 나간 걸 확인한 세바스찬은 매주 벌이는 은밀한 점검을 위해 딸의 방으로 들어갔다. 카미유가 청소년기를 맞으면서부터 줄곧 해온 점검이었다.

세바스찬의 표정은 그리 밝지 않았다. 카미유가 몇 주 전부터 이전보다 눈에 띄게 비밀스러워졌을 뿐만 아니라 공부나 바이올린 연습을 게을리한다는 느낌을 받았기 때문이다.

세바스찬은 딸의 방을 둘러보았다. 아늑한 파스텔 색조로 꾸민 방이었다. 창에 드리운 흰 커튼이 아침햇살을 받아 반짝거렸다. 침대 위에는 컬러풀한 베개와 공처럼 뭉쳐진 깃털이불이 깔려 있었다.

세바스찬은 이불을 옆으로 밀치고 매트리스에 걸터앉았다. 침대 머리맡 탁자 위에 놓여 있는 카미유의 스마트폰을 집어 든 그는 은밀하게 보아둔 비밀번호를 능숙하게 입력했다. 곧 스마트폰의 잠금장치가 해제되었다. 그는 카미유의 스마트폰을 은밀히 염탐할 때마다 뭔가 끔찍한 흔적을 발견하게 될까 봐 내심 두려웠다.

다행히 이상한 건 없었다. 최근 통화내역에 나와 있는 전화번호들도 모두 익숙한 번호들이었다. 세인트존스고교 친구들, 바이올린선생님, 테니스파트너…… 해당번호의 주인들은 모두 여자들이고, 남자는 한 사람도 없었다. 은밀한 침입자나 위협의 그림자도 없었다.

세바스찬은 저절로 안도의 한숨이 터져 나왔다.

다음에는 최근에 저장한 사진파일을 열어보았다. 카미유의 초등학교 동창이자 시장 딸인 매켄지의 생일파티 때 찍은 사진들이 보였다. 역시 우려할 만한 포즈로 찍은 사진은 없었다.

세바스찬은 사진에 등장하는 병들을 줌 기능으로 확대해 살펴보았다. 알코올이 들어 있는 음료는 없었고, 코카콜라와 몇 가지 과일주스가 전부였다.

이메일과 문자메시지, 인터넷과 메신저 접속기록도 조회했다. 카미유가 접촉한 사람들은 그도 익히 아는 사람들이었고, 대화내용에도 특이한 점은 없었다.

이제 불안감이 좀 더 가라앉았다.

세바스찬은 스마트폰을 내려놓고, 책상 위에 놓아둔 물건들과 메모를 점검했다. 노트북도 놓여있었지만 별로 관심이 없었다. 여섯 달 전, 노트북에 키로거프로그램을 깔아놓았기 때문이었다. 카미유가 방문한 사이트들의 전체 내역과 주고받은 메일, 채팅 내용을 고스란히 볼 수 있게 해주는 스파이웨어였다. 물론 카미유는 그 사실을 전혀 몰랐다. 누군가 그 사실을 알게 되면 과보호 차원을 넘어 딸의 사생활을 지나치게 간섭하는 아빠라는 비난이 쏟아질지도 모르는 일이었다.

세바스찬에게 타인의 시선은 그리 중요하지 않았다. 아빠라면 응당 딸이 겪을 수도 있는 잠재적 위험을 예측해 미연에 방지할 필요가 있어야 한다고 생각했다. 목적으로 수단을 정당화하는 그 나름의 계산법이었다.

세바스찬은 혹시 카미유가 돌아오지는 않았는지 창밖을 두루 살핀 다음 다시 조사를 계속했다. 옷장 문들을 열어보며 포개놓은 옷들을 하나씩 들춰보았다. 카미유 또래의 여자아이가 입기에는 너무 야한 뷔스티에 드레스(어깨끈이 없어 어깨가 온통 드러나는 형태의 드레스 : 옮긴이)가 걸쳐진 나무마네킹 앞에서는 자못 못마땅한 얼굴로 눈살을 찌푸렸다.

신발장 미닫이문을 열자 처음 보는 구두가 눈에 띄었다. 반짝반짝 윤이 나는 스튜어트 와이츠먼 가죽 하이힐이었다. 카미유의 속마음이 훤히 보이는 듯했다. 그는 하이힐을 불안한 눈길로 내려다보았다.

다시 옷장을 살피던 그의 눈에 유명 란제리점 로고가 찍힌 쇼핑백이 들어왔다. 쇼핑백을 열어본 그는 깜짝 놀라 눈이 휘둥그레졌다. 쇼핑백에는 어깨끈이 없는 브래지어와 레이스 달린 팬티로 구성된 새틴 란제리 세트가 들어있었다.

"이건 도저히 그냥 넘길 수 없어!"

화가 머리끝까지 치민 세바스찬은 쇼핑백을 옷장 구석으로 집어 던지며 일갈했다. 당장 카미유에게 달려가 호되게 야단을 치려던 그의 머릿속에 욕실에 놓아둔 카미유의 세면도구 백이 떠올랐다. 욕실 문을 열고 들어선 그는 카미유의 세면도구를 담은 백을 샅샅이 뒤졌다.

'이게 뭐지?'

알약 포장 팩 하나가 세바스찬의 눈을 휘둥그레지게 했다. 각각의 캡슐에는 약을 복용할 순서에 따라 일련번호가 매겨져 있었다. 알약 두 줄 중 한 줄은 이미 내용물이 뜯겨져나간 상태였다.

'카미유가 피임약을 복용하고 있다니!'

2

"버크, 이제 돌아가자!"

조깅 트랙을 두 바퀴 돌고 나자 골든리트리버가 혓바닥을 길게 늘 어뜨렸다. 녀석은 철책 너머 거대한 물웅덩이로 달려가 당장 목을 축 이고 싶어 미칠 지경인 듯했다.

카미유는 스프린트로 조깅을 마무리했다. 몸매를 유지하기 위해 매 주 세 번씩 꼬박 달렸다. 센트럴파크 한복판의 저수지를 한 바퀴 도는 코스로 거리는 2.5킬로미터였다.

카미유는 두 손을 허리춤에 올리고 한동안 가쁜 숨을 가다듬었다. 비로소 호흡이 진정되자 카미유는 자전거, 롤러스케이트, 유모차의 행렬을 요리조리 빠져 나가며 매디슨애비뉴 쪽으로 달려갔다.

"아빠, 집에 있어?"

현관문을 들어선 카미유는 대답도 기다리지 않고, 계단을 세 칸씩 뛰어올라 침실로 향했다.

"젠장! 잘못하면 지각하겠어!"

카미유는 샤워 물줄기 아래로 들어서며 투덜거렸다. 카미유는 몸을 씻고, 말리고, 향수까지 뿌린 다음 학교에 입고 갈 옷을 고르기 위해 옷장 앞에 섰다. 카미유에게 이 순간은 하루 중 가장 중요한 시간이었다.

세인트존스고교는 여학생들만 받는 가톨릭계 학교였다. 유복한 집안 아이들이 주로 다니는 학교로 규칙이 엄격하고, 의무적으로 교복만 착용하게 되어 있었다. 주름치마, 휘장이 붙은 블레이저재킷, 흰 블라우스 그리고 헤어밴드를 착용하는 게 학교에서 마련한 규칙이었다. 그나마 액세서리 몇 개 정도는 착용이 허용되었다.

카미유는 목에 라발리에르 넥타이(풍성한 나비모양 매듭을 매고, 띠의 양 끝을 자연스럽게 늘어뜨린 넥타이 : 옮긴이)를 매고 나서 산딸기색 루주를 손가락 끝에 살짝 찍어 입술에 발랐다. 그 다음, 재킷을 걸치고, 생일 선물로 받은 분홍색 잇백 가방을 집어 들었다.

"아빠, 좋은 아침!"

카미유는 주방의 커다란 식탁에 앉으며 쾌활하게 인사했다. 세바스찬은 평소와 달리 아무런 반응이 없었다. 이탈리아식 정장 차림의 세바스찬은 품위 있고 세련된 자세로 가만히 앉아 있었다. 세바스찬이 입고 있는 어깨가 낮고 허리선이 착 달라붙는 재킷은 카미유가 추천해준 옷이었다.

세바스찬은 근심 가득한 얼굴로 시선을 허공에 못 박은 채 꼼짝도 하지 않고 앉아 있었다.

"아빠, 무슨 일 있어?"

카미유가 걱정스럽게 물었지만 세바스찬은 묵묵부답으로 일관했다.

"아빠, 내가 커피를 한 잔 더 만들어줄까?"

"아니, 됐어."

"됐으면 말고."

카미유는 가벼운 말로 어색한 대화를 마무리 지었다.

고소한 토스트 냄새가 주방을 떠돌았다. 카미유가 오렌지주스를 잔에 따르고, 냅킨을 펼치는 순간 피임약 팩이 툭 떨어졌다.

"이…… 이게 뭐야?"

카미유는 떨리는 목소리로 말하고는 의심 어린 눈초리로 세바스찬을 쳐다보았다.

"그게 뭔지는 내가 먼저 묻고 싶구나."

"세상에! 아빠, 내 소지품을 뒤졌어?"

카미유가 발끈하며 물었다.

"대화주제를 다른 데로 돌리지 마. 네 세면도구를 담아두는 백 속에 왜 피임약이 들어있는지 그것부터 설명해봐."

"아무리 아빠라도 내 사생활이니까 말하지 않을래."

"열다섯 살짜리 여학생에게는 사생활이 없어."

"아무리 아빠라도 내 사생활까지 엿볼 권리는 없어."

세바스찬이 카미유 쪽으로 다가서며 소리쳤다.

"난 네 아빠이고, 아직은 너에 대해 모든 걸 알 권리가 있어."

"아빠, 이제 날 그만 내버려두면 안 돼? 숨이 턱턱 막힐 지경이야. 내 교우관계, 외출, 이메일, 내가 보는 영화, 내가 읽는 책들까지 전부 아빠에게 허락을 받아야 해?"

"잘 들어, 카미유. 난 지난 칠 년 동안 널 혼자서 키워왔고……."

"그건 아빠가 원한 일이었잖아. 내가 엄마와 이혼하라고 시켰어?"

세바스찬이 더는 참지 못하고 주먹으로 식탁을 쾅 내리쳤다.

"카미유, 솔직히 이야기해봐. 너, 어디까지 간 거야? 남자아이와 동침한 거니?"

"아빠와는 상관없는 일이야. 허락을 받아야 하는 일도 아니고. 내 인생이고, 난 더 이상 어린애가 아니니까."

"넌 남자와 잠을 자기에는 아직 너무 어려. 몹쓸 행동이고, 그런 일들이 훗날 너를 극복할 수 없을 만큼 힘들게 할 수도 있어. 게다가 차이코프스키 콩쿠르가 눈앞에 닥쳤는데 다 망쳐버릴 생각이니?"

"이제 콩쿠르라면 정말이지 지긋지긋해. 난 이번 콩쿠르에 참가하지 않을 거야."

"넌 하루에 열 시간씩 콩쿠르 연습에 매달려도 모자랄 판이야. 정숙하지 못한 여자아이들이나 걸치고 다니는 란제리에 부룬디 공화국의 일 년 GNP에 버금가는 하이힐을 사들이다니, 정말 말도 안 돼!"

"말이 안 되니까 이제 그만 좀 내버려둬."

카미유가 지지 않고 소리쳤다.

"카미유, 바람난 여자 같은 옷차림은 절대로 허용할 수 없어. 지금 네 모습이 어떤지 알아? 꼭…… 꼭 네 엄마를 닮았어."

세바스찬은 끝내 냉정을 잃고 소리쳤다.

카미유가 경악한 표정을 지으며 말했다.

"아빠야말로 미치광이 같은 짓은 당장 그만둬."

순간적으로 이성을 잃은 세바스찬이 카미유의 뺨을 때렸다.

카미유의 몸이 스툴과 함께 바닥으로 나뒹굴었다.

창백한 얼굴로 몸을 일으킨 카미유는 한동안 충격에서 헤어나지 못한 표정으로 멍하니 서 있었다. 겨우 정신을 차린 카미유는 가방을 집어 들고 출입문을 향해 달려갔다. 당황한 세바스찬이 급히 붙잡으려 했지만 카미유는 그를 밀쳐버리고 집밖으로 뛰어나갔다.

3

렉싱턴 애비뉴를 지난 쿠페는 73번가로 접어들었다. 세바스찬은 햇살을 가리기 위해 선바이저를 내렸다. 말 그대로 청명한 가을 날씨였다. 아직 그는 카미유와 한바탕 다툼을 벌인 충격에서 헤어나지 못하고 있었다.

카미유에게 처음으로 손찌검을 했다. 딸이 얼마나 큰 충격을 받았을지 짐작 되고도 남았다. 그 자신도 몹시 큰 충격을 받았다.

카미유가 남자와 자다니? 너무 빨라!

기가 막힐 노릇이었다.

카미유를 위해 한 가지씩 차근차근 계획하고 추진해온 일들이 송두리째 흔들리고 있었다.

세바스찬은 마음을 가라앉히기 위해 숨을 깊이 들이마셨다. 오전에 바람이 세게 분 탓에 어퍼이스트사이드의 보도는 온통 낙엽으로 뒤덮여있었다.

어퍼이스트사이드는 부유층들이 모여 사는 동네였다. 번잡스럽거나 소란스럽지 않은 동네, 혼탁한 세상으로부터 멀리 떨어진 섬 같은 동네.

5번가로 접어든 세바스찬은 센트럴파크를 따라 남쪽을 향해 운전해가며 고민을 거듭했다. 간섭이 지나쳤던 건 부인할 수 없었다. 그렇지만 그에게는 아빠로서 딸을 안전하게 보호해야 할 책임과 의무가 있었다. 그는 카미유에게 자율성을 어느 정도 선까지 보장해주는 게 옳은지 알 수 없었다.

이번 일에 대해서는 먼저 잘못을 시인하고 카미유의 태도변화를 이끌어내는 게 바람직할 듯했다. 아이 엄마와 이혼하고 나서 줄곧 혼자서 카미유를 키워왔다. 카미유가 올바르게 자라는데 필요하다면 어느 것 한 가지 부족함이 없도록 신경을 기울였다. 숙제검사, 승마수업, 바이올린수업까지 꼼꼼하게 챙겼다.

물론 아무리 애써도 혼자로는 부족한 점이 많았지만 힘닿는 데까지 최선을 다해왔다. 타락해가는 세상 분위기에 휩쓸릴 경우 모든 노력이 하루아침에 물거품이 될 수도 있었다. 무엇보다 카미유에게 올바른 가치관을 심어주는 게 급선무였다.

세바스찬은 딸의 교우관계도 유심히 살폈고, 이성적으로 판단하고 행동할 수 있도록 좋은 책을 많이 읽게 했다. 경멸스럽거나 파렴치하거나 어리석은 짓을 저지르지 않도록 예절 교육에도 각별히 관심을 기울였다.

그 결과, 지금껏 아무런 문제도 발생하지 않았다. 카미유는 그에게 모든 문제를 털어놓고 상의했고, 고민에 걸맞은 충고를 해주면 기꺼이 따랐다. 학교 성적도 최상위 클래스였고, 바이올린 연주 실력도 콩쿠르에 나가 번번이 입상할 만큼 뛰어났다. 카미유는 총명하고 지혜롭고 부지런한 딸이었고, 아빠로서 자부심을 갖기에 충분했다.

몇 달 전부터 부녀 사이에 말다툼이 부쩍 잦아졌다. 어른이 되어가는 길목으로 접어들면서 카미유는 이전과 많이 달라졌다. 그 혼자 카미유의 항해가 순탄하도록 돕기에는 여러모로 힘이 부치는 상황이었다.

신호등이 파란불로 바뀌자 뒤에 택시가 야단스럽게 빵빵거렸다. 세바스찬은 긴 한숨을 내쉬었다. 사람들은 점점 더 참을성을 잃어가고 있었다. 세상은 벼랑 끝에서 춤을 추고, 젊은 사람들은 희망을 잃어가고, 위험은 도처에 산재해 있었다. 시대의 변화상을 받아들이고, 현실을 직시하고, 정의의 가치를 포기해서는 안 되는데 사람들은 아무것도 믿으려 하지 않았다. 경제위기, 환경위기, 사회위기가 연쇄적으로 밀려들었다. 새 시대에 걸맞은 비전과 시스템이 필요한데 정치인, 교사, 부모 등 변화를 모색해야 할 주체들은 하나같이 눈앞의 사소한 이익에만 눈이 멀어 개점휴업 상태에 놓여 있었다.

카미유도 요즘 부쩍 불안감을 가중시켰다. 세바스찬은 지금껏 어퍼이스트사이드를 벗어나본 적 없이 살아왔다. 맨해튼 밖으로 나가는 일이 드물었다. 악기와 씨름하며 공방에서 지내는 시간이 갈수록 길어졌다. 그는 맘에 드는 음색과 음질을 얻을 때까지 악기를 깎고 다듬는 일을 멈추지 않았다. 그러는 사이에 자신도 모르게 현악기제조와 수리 분야에서 최고의 장인이 되었다.

세바스찬이 대표로 있는 현악기제조공방은 유럽의 다른 나라와 아시아에도 대리점을 두고 있었지만 정작 그는 한 번도 방문해본 적이 없었다. 그가 늘 만나는 사람은 몇몇 지인에 한정되었다. 주로 클래식

음악계에 몸담고 있는 사람이나 지난 수십 년간 어퍼이스트사이드에서 살아온 이웃들이 전부였다.

세바스찬은 손목시계를 흘긋 들여다보고 나서 액셀을 밟았다. 그랜드아미플라자 광장 앞에서 구 사보이호텔을 지난 그는 혼잡하게 늘어선 자동차들과 관광마차들 사이를 요리조리 빠져 카네기홀에 다다랐다. 전설적인 공연홀 맞은편 주차장에 차를 세운 그는 공방으로 올라가기 위해 엘리베이터를 탔다.

〈래러비&선〉 사는 세바스찬의 조부 앤드류 래러비가 1920년대 말에 창립한 회사였다. 초창기만 해도 보잘것없는 구멍가게에 불과했지만 차츰 성과가 쌓이며 국제적인 명성을 얻게 되었다. 요즘은 현악기 제조와 고악기 수리 분야에서 가장 뛰어난 기술을 보유한 회사라는 평을 듣고 있었다.

공방에 들어서자마자 긴장이 풀렸다. 아무리 골치 아픈 일이 있어도 공방에만 들어서면 왠지 마음이 편안했다. 단풍나무, 버드나무, 가문비나무의 은은한 향이 각종 용해제 냄새와 뒤섞여 떠돌았다.

18세기, 크레모나의 장인들은 현악기제조기술을 완벽의 경지까지 끌어올렸다고 자부했다. 그때 이후 현악기제조기술은 그리 괄목할 만한 발전을 이루지 못했다.

세바스찬은 아직도 18세기 분위기를 물씬 풍기는 공방에 있다 보면 마음이 든든했다. 늘어선 작업대에서 장인과 도제들이 다양한 악기들을 앞에 두고 일에 열중해 있었다.

세바스찬은 알토의 줄감개를 조정하고 있는 공방장 조세프에게 다가가 인사를 건넸다.

"〈파라지오〉 사 사람들이 베르건지 건 때문에 전화했어. 경매가 예정보다 이틀이나 앞당겨졌대."

조세프가 가죽앞치마에 달라붙은 나무부스러기를 털어내며 불만스럽게 말했다.

"일정이 촉박해. 기한 내에 일을 마치려면 여간 빡빡한 게 아냐."

세바스찬이 눈살을 찌푸리며 대꾸했다.

"오늘 중으로 진품확인감정서를 받고 싶대. 가능하겠어?"

세바스찬은 공방의 대표였지만 악기를 만들고 수리하고 고악기의 진품 여부를 감정하는 일을 손수 도맡아 했다.

조세프가 체념 어린 표정으로 입을 삐죽 내밀었다. 사실 베르건지 건은 더없이 중요했다. 일정이 촉박하다는 이유로 포기할 수는 없었다.

"몇 가지 기능만 더 체크하면 감정보고서를 작성할 수 있을 거야. 지금부터 일에 착수하면 오늘 저녁 전까지 끝낼 수 있겠지."

"알았어, 〈파라지오〉 사 측에도 그렇게 전할게."

세바스찬은 진홍색 벨벳으로 벽을 바른 커다란 응접실로 들어갔다. 천장에 매달린 50여 대의 바이올린과 알토가 독특한 분위기를 자아내는 방이었다. 음향시설을 완벽하게 구비한 방으로 악기를 구매하거나 수리하기 위해 세계각지에서 모여든 연주자들을 영접하는 장소로도 쓰이는 곳이었다.

세바스찬은 작업테이블에 앉아 실테안경을 콧등에 걸쳤다. 오늘 진품감정을 해야 할 악기는 스트라디바리우스의 여러 제자들 중에서도 가장 재능이 뛰어났던 장인으로 알려진 카를로 베르건지의 작품이었다. 제조년도가 1720년으로 되어 있는 걸 감안하면 보관상태가 놀라울 정도로 좋았다. 〈파라지오〉 사는 가을 경매에 베르건지가 만든 악기를 출품할 예정이었다. 경매 낙찰금으로 최소 100만 달러 이상이 예상될 만큼 소장가치를 인정받는 악기였다.

진품감정은 자그마한 실수도 용납되지 않았다. 세바스찬은 와인전문가나 향수전문가처럼 크레모나, 베네치아, 밀라노, 파리 등에 있는 현악기제조사들의 특징을 완벽하게 꿰고 있었다. 그는 악기에 대한 풍부한 식견과 경험을 갖추고 있었지만 아직도 진품 여부를 정확하게 판별하는 건 그리 쉬운 작업이 아니었다.

세바스찬은 악기를 쇄골과 턱 사이에 끼우고 활을 들어 올려 바흐의 〈파르티타〉의 첫 부분 몇 소절을 연주했다. 음질은 탁월했지만 갑자기 현 하나가 툭 끊어지며 얼굴을 때렸다. 그는 표정이 돌처럼 굳어지며 악기를 내려놓았다. 팽팽한 긴장감과 왠지 모를 불안감이 느껴졌다.

아침에 있었던 일이 정신을 어지럽혔다. 카미유가 쏟아낸 말들이 하루 종일 머릿속을 맴돌았다.

'내가 지나쳤어.'

한시바삐 카미유와 대화를 해야 하는데 여건이 좋지 않았다. 세바스찬은 손목시계를 들여다보고 나서 휴대폰을 꺼냈다. 시계를 보니 아직 수업 시작 전이었다.

세바스찬은 카미유에게 전화를 걸었지만 곧바로 자동응답기로 넘어갔다.

서로의 감정을 상하게 하는 충돌은 상처만 깊게 만들 뿐이라는 게 새삼 확인되었다. 늦었지만 지금이라도 카미유의 응어리를 부드럽게 풀어줘야 했다. 누군가 옆에서 작전을 도울 사람이 필요했다.

누군가의 도움이 절실히 필요해.

서로 신뢰를 되찾으면 카미유가 당면한 문제에 대해 보다 자세히 알 수 있을 것이다. 사태의 진상을 알게 되면 문제를 해결하는 데에도 큰 도움이 될 수 있을 것이다.

누가 과연 이 일을 도울 수 있을까?

세바스찬은 많은 지인들이 있었지만 딸 문제를 드러내놓고 상의할 정도로 친한 사람은 없었다. 아버지는 지난해 작고했다. 어머니는 앞뒤가 꽉 막힌 사람이라 상담 상대로는 부적절했다.

여자 친구 나탈리아?

그녀는 지금 뉴욕시티발레단과 함께 로스앤젤레스에서 공연 중이었다.

마지막으로 남은 사람은 전처 니키. 카미유의 엄마.

4

니키?

좋은 선택이라 할 수 없었다. 니키와 절연하고 산 지 7년째였다. 니키에게 도움을 청하느니 차라리 포기하는 편이 낫겠다고 생각했다. 니키가 피임약을 복용하도록 유도했을 수도 있었다. 니키는 충분히 그럴 만한 사람이니까.

니키는 성해방론자였고, 진보적 가치의 신봉자였다. 니키의 입장대로라면 아이들을 자유롭게 내버려두고 맹목적인 신뢰를 보내는 게 최선이었다. 아이들에게 체벌을 가하거나 권위적인 태도를 보이는 건 절대 금물이었다. 잘못을 저질러도 최대한 관용을 베풀어야 하고, 자유를 최대한 만끽할 수 있게 해야 한다는 게 그녀의 지론이었다.

세바스찬은 잠시 생각에 잠겼다.

카미유가 과연 엄마와 남자친구 문제를 상의했을까?

별로 개연성이 없어 보이는 가정이었다. 첫째, 니키와 카미유는 만날 일이 거의 없었다. 둘째, 니키는 카미유의 교육문제에 관한 한 항상 뒷전으로 밀려 있었다.

니키를 떠올릴 때마다 환멸과 분노가 동시에 치밀었다. 분노의 대상은 늘 자기 자신이었다. 그들 부부는 필연적으로 갈라설 수밖에 없었다. 니키와의 결혼은 그의 생을 통틀어 최악의 실수였다. 니키와의 결혼생활은 그에게서 여자에 대한 환상과 신뢰를 앗아갔다.

니키는 출신배경과 자라온 환경도 달랐고, 교육 정도나 종교도 달랐다. 기질과 성격도 극과 극이었다. 그런 그들이 서로를 사랑한 건 정말이지 대단한 아이러니가 아닐 수 없었다.

뉴저지 출신인 니키는 브로드웨이 무대에서 연극이나 뮤지컬코미디 배역을 따내려다가 모델 일을 시작한 배우지망생이었다. 니키는 심각한 고민 없이 하루하루를 즐기며 살아가는 스타일이었다. 성격이 외향적이고 재기발랄하고 열정적이었다. 어떻게 하면 남자들에게 사랑스럽게 보일지 잘 알았다. 때로는 목적을 이루기 위해 자신의 매력을 십분 활용하기도 했다.

니키의 무절제한 생활은 끊임없이 이어졌고, 마약중독자처럼 격렬하고 변덕스런 감정에서 헤어나지 못했다. 남자들이 바라보는 눈빛을 통해 생의 의미를 찾아 헤매다 보니 구설수가 끊이지 않았다. 그녀는 자신의 매력을 입증할 수 있다면 뭐든지 할 준비가 되어 있었다.

니키와 달리 세바스찬은 조용하고 진중한 성격이었다. 어퍼이스트 사이드의 유복한 집안에서 태어나 엘리트교육을 받았고, 직업도 안정적이었다.

세바스찬이 니키를 만나 사랑하게 된 건 도무지 납득하기 어려운 일이었다. 니키와 사귄 지 얼마 되지 않아 부모님은 물론 친구들까지 관계를 끊으라고 종용했지만 그는 요지부동으로 맞섰다. 마치 거부할 수 없는 운명 같은 게 있어 니키와 자신을 밀착시키는 느낌이었다. 극단적으로 다른 두 사람은 주위의 반대를 무릅쓰고 결혼을 선언했다.

결혼 초만 해도 생기발랄한 니키의 성격은 부유한 집안의 보수적인 분위기 속에서 답답하게 살아온 세바스찬에게 일종의 통풍구 역할을 해주었다. 전혀 다른 성장배경을 가진 두 사람의 결혼은 위험천만한 선택이 분명했지만 한동안은 놀라울 만큼 순탄한 생활이 이어졌다. 서로의 극단적 차이는 오히려 신선한 자극제가 되었다.

밀월기간은 그리 길게 이어지지 않았다. 현실의 장벽은 그들 부부를 가만히 내버려두지 않았다. 사사건건 충돌이 빚어지면서 그들 부부는 일촉즉발의 위기상황을 맞게 되었다. 부부가 함께 살아가려면 최소한의 공통분모가 필요한 법인데, 그들 부부는 어느 것 한 가지 쉽게 합의를 이루지 못했다. 쌍둥이인 제레미와 카미유가 태어나고 자녀교육문제로 갈등을 빚는 일이 잦다 보니 상황은 점점 더 어려운 국면으로 빠져들었다.

니키는 아이들을 자율적인 분위기 속에서 키우고 싶어 했지만 세바스찬이 보기에는 위험천만한 생각이었다. 니키와 달리 그는 엄격한 규칙 아래 적절한 체벌과 훈육으로 아이들을 체계적으로 키워야 한다는 입장을 고수했다. 올바른 인성과 사회가 필요로 하는 실력을 갖추려면 강압적인 교육도 부득이 필요하다는 입장이었다.

세바스찬은 니키를 설득하려 했지만 시간이 지날수록 시각차는 점점 더 벌어지기만 했다. 두 사람은 오직 자기 입장만 고수할 뿐 전혀 상대의 말을 들으려 하지 않았다.

갈등이 심화될 무렵 충격적인 사건이 발생했다. 그 사건을 계기로 두 사람은 전격적으로 갈라섰다. 참을 수 있는 한계상황을 벗어난 사건이었고, 결혼생활의 마침표를 찍을 이유로 충분했다.

이혼을 앞둔 세바스찬은 아이들에 대한 양육권을 획득하기 위해 이혼전문변호사를 고용했다. 니키가 양육권을 포기하게 만들려면 엄마로서의 결격 사유를 찾아내야만 했다. 막상 일에 착수해 보니 생각처럼 간단한 문제가 아니었다.

결국 세바스찬은 니키에게 절충안을 제시했다. 제레미에 대한 양육권을 넘겨줄 테니 카미유에 대한 양육권을 달라는 것이었다. 니키는 법정의 판단에 맡길 경우 양육권을 모두 잃게 될 위험이 있다고 판단해 세바스찬의 제안을 수용했다.

그 결과, 7년 전부터 카미유와 제레미 남매는 이혼한 아빠 엄마의 집에서 각기 따로 떨어져 살게 되었다. 정반대의 교육관을 가진 엄마 아빠가 아이들을 각각 하나씩 맡아 키우게 된 셈이었다.

상대의 집 방문이 엄격히 제한돼 카미유는 2주에 한 번씩만 제 엄마를 만날 수 있었다. 그날은 세바스찬이 제레미를 만나는 날이기도 했다.

니키와의 결혼생활은 끔찍하기 그지없었지만 이미 지나간 일이었다. 시간이 흐르면서 흐트러진 삶을 재정비했다. 이제 니키와 함께 했던 날들은 아련한 기억으로만 남아 있었다. 요즘은 가끔씩 카미유로부터 듣는 이야기가 니키에 대해 알고 있는 소식의 전부였다.

니키는 결국 모델로 성공하지 못했다. 배우의 꿈은 시작도 해보기 전에 좌절되었다. 그녀는 이제 화가가 되고자 했다. 이따금 브루클린의 보잘것없는 화랑들에서 전시회를 열었지만 세상의 관심은 극히 미미했다. 남자관계는 여전히 복잡했다. 번번이 상대가 바뀌었고, 그중

반듯한 남자는 눈을 씻고 찾아봐도 없었다. 여자의 허점과 약점을 이용하려 드는 남자들만 골라 사귀는 게 그녀의 특별한 재능처럼 보였다.

그나마 니키도 나이가 들면서 안정된 삶을 바라는 듯했다. 카미유의 말을 빌리자면 최근 몇 달 동안 뉴욕경찰청에서 근무하는 형사와 만나고 있다고 했다. 무려 열 살이나 연하인 남자. 정말이지 니키에게는 세상의 통념에 반하는 일을 아무렇지도 않게 해내는 재주가 있었다.

전화벨소리가 울렸다. 휴대폰을 들여다본 세바스찬은 눈이 휘둥그레지며 움찔했다.

'니키 니코브스키.'

니키가 멀리서 내 마음을 엿보기라도 한 건가?

니키와 접촉하는 일은 드물었다. 이혼 후 첫해에는 아이들을 서로 교환해 만날 때 스치듯 마주치곤 했다. 요즘은 2주에 한 번 있는 아이들의 교차방문 건 때문에 몇 번인가 문자메시지를 주고받은 게 전부였다.

니키가 직접 전화를 걸어온 걸 보면 뭔가 심각한 문제가 발생한 게 틀림없었다.

"세바스찬?"

니키의 목소리에서도 불안감이 느껴졌다.

"니키, 무슨 문제라도 있어?"

"요즘 제레미 소식을 들었어?"

"아니, 제레미가 왜?"

"제레미가 어디론가 사라졌어. 나, 지금 불안해 미치겠어."

"뭐? 제레미가 어떻게 됐는데?"

"오늘 학교에 오지 않았대. 어제도 안 나왔나 봐. 휴대폰도 받지 않고, 집에서 잠을 자지 않은 지가……."

세바스찬이 니키의 말을 끊으며 목청을 높였다.

"제레미가 외박을 했다는 거야?"

니키는 우물거리며 대답을 회피했다. 세바스찬이 격렬하게 화내며 비난을 퍼부을 게 뻔했기 때문이다.

"제레미가 사흘째 집에 들어오지 않았어."

세바스찬은 순간적으로 호흡이 턱 멎는 듯했다. 휴대폰을 쥔 손이 경직되며 힘이 쭉 빠졌다.

"경찰에 신고했어?"

"그건 그다지 좋은 생각이 아닌 것 같아."

"그게 무슨 말이야?"

"전화상으로 이야기하긴 곤란해. 이쪽으로 오면 내가 자세히 설명할게."

"알았어. 지금 당장 갈 테니까 기다려."

세바스찬은 휴대폰을 끊고 급히 차의 시동을 걸었다.

5

세바스찬은 반브런트 가와 설리반 가가 교차하는 지점에 차를 세웠다. 교통체증이 심각해 브루클린까지 오는 데 45분이나 소요되었다.

니키와 제레미가 사는 집은 사우스브루클린 서쪽에 위치한 레드후크 구역이었다. 원래는 부두노동자들과 마피아 소굴로 유명했던 곳으로 외진 곳이라 교통편이 좋지 않았고, 치안부재의 대명사로 손꼽히던 곳이었다. 이제 악명 높은 과거는 옛이야기가 되었다.

레드후크는 8,90년대의 위험한 동네라는 오명을 벗어던진 지 오래였다. 브루클린의 다른 지역들과 마찬가지로 레드후크 역시 하루가 다르게 변모해가고 있었다. 요즘은 수많은 화가와 전위 예술가들이 사는 동네로 탈바꿈했다.

세바스찬은 레드후크 지역을 방문한 적이 별로 없었다. 토요일에 가끔씩 카미유를 데려갈 때에도 니키의 아파트에 발을 들여놓지는 않았다. 매번 브루클린에 올 때마다 변화의 속도를 실감했다. 지난날의 낡은 창고와 부두시설이 흔적도 없이 사라진 곳에 화랑과 친환경 레스토랑이 들어서 있었다.

세바스찬은 차를 주차시키고 나서 거리를 따라 걸었다. 이전에는 제지공장이었다가 지금은 주거용 건물로 탈바꿈한 빨간 벽돌 건물 앞에 이르렀다. 그 건물 안으로 들어간 그는 계단을 두 칸씩 뛰어 꼭대기에서 두 번째 층으로 올라갔다.

니키는 현관문으로 쓰이는 철제문 문턱에서 그를 기다리고 있었다.

"오랜만이야."

세바스찬은 스멀거리는 감정을 억누르며 니키를 응시했다. 운동선수처럼 날씬한 몸매는 조금도 달라진 게 없었다. 탄탄한 어깨, 잘록한 허리, 긴 다리, 둥글고 팽팽한 엉덩이……. 얼굴도 여전했다. 불쑥 나온 광대뼈, 오똑한 코, 고양이과 동물을 연상케 하는 강렬한 눈빛…….

허술한 차림새로 애써 감추려 한 의도가 느껴졌지만 도드라진 매력을 다 감추지는 못했다. 빨갛게 물들인 긴 머리채는 양편으로 땋아 대충 쪽 지어 올렸고, 아몬드 형태의 초록빛 눈매를 강조한 아이섀도는 너무 짙었다. 우아한 각선미는 헐렁한 바지를 입어 실종됐고, 가슴은 지나치게 깊이 파인 티셔츠 속에 꽉 끼어 있었다.

세바스찬은 들어오라는 말을 기다리지도 않고 불쑥 아파트 안으로 들어서며 퉁명스레 말했다.

"제레미에게 도대체 무슨 일이 벌어진 거야?"

니키의 집은 전에는 공장이었다가 지금은 아틀리에로 개조했다. 과거에 공장으로 사용했던 흔적이 아직도 군데군데 남아 있었다. 허옇게 닳은 마룻바닥, 적나라하게 드러난 들보, 주철 기둥과 거친 골조들,

빨간 벽돌색을 고스란히 드러낸 내벽……. 벽에는 니키가 최근에 그린 듯한 커다란 추상화들이 기대어진 채 건조되고 있었고, 바닥에도 여기저기 그림들이 널려 있었다.

세바스찬이 보기에 실내장식은 그야말로 엉터리였다. 낡은 체스터필드소파에서부터 녹슨 문짝을 두 개의 사각받침대 위에 올려놓아 만든 탁자, 벼룩시장에서 구해온 게 분명한 온갖 잡동사니들이 집 안을 가득 채우고 있었다. 나름 어떤 미학적 관점을 토대로 실내를 꾸민 듯했으나 그로서는 도무지 납득이 가지 않는 인테리어였다.

"제레미와 연락이 끊긴 게 언제부터야?"

세바스찬이 고압적인 태도로 물었다.

"아까 전화로 설명했다시피 토요일 아침부터 소식이 끊겼어."

세바스찬은 머리를 절레절레 내저었다.

"토요일 아침? 지금은 화요일이잖아?"

"나도 화요일인지는 알고 있어."

"토요일부터 연락이 끊겼는데 겨우 이제부터 걱정이 되기 시작한 거야?"

"내가 당신을 부른 건 도움을 받기 위해서야. 잔소리나 늘어놓으라고 부른 게 아냐."

"당신은 어느 세계에 살고 있지? 실종사건은 시간 싸움이야. 사십팔 시간 이내에 실종자를 찾지 못하면 영영 못 찾게 될 수도 있다는 걸 몰라?"

니키는 더는 못 참겠다는 듯 그의 반코트 옷깃을 사납게 틀어쥐며 소리쳤다.

"꺼져, 날 도우러 온 게 아니라면 당장 여기서 나가!"

니키의 격렬한 반응에 깜짝 놀란 세바스찬은 겨우 그녀의 팔목을 제압하며 소리쳤다.

"왜 이제야 나에게 연락했는지 설명해 보란 말이야!"

니키가 그의 눈을 똑바로 쳐다보았다. 눈에서 섬광이 번득였다.

"당신이 평소 제레미에 대해 조금이라도 관심을 보였더라면 내가 이렇게까지 망설이지는 않았을 거야."

세바스찬이 니키의 비난을 수용하며 차분한 목소리로 말했다.

"그래, 그 말은 그다지 틀리지 않았어. 그럴 만한 사정이 있었지만 변명은 하지 않을게. 아무튼 지금은 제레미를 찾는 게 중요해. 내게 모든 걸 솔직하게 털어놔 봐. 처음부터 끝까지."

몇 초 동안 의심이 가시지 않은 눈길로 노려보던 니키가 마침내 말을 누그러뜨렸다.

"우선 소파에 앉아. 내가 커피를 만들어올 테니까."

6

"내가 제레미를 마지막으로 본 날은 토요일 아침이었어. 제레미가 복싱체육관으로 떠나기 전인 오전 열 시경이었지."

세바스찬이 잔뜩 눈썹을 찌푸렸다.

"제레미가 복싱을 배워? 언제부터?"

"벌써 일 년도 넘었어. 당신, 제레미의 아빠 맞아?"

세바스찬은 할 말을 잃고 어깨를 으쓱했다. 제레미의 호리호리한 체구가 머릿속에 떠올랐다.

그런 약해 빠진 몸으로 링에 서다니?

"그날 아침 제레미와 둘이서 함께 아침식사를 했어. 아침을 먹고 각자의 물건들을 챙겼지. 그날 따라 나는 정신이 없었어. 샌토스가 집 아래서 기다리고 있었거든. 그날, 샌토스와 캐츠킬산맥에 갈 계획이었어. 거기서……."

"샌토스?"

"로렌조 샌토스, 내 남친 이름이야."

"그 형사? 아니면 또 다른 녀석인가?"

"빌어먹을! 도대체 무슨 말을 더 하고 싶은 거야?"

세바스찬은 재빨리 사과의 뜻을 담은 손짓을 했다.

"내가 집을 나서기 직전에 제레미가 그날 밤에 사이먼의 집에서 자고 싶다며 허락해달라고 했어. 토요일 밤에는 종종 있는 일이어서 깊이 생각해볼 것도 없이 허락했어. 그 아이들은 주말에는 번갈아 서로의 집을 오가며 놀다 함께 잠을 자곤 했으니까."

"그것도 처음 듣는 얘기야."

니키가 이번에는 대꾸도 없이 말을 이었다.

"제레미는 내게 볼 키스를 하고 집을 나갔어. 주말 내내 아무런 소식이 없었지만 종종 있는 일이라 딱히 불안해지지는 않았어."

"그걸 지금 말이라고 해? 제레미는 아직 미성년자야. 집나간 아들에게서 연락이 없는데 어쩜 그리 태연할 수 있어?"

"열다섯 살이면 마냥 어린아이는 아니야. 게다가 사이먼은 성인이 다 되다시피 할 만큼 체구가 크단 말이야."

세바스찬은 기가 막힌다는 듯 천장을 올려다보았지만 별도의 코멘트는 자제했다.

"난 일요일 저녁 늦게 브루클린으로 돌아와 로렌조 샌토스의 집에서 밤을 보냈어."

세바스찬이 한심하다는 듯 니키를 힐끗 쳐다보고 나서 물었다.

"월요일 아침에는?"

"오전 아홉 시경에 집에 왔어. 보통은 제레미가 학교에 가 있을 시간이었지. 집에 없는 게 당연하다고 생각했어."

세바스찬이 더는 참지 못하겠다는 듯 짜증을 내며 재촉했다.

"그래, 그 다음에는 뭘 했어?"

"BWAC(브루클린워터프런트예술가연합Brooklyn Waterfront Artists Coalition의 약자 : 옮긴이)에서 주최한 내 작품전시회 현장에 나가 하루 종일 일했어. BWAC는 부두 근처에 있는데 전시 공간이 필요한 화가들에게……."

"알았으니까 디테일한 설명은 생략해!"

"오후가 되어서야 난 제레미가 수업을 이틀이나 빠졌다는 음성메시지를 들었어. 제레미의 학교 선생님이 남긴 음성메시지였지."

"사이먼이라는 녀석의 부모에게는 연락해봤어?"

"어제 저녁에 사이먼의 엄마와 통화했어. 사이먼은 며칠 전에 해외 연수를 떠났대. 그렇다면 제레미는 주말에도 그 집에서 자지 않았다는 뜻이잖아."

세바스찬의 휴대폰이 울렸다. 화면을 확인해보니 〈파라지오〉 사 사람이었다. 바이올린 진품감정 건 때문에 전화한 게 분명했다.

"그 순간 난 가슴이 덜컥 내려앉았어. 경찰에 신고할까 하다가 단념했어. 경찰이 내 말을 심각하게 들어줄 것 같지가 않아서……."

"왜 경찰이 당신 말을 심각하게 들어줄 것 같지 않다고 생각했지?"

"사실은 제레미가 가출한 게 처음은 아니거든."

세바스찬은 한숨을 푹 내쉬었다. 기가 막혀 말이 안 나왔다.

"제레미는 지난 팔월에도 집을 나가 이틀 동안 소식이 없었어. 난 너무나 불안해 부시윅파출소로 달려가 제레미가 행방불명되었다고 신고했어. 사흘째 되는 날, 제레미가 제 발로 걸어서 나타난 거야. 그러면서 태연하게 〈에디런댁자연공원〉에서 트레킹을 하고 왔다고 말하는 거야."

"이런, 한심한 녀석!"

"그런 일이 있었으니 경찰이 내 말을 믿을 수 있겠어? 그때 경찰은 내가 쓸데없이 귀중한 시간을 빼앗았다는 둥 자식 간수도 제대로 못 하는 엄마라는 둥 날 가지고 놀려댔단 말이야."

세바스찬의 머릿속에 어떤 상황인지 그림이 선명하게 그려졌다.

세바스찬은 눈을 질끈 감고 눈꺼풀을 문지르고 나서 말했다.

"이번에는 내가 신고할게. 경찰서 대신 시청에 신고할 거야. 내가 시장을 잘 아니까. 시장 딸이 카미유와 같은 반이고, 시장 부인의 바이올린을 수리해준 적이 있어. 내가 시장에게 부탁해 경찰 관계자와 연결해달라고……."

"잠깐! 아직 당신이 모르는 게 있어."

"뭔데?"

"제레미에게는 조그마한 문제가 있었어. 경찰기록에도 올라있다는 뜻이야."

세바스찬은 믿기지 않는다는 표정으로 니키를 멍하니 바라보았다.

"설마, 진담은 아니지? 그 말이 사실이라면 왜 나에게 한 번도 말하지 않았어?"

"제레미는 최근 몇 가지 바보짓을 했어."

"바보짓이라니?"

"여섯 달 전, 이케아(스웨덴의 세계적인 DIY가구체인. 레드후크 지역에 대형매장이 있다 : 옮긴이) 창고 안에서 가구배달 트럭에다 그라피티 낙서를 하다가 순찰 중이던 경찰에게 발각된 적이 있어."

니키는 커피를 한 모금 마시고는 낙담한 표정으로 말했다.

"한 마디로 한심한 인간들이지. 그렇게 할 일이 없을까? 예술을 사랑하는 아이들의 마음을 그렇게나 몰라주다니?"

세바스찬의 얼굴에 황당한 표정이 떠올랐다.

그라피티 낙서가 예술이라니? 역시 니키의 생각은 대단히 특이했다.

"그래서 법정에 섰단 말이야?"

"약식 기소돼 사회봉사 10일을 선고받았어. 삼 주 전에는 상점에서 물건을 훔치려다가 절도혐의로 체포된 적도 있어."

"뭘 훔치려고 했는데?"

"비디오게임. 당신은 책이었으면 더 좋았겠지?"

니키의 도발쯤은 이제 귀에 들어오지도 않았다. 아무리 철없는 아이라도 재범일 경우에는 사태가 자못 심각해질 수밖에 없었다. 뉴욕 시는 〈제로 톨러런스(무관용)〉 정책을 시행하기 때문에 사소한 좀도둑질이라도 감옥에 들어갈 수 있었다.

"내가 상점 주인을 만나 애걸한 끝에 겨우 소를 취하하게 했어."

"그 녀석 머릿속에는 대체 뭐가 들어있는 거야?"

"뭐, 엄청난 잘못을 저지른 건 아니잖아. 살다보면 누구나 한번쯤 도둑질을 하지 않나? 사춘기 아이에게는 자연스런 일이지."

"도둑질이 자연스러워?"

세바스찬이 더는 참지 못하고 폭발했다.

"물론 바람직한 행위는 아니지만 좀도둑질도 삶의 한 부분이란 뜻이야. 나도 한때는 속옷이며 옷이며 향수 따위를 훔치곤 했어. 기억할지 모르겠지만 우리가 만나게 된 사연도 도둑질과 연관이 있잖아."

그게 우리에게 일어난 최상의 일은 아니었지…….

세바스찬은 마음속으로 씁쓸하게 중얼거렸다.

세바스찬은 의자에서 일어나 제레미에게 무슨 일이 일어났는지 생각을 정리해보았다.

과연 심각하게 걱정할 만한 일인가? 제레미의 가출이 처음이 아니라면…….

그의 생각을 읽기라도 한 듯 니키가 자못 진지한 어조로 말했다.

"이번에는 전과 달라. 사태가 훨씬 심각해보여. 내가 걱정이 얼마나 심했는지 알게 된 제레미는 앞으로는 절대로 사라지지 않겠다고 약속했었으니까."

"어떻게 하는 게 좋겠어?"

"무슨 일부터 해야 할지 갈피를 잡을 수 없어. 내가 여러 병원들의 응급실에 연락해봤는데 거기서도…….."

"제레미의 방은 뒤져봤어? 방을 뒤져보면 혹시라도 뭔가 짐작할 만한 점을 발견할 수 있지 않을까?"

"아무리 엄마라지만 난 그럴 수 없어. 방은 제레미만의 소중한 공간이니까. 그건…….."

"이봐, 제레미는 지금 사흘째 실종상태야. 지금은 이것저것 가릴 계제가 아니란 말이야."

세바스찬은 즉시 위층으로 통하는 철제계단 쪽으로 향하며 소리쳤다.

7

"어렸을 때, 내가 세상에서 가장 싫어했던 일이 뭔지 알아? 엄마가 허락도 없이 내 방을 뒤지는 거였어!"

니키는 여전히 방을 뒤지는 게 못마땅한 표정이었다.

"당신, 카미유의 방을 뒤진 적이 있어?"

"일주일에 한 번씩 조사해. 다 카미유를 위한 일이야."

세바스찬은 눈 한 번 깜박이지 않고 단호하게 말했다.

"당신은 심리적으로 큰 문제가 있는 사람이야."

"그럴지도 모르지만 내가 그렇게 하니까 카미유가 제레미처럼 말썽을 피우지는 않잖아."

지난날에는 공장 건물로 쓰였던 집이라 제레미의 방 역시 크고 널찍했다. 제레미의 방은 그야말로 무질서의 지배 아래 놓인 공간이었다. '오덕후'의 소굴. 벽에는 〈백 투 더 퓨처〉, 〈위험한 게임〉, 〈이너스

페이스〉, 〈트론〉 같은 컬트영화 포스터들이 잔뜩 붙어 있었다. 다른 쪽 벽면에는 고정기어 자전거 한 대가 기대어져 있었고, 구석에는 1980년대의 유물인 동키 콩 아케이드 오락기가 놓여 있었다. 쓰레기통에는 치킨 너겟, 냉동피자 상자, 레드불 캔 따위가 피라미드처럼 높이 쌓여 있었다.

"세상에! 난장판이 따로 없군!"

세바스찬은 어이가 없다는 듯 혀를 끌끌 찼다.

"청소를 일 년에 한 번이라도 하는 거야?"

니키가 세바스찬을 사납게 노려보았다. 잠시 동작을 멈췄던 그녀가 제레미의 옷장을 열었다.

"배낭은 가지고 간 것 같은데?"

세바스찬은 책상으로 다가갔다. 반원형으로 배열된 세 개의 대형모니터가 두 대의 데스크톱 컴퓨터에 연결되어 있었다. DJ활동에 필요한 기기도 완벽하게 구비되어 있었다. 디스크플레이어, 믹싱보드, 유명 브랜드 스피커, 앰프, 베이스통……. 모두가 프로들이나 사용하는 물건들이었다.

도대체 돈이 어디서 나서 이런 비싼 물건들을 샀담?

세바스찬은 선반 위도 자세히 살펴보았다. 선반은 수북이 쌓인 만화책으로 휘어질 지경이었다. 《스파이더맨》, 《배트맨》, 《슈퍼맨》, 《킥애스》, 《엑스맨》 등…….

세바스찬은 미간을 찌푸리며 만화 무더기 맨 위에 있는 책을 집어들고 잠시 뒤적여보았다. 《스파이더맨》 시리즈 중 한 권으로 피터 파커가 어떤 유색인종 소년-히스패닉계 혼혈소년-에게 스파이더맨 자리를 넘겨주고 있었다. 밥 딜런이 노래했듯이 '시대는 변하는 것'인가?

또 다른 선반에는 수많은 포커 이론서들과 알루미늄 트렁크 하나가 놓여있었다. 트렁크 안에는 세라믹 코인 열 줄과 카드 두 벌이 들어있었다.

"도대체 이 방은 뭐지? 도박장?"

"제레미가 요즘 종종 포커를 한다는 건 알고 있었어."

"포커의 상대는 누군데?"

"아마도 학교 친구들이겠지."

세바스찬은 정말 마음에 안 든다는 듯 인상을 찌푸렸다.

하지만 선반에는 유익한 책들도 제법 많다는 사실을 확인하고는 그나마 위안을 받았다.

《반지의 제왕》, 《듄》, 《타임머신》, 《블레이드러너》, 《파운데이션》 연작 등…….

마니아라면 마땅히 갖춰야 할 기본적인 책 이외에도 시나리오 교본이며 스탠리 큐브릭, 쿠엔틴 타란티노, 크리스토퍼 놀란, 알프레드 히치콕 등의 전기가 10여 권 꽂혀 있었다.

"제레미가 영화에 관심이 있었어?"

세바스찬이 짐짓 놀라며 물었다.

"영화감독이 되는 게 제레미의 꿈이야. 제레미가 직접 찍은 아마추어 영화를 아직 한 번도 본 적 없어? 당신은 제레미가 카메라로 영화를 찍고 있는 것도 몰랐지?"

"전혀 몰랐어."

세바스찬은 조금 서글픈 기분으로 인정하지 않을 수 없었다. 그는 사실 제레미에 대해 아는 게 그리 많지 않았다. 만나는 횟수가 적기 때문만은 아니었다. 최근 몇 년 동안 그들은 진지한 대화를 나누어본 적이 없었다. 가끔 대립조차 없는 대화, 무관심이 지배하는 대화를 주고받았을 뿐이었다.

제레미는 니키의 생김새와 성격을 빼닮은 아이였다. 그래서인지 제레미의 성장과 학업, 열망에 대한 관심이 카미유에 비해 상대적으로 소홀했던 게 사실이었다. 시간이 차츰 지나면서 그는 아무런 죄책감 없이 제레미에 대한 희망을 슬그머니 내려놓게 되었다.

"제레미의 여권이 보이지 않아."

니키는 책상 서랍 속을 뒤지며 불안감을 표했다.

세바스찬은 묵묵히 컴퓨터키보드의 엔터키를 눌렀다. 제레미는 온라인 롤플레잉게임 마니아였다. 대기모드로 있던 모니터가 밝아지며 월드 오브 워크래프트의 로고가 화면에 나타났다. 오퍼레이팅 시스템이 비밀번호를 넣으라고 요청하고 있었다.

"열어보려고? 꿈도 꾸지 마."

니키가 말렸다.

"제레미는 자기 컴퓨터에 관한 한 강박증 같은 게 있어. 게다가 IT분야에 대해서만큼은 당신과 나를 합쳐놓은 것보다 열 배는 더 잘 알아."

비밀번호를 몰라 제레미의 중요정보 소스에 접근할 수 없다는 게 유감이었다. 니키의 충고에 따라 열람을 포기하려던 세바스찬은 외장하드 하나가 PC에 연결되어 있는 걸 발견했다. 어쩌면 외장하드는 잠겨있지 않을 수도 있었다.

"당신, 혹시 노트북 가지고 있어? 외장하드를 노트북에 연결해볼 수 있을 것 같은데?"

"잠시만 기다려봐. 가지고 올 테니까."

니키가 노트북을 가지러 간 사이 세바스찬은 안쪽 벽에 그려놓은 그라피티 낙서를 둘러보았다. 파란색과 녹색의 하늘 가운데 온화한 얼굴의 그리스도가 둥둥 떠 있는 그림이었다. 신비주의적 냄새를 물씬 풍기는 일종의 프레스코화였다.

그림을 가까이에서 살피던 세바스찬은 방바닥에 굴러다니는 페인트스프레이 통들을 살펴보았다. 창문이 열려있었지만 방 안에서는 아직도 독한 용해제 냄새가 떠돌았다. 이 그라피티 낙서는 최근에 그린 듯했다.

"제레미가 요즘은 신비주의에 경도되었어?"

세바스찬은 방으로 들어서는 니키에게 물었다.

"내가 아는 한 제레미는 신비주의에 경도된 적이 없어. 난 그 그림이 아주 괜찮아 보이던데?"

"진심이야? 아들에 대한 사랑이 눈을 멀게 했군."

니키는 세바스찬을 노려보면서 노트북을 내밀었다.

"당신을 처음 만났을 때에도 어쩌면 눈이 멀었을지도 몰라. 하지만……."

"하지만?"

니키는 쓸데없는 충돌을 피하기로 했다. 지금은 더 시급한 일이 있으니까.

세바스찬은 노트북에 외장하드를 연결하고 내용을 살펴보았다. 외장하드는 인터넷으로 다운로드받은 영화나 음악파일들로 꽉 차 있었다.

제레미는 〈더 슈터즈〉라는 록그룹의 광팬인 듯했다. 세바스찬은 그들의 공연장면을 찍은 동영상을 몇 초 동안 돌려보았다. 언뜻 듣기로는 스트록스나 리버틴스를 흉내 낸 것으로 보이는 개러지락이었다.

"당신, 〈더 슈터즈〉라는 밴드를 알아?"

"주로 브루클린에서 활동하는 언더그룹이야. 제레미가 그들의 콘서트를 자주 쫓아다녔지."

이것도 음악이라고…….

세바스찬은 노래가사를 들으며 속으로 혀를 찼다. 동영상 파일들 중에는 한 번도 들어본 적 없는 10여 종의 TV시리즈도 있었고, 제목에 Fuck, Boobs, 혹은 Milf처럼 음란한 단어가 들어있는 동영상도 보였다.

세바스찬은 혹시나 하는 생각에 그 파일들 중 하나를 열어보았다. 풍만한 몸매의 간호사가 화면에 등장해 기묘한 차림의 환자에게 펠라티오를 해주는 동영상이었다.

"자, 이제 그만!"

니키가 제지하고 나섰다.

"이런 난잡한 동영상이나 보고 있었다니!"

"그렇게 호들갑을 떨 필요는 없잖아."

"당신 아들이 포르노를 보는 게 아무렇지도 않아?"

"난 괜찮아. 솔직히 말하자면 오히려 안심이 돼."

"안심이 된다고?"

"난 녀석이 입고 다니던 유니섹스적인 옷들이 더 거슬렸어. 그 여자애 같은 모습을 보고 있으려니까 녀석이 혹시 호모는 아닌지 걱정이 됐거든."

니키가 세바스찬의 얼굴을 뚫어지게 쳐다봤다.

"지금 그 말, 진심이야?"

세바스찬은 얼른 대답하지 않았다. 니키가 다시 따지고 들었다.

"설사 제레미가 동성애자라 한들 뭐가 문제인데?"

"최소한 동성애자는 아니라는 게 밝혀졌으니 더는 왈가왈부할 필요 없잖아."

"성 호르몬은 사람마다 달라. 세상에 존재하는 다양한 성적 기호를 존중해줄 필요가 있지 않을까? 당신 생각은 여전히 19세기에 머물러 있어. 한 마디로 경악스러울 지경이야."

세바스찬은 이 주제에 대해 깊이 있는 토론을 하고 싶지 않았다. 니키는 아랑곳하지 않고 계속 비난을 퍼부어댔다.

"당신은 동성애혐오자일 뿐이야. 오히려 남성 중심적인 동영상에 담긴 여성 비하적인 이미지들은 옹호하고 나서기에 바쁘지."

"난 동성애혐오자도 아니고, 포르노를 옹호하지도 않아."

세바스찬은 한 발 후퇴하며 제레미의 책상서랍을 열어보았다. 서랍 안에서는 큼직한 M&M's 봉지에서 빠져나온 알록달록한 초콜릿과자 몇 개가 굴러다녔다. 그는 흩어진 초콜릿과자들 사이에서 아직 스케치 단계에 있는 용 그림과 클립으로 끼워져 있는 브루클린 윌리엄스버그의 문신시술사 명함을 발견했다.

"몸에 문신을 그릴 생각이었나 봐. 정말 가지가지 하네. 분명 어딘가에 십대들이 즐겨 보는 비밀사이트가 존재할 거야. 부모 속을 새카맣게 태울 여러 가지 못된 짓들을 모아둔 리스트 말이야."

수납장을 뒤지던 니키가 동작을 멈추고 서랍 위로 몸을 굽혔다.

"봤어?"

니키가 아직 포장을 뜯지도 않은 콘돔을 가리키며 물었다.

"당신이 애지중지하는 아들에게 여친이 있나 봐?"

"내가 아는 한은 없는데……."

세바스찬의 머릿속에서 카미유의 방에서 발견한 피임약 포장 팩이 떠올랐다. 한 녀석은 피임약, 한 녀석은 콘돔. 그가 미처 의식할 새도 없이 아이들은 성장해가고 있었다. 제레미의 경우 우려되기보다는 차라리 흐뭇했다. 그 반면 카미유의 경우는 반대로 끔찍하게 걱정이 됐다.

세바스찬의 눈에 반쯤 피우다 만 마리화나 꽁초가 눈에 띄었다.

"포르노보다는 대마초가 훨씬 더 심각한 문제야. 당신, 제레미가 대마초를 피운다는 사실을 알고 있었어?"

수납장 조사에 정신이 팔려 있던 니키는 아무런 대답 없이 어깨만 으쓱했다.

"이봐, 사람이 물으면 대꾸를 해야 할 것 아냐?"

"잠깐! 이것 좀 봐."

한 무더기나 되는 셔츠를 들추던 니키가 옷 사이에서 휴대폰 한 대를 발견했다.

"제레미는 휴대폰 없이는 절대로 어디 갈 아이가 아니야."

니키는 그렇게 단언하며 휴대폰을 세바스찬에게 내밀었다. 그는 케이스에서 휴대폰을 꺼내다가 케이스와 기기 사이에 끼어있는 신용카드를 발견했다.

어딘가 갈 생각이었다면 이 카드도 반드시 챙겼을 거야.

두 사람은 심각한 눈길을 주고받으며 그렇게 생각했다.

8

공기 중에 로즈마리와 이름 모를 야생화들이 뒤섞인 향기가 가득했다. 상쾌한 바람이 불자 라벤더를 비롯한 관목들이 가볍게 흔들렸다. 유기농 채소밭으로 변모한 옥상에서는 이스트리버, 맨해튼의 마천루들 그리고 자유의 여신상이 보였다.

니키는 초조한 기분을 달래려고 옥상에 올라와 담배를 피우는 중이었다. 굴뚝에 몸을 기댄 그녀는 호박, 애호박, 가지, 아티초크 그리고 각종 허브들이 자란 티크화분들 사이를 돌아보고 있는 세바스찬을 바라보았다.

"나도 한 개비 줄래?"

세바스찬이 가까이 다가오며 말했다. 넥타이를 느슨하게 풀어헤친 그는 셔츠 옷깃을 열더니 견갑골에 붙여놓은 니코틴패치를 떼어냈다.

"의사의 권장사항을 명심하는 게 좋을 텐데?"

세바스찬은 니키의 충고를 무시하고 담배에 불을 붙였다. 그는 길게 연기를 빨아들인 다음 눈꺼풀을 문질렀다. 불안감과 답답한 마음이 교차하는 가운데 제레미의 방을 뒤지는 동안 알게 된 사실들을 머릿속으로 정리해보았다.

제레미는 사이먼이 해외연수 중이라는 사실을 알고 있었기에 그의 집에서 자고 오겠다는 말은 거짓이었다. 제레미가 배낭과 여권을 가져간 것으로 보아 어딘가 먼 곳으로—어쩌면 비행기를 타고—여행을 떠난 것이라는 추측이 가능했다. 제레미는 여행을 떠나면서 휴대폰과 신용카드를 가져가지 않았다. 경찰의 추적을 용이하게 해줄 수 있는 두 가지를 아예 집에 두고 간 것이다.

"제레미는 잠깐 동안의 가출이 아니라 아예 종적을 감춰버리기로 결심한 거야."

"도대체 그렇게 해야 할 이유가 뭔데?"

니키가 반문하듯 물었다.

"뭔가 멍청한 짓을 저질렀겠지. 심각한 일을 저질러놓고 미처 감당이 안 되니까 달아나버린 게 분명해."

니키는 갑자기 눈이 뿌옇게 흐려지며 목이 메어왔다. 칼로 가슴속을 헤집는 듯한 고통이 끊임없이 이어졌다. 제레미가 똑똑하고 재치 있는 아이긴 해도 아직은 순진한 몽상가에 불과했다. 지난번, 도둑질을 했다가 잡혔을 때만 해도 단지 기분이 좋지 않았을 뿐 지금처럼 불안하지는 않았다. 제레미가 아예 사라진 사실을 알게 된 지금은 온몸에 소름이 돋을 만큼 걱정이 되었다.

니키는 처음으로 자신의 교육방식에 문제가 있지는 않았는지 돌이켜보았다. 제레미를 너무 자유롭게 풀어준 게 독이 됐을까? 타인의 잘

못에 대해 질책하기보다는 늘 관용을 베풀고 열린 마음으로 대하라 가르쳤던 게 잘못이었을까?

세바스찬의 생각은 과히 틀리지 않았다. 오늘의 세상은 몽상가들이나 이상주의자들이 살아가기에는 지나치게 난폭하고 위험천만한 곳이었다. 세상과 타인에 대한 어느 정도의 무관심과 냉정하고 약삭빠른 면이 없으면 결코 살아가기 쉽지 않은 세상······.

세바스찬은 다시 한 번 담배를 깊이 빨아들이고 나서 연기를 길게 내뿜었다. 옥상에 설치된 배기구에서 고양이처럼 가르랑거리는 소리가 났다. 그의 마음은 더없이 불안했지만 옥상의 관목 숲은 여전히 평화로운 분위기에 잠겨 있었다.

발아래로 집들이 내려다보였다. 도시의 분주함과 소음이 미치지 못하는 곳이었다. 벌통 주위로 월동준비에 분주한 꿀벌들이 윙윙거리며 날아들었다. 관목 잎사귀들을 통과한 햇살이 녹슨 철골이 떠받치고 있는 자그마한 목제 저수탱크를 황금빛으로 물들였다.

"제레미의 주변에 어떤 아이들이 있었는지 이야기해줄래?"

니키는 흙으로 가득 찬 항아리 안에 담배꽁초를 눌러 껐다.

"항상 같이 돌아다니는 남자아이가 두 명 있었어."

"그중 한 아이는 사이먼일 테고······."

"다른 한 아이는 토마스야. 두 아이가 가장 친한 친구였어."

"토마스에게도 제레미의 행방에 대해 물어봤어?"

"토마스에게 문자메시지를 남겼는데 아직 아무런 연락이 없어."

"이제는 무작정 연락을 기다리고 있을 시간이 없어. 학교에 찾아가면 녀석을 붙잡고 이야기를 나눌 수 있을 거야."

니키는 고개를 끄덕이며 손목시계를 들여다보았다.

그들은 동시에 전망대를 떠나 무성한 작물들 사이로 오솔길처럼 이어지는 길을 걸었다. 옥상을 떠나기 전, 세바스찬은 검은 방수포로 덮어놓은 자그마한 텐트 하나를 가리키며 물었다.

"텐트 안에다 뭘 넣어둔 거야?"

"작업도구들."

대답이 지나치게 빨리 나왔다.

세바스찬은 의심에 찬 눈으로 니키의 얼굴을 돌아다보았다. 그는 니키가 거짓말을 할 때의 목소리 억양을 잘 알고 있었다. 지금이 바로 그 경우였다.

세바스찬은 방수포를 양옆으로 벌리고 텐트 안을 들여다보았다. 토기화분에서 대마초 십여 그루가 자라고 있었다. 대마초를 몰래 키우고 있는 은신처는 완벽한 설비를 갖추고 있었다. 나트륨보광등, 자동 온도조절 기능, 살수시스템, 최첨단 원예제제 등……

"당신은 정말 못 말리는 사람이라니까."

세바스찬은 버럭 화를 냈다.

"그깟 풀 몇 포기를 기른다고 그렇게 난리 칠 필요는 없잖아?"

"그깟 풀 몇 포기? 대마초가 마약이란 걸 몰라?"

"당신도 가끔 피우면 정신건강에 해롭지는 않을 거야. 긴장을 풀어주는데 제격이지."

세바스찬은 더욱 격렬하게 화를 냈다.

"설마 이 위험한 풀을 매매하는 건 아니겠지?"

니키는 휘휘 손을 내저었다.

"순전히 내 개인적으로 소비하려고 키우고 있을 뿐이야. 백 퍼센트 유기농법으로 재배했지. 마약딜러들이 파는 대마수지보다야 낫지."

"정신 나간 짓이야. 그러다가 감방에 갈 수도 있다는 걸 몰라?"

"당신이 날 고발하게?"

"당신 친구 샌토스는 뭐래? 그 친구, 뉴욕경찰청 마약단속반에서 일하지 않나?"

"그 사람은 이런 일에 신경 쓸 만큼 한가하지 않아."

"그럼 제레미는? 카미유는?"

"아이들은 옥상에 올라오지 않아."

"당신 지금 나와 농담해?"

세바스찬은 크게 소리치면서 철책에 매달아놓은 농구 림을 가리켰다. 새 제품인 것으로 보아 최근에 설치한 게 분명했다.

니키는 푸우 한숨을 내쉬며 어깨를 으쓱했다.

"당신은 사람을 괴롭히는 재주가 여전히 뛰어나네!"

세바스찬은 냉정을 되찾기 위해 숨을 깊이 들이마셨지만 여전히 속이 부글부글 끓어올랐다. 지난날의 고통스런 기억들이 한꺼번에 밀려들면서 아직 아물지 않은 상처들을 헤집어놓았다. 지난날의 상처들이 니키가 얼마나 제멋대로인 성격인지 상기시켜 주었다. 절대로 신뢰할 수 없는 여자!

갑자기 분노가 치민 세바스찬은 니키의 목을 잡고 철제 시렁으로 밀어붙였다.

"만일 제레미를 당신의 무절제한 짓거리에 끌어들인다면 가만두지 않을 거야. 알겠어?"

니키는 숨이 막혀 아무 대답도 할 수 없었다. 분노에 휩싸인 세바스찬이 한층 더 목을 압박했다.

"제레미가 사라진 게 당신의 대마초와는 관계가 없겠지?"

세바스찬은 갑자기 두 다리에 힘이 탁 풀리며 잡고 있던 목을 놓을 수밖에 없었다. 니키가 전기충격기를 사용한 것이다.

니키가 재빨리 녹슨 전지가위 하나를 집어 들고 소리쳤다.

"한 번만 더 내 몸에 손을 대면 그땐 나도 가만 두지 않을 거야! 알았어?"

9

사우스브루클린 커뮤니티고등학교는 코노버 가에 있는 커다란 갈색 벽돌 건물이었다. 점심시간을 맞아 푸드 트럭들이 학교 앞에 줄지어 서 있는 것으로 보아 학교 구내식당 음식 맛이 별로인 게 분명했다.

세바스찬은 꺼림칙한 얼굴로 몇 해 전부터 뉴욕시민들의 입맛을 사로잡은 푸드 트럭으로 다가갔다. 트럭마다 저마다 자랑하는 특별메뉴가 있었다. 바닷가재 핫도그, 타코, 딤섬, 팔라펠 등……

세바스찬은 패스트푸드를 좋아하지 않았지만 전날부터 음식을 먹지 못한 탓에 뱃속에서 아우성을 쳐댔다.

"남미 음식은 피하는 게 좋아."

니키가 주의를 주었다.

세바스찬은 니키의 경고를 무시해버리고 세비체 한 접시를 주문했다. 소스에 절인 생선으로 만든 페루 음식이었다.

"토마스란 아이는 어떻게 생겼어?"

세바스찬이 수업 끝나는 종소리가 울리는 가운데 학생들이 쏟아져 나오는 걸 바라보며 물었다.

"토마스가 나오면 내가 신호로 알려줄게."

니키는 문제의 소년이 나오는 걸 놓치지 않기 위해 눈을 두리번거리며 대꾸했다.

세바스찬은 생선으로 만든 음식을 꿀꺽 삼켰다. 갑자기 매운 소스가 들어가자 식도에 불이 붙은 것처럼 속이 화끈거렸다.

"내가 진작 경고했을 텐데?"

세바스찬은 목구멍의 화재를 진압하기 위해 푸드 트럭 점원이 권하는 오르차따를 벌컥벌컥 들이켰다. 이번에는 오르차따의 느끼한 맛에 구토가 일었다.

"토마스가 나왔어!"

니키가 한 학생을 가리키며 작게 소리쳤다.

"어느 쪽이야? 여드름쟁이? 아니면 시건방지게 생긴 녀석?"

"내가 토마스에게 이야기할 테니까 당신은 잠자코 있어."

"당신 혼자서도 잘 하는지 두고 볼게."

토마스는 스키니진, 웨이페러 안경, 꼭 끼는 검정재킷, 건들거리는 걸음걸이, 나름 멋을 한껏 부려 헝클어뜨린 헤어스타일, 앞섶을 젖혀 빈약한 몸통을 드러내고 있는 흰 셔츠 차림이었다. 외모에 신경을 잔뜩 쓰는 녀석이 분명했다. 록 가수 이미지를 닮은 외모를 만들기 위해 아침마다 거울 앞에서 공깨나 들일 것이다.

니키는 철망울타리가 둘러쳐진 농구장 앞에서 토마스를 붙잡았다.

"토마스!"

"안녕하세요!"

토마스가 얼굴 위로 흘러내린 머리칼 한 가닥을 입으로 훅 불어 올리며 마주 인사했다.

"내가 보낸 메시지는 받았니? 답변이 없기에 답답해서 이렇게 직접 찾아왔어."

"제가 좀 바빴거든요."

"여전히 제레미 소식은 못 들었니?"

"지난 금요일 이후로는 제레미를 한 번도 보지 못했어요."

"메일도 없고, 전화도 없고, 문자도 없었니?"

"네, 완전 연락 두절이에요."

세바스찬은 십대 소년을 좀 더 주의 깊게 살폈다. 고딕반지와 나전 목걸이에 팔찌까지 두른 아이였다. 토마스의 말투나 행색이 마음에 들지 않았지만 그는 불만을 꾹 누르며 물었다.

"제레미가 어디 있는지 짐작되는 곳은 없어?"

토마스가 니키 쪽으로 얼굴을 돌렸다.

"이분은 누구세요?"

"내가 제레미 아빠다, 이 녀석아."

토마스가 놀란 표정으로 뒤로 한 발 물러섰지만 입놀림은 좀 더 빨라졌다.

"요즘은 통 만나지 못했어요. 제레미는 밴드연습도 빼먹었는걸요."

"제레미가 왜 그런다고 생각하니?"

"제레미는 포커를 하느라 정신이 없어 보였어요. 돈이 필요해 보이던데요. 베이스기타도 팔아치우고, 디카도 팔겠다고 이베이에 광고를 냈던데요."

"넌 제레미가 돈이 왜 필요했는지 몰라?"

니키가 물었다.

"몰라요. 저는 이제 가봐야겠어요."

그때 세바스찬이 토마스의 어깨를 꽉 움켜쥐었다.

"어이, 제레미가 포커는 누구하고 쳤니?"

"몰라요! 인터넷에서 만난 상대겠죠."

"그럼 직접 만나 포커를 친 상대는 없었어?"

"그건 저도 몰라요. 사이먼에게 물어보면 혹시 알지도 모르죠."

토마스는 슬그머니 몸을 빼려 했다.

"사이먼은 해외연수를 떠났어. 너도 그걸 알잖아?"

니키가 슬쩍 그 사실을 상기시켰다.

세바스찬은 토마스의 몸을 움켜잡은 손에 힘을 가했다.

"어서 솔직하게 얘기해봐!"

"아무도 제 몸에 손댈 권리는 없어요. 저는 제 권리에 대해 잘 알고 있다고요!"

니키가 진정시키려 했지만 세바스찬은 점점 인내심을 잃어가고 있었다. 토마스가 비협조적으로 나오자 부아가 치민 듯했다.

"제레미가 누구와 포커를 쳤는지 정말 말 안 해줄래?"

"……좀 이상한 사람들이었어요. 라운더들……."

"구체적으로 말해봐."

"돈을 벌려고 캐시게임 판을 벌이는 사람들 있잖아요."

"얼치기 도박꾼을 끌어들여 홀딱 벗겨먹는 작자들?"

"맞아요."

토마스가 고개를 끄덕였다.

"제레미는 어수룩한 척 굴면서 그들을 함정에 빠뜨리는 걸 즐겼어요. 그런 방법으로 제법 많은 돈을 딴 것으로 알고 있어요."

"그런 도박판의 판돈은 얼마쯤 되니?"

"잘은 모르지만 그리 큰 액수는 아니었어요. 여긴 라스베이거스도 아니고, 그들도 기껏 수도세나 전기세 또는 각종 할부금을 벌기 위해 도박판을 벌이는 작자들 같았어요."

니키와 세바스찬은 불안한 눈으로 서로를 쳐다보았다. 토마스의 말이 사실이라면 큰 걱정이었다. 미성년자가 연루된 불법도박, 가출, 혹시 있을지도 모르는 도박 빚…….

"도박판이 벌어진 장소를 알고 있니?"

"부시윅에 있는 허름한 선술집들 있잖아요."

"거기 주소는 알고 있어?"

"저는 몰라요, 도박에는 별로 관심이 없어서…….."

세바스찬은 녀석을 위협해 좀 더 많은 이야기를 털어놓게 하고 싶었지만 니키가 만류하고 나섰다.

"이제 정말 가봐야 해요. 배가 너무 고프단 말이에요."

"마지막으로 한 가지만 더 물어보마. 제레미에게 여자 친구가 있었니?"

"물론이죠!"

니키는 깜짝 놀란 표정을 지었다.

"너 혹시 그 여자아이 이름을 알고 있어?"

"연상이에요."

"연상?"

"과부죠."

세바스찬은 눈썹을 잔뜩 찌푸렸다.

"그 여자 이름이 뭔데?"

"딸딸이(불어로 과부는 veuve이다. 세바스찬이 두 번째로 물었을 때 토마스는 la veuve poignet라고 대답했는데, 직역하면 '손목 과부' 라는 뜻으로 자위, 수음이라는 의미 : 옮긴이)."

토마스가 재미있다는 듯 폭소를 터뜨렸다.

니키는 한숨을 푹 내쉬었고, 세바스찬이 토마스의 멱살을 틀어쥐고 흔들어댔다.

"제레미에게 여자 친구가 있어? 없어?"

"제레미는 인터넷에서 어떤 여자를 만나 채팅을 했대요. 브라질 여자라고 했어요. 제레미가 사진을 보여준 적이 있는데 정말 끝장나게 섹시했어요. 하지만 그 여자를 직접 만나본 적은 없을 거예요. 제가 제레미를 잘 아는데 그런 킹카를 낚을 애가 아니거든요."

세바스찬은 그제야 토마스의 멱살을 놓아주었다. 토마스로부터 더는 얻어낼 게 없어보였기 때문이다.

"새로운 사실을 알게 되면 내게 연락해주겠니?"

니키가 토마스에게 부탁했다.

"걱정 마세요, 꼭 연락드릴 테니까."

토마스가 멀어져가면서 소리쳤다.

세바스찬은 눈꺼풀을 문질렀다. 애송이 녀석을 상대하느라 온통 진이 빠져 있었다. 목소리나 행동거지가 도무지 마음에 들지 않는 녀석이었다.

"제법 웃기는 녀석이네."

세바스찬은 한숨을 푹 내쉬었다.

"앞으로 제레미가 저따위 녀석과 어울리지 않게 잘 감시해."

"지금은 제레미를 찾는 게 더 급해."

니키가 중얼거렸다.

10

그들은 도로를 건너 니키의 사이드카를 세워둔 곳으로 걸어갔다. 1960년대 산 BMW2 시리즈였다.

니키가 헬멧을 내밀었다.

"자, 이제는?"

니키의 얼굴이 잔뜩 굳어있었다. 제레미가 가출했을 가능성이 점점 커지고 있었다. 제레미는 돈을 구하기 위해 베이스기타를 팔고, 카메라도 인터넷경매에 내놓았다. 쉽게 찾아내지 못하도록 미리 만반의 조치를 취한 흔적도 보였다. 제레미가 사흘 전에 이미 행동을 개시한 게 문제였다.

"제레미가 이런 식으로 도망을 친 건 뭔가 엄청나게 두려운 일이 있었기 때문일 거야."

니키가 말했다.

"그게 뭘까?"

세바스찬은 어깨를 으쓱하며 두 팔을 펼쳐보였다.

"그렇게 두려운 일이 있는데 왜 우리에게 솔직하게 털어놓지 않았을까?"

"이야기를 잘 들어주는 아빠도 아니면서……."

니키가 빈정거리듯 말했다.

세바스찬은 한 가지 생각이 떠올랐다.

"카미유가 제레미로부터 연락을 받지 않았을까?"

니키의 얼굴이 그제야 조금 환해졌다. 그럴 가능성이 충분했다. 둘이 자주 만나는 편은 아니었지만 최근 몇 달 동안은 꽤나 가깝게 지내고 있는 느낌이었기 때문이다.

"당신이 전화해서 물어볼래?"

"내가?"

니키가 놀란 얼굴로 반문했다.

"나보다는 당신이 물어보는 게 낫겠어. 그 이유는 나중에 설명할게."

니키가 카미유에게 전화하는 동안 세바스찬은 공방 사무실에 전화를 걸었다. 그동안 공방장 조세프가 긴급히 연락 바란다는 문자메시지를 두 차례나 남겼기 때문이다.

"골치 아프게 됐어. 〈파라지오〉 사 사람들이 자네와 몇 번이나 통화를 시도했는데 전화를 받지 않는다며 불평이 이만저만이 아니야."

"예기치 않은 문제가 생겨 몹시 바빴어."

"자네가 계속 전화를 받지 않자 그 사람들이 공방에 직접 들이닥쳤어. 그동안 시일이 촉박하다며 엄살을 떨던 사람이 작업을 팽개쳐버리고 아예 어디로 사라진 걸 보고 크게 실망한 눈치였어. 그들이 오늘 저녁 전까지 무조건 감정서를 보내달래."

"감정서를 보내지 않으면?"

"일을 퍼스텐버그 쪽에 넘기겠대."

세바스찬은 한숨을 푹 쉬었다. 수돗물에서 악취가 풀풀 나는 구정물이 쏟아져 나오는데도 잠글 방법이 없는 셈이었다.

세바스찬은 차분하게 상황을 따져보았다. 카를로 베르건지의 경매건은 15만 달러나 되는 수수료가 걸린 일이었다. 이미 수입으로 잡고있었고, 회사 입장으로도 반드시 필요한 돈이었다. 문제는 눈에 보이는 금전적인 손실뿐만이 아니었다. 베르건지 건이 경쟁사에 넘어갈경우 수치로는 환산이 불가능한 손해를 보게 될 것이다. 회사의 이미지와 공신력에 심각한 타격을 줄 수도 있는 일이었다. 바이올린 관련업계는 좁았고, 소문은 금세 퍼져나가기 마련이었다. 베르건지 경매건은 대단히 상징적인 의미가 큰 행사로 퍼스텐버그 측에서 이번 일을 최대한 활용하기 위해 소문을 부풀려 퍼뜨릴 수도 있었다.

세바스찬은 단 한 번도 잘 되리라는 환상을 품지 않았다. 그가 20년넘게 상대해온 사람들이야말로 변덕스럽고 불안하고 끊임없이 의혹에 사로잡히는 예술가들이었다. 천재성이 번득이지만 정서적으로 불안정한 사람들, 결벽증에 가까울 만큼 악기에 대해 까다로운 사람들, 의심이 많아 반드시 최고의 장인과 작업하려 드는 사람들이었다.

입맛이 까다롭기 짝이 없는 연주가들의 마음을 사로잡은 당대 최고의 장인이 바로 세바스찬 래러비였다. 세바스찬은 〈래러비&선〉 사를자타 공인 미국 최고의 현악기제조사 위치에 올려놓았다. 음악가들이세바스찬을 최고로 꼽는 이유는 악기를 만드는 솜씨 때문만이 아니었다. 세바스찬에게는 남들에겐 없는 뛰어난 재능이 있었다. 바로 귀였다. 지극히 미세한 차이를 섬세하게 감별해낼 수 있는 귀. 그가 연주자의 개성과 스타일에 부합하는 악기를 만들 수 있는 비결은 바로 남달리 뛰어난 소리 감별 능력 때문이었다.

요즘 블라인드테스트에서 세바스찬이 만든 바이올린이 스트라디바리우스나 과르네리를 꺾는 일이 자주 있었다. 마침내 세바스찬이 제조한 악기는 최고의 브랜드로 공인받기에 이르렀다. 그의 회사는 늘 악기를 구입하려는 연주자들로 북적거렸다. 차츰 명성이 높아지면서 거장 소리를 듣는 스타 연주가 십여 명을 고객으로 확보하게 되었다. 세계 최고의 연주가들을 고객으로 만든 비결은 악기 관리와 제조 분야에서 탁월한 능력을 인정받았기 때문이었다.

현재의 성공은 객관적 실력뿐만 아니라 행운의 결과라고 보는 게 정확했다. 지금은 〈래러비&선〉 사를 최고로 치는 사람들이 다수지만 상황은 언제 어떻게 바뀔지 아무도 예측할 수 없는 일이었다.

까딱 잘못해 실수를 저질렀다간 세상의 평판이 하루아침에 바뀔 수도 있었다. 퍼스텐버그를 비롯한 경쟁사들은 그 어느 때보다도 촉각을 곤두세워 〈래러비&선〉 사가 자그마한 실수라도 저지르기를 고대하고 있었다. 따라서 베르건지 경매 건 처리를 경쟁사에 넘긴다는 건 상상조차 할 수 없는 일이었다.

"조세프, 내 대신 자네가 그들에게 전화해서……."

"나도 그러고 싶지만 그들이 자네와 직접 얘기하고 싶어 한다는 게 문제야."

"앞으로 사십오 분 후에 연락하겠다고 말해. 사무실까지 들어가는 데 걸리는 시간이야. 감정보고서는 오늘 저녁 전까지 틀림없이 보낸다고 얘기하고."

세바스찬은 니키와 거의 동시에 전화를 끊었다.

"카미유가 전화를 받지 않아 문자메시지를 남겼어. 그런데 왜 당신이 직접 카미유에게 전화하지 않는 거야?"

세바스찬이 대답 대신 말했다.

"난 급히 사무실에 들어가 봐야 할 것 같아."

니키는 입을 딱 벌리고 세바스찬을 응시했다.

"다시 사무실에 들어가 봐야 한다고? 제레미가 행방불명됐는데 당신은 일이나 하러 들어가겠다는 거야?"

"몹시 걱정되긴 하지만 내가 경찰은 아니잖아. 현재 필요한 건 체계적인 수사……."

"알았으니까 들어가 봐. 샌토스에게 전화해서 도와달라고 할게. 최소한 그 사람은 이런 때 어떻게 행동해야 하는지 알지."

니키가 그의 말을 중도에서 끊으며 말했다.

니키는 즉시 샌토스에게 전화해 제레미가 실종된 상황을 설명했다.

세바스찬은 묵묵히 니키를 지켜보기만 했다. 그를 도발하려는 니키의 작전을 모르지 않았다. 하지만 지금 무얼 할 수 있단 말인가? 어디서부터 조사한단 말인가? 무력감만 가중될 뿐 해답이 떠오르지 않았다. 차라리 경찰에 맡기는 게 최선의 선택일 것 같았다.

세바스찬은 니키의 통화가 끝나기를 기다리며 원숭이 자리(사이드카 경주에서 사이드카의 보조석을 일컫는 말. 거기에 탄 사람은 달리는 사이드카의 균형을 잡기 위해 온갖 곡예를 해야 하므로 이런 명칭이 붙었다.)에 들어가 앉아 가죽헬멧을 뒤집어쓰고 비행사용 고글을 내려 썼다.

'내가 지금 여기서 무얼 하지? 우스꽝스런 고글을 뒤집어쓰고 이상한 바구니 속에 끼어 앉아 있다니? 내 인생이 왜 이렇듯 갑자기 엉망으로 치닫는 걸까? 내가 왜 오래전에 헤어진 니키의 얼굴을 다시 봐야만 하지? 왜 제레미 녀석은 계속 한심한 짓을 저지르고 다니지? 왜 열다섯밖에 안 된 카미유는 사내 녀석들과 잠자리를 같이 하지 못해 안달이지? 회사 일은 왜 이렇게 삐걱대지?

니키는 전화를 끊고 아무 말 없이 오토바이에 걸터앉더니 시동을 걸고 엔진을 몇 차례 부릉부릉 돌린 다음 부두 쪽으로 질풍처럼 내달렸다. 세바스찬은 엉덩이를 바짝 오므린 자세로 세찬 바람과 싸워야 했다. 니키의 아파트에 레인코트를 놓아두고 온 게 두고두고 아쉬웠다.

니키와 달리 세바스찬은 집 안에서 빈둥거리길 좋아했다. 모험가 기질이라곤 털끝만큼도 없었다. 이따위 덜컹거리는 고물 오토바이보다는 안전한 재규어가 천만 배는 더 나았다. 니키는 움푹 파인 구멍이 나타날 때마다 도리어 호기롭게 속도를 높이며 쾌감을 만끽하고 있었다.

그들은 마침내 니키의 아파트 앞에 이르렀다.

"내 외투를 가지러 잠깐 올라가야겠어."

세바스찬이 보조석에서 빠져나오며 말했다.

"옷 안에 차 키도 들어있거든."

"당신 마음대로 해."

니키는 그를 쳐다보지도 않고 대꾸했다.

"난 샌토스를 기다려야 해."

세바스찬은 층계를 따라 올라갔다. 계단 위에 다다른 그녀는 아파트로 통하는 철문을 열었고, 안으로 들어서는 순간 끔찍한 비명을 질렀다.

11

　난도질된 소파, 엉망으로 쓰러져 있는 가구들, 난장판이 된 책
장…… 그들이 집을 비운 사이 누군가가 아파트에 잠입해 쑥대밭을
만들어놓은 것이다.

　니키는 가슴이 쿵쾅대는 걸 느끼며 피해상황을 둘러봤다. 모든 게
뒤죽박죽이었다. TV는 벽에서 뜯어났고, 그림들은 바닥에 내동댕이
쳐졌고, 서랍들은 죄다 엎어났고, 방의 여기저기에 종이들이 어지럽
게 흩어져 있었다.

　집이 엉망이 된 걸 본 니키는 몸을 덜덜 떨었다.

　세바스찬은 가까스로 자리를 지키고 있는 책장에서 예쁜 쪽매붙임
세공 상자 하나를 발견했다.

　"이건 값이 제법 나가는 물건 아냐?"

　"물론이지. 그건 내 보석함이야."

세바스찬은 상자를 열어보았다. 보석함에 든 장신구들 가운데 전에 니키에게 선물했던 반지며 팔찌 등이 눈에 띄었다. 티파니 보석점에서 제작한 고가의 보석들이었다.

"정말 멍청한 도둑이 아니라면 보석함을 그냥 두고 가진 않았을 텐데?"

"쉿!"

니키가 입술에 검지를 가져다대며 속삭였다.

아무런 영문도 모르고 입을 꾹 다문 세바스찬의 귀에 뭔가 삐걱거리는 소리가 들려왔다.

아파트 안에 아직 누군가 있다!

니키는 손짓으로 그에게 꼼짝 말고 있으라는 신호를 보내고 나서 위층으로 통하는 철제계단을 올라갔다. 위층 복도에 이른 니키는 가장 먼저 자신의 방으로 들어갔다.

아무도 보이지 않았다. 다음에는 제레미의 방으로 갔다. 너무 늦었다.

니키가 방으로 들어선 순간 안뜰 쪽으로 난 내리닫이 창문이 와장창 소리를 내며 박살이 났다. 창밖으로 급히 몸을 내밀어보니 주철로 만든 비상계단으로 누군가 후닥닥 도망치고 있었다.

퉁퉁한 몸집이었다. 서둘러 뒤쫓아 가려고 창밖으로 발을 내미는데……

"그만 둬!"

세바스찬이 니키의 팔을 잡으며 만류했다.

"놈들에게 무기가 있을지도 몰라."

니키는 추격을 포기하고 이 방 저 방 돌며 피해상황을 확인했다. 침입자가 집 안을 뒤져 뭔가 찾아내려 했다는 걸 알 수 있었다. 망연자실

한 니키가 평소 아끼던 물건들이 온통 바닥에서 나뒹굴고 있는 걸 바라보며 말했다.

"그래, 그들은 도둑질을 하러 온 게 아니었어. 뭔가를 찾아내려고 왔던 게 틀림없어."

세바스찬은 제레미의 방을 좀 더 자세히 살펴보았다. 언뜻 보기에도 사라진 물건은 없어보였다. 그는 약간 기우뚱하게 놓인 데스크톱을 바로 세웠다. 그에게는 강박증에 가까울 만큼 무질서에 대한 불안감이 존재했다. 그는 넘어진 자전거를 바로 세우고 나서, 금방이라도 쓰러질 듯 흔들거리는 책장을 바로잡아 고정시켰다.

마룻바닥에 카드들이 여기저기 굴러다녔다. 포커 용구를 담는 알루미늄 가방을 주워 들던 그는 갑자기 흠칫 놀랐다. 세라믹 코인들이 서로 붙어있었고, 각 줄은 속이 빈 튜브를 이루고 있었다. 튜브 속에는 자그마한 비닐봉지들이 꼭꼭 쟁여 있었다. 그중 하나를 꺼내보니 하얀 분말이 꽉 들어차 있었다.

맙소사! 이 일이 꿈은 아니겠지.

얼굴이 새하얗게 질린 세바스찬은 세라믹 케이스 두 개를 쑤신 끝에 투명한 비닐봉지 십여 개를 빼내 침대 위에 올려놓았다.

코카인!

세바스찬은 자기 눈을 의심했다.

"빌어먹을!"

니키가 방으로 들어서며 내뱉었다.

그들은 굳은 얼굴로 서로의 얼굴을 쳐다보았다.

"도둑놈들이 찾으려 했던 게 바로 이거였어. 적어도 1킬로그램은 족히 될 것 같아."

세바스찬은 여전히 믿고 싶지 않았다.

"진짜 코카인이라고 보기에는 양이 너무 많아. 어쩌면…… 어떤 역할놀이나 장난을 위한 것일 수도……."

니키는 고개를 가로저으며 봉지 하나를 찢어 분말의 맛을 보았다. 씁쓸하면서도 알싸한 맛에 혀가 얼얼해지는 느낌이었다.

"코카인이 확실해."

"당신이 어떻게……."

세바스찬의 말은 차임벨소리 때문에 중단되었다. 누군가가 현관 초인종을 누른 것이다.

"샌토스야!"

니키가 소리쳤다.

그들은 하나같이 화들짝 놀랐다. 수년 만에 처음으로 그들은 의견의 일치를 보았다. 일단 아들을 보호해야 한다는 생각 때문에.

이제 그들의 심장은 동일한 리듬으로 뛰기 시작했다. 동일한 고동, 동일한 식은땀, 동일한 현기증.

다시 한 번 초인종이 울렸다.

꾸물대고 있을 때가 아니었다. 빨리 결정을 내려야 했다. 제레미는 현재 보호관찰을 받는 중이었다. 제레미가 코카인 1킬로그램을 방에 숨겨놓은 사실을 털어놓는다는 건 재판에서 장기징역형을 선고하는 거나 마찬가지였다. 제레미의 미래를 빼앗는 일이었다. 아직 제대로 시작해보지도 않은 인생을 끝장내는 일이었다. 제레미를 어느 교도소의 지옥으로 떨어뜨릴 수는 없었다.

"그러니까 우리가……."

세바스찬이 우물거리며 입을 열었다.

"……코카인을 없애버려야 해!"

니키가 비로소 말을 매듭지었다.

피차 생각이 같다는 것에 안도한 세바스찬은 코카인을 침실과 이어진 욕실의 좌변기 속에 넣었다. 니키도 옆에서 도왔다.

초인종소리가 세 번째로 울렸다.

"어서 가서 문을 열어줘. 나도 곧 뒤따라갈 테니까."

니키는 고개를 끄덕였다. 세바스찬은 서둘러 변기의 물을 내렸다. 변기 물은 좀처럼 코카인을 흘려보내지 못했다. 비닐봉지들이 변기 구멍을 꽉 막아버린 듯했다.

세바스찬은 다시 한 번 물을 내려봤지만 허사였다. 그는 몹시 당황해하며 희뿌연 물이 넘치려 하는 변기를 망연히 내려다보았다.

12

"왜 이렇게 오래 걸려? 무슨 일이라도 있나 걱정했잖아."

"초인종소리를 듣지 못했어."

니키는 거짓말을 하며 그가 들어오게끔 옆으로 비켜섰다.

샌토스는 엉망이 된 거실을 보고는 그 자리에 멈춰 섰다.

"대체 무슨 일이야? 거실에 토네이도가 지나갔어?"

니키는 미처 대답할 말을 찾지 못하고 우물쭈물했다. 심장이 세차게 뛰고 이마에서는 미세한 땀방울이 맺히기 시작했다.

"집안정리 좀 하고 있었어."

"지금 장난해? 나더러 그 말을 믿으라고?"

하기야 이런 꼴을 보고 어떻게 그 말을 믿을 수 있을까?

"자, 무슨 일이 있었는지 설명해봐!"

샌토스가 다그쳤다.

그때 복도에서 들려온 세바스찬의 목소리가 겨우 그녀의 위기를 벗게 해주었다.

"우리가 말다툼을 좀 했어요. 뭐, 그럴 수도 있는 일 아닌가요?"

깜짝 놀란 샌토스는 몸을 돌려 목소리의 주인공을 쳐다보았다.

세바스찬은 짐짓 험악한 표정을 지으며 질투심에 사로잡힌 전남편 역할을 충실히 연기했다.

"그것참 이상한 일이군요. 말다툼을 했는데 집 안이 이 지경이 되다니?"

샌토스가 쑥대밭이 된 거실을 손가락으로 가리키며 반문했다.

니키는 어색한 표정으로 두 사람을 소개했다.

"자, 서로 인사해. 이쪽은 전남편 세바스찬이고, 이쪽은 내가 전에 말했던 샌토스야."

두 남자는 겨우 턱 끝만 까딱해 냉랭한 인사를 나눴다.

샌토스는 세바스찬보다 키가 머리통 하나는 더 큰 장신이었다. 당당한 체격에 얼굴 또한 잘생긴 혼혈계 사내는 우악스럽거나 거친 모습을 조금도 찾아볼 수 없었다. 고급 정장 차림에 단정하게 자른 머리, 말끔하게 면도한 세련된 외모였다.

"지금은 단 일 초도 허비할 시간이 없어."

샌토스가 두 사람을 똑바로 쳐다보며 말했다.

"십대 아이가 사흘 동안 아무런 소식이 없다면 대단히 심각한 일이 아닐 수 없지."

샌토스는 기계적으로 재킷 단추를 끄르며 마치 교수와도 같은 어조로 계속 말했다.

"일반적으로 실종사건은 각 지방경찰국이 관리하는데, 수사범위가 주 단위를 넘어서거나 미성년자가 실종된 경우는 예외가 적용되지. 이 경우에는 FBI의 CARD, 즉 아동유괴범죄신속배치팀이 개입하게 돼 있어. 내가 FBI에 아는 사람이 있어. 그에게 전화를 걸어 제레미가 실종된 사실을 알렸어. FBI 요원이 지금 맨해튼의 메트라이프빌딩에서 우릴 기다리고 있어."

"좋아, 그럼 어서 그리로 가!"

니키는 즉각 결정을 내렸다.

"잠깐, 난 내 차로 갈게."

세바스찬이 템포를 살짝 늦췄다.

"괜한 소리 말아요. 경광등을 켜고 달리면 교통체증을 피할 수 있어서 금방 도착할 수 있어요."

세바스찬이 니키에게 슬쩍 눈짓을 보냈다.

"샌토스, 당신 먼저 가 있어. 우리 둘이 할 이야기가 있어. 곧 뒤따라 갈게."

"아들이 실종됐는데 다들 태평하시네!"

샌토스가 비꼬듯 말했다.

"더 이상 시간을 허비하면 곤란해요!"

샌토스는 두 사람의 마음을 바꿀 수 없다는 걸 깨닫고는 문 쪽으로 걸어가며 말했다.

"뭐, 결국 당신들 아들이니까 마음대로들 하세요."

샌토스가 문을 쾅 닫았다.

둘만 남은 니키와 세바스찬은 다시 두려움에 몸이 굳었다. 제레미의 가출, 포커를 좋아했다는 사실, 코카인 발견 등 갑자기 알게 된 사실들이 그들을 몹시 당황스럽게 했다.

그들은 반사적으로 다시 제레미의 방으로 올라갔다. 좀 전, 세바스찬은 물이 넘치기 직전 겨우 솔빗자루를 이용해 변기를 뚫을 수 있었다. 이제 코카인은 사라졌지만 아직 안심할 단계는 아니었다.

그들은 단서를 남기지 않기 위해 알루미늄가방과 내용물을 주의 깊게 살폈다. 가방에 이중바닥 같은 건 없었다. 카드나 가짜 세라믹 코인에 어떤 특별한 글자가 적혀있지도 않았다. 가방의 안쪽 면은 스펀지 재질의 안감으로 덮여 있었고, 그 위에 포켓이 하나 달려있었다.

세바스찬은 포켓에 손을 집어넣었다. 판지로 된 맥주잔 받침 하나가 나왔을 뿐 포켓 안은 텅 비어 있었다. 앞면에는 맥주광고, 뒷면에는 구부러진 칼날 그림과 어떤 술집의 로고가 찍혀있었다.

르 부메랑 바

부시윅, 프레데리크 가 17번지

소유주 : 드레이크 데커

세바스찬은 맥주잔 받침을 니키에게 내밀었다.

"당신, 이 집 알아?"

니키는 고개를 가로 저었다.

"제레미가 포커를 쳤다는 술집이 여기가 아닐까?"

세바스찬은 니키를 쳐다봤지만 창백한 얼굴에 몸을 덜덜 떨며 반짝이는 시선을 허공 어딘가에 고정시킨 그녀는 완전 넋이 나간 모습이었다.

"니키!"

세바스찬이 소리쳤다.

니키가 갑자기 방을 뛰쳐나갔다. 세바스찬은 겨우 층계에서 그녀를 뒤따라 잡아 진정제를 먹였다.

세바스찬이 그녀의 어깨를 꽉 잡고 말했다.

"니키, 정신 차려!"

세바스찬은 차분한 목소리로 계획을 설명했다.

"당신은 사이드카에서 그 바구니 같은 걸 떼어버리고 곧장 맨해튼으로 달려가. 카미유가 학교에서 나올 때 붙잡아야 하니까."

세바스찬은 손목시계를 들여다보았다.

"카미유의 수업이 오후 두 시에 끝나. 지금 출발하면 제시간에 도착할 수 있을 거야. 오토바이를 타고 가야만 시간을 맞출 수 있어."

"왜 카미유에게 가봐야 하는데?"

"제레미의 방에서 코카인이 발견되었어. 제레미가 아는 누군가가 코카인을 가져가려고 집 안을 샅샅이 뒤졌어."

"그들은 우리가 누군지 알고 있고."

"그들은 내 주소도 이미 알고 있을 거야. 우리 가족 모두가 위험에 빠졌다는 뜻이야. 당신, 나, 제레미 그리고 카미유까지. 내 생각이 틀리기를 바라지만 만약의 경우에 대비해 카미유를 안전하게 돌봐야 해."

"카미유를 만나면 어디로 데려갈까?"

"곧장 역으로 데려가서 이스트햄프턴행 기차에 태워. 그리고……."

"당신 어머니 집으로 보내라고?"

"당분간 거기에 가 있으면 안전할 거야."

13

세인트존스고교 건물은 고대그리스 신전과 흡사했다. 완벽하게 좌우대칭을 이룬 회색대리석 건물의 전면은 삼각형 합각머리들이며 섬세하게 조각된 도리아식 기둥들로 장식되어 있었다.

Scientia potestas est(아는 것이 힘이다 : 지은이).

대리석에 새겨진 이 라틴어 문구는 건물을 신성불가침 장소처럼 보이게 하는 층계 양편으로 펼쳐져 있었다. 새들의 노랫소리며 주황색 나뭇잎 틈으로 스며드는 따스한 햇살이 대리석의 차가운 느낌을 조금이나마 가시게 해주었다. 여기가 맨해튼 중심부이며 건물 몇 개만 지나치면 온통 사람들로 북적거리는 타임스퀘어가 있다는 사실이 믿기지 않았다.

수도원처럼 평온하던 느낌은 단 몇 초 만에 깨어졌다. 여학생 하나가 나타나더니 현관계단을 내려왔다. 이어 한꺼번에 우르르 쏟아져

나온 여학생들이 삼삼오오 짝을 지어 보도 위로 흩어져갔다.

왁자지껄 웃고 떠드는 소리들이 터져 나왔다. 피터 팬 칼라(여성복, 아동복에서 사용되는 것으로 옷깃의 끝이 둥그스름한 칼라 : 옮긴이)가 달린 다소 유아적인 느낌의 교복과 어울리지 않게 여학생들이 나누는 대화 소재는 주로 남자친구, 외출, 쇼핑, 다이어트, 트위터와 페이스북 등으로 다양했다.

오토바이에 걸터앉은 니키는 카미유를 찾느라 미간을 잔뜩 찌푸린 채 눈을 두리번거리고 있었다. 주의를 집중한 탓인지 여학생들이 나누는 대화내용이 저절로 흘러들어왔다.

'어제 스티븐과 데이트했는데 정말 판타스틱했어.'

'난 요즘 페이스북을 하는 재미로 살아.'

'사회선생님 정말 짜증나지 않니?'

마침내 니키는 카미유를 발견하고 안도의 한숨을 내쉬었다.

"엄마, 여기서 뭐해?"

카미유가 눈이 휘둥그레져 물었다.

"엄마가 보낸 메시지는 받았어."

"지금은 길게 설명할 시간이 없어. 너, 최근에 제레미를 만난 적 있니? 아니면 소식을 들었거나?"

"아니, 없어."

니키는 그제야 제레미가 행방불명되었다는 이야기를 해주었다. 카미유가 충격을 받을까 봐 아파트가 쑥대밭이 된 사실과 제레미의 방에서 코카인이 발견된 이야기는 하지 않았다.

"카미유, 아빠가 제레미를 찾을 때까지 할머니 댁에 가서 며칠 지내다가 오래."

"무슨 소리야? 이번 주에 시험이 몇 개나 있는지 알아? 게다가 주말에 친구들과 놀러가기로 약속했단 말이야."

니키는 할 수 없이 설득의 강도를 좀 더 높였다.

"엄마 말 잘 들어. 네가 위험한 상황이 아니라면 엄마는 여기에 오지도 않았을 거야."

"위험한 상황이라니? 제레미가 가출한 게 왜 내게 위험한 상황이라는 거야? 제레미가 가출한 게 어디 한두 번이야?"

니키는 한숨을 푹 내쉬며 손목시계를 들여다보았다. 이스트햄프턴 행 열차가 출발할 시간은 이제 30여 분밖에 남아 있지 않았다. 그 다음 열차를 타려면 오후 5시 반까지 기다려야 했다.

"자, 여러 소리 할 것 없이 당장 이 헬멧을 써!"

니키가 헬멧을 내밀며 명령하듯 말했다.

"내가 헬멧을 왜 써야 하는데?"

"넌 그냥 엄마가 시키는 대로 하면 돼!"

"엄마는 언제부터 아빠처럼 강압적이 된 거야?"

카미유는 마지못해 오토바이 뒷자리에 걸터앉으며 구시렁거렸다.

니키는 오토바이를 출발시켜 어퍼이스트사이드를 벗어났다. 유리와 콘크리트 협곡이 이어지는 렉싱턴 로를 미끄러지듯 달렸다. 속도를 최대한 높이면서도 운전에 정신을 집중했다.

니키는 이혼하고 나서 카미유와 소원하게 지내왔다. 물론 카미유를 깊이 사랑했지만 마음을 터놓고 이야기할 기회를 갖지 못했다. 가장 큰 잘못은 무리한 이혼조건을 강요한 세바스찬에게 있었지만 엄마와 딸 사이를 가로막는 말 못할 장벽이 있기도 했다.

니키는 카미유를 만나 이야기를 나누다보면 자기도 모르게 저절로 콤플렉스가 느껴지곤 했다. 카미유는 머리도 영리할뿐더러 예술과 문화에도 관심이 많았다. 어렸을 때부터 독서도 많이 하고, 영화도 자주 본 탓이리라.

세바스찬이 적어도 그런 점에서는 카미유를 잘 키웠다는 걸 인정하지 않을 수 없었다. 카미유는 부족함이 없는 환경에서 자랐고, 아빠와 함께 연극공연, 음악회, 전시회에도 자주 다녀 예술과 문화에 대한 나름의 식견을 갖추고 있었다.

카미유는 성품이 착하고 겸손했지만 대화를 나누다보면 말문이 막힐 때가 많았다. 아는 것도 많고, 본 것도 많아 오히려 딸보다 뒤처진다는 느낌을 받지 않을 수 없었다. 딸보다도 못한 엄마라는 생각이 들 때마다 서글픔이 밀려왔다.

오토바이는 맹렬한 속도로 센트럴파크를 지났다. 백미러를 흘깃 쳐다보며 차선을 벗어나 소방차 한 대를 추월했다. 니키는 이 도시를 사랑했지만 간혹 끔찍이 싫어지기도 했다. 거리에 넘쳐나는 사람들, 번잡하고 화려한 도시의 거리에 있다 보면 숨이 턱턱 막히고, 머리가 핑 돌았다. 수직으로 솟은 기하학적인 형태의 빌딩들 사이로 오토바이는 화살처럼 내달렸다.

어디선가 들려오는 사이렌소리, 하늘을 뒤덮은 매연, 빨리 가려고 급히 서두르는 택시들, 빵빵대는 경적소리, 여기저기서 터져 나오는 목소리들.

니키는 백미러를 살피며 39번가로 접어들어 붐비는 차들 속으로 질주해 들어갔다. 눈앞에서 다양한 이미지들이 스쳐 지나갔다. 보도를 가득 메운 사람들, 균열이 간 아스팔트, 핫도그 장사들의 손수레, 번들거리는 빌딩 유리창들, 한 건물의 전면을 가득 채운 늘씬한 다리 한 쌍…….

펜실베이니아 플라자 앞에 다다른 니키는 두 대의 자동차 사이에 오토바이를 끼워 넣는 데 성공했다.

뉴욕은 오토바이의 지옥이라 할 수 있었다. 도로는 울퉁불퉁했고, 맘 놓고 주차할 자리가 없었다.

"자, 다 왔어, 내려!"

니키가 BMW에 자물쇠를 채우며 말했다.

오후 2시 24분. 열차 출발시간은 10분밖에 남아 있지 않았다.

"카미유, 어서 서둘러!"

니키와 카미유는 오가는 차들 사이로 길을 건너, 펜실베이니아 역을 품고 있는 건물 안으로 뛰어 들어갔다.

미국에서 가장 많은 승객들이 붐비는 역으로 분홍색 화강암 기둥들로 꾸며진 웅장한 건물이었다. 천장은 유리로 덮여 있었고, 가르고일, 스테인드글라스, 대리석으로 꾸민 대합실은 대성당이 연상될 만큼 기품이 있었다.

1960년대 초반, 개발업자들과 엔터테인먼트 업체들이 원래의 건물을 부수고 그 자리에 사무실, 호텔, 공연장으로 구성된 복합건물을 지었다.

니키와 카미유는 인파를 헤쳐 가며 매표창구로 향했다.

"이스트햄프턴행 편도 한 장 주세요!"

여직원은 티켓 한 장을 끊어주며 한없이 꾸물거렸다. 역사는 사람들로 북적거렸다. 워싱턴과 보스턴을 잇는 요충지에 위치한 펜실베이니아 역은 뉴저지와 롱아일랜드의 수많은 역들과도 통해있었다.

"요금은 이십사 달러, 열차는 육 분 후에 출발합니다."

니키는 거스름돈을 받은 다음 카미유의 손을 잡고 선로가 늘어선 지하층으로 내려갔다.

층계마다 사람들이 잔뜩 몰려 걸어가고 있었다. 얼마나 혼잡한지 숨이 턱턱 막힐 지경이었다. 알아들을 수 없는 말로 크게 소리치는 아이들, 저절로 부딪히는 어깨, 무릎을 때리는 누군가의 가방, 시큼한 땀 냄새가 어우러진 아수라장이었다.

"12번 플랫폼은 저쪽이야."

니키는 카미유의 손을 잡고 열차가 세워진 곳까지 달려갔다.

"삼 분 후에 열차가 출발합니다."

승무원이 열차 출발 시간을 알렸다.

"도착하자마자 전화해, 알았지?"

카미유는 고개만 한 번 까딱했다.

키스를 해주려고 몸을 굽혔던 니키는 카미유가 뭔가 말할까 말까 망설이고 있다는 느낌을 받았다.

"카미유, 너 엄마한테 뭔가 숨기는 게 있지?"

카미유는 속마음을 들킨 게 화가 나는 한편 짐을 벗어버리게 돼 홀가분해진 느낌으로 말을 시작했다.

"제레미 때문이야. 엄마에게 절대로 말하지 말라고 했는데……."

"제레미를 언제 만났니?"

"토요일 정오에 테니스레슨을 마치고 나오는데 제레미가 나를 찾아왔어."

토요일이라면 사흘 전이었다.

"왠지 초조한 기색이 역력했어. 골치 아픈 문제가 있어 보였어."

"무슨 문제가 있는지 털어놓진 않았어?"

"단지 돈이 필요하다고만 했어."

"그래서 돈을 줬어?"

"가진 돈이 별로 없어 집에까지 같이 왔어."

"그때 아빠는 집에 없었니?"

"아빠는 나탈리아와 함께 레스토랑에 가 있었어."

열차 문이 닫히려 하고 있었다. 승객들이 열차에 오르려고 뜀박질을 했다.

니키의 재촉에 카미유는 설명을 계속했다.

"제레미에게 이백 달러를 주었는데 그 정도로는 부족하다며 아빠의 금고를 열려고 했어."

"넌 금고의 비밀번호를 알고 있었니?"

"응, 외우기도 쉬워. 우리의 생일이니까."

열차 출발을 알리는 경보가 울렸다.

"금고에는 현금 오천 달러가 들어있었어."

카미유는 열차로 뛰어오르며 소리쳤다.

"제레미는 아빠가 알아채기 전에 돈을 다시 갖다놓겠다고 약속했어."

플랫폼에 우두커니 선 니키의 얼굴이 납빛으로 변했다.

"엄마, 제레미에게 무슨 일이 일어난 거야?"

니키가 미처 대답도 하기 전에 열차 문이 닫혔다.

14

날씨가 갑자기 흐려졌다. 단 몇 분 만에 하늘은 연필로 문지른 듯 먹구름이 겹겹이 쌓였다. 브루클린-퀸즈 고속도로에서 차들은 앞차의 꽁무니에 바짝 붙은 채 거북이걸음을 하고 있었다. 샌토스가 알려준 대로 FBI요원을 만나러 가는 중이었다.

세바스찬은 그들을 만났을 때 어디까지 털어놓아야 할지 머릿속으로 경계선을 그어보고 있었다. 그는 너무나 많이 빠져있는 퍼즐조각들을 맞춰보려 애썼지만 쉽지 않은 일이었다. 한 가지 질문이 마치 송곳으로 가슴을 찌르듯 그를 괴롭히고 있었다.

제레미는 왜 코카인 1킬로그램을 숨겨두었을까?

그 질문에 대한 대답은 하나였다.

제레미가 코카인을 훔쳤기 때문이지.

아마도 르 부메랑이라는 술집에서 코카인을 훔쳤으리라. 여차여차해 코카인을 훔쳤지만 너무나 엄청난 짓을 저지른 것에 덜컥 겁을 집어먹고 집을 떠났던 것이리라. 마약딜러의 추적을 피해야만 했을 테니까.

제레미는 어쩌다 위험한 게임에 빠져들게 되었을까?

제레미가 자유분방한 성격이긴 해도 그 정도로 사리분별을 못할 만큼 멍청한 아이는 아니었다. 최근에 말썽을 부리긴 했지만 호기심 어린 좀도둑질 한 건과 사소한 기물파손행위 한 건이 전부였다. 마약문제가 개입된 강력범죄와는 차원이 다른 문제였다.

갑자기 도로사정이 원활해졌다. 고속도로는 긴 터널로 이어지더니 이스트리버의 부두가 끝나는 부근에서 밖으로 빠져나왔다. 그때 호주머니 속에서 휴대폰이 진동했다.

공방장 조세프였다.

"안 좋은 소식을 전해야겠네. 〈파라지오〉 사에서 계약을 파기했어. 퍼스텐버그가 베르건지 감정 건을 맡게 되었네."

세바스찬은 이미 각오하고 있었다는 듯 조세프의 말을 담담하게 받아들였다. 그런 일쯤은 이제 아무렇지도 않게 느껴졌다. 그는 조세프와 이왕 통화를 하게 된 김에 밑도 끝도 없는 질문을 던졌다.

"코카인 1킬로그램 가격이 얼마나 되는지 아나?"

"지금이 그런 농담이나 할 때인가? 대체 무슨 일이야?"

"얘기하자면 길어. 나중에 자세히 설명해줄 테니까 우선 내 질문에 대답해봐."

"난 코카인에 대해서는 몰라. 기분을 풀고 싶을 때면 주로 싱글몰트 위스키 이십 년산을 이용하지."

"조세프, 난 농담으로 물은 게 아냐."

"내가 알기로 코카인의 질과 원산지에 따라 가격이 다르다더군."

"그 정도는 나도 알아. 그러지 말고 당장 인터넷으로 검색 좀 해주겠나?"

"잠깐만 기다려봐. 구글을 검색해볼게. 검색어를 뭐라고 입력해야 하지?"

"코카인 가격이라고 쳐봐! 빨리 알아봐줘."

휴대폰을 귀에 찰싹 붙인 세바스찬은 공사구역으로 접어들었다. 교통을 통제하던 인부가 우회하라는 신호를 보냈다. 그는 남쪽으로 방향을 틀었다. 거기도 길이 막혀 고속도로를 빠져나갈 수가 없었다.

"자네에게 도움이 될 만한 기사를 한 가지 찾아냈어. 자, 들어봐! '토탈 가격이 520만 달러로 추산되는 코카인 90킬로그램이 워싱턴 하이츠의 공원에서 압수되었다.'"

세바스찬은 재빨리 계산을 시작했다.

"90킬로그램이 520만 달러니까 1킬로그램은⋯⋯."

"9만 달러가 조금 못 되는 액수네."

조세프가 대신 답을 말했다.

"자, 이제 무슨 일인지 내게 설명 좀⋯⋯."

"나중에 다 말해줄게. 난 이제 전화를 끊어야겠어. 고마워."

세바스찬의 눈에 빛이 반짝였다. 이제는 한 가지 계획을 세울 수 있게 되었다. 제법 큰돈이지만 감당 못할 정도는 아니었다. 르 부메랑이라는 술집을 찾아가 드레이크 데커라는 작자를 만나 거래를 성사시킬 작정이었다. 1킬로그램의 코카인 구입 자금에다 그들을 불편하게 만든 대가로 4만 달러를 얹어주면 제레미를 더 이상 괴롭히지는 않을 것이다.

세바스찬의 할아버지는 '돈은 사람을 군소리 없이 복종하게 만드는 유일한 힘'이라는 말을 즐겨 사용했다. 지난 수십 년 동안 래러비 가문의 지표가 된 말이었다. 세바스찬은 돈이면 다 된다는 생각을 경멸했지만 지금은 돈에 기대야 할 입장이었다.

세바스찬은 자신감을 되찾았다. 돈을 풀면 위험요소를 제거할 수 있을 것 같았다. 제레미를 찾게 되면 니키에게 맡겨두지 않고 직접 교육하고 통제할 생각이었다. 아직 늦지 않았다. 이 사건은 제레미의 미래를 위해 전화위복이 될 수도 있었다.

세바스찬은 결심한 이상 단 일 분도 지체할 수 없었다. 세바스찬의 차는 맨해튼교로 빠져나가는 인터체인지 앞에 이르렀지만 다리로 진입하는 대신 브루클린 방면으로 우회하려고 유턴을 시도했다.

차는 이제 르 부메랑을 향해 달리기 시작했다.

15

"이 정신 나간 놈아, 어서 똥차를 치워라!"

프레데리크 거리에서 한 무리의 노숙자들이 피자헛 쓰레기통을 뒤지다가 옆을 지나는 세바스찬의 차를 향해 소리쳤다. 그들은 크라프트봉투 속에 감춘 맥주 캔을 홀짝이며 행인들과 운전자들을 향해 욕설을 퍼부어댔다. 그곳이 그들의 영역이라는 걸 드러내는 방법인 듯했다.

"어서 꺼지지 못해!"

액체로 가득 찬 종이컵 하나가 차창을 향해 날아들었다.

세바스찬은 재빨리 차 유리를 올리고, 와이퍼를 작동시켰다. 그가 이런 동네에 와본 건 태어나서 처음이었지만 제발 마지막이기를 바랐다. 공기 중에서는 푸에르토리코 요리냄새가 떠돌았고, 열어놓은 창들에서는 카리브해 음악이 흘러나왔다.

부시윅이 라틴계 영역이라는 건 이곳에 잠시만 있다 보면 누구나 저절로 알 수 있을 듯했다. 부시윅은 예전의 투박하고 거친 면모를 그대로 간직하고 있었다. 윌리엄스버그를 점령한 보보족들은 아직 이곳까지는 몰려들지 않았다.

부시윅에는 돈 많은 젊은 층도, 한창 뜨는 예술가도, 유기농 레스토랑도 없었다. 다만 낡은 물류창고, 양철지붕으로 된 집, 벽돌로 지은 아파트, 그라피티로 뒤덮인 벽 그리고 잡초 무성한 공터만이 있을 뿐이었다.

거리에는 인적이 드물었다. 세바스찬은 마침내 르 부메랑을 발견하고 재규어를 근처 골목길에 세웠다. 차 문을 잠그고 프레데리크 거리로 돌아왔을 때부터 떨어지기 시작한 빗방울이 부시윅을 쓸쓸한 회색빛 풍경으로 만들었다.

르 부메랑은 아늑한 느낌의 라운지바와는 거리가 멀었다. 싸구려 위스키와 2달러짜리 펭드비앙드(다진 고기를 빵가루, 우유, 양파, 달걀, 향신료 등과 섞어 반죽하여 오븐에 구워낸 서양음식. 프랑스어로 직역하면 〈고기빵〉이라는 뜻 : 옮긴이) 샌드위치를 제공하는 선술집이었다. 철제섀시로 된 문에 붙여놓은 종이에 오후 5시에 문을 연다는 안내문이 적혀 있었다.

빗줄기가 한층 거세져 출입문의 착색유리를 두드려보았다. 아무런 대답이 없었다. 이번에는 좀 더 대담하게 철제섀시를 위로 들어 올리고 문을 열어보았다. 문은 별 저항 없이 열렸다.

세바스찬은 비에 흠뻑 젖은 몸으로 잠시 머뭇거렸다. 실내 분위기는 음산하고 어둑했다. 일단 술집 안으로 들어가 보기로 마음먹었다.

"아무도 없습니까?"

세바스찬은 신중한 걸음걸이로 앞으로 걸어가며 소리쳤다. 더듬거리며 몇 걸음 걷던 그는 별안간 손바닥으로 입을 틀어막았다. 갑자기 참기 힘든 악취가 코로 끼쳐들었기 때문이다.

피 냄새?

분명 어디선가 비릿한 피 냄새가 났다.

돌아서 나가야겠다는 생각이 들었지만 가까스로 두려움을 억눌러 참았다. 벽까지 뒷걸음질 치며 손으로 스위치를 더듬어 찾았다. 청록색 불빛이 방 안에 퍼지는 순간 그는 온몸이 얼어붙었다. 술집 전체가 피 칠갑을 하고 있었다. 바닥에는 끈적끈적한 얼룩이 져 있었고, 벽에는 주홍색 스프레이를 흩뿌린 듯 곳곳에 핏방울이 튀어 있었다. 카운터 뒤쪽 병들이 가득 쌓인 선반에까지 핏자국이 선연했다.

한눈에 보기에도 끔찍한 살육현장이었다. 술집 안쪽 당구대 위에 한 남자가 피 칠갑을 한 채 널브러져 있었다. 심장이 통제 불능 상태로 쿵쾅댔다.

세바스찬은 극심한 공포와 함께 구역질을 느꼈지만 시체가 있는 당구대 쪽으로 천천히 걸어갔다. 당구대가 마치 신비한 희생의식을 치르기 위해 만든 제단처럼 보였다.

털투성이의 배불뚝이 사망자는 머리가 벗겨지고 콧수염을 기른 사람으로 적어도 체중이 100킬로그램이 넘어 보이는 거구였다. 남성동성애자 공동체의 일파인 '베어스' 멤버들을 연상케 하는 생김새였다. 원래는 카키색이었을 범포바지는 피로 물들어 색을 분간하기 어려웠다. 복부 부위에 내장이 흘러나와 있었다. 창자, 간, 위장 등은 한데 뒤섞인 채 끈끈한 점액질을 이루었다.

세바스찬은 더는 견디지 못하고 구토를 쏟아내기 시작했다. 텅 빈 위장에서 노르스름하고 쓰디쓴 담즙이 쏟아져 나왔다. 몇 초 동안 엉

거주춤한 자세로 서서 구토를 계속했다. 몸은 땀으로 흠뻑 젖어들었고, 호흡이 가빠지면서 얼굴이 붉게 물들었다.

세바스찬은 겨우 정신을 추슬렀다. 시신의 셔츠 호주머니에서 지갑이 조금 빠져나와 있는 게 보였다. 그는 후들거리는 손으로 그 가죽지갑을 집어 들고 운전면허증을 확인했다.

드레이크 데커.

그가 바로 세바스찬이 만나려고 한 술집 주인이었다. 지갑을 주머니에 넣어두려고 하는데, 드레이크의 몸에서 한바탕 경련이 일었다.

세바스찬은 관자놀이의 혈관이 쿵쿵거리며 뛸 만큼 소스라쳤다.

사후강직 현상인가?

세바스찬은 피 칠갑을 한 얼굴 위로 몸을 굽혔다.

시체가 갑자기 두 눈을 부릅떴다.

'헉! 깜짝이야.'

세바스찬은 다시 깜짝 놀라며 뒤로 물러섰다.

이런 빌어먹을!

드레이크의 입에서 거미줄 같은 피와 함께 미약한 숨결이 흘러나오고 있었다.

어떻게 할까?

세바스찬은 휴대폰을 꺼내 구급대 전화번호를 눌렀다. 신분을 밝히지 않고, 프레데리크 가 17번지로 앰뷸런스를 급히 보내달라고 요청했다.

전화를 끊고 나서 드레이크의 몸을 다시 한 번 살펴보았다. '베어'는 가장 참혹한 방식으로 고문을 당한 듯했다. 꾸역꾸역 흘러나온 피가 당구대 석판을 덮은 융단으로 축축이 스며들고 있었다. 당구대의 가장자리 포켓들은 당구공 대신 피를 배출하는 도랑 역할을 했다. 드레이크는 이제 숨이 완전히 멎어 있었다.

세바스찬의 머릿속에서 온갖 상념이 들끓었다. 입속이 바짝 타들어갔고, 다리 힘이 빠져 몸이 저절로 흐느적거렸다.

어서 이곳에서 벗어나야 해. 생각은 나중에 해도 늦지 않아.

세바스찬은 혹시 남겨둔 물건은 없는지 살피다가 카운터 위에 있는 버번위스키 병을 발견했다. 잔에 위스키가 반쯤 채워져 있었고, 안에는 오렌지 껍질 한 쪽과 얼음 두 조각이 둥둥 떠 있었다.

누가 위스키를 마셨을까?

필시 드레이크를 고문한 자일 것이다. 얼음 조각들이 아직 녹지 않은 것으로 보아 살인범은 방금 전까지 여기에 있었던 게 분명했다.

혹은 아직 어딘가에 숨어 있을 수도…….

출입구 쪽으로 달려가던 세바스찬의 귀에 뭔가 삐걱거리는 소리가 들려왔다. 그는 우뚝 걸음을 멈춰 섰다.

만일 제레미가 이 시궁창 같은 술집 어딘가에 갇혀 있다면?

세바스찬은 몸을 돌리는 순간 래커를 칠한 칸막이 뒤쪽으로 그림자 하나가 휙 지나가는 걸 보았다. 바로 그 순간 칸막이 뒤에서 체구가 산만한 거인이 튀어나와 그를 향해 달려들었다. 구릿빛 피부에 우람한 근육의 사내로 얼굴에 마오리족 전사 같은 문신이 새겨져 있었다.

마오리 전사의 손에는 전투용 양날 단검이 들려 있었다.

세바스찬은 석상처럼 그 자리에서 꼼짝도 하지 못했다. 단검이 날아오는데도 그는 팔을 들어 방어할 엄두가 나지 않았다.

16

"칼을 내려놔!"

니키가 술집 안으로 뛰어들며 소리쳤다. 거인은 깜짝 놀라 동작을 멈췄다. 니키는 그 순간을 놓치지 않고 앞 돌려차기로 거인의 옆구리를 찍듯이 찼다. 제법 느낌이 묵직했는데 거인은 끄떡도 하지 않았다.

거인은 상대가 두 명인데도 당황해하는 기색이 아니었다. 오히려 여자 하나가 가세해 흥미진진하다는 표정이었다.

세바스찬은 홀의 한가운데로 몸을 피했다. 싸움에는 재주가 없었다. 격투를 해본 기억도 없었다. 누군가를 때리지도 맞지도 않았다.

니키 혼자 거인을 상대하고 있었다. 니키는 복싱을 배워 몸이 날렵했다. 주먹도 웬만한 남자보다 세고 빨랐다. 그녀는 거인의 칼날을 유연한 동작으로 몇 번이나 피했다. 뒤로 물러서다가 위로 훌쩍 뛰어오르기도 하고, 갑자기 몸을 휙 돌리며 페인트모션을 취하기도 했다. 복싱을 배울 때 익힌 기술을 총동원하고 있었지만 거인이 언제까지나 허공만 가를지 장담할 수 없었다. 어떻게 해서든 거인의 손에서 단도를 빼앗아야 했다.

피 냄새는 잊자. 죽음의 그림자도 잊자. 오직 제레미만 생각하자.

제레미를 찾아내기 전에는 죽을 권리도 없어!

니키는 탁자에 기대놓은 당구 큐를 집어 들었다. 단검을 쳐내는데 유용한 수단이 되어줄 듯했다. 그녀는 공격을 피하는 즉시 큐를 연달아 휘둘렀고, 그중 한 방이 마오리의 얼굴을 제대로 강타했다.

화가 머리끝까지 치민 거인이 성난 곰처럼 으르렁거리며 단검을 크게 휘두르는 바람에 니키의 손에 들려 있던 큐가 두 동강 나고 말았다. 당황한 니키는 토막 난 큐를 거인의 얼굴을 향해 집어 던졌다. 거인이 팔을 휘둘러 큐를 가볍게 떨어뜨렸다.

세바스찬이 벽에 걸려있던 소화기를 들고 안전핀을 뽑았다.

"탄산가스나 마셔라!"

소화기를 든 세바스찬이 거인의 머리에 대고 탄산가스를 뿜었다. 예기치 못한 급습에 당황한 거인은 팔로 눈을 가리기에 급급했지만 끝내 단도를 손에서 놓지는 않았다.

니키는 일시적으로 거인의 시야가 가려진 틈을 타 사타구니를 향해 발길질을 날렸다. 뒤이어 세바스찬이 소화기를 있는 힘껏 휘둘렀다. 소화기가 머리를 정통으로 가격했지만 거인은 끄떡도 하지 않았다.

거인이 한 발짝 뒤로 물러서며 니키를 향해 단검을 날렸다. 니키는 아슬아슬하게 단검을 피했다. 맹렬한 속도로 날아간 단검이 벽에 그대로 꽂혔다.

세바스찬은 거인과 정면대결을 펼치려고 달려들다가 바닥에 고여 있는 피를 밟는 바람에 그대로 미끄러지고 말았다. 그는 다시 일어나 주먹을 꽉 쥐었지만 이미 너무 늦었다. 엄청난 스트레이트가 얼굴에 꽂히며 그를 단숨에 카운터 뒤로 날려버렸다.

세바스찬은 추락의 충격을 완화시키려고 선반을 잡고 매달렸다. 그 바람에 선반에 쌓아둔 병들이 와장창 무너지며 파편들이 우르르 떨어져 내렸다. 완전 녹다운되어 바닥에 뻗어버린 세바스찬은 다시 몸을 일으키지 못했다.

거인은 이제 일을 마무리 짓기로 작심한 듯 니키의 목을 움켜쥐고 뒤로 밀어붙여 당구대 위로 쓰러뜨렸다. 그녀의 머리칼이 질척거리는 피 웅덩이에 잠겨들었다. 드레이크의 시체가 불과 몇 센티미터 옆에 놓여 있었다. 니키는 소스라치게 놀라며 비명을 질렀다.

마오리 전사가 주먹으로 니키의 얼굴을 사정없이 내리쳤다. 한 번, 두 번, 세 번. 연속해서 쏟아지는 주먹질 속에서 니키는 점점 의식을 잃어갔다. 그러다가 팔을 뻗어보니 뭔가 손에 잡히는 게 있었다. 힘을 주어 부러진 큐를 움켜쥐었다.

니키는 생존을 위한 마지막 동작에 모든 힘을 쏟아붓기로 결심했다. 반 토막이 난 큐의 끝이 거인의 얼굴에 그대로 적중하며 이마 위로부터 눈썹까지 긁으며 내려왔다. 큐의 끝이 살을 찢으며 안와에 박히는 순간 안구가 터지는 소리가 났다.

이제 외눈박이가 된 거인은 끔찍한 소리를 내며 부르짖다가 다 잡은 상대를 놓쳐버렸다. 눈에서 큐를 빼낸 거인이 비틀거리며 제자리를 빙빙 맴돌았다. 가까스로 몸을 일으킨 세바스찬이 깨진 유리조각을 쥐고 거인에게로 돌진했다. 칼처럼 예리하고 검처럼 뾰족한 유리조각이 삽시간에 거인의 경동맥을 그었다.

세바스찬이 니키를 일으켜 세우고 허리를 부축했다.

"뒤쪽에 빠져나가는 출구가 있을 거야."

17

"니키, 빨리 여길 떠나야 해!"

비릿하고 역한 피 냄새 때문에 숨쉬기가 힘들었다.

카운터 발치에 뻗어있는 마오리 전사의 경동맥에서 단속적으로 피가 흘러나왔다. 삽시간에 수 리터나 흘러나온 피가 술집을 구역질나는 도축장으로 바꿔놓았다.

난데없이 쏟아지는 폭우가 유리창을 거세게 두드려댔다. 바람도 거세게 불었지만 가까이 다가오는 앰뷸런스의 사이렌 소리를 뒤덮을 만큼은 아니었다.

"어서 일어나, 니키! 곧 구급대와 경찰이 들이닥칠 거야!"

세바스찬은 니키를 부축해 홀 뒤쪽 문을 통해 뒤뜰로 빠져 나갔다. 뒤뜰은 뒷골목과 면해 있었다. 코로 밀려드는 시원한 공기와 거침없이 쏟아지는 빗방울이 방금 지옥을 벗어난 두 사람을 축복해주는 듯했다. 살 속까지 스며든 피 냄새를 씻어내려면 몇 날 며칠을 밤낮없이 몸을 씻어도 부족할 판이었다.

세바스찬은 재규어를 세워둔 곳으로 니키를 데려가 조수석에 태웠다. 경찰차의 회전경광등 불빛이 부시윅의 음울한 회색 풍경 속에서 번쩍이며 파란 빛을 발했다.

재규어에 오른 세바스찬은 지체 없이 시동을 걸고 급히 차를 출발시켰다. 위험지대를 최대한 멀리 벗어나기 위해 한참 동안 달리다가 베드포드 스타이브샌트의 한적한 공사장 앞에 차를 세웠다.

"빌어먹을! 당신, 거기서 도대체 뭘 하고 있었던 거야?"

니키가 극도로 흥분한 목소리로 따져 물었다.

"FBI 요원들을 만나러 간다고 하지 않았어?"

"진정하고 내 말을 잘 들어봐. 난 이 일을 혼자서 잘 처리할 수 있을 거라 생각했어. 내가 잘못 생각했던 거지. 당신은 어쩌다 술집까지 오게 되었어?"

"CARD 요원들에게 취조를 받기 전에 그 술집이 대략 어떤 곳인지 알아두는 게 나을 거라 생각했어. 결과적으로 내 판단이 옳았던 셈이지."

니키는 아직도 몸을 덜덜 떨고 있었다.

"누구야, 그 치들은?"

"수염 난 친구가 바로 술집 주인인 드레이크 데커야. 문신한 괴물은 나도 누군지 모르겠어."

니키는 선바이저의 거울로 자신의 몸을 두루 살폈다. 얼굴 전체가 시퍼렇게 부어올랐고, 옷은 갈가리 찢어졌고, 머리칼은 말라붙은 피로 떡이 되어 있었다.

"제레미가 어쩌다 이런 악몽에 빠져들게 되었을까?"

니키가 안으로 잠긴 목소리로 중얼거리다 눈을 감았다. 갑자기 그녀 안 어딘가에서 둑이 허물어지듯 오열이 터져 나왔다.

세바스찬이 위로해주려고 어깨에 손을 올려놓았지만 니키가 어깨를 흔들어 뿌리쳤다.

세바스찬은 한숨을 푹 쉬고는 손으로 눈꺼풀을 문질렀다. 머리가 깨질 듯한 두통이 느껴졌고, 몸이 부르르 떨렸다. 조금 전 그 자신이 사람의 경동맥을 유리로 그어 살해했다는 사실이 믿어지지 않았다.

삶이 하루 만에 예기치 않은 방향으로 흘러갈 수 있단 말인가?

세바스찬은 오늘 아침에만 해도 여유롭고 안락한 집에서 잠을 깼다. 침실에는 평화로운 햇살이 가득 들어차 있었다.

이게 어떻게 된 일이지?

피로 얼룩진 손, 바로 눈앞에서 아가리를 딱 벌리고 있는 감옥 문, 죽었는지 살았는지 생사도 모르는 아들……

머리를 송곳으로 쑤셔대는 듯한 두통이 계속됐지만 세바스찬은 생각을 가다듬었다. 갖가지 이미지들과 오늘 하루 벌어진 일들이 소용돌이치듯 뒤섞였다. 니키와의 재회, 마약 발견, 난도질당한 드레이크 데커의 시체, 난폭한 거인 사내의 목을 그었던 예리한 유리조각……

천둥이 요란스럽게 울리더니 소나기가 한층 거세어졌다. 억수처럼 퍼붓는 빗속에 잠긴 차가 태풍이 이는 바다의 일엽편주처럼 뒤흔들렸다.

세바스찬은 차창에 뿌옇게 낀 수증기를 옷소매로 닦았다. 시야가 3미터도 채 확보되지 않았다.

"이 일을 끝까지 숨길 수는 없어. 경찰에 신고하는 게 낫겠어."

세바스찬이 니키 쪽으로 고개를 돌리며 말했다.

니키는 고개를 저었다.

"우린 사람을 죽였고, 돌아올 수 없는 강을 건넜어. 경찰에 털어놓는 즉시 현장에서 체포될 거야."

"제레미는 우리가 생각하는 것보다 훨씬 더 심각한 위험에 처해 있는지도 몰라."

니키는 얼굴로 흘러내린 머리카락을 쓸어 올렸다.

"경찰은 제레미를 찾는 데 도움을 주지 않을 거야. 경찰에 대해 괜한 환상을 품지 마. 경찰은 곧 두 구의 시체를 발견할 테고, 그들을 살해한 자를 잡아 죄를 물으려 하겠지."

"우리의 행위는 정당방위였어."

"정당방위를 증명하기란 그리 쉽지 않아. 언론은 살인용의자가 유명인사라는 걸 알게 되면 신이 나겠지. 아마 매일 대문짝만 한 기사가 쏟아져 나올 거야."

니키의 말은 결코 과장된 게 아니었다. 세바스찬은 자신이 술집에 발을 들여놓기 전 벌어졌던 일에 대해 곰곰이 생각해보았다. 술집 주인인 드레이크 데커가 끔찍하게 살해되었다. 우발적인 살인이나 마약 딜러들이 세력다툼을 벌이다 우연히 살해된 게 아니라는 건 사건현장을 보는 순간 알게 될 것이다. 처음부터 살해할 목적이 없었다면 현장을 그런 식으로 방치하지는 않았을 것이다.

그 참혹한 살인현장과 제레미는 어떤 관련이 있을까?

현재는 아무것도 알 길이 없었지만 이제 사건의 성격이 달라진 건 분명했다. 제레미가 경찰에 체포되거나 감옥에 가는 게 두렵지는 않았다. 어딘가에 버려진 제레미의 시체를 발견하게 될까 봐 두려울 뿐이었다.

두 사람의 휴대폰이 동시에 울렸다. 세바스찬의 벨소리는 바흐의 〈파르티타〉였다. 니키의 벨소리는 지미 헨드릭스의 〈리프〉였다.

니키는 휴대폰 화면을 들여다보았다. 로렌조 샌토스였다. 분명 FBI 특수수사팀인 CARD 본부에서 초조하게 기다리다 전화를 걸었을 것이다.

니키는 일단 샌토스의 전화를 받지 않기로 했다. 샌토스에게 언젠가는 다 말해야겠지만 지금은 아니었다. 니키는 세바스찬의 휴대폰 화면을 힐끗 쳐다봤다. 번호 맨 앞자리를 보아하니 국제전화였다. 세바스찬은 모르는 전화번호라는 뜻으로 눈을 찡긋해 보였으나 몇 초간 망설이다 결국 전화를 받았다.

"세바스찬 래러비 씨?"

외국어 억양이 섞인 어떤 남자의 목소리였다.

"네, 제가 세바스찬 래러비입니다만······."

"선생께서는 지금 아드님의 소식을 몹시 듣고 싶으실 텐데, 그렇지 않습니까?"

세바스찬은 심장에 대리석 하나를 올려놓는 듯 몹시 답답한 느낌을 받았다.

"당신 누구요? 당신이 제레미를 어떻게······."

"그럼 영화감상이나 잘 하세요, 세바스찬 래러비 씨!"

상대는 그 말을 끝으로 전화를 끊어버렸다.

그들은 입만 딱 벌린 채 아무 말도 하지 못하고 서로를 쳐다보았다. 불안감과 경악스런 느낌이 교차하는 눈빛이었다.

작고 맑은 벨소리가 그들을 소스라치게 했다.

니키의 휴대폰으로 메일 한 통이 도착했다. 발신인 주소가 낯설었다. 그녀는 메시지를 열어보았다. 달랑 첨부파일 하나만 들어있었다.

다운로드를 받는데 시간이 한참이나 걸렸다.

　니키는 떨리는 손으로 〈재생〉 버튼을 눌렀다. 그녀의 손은 본능적으로 무언가에 매달리기 위해 세바스찬의 팔을 잡았다.

　동영상이 돌아가기 시작했다.

　그녀는 최악의 장면을 보게 되리란 걸 각오했다.

　마구 쏟아지는 폭우가 자동차 천장을 맹렬히 두드리고 있었다.

18

미성년자 실종사건을 전담하는 FBI의 특별수사팀 CARD의 본부는 파크애비뉴를 짓누를 듯 서있는 육중한 다각형 구조물인 메트라이프 빌딩 56층에 자리 잡고 있었다.

맨해튼 전체를 굽어볼 수 있는 CARD의 대기실은 크롬과 유리로 이루어진 긴 복도형 홀이었다. 소파에 몸을 묻은 로렌조 샌토스는 초조한 표정으로 발을 동동 구르고 있었다.

샌토스는 신경질적으로 손목시계를 들여다보았다. 무려 한 시간이 넘게 니키를 기다리고 있었다.

실종신고 접수를 포기한 걸까? 왜?

샌토스는 니키의 태도를 도저히 납득할 수 없었다. 그녀 때문에 그는 바보가 되었다. FBI 요원들에게 겨우 사정하다시피 해 긴급회동을 마련했는데 정작 당사자가 펑크를 내는 바람에 입장이 우습게 돼버린 것이다.

샌토스는 휴대폰으로 다시 한 번 문자메시지를 보냈다. 벌써 세 번째 시도였다. 니키가 의도적으로 전화를 피하는 것 같았다. 정말이지 분통 터지는 노릇이었다. 니키가 갑작스런 태도변화를 보이는 이유가 뭘까? 아무리 생각해도 어디선가 난데없이 나타난 그녀의 전남편 세바스찬 래러비 때문인 듯했다.

빌어먹을!

니키를 잃는다는 건 생각할 수조차 없는 일이었다. 벌써 여섯 달 전부터 그는 니키에게 푹 빠져 있었다. 니키의 모든 게 사랑스러웠다. 그녀의 행동, 표정, 몸짓 하나 하나가 그를 매료시키기에 충분했다. 니키가 어떤 생각을 하고 있고, 그녀가 쏟아놓는 말 한 마디에 어떤 의미가 담겨 있는지 촉각을 곤두세우고 집중했다.

샌토스는 지난 여섯 달 동안 니키에 대한 갈증과 그녀를 잃을지도 모른다는 두려움 속에서 살아왔다. 니키는 그를 사랑의 열병에 걸려 허우적거리는 한심한 인간으로 바꾸어놓았다.

샌토스는 가슴이 터질 듯 답답했고, 몸이 후끈거렸고, 식은땀이 저절로 흘렀다. 니키에 대한 사랑은 마음의 평온과는 거리가 멀었다. 사람을 미치게 만드는 사랑이었고, 중독시키는 사랑이었다. 니키는 세상에서 가장 효과가 탁월한 마약처럼 그를 빠져들게 했고, 환희와 고통을 번갈아주었다.

니키 앞에서는 괜히 나약하고 의존적인 사람이 되곤 했다. 치명적인 덫에 빠져드는 느낌이었다. 조금도 저항하고 싶지 않았다. 물러서기에는 이미 늦어버렸다.

샌토스는 불안감과 울화를 견디다 못해 창가로 걸어갔다. 대기실 분위기는 답답하고 경직돼 있는 반면, 창밖으로 펼쳐진 전망은 사뭇 매혹적이었다. 크라이슬러빌딩의 첨탑과 독수리상들, 윌리엄스버그 다리의 케이블선, 이스트리버의 수면 위를 미끄러져가는 선박들이 원근법의 조화 속에서 아름답게 펼쳐져 있었고, 더 멀리에는 퀸즈 구역의 특색 없는 지붕들이 끝없이 펼쳐져 있었다.

샌토스는 쓴 한숨을 내쉬었다. 니키에 대한 중독 상태에서 벗어나고 싶었지만 뜻대로 되지 않았다.

왜 나는 니키만 보면 정신을 못 차리는 걸까? 왜 하필 그녀일까? 그녀가 다른 여자들에 비해 대체 뭐가 더 매력적인 걸까?

샌토스는 자신이 왜 니키에게서 벗어나지 못하는지 분석해보려다가 단념했다. 그런 시도가 얼마나 부질없는 짓인지 이미 수많은 시행착오를 통해 잘 알고 있었다. 누군가에게 매혹되는 걸 어떻게 합리적으로 설명할 수 있단 말인가?

니키는 결코 길들여지지 않을 야생마 같은 여자였다.

'난 항상 자유로워. 난 결코 누군가의 소유물이 되지 않아.'

니키의 눈빛에서는 항상 의미를 알 수 없는 불꽃이 일렁거렸다. 바로 그 불꽃이 그를 미치게 만들었다.

샌토스는 눈살을 찌푸렸다. 비는 그쳐 있었다. 하늘에서는 푸르스름한 구름들이 지나가고 있었다. 아직 간간이 번개가 번쩍였다. 하나둘씩 도시의 불빛이 켜지기 시작했다. 지상 200미터 높이에서 바라본 뉴욕은 어딘가 휭한 느낌을 주었다.

샌토스는 꽉 틀어쥔 주먹을 유리창에 가져다대었다. 그는 뉴욕경찰청에서 단기간에 입지를 다지는데 성공했다. 그는 야심가였고, 현장을 누구보다 잘 알았고, 맡은 임무를 완벽하게 수행했다. 벌써 몇 번이나 굵직한 사건을 해결했고, 그 과정에서 정보제공자 그룹을 조직하기 위해 건달들과의 접촉도 마다하지 않았다. 뉴욕경찰청 마약단속반은 위험이 따르고 업무가 과중한 부서였지만 그에게는 아무런 문제가 되지 않았다. 그는 뉴욕의 뒷골목을 거침없이 누비고 다니며 승진에 필요한 실적을 충실하게 쌓아가고 있었다.

샌토스는 결코 눈물이나 찔끔거리며 세월을 허비하는 사내가 아니었다. 그런 그도 오늘만큼은 하루 종일 두려움과 초조감 속에서 보내야 했다. 니키를 잃게 될지도 모른다는 불안감, 다른 남자에게 빼앗길지도 모른다는 강박관념이 그를 좀처럼 놓아주지 않았다.

그때 휴대폰 벨소리가 울렸다. 기쁨은 잠시, 전화를 건 사람은 그의 부관 마찬티니였다.

"무슨 일인가?"

부하의 목소리는 요란하게 울부짖는 사이렌소리와 자동차 엔진 소리에 섞여 거의 알아들을 수가 없었다.

"샌토스 경위님, 긴급사건이 발생했습니다. 부시윅의 술집에서 살인사건이 발생해 급히 현장으로 출동하는 중입니다. 살해된 자는 두 명입니다."

샌토스는 본능적으로 경찰 업무로 복귀했다.

"부시윅? 사건 현장의 정확한 주소가 뭔지 말해봐."

"프레데리크 가에 있는 르 부메랑이라는 술집입니다."

"르 부메랑이라면 드레이크 데커의 바잖아?"

"구급대원들이 그러는데 현장은 완전 도살장 분위기랍니다."

"그리로 곧 갈 테니까 현장을 잘 보존하고 있어."

전화를 끊자마자 복도로 달려나온 샌토스는 엘리베이터를 타고 지하차고로 내려가 공무용 차에 올랐다.

오후 5시 반.

차를 이용해 맨해튼을 벗어나기가 힘든 시간이었다. 샌토스는 회전경광등을 작동시키고 사이렌을 울렸다.

유니언 스퀘어, 그리니치빌리지, 리틀 이탤리.

드레이크 데커의 바에 시체 두 구라…….

부시윅은 샌토스의 관할 구역이었다. 회색 곰이라는 별명을 가진 드레이크 데커도 여러 차례 체포해 심문한 적이 있었다. 그가 알기로 드레이크 데커는 거물급 마약딜러는 아니었다. 마약밀매조직은 피라미드 구조로 되어 있었다. 드레이크 데커는 명령을 내리는 위치에 있지 않았다. 오히려 간간이 경찰에 정보를 제공해주고 푼돈이나 받아 쓰는 마약공급자일 뿐이었다.

부시윅에서 발생한 살인사건이 잠시 그를 형사 본연의 자세로 돌아가게 했으나 얼마 되지 않아 다시금 니키의 얼굴이 떠오르며 머리가 복잡해졌다. 그는 휴대폰 화면을 힐끔 쳐다봤다. 여전히 니키로부터는 아무런 소식도 없었다.

다리를 건너는 샌토스의 가슴은 불안감으로 터질 듯했다. 머릿속에선 쉼 없이 질문들이 쏟아졌다.

도대체 니키는 지금 어디에 있단 말인가? 어떤 놈팡이와 함께.

평소의 샌토스라면 살인사건 수사에 집중했어야 마땅했지만 지금은 머리가 복잡해 현장을 부하 형사에게 맡기기로 했다. 다리 건너편에 다다른 그는 시체들은 나중에 둘러보리라 결심하고, 니키가 사는 레드후크로 방향을 돌렸다.

19

브루클린

온통 폐허가 되다시피 한 아파트로 돌아온 니키와 세바스찬은 컴퓨터가 놓여있는 나무카운터 뒤에 자리 잡았다.

니키는 컴퓨터를 켜고 동영상을 다운받기 위해 이메일을 열었다. 동영상을 본 그들은 깊은 충격과 공포를 느꼈다. 그들은 혹시 어떤 단서라도 찾아낼 수 있지 않을까 생각하며 동영상을 꼼꼼하게 분석해보았다. 손바닥만 한 휴대폰 화면으로는 결코 쉬운 작업이 아니었다.

니키는 동영상을 디지털영상처리프로그램으로 옮겼다.

"당신, 언제 컴퓨터를 배웠어?"

세바스찬은 그녀가 컴퓨터를 능숙하게 다루는 것에 놀라며 물었다.

"윌리엄스버그의 아마추어극단과 작업한 적이 있는데, 공연 중에 집어넣을 시퀀스들을 내가 직접 찍은 적이 있어. 그때 컴퓨터 사용법을 제대로 배웠지."

세바스찬은 이제야 알겠다는 듯 고개를 끄덕였다. 그도 연극계의 그러한 경향에 대해 잘 알고 있었다. 연극이 영화적 요소를 차용하는 것에 대해 그다지 호의적으로 생각하지 않았지만 지금은 그런 논쟁이나 벌일 때가 아니었다.

니키는 동영상을 화면에 띄웠다. 17인치 화면으로 키우자 마치 모자이크 처리를 한 것처럼 영상이 흐릿해졌다.

니키는 화질이 최대한 선명해질 때까지 동영상 크기를 조정했다. 소리를 없앤 동영상은 자글거리는 미세한 점들로 이루어졌고, 약간 푸르스름했으며, 가로 방향으로 줄들이 그어져 있었다.

그들은 다시 동영상을 정상적인 속도로 돌려놓았다. 재생시간이 40초도 안 되었지만 시간이 짧다고 고통이 덜한 건 아니었다.

높은 곳에서 어느 지하철역의 플랫폼을 찍은 동영상이었다.

열차 한 대가 역으로 미끄러져 들어온다. 열차의 자동문이 열리고 한 소년―다름 아닌 제레미―이 객차에서 뛰어나와 플랫폼 위를 달려 도망친다. 사람들을 헤치며 달리는 제레미의 뒤쪽에서 두 명의 사내가 추격한다. 추격전이 벌어진 거리는 불과 30여 미터 남짓이다. 계단 아래에서 사내들에게 붙잡힌 제레미는 바닥으로 난폭하게 내동댕이쳐진다. 마지막 몇 초 동안 괴한 중 한 사람의 얼굴이 보인다. 그는 보기에도 섬뜩한 미소가 담긴 얼굴로 카메라렌즈를 뚫어지게 응시한다. 곧이어 눈이 쏟아지는 것 같은 화면이 나타나며 영상이 끊긴다.

니키는 충격적인 장면에 가슴이 미어질 듯 아팠지만 감정을 차분하게 가라앉히려 애썼다. 동영상을 통해 뭔가 단서를 찾아내려면 보다 냉철해질 필요가 있었다.

"당신이 보기에는 어느 역 같아?"

니키가 물었다.

"동영상만 봐서는 모르겠어. 이렇게 생긴 역이 어디 한두 군데라야지."

"시퀀스들을 느린 화면으로 다시 돌려볼게. 필요한 경우 단서를 최대한 많이 찾아낼 수 있게 한 컷씩 정지화면으로 살펴보는 게 좋겠어."

세바스찬은 고개를 끄덕이고는 정신을 집중했다.

니키가 동영상을 다시 돌리기 시작했다. 세바스찬은 집게손가락으로 화면 한곳을 가리켰다. 영상의 오른쪽 하단에 날짜표시가 나와 있는 부분이었다.

"10월 13일……."

세바스찬은 눈을 잔뜩 찌푸리며 동영상에 나온 날짜를 읽었다.

"그럼 어제 날짜잖아."

첫 번째 컷은 플랫폼에 멈춰 선 열차를 보여주고 있었다. 니키는 정지버튼을 눌러 장면을 고정시키고, 좀 더 주의 깊게 열차를 살폈다.

"줌으로 확대하는 기능이 있어?"

니키가 열차를 줌으로 끌어당겨 확대했다. 열차는 흰색과 비취색으로 칠해져 있고, 크롬손잡이가 달려있는 것으로 보아 구형 전철이었다.

"여기에 로고가 있어. 객차의 아래 부분!"

니키는 트랙패드를 사용해 그 부분을 분리시킨 다음 초점을 맞췄다. 흐릿하긴 했지만 하늘을 향해 고개를 쳐든 얼굴을 양식화한 엠블럼이 뚜렷이 보였다.

"이 엠블럼이 무슨 표신지 알겠어?"

니키는 고개를 가로저으며 말했다.

"아니, 모르겠어."

니키는 다시 재생버튼을 눌렀다. 자동문이 열리고 모직과 가죽으로 된 투톤점퍼 차림의 십대 소년 하나가 나타났다.

니키는 다시 이미지를 고정시키고 확대시켰다. 소년은 고개를 푹 숙였는데, 얼굴이 뉴욕메츠 야구팀 모자에 가려 잘 보이지 않았다.

"저 아이가 제레미일까? 난 확신할 수 없어."

세바스찬이 고개를 갸웃거리며 말했다.

"분명 제레미야. 제레미는 뉴욕메츠 모자나 옷들을 자주 입고 다녀."

세바스찬은 회의적인 표정을 짓다가 컴퓨터 화면 위로 몸을 굽혔다. 아이는 스키니진, 티셔츠, 캔버스 운동화 차림이었다.

"요즘 십대 아이들은 죄다 저런 차림이잖아?"

"내가 제레미의 엄마야. 난 본능적으로 알 수 있어!"

니키가 힘주어 말했다.

니키는 자신의 주장을 뒷받침할 수 있는 증거를 제시하기 위해 아이의 티셔츠 부분이 잘 나타나게 그 부분을 잘라냈다. 잘라낸 부분을 확대하고 최대한 선명하게 만들었다. 검정 면 티셔츠 위에 새겨진 더 슈터즈라는 글자가 화면에 나타났다.

"제레미가 좋아하는 록그룹이 더 슈터즈 아니었어?"

세바스찬의 말에 니키는 말없이 고개를 끄덕이고는 다시 모니터링을 시작했다.

객차에서 뛰어나온 제레미는 사람들을 헤치고 내달린다. 이어 카메라에 두 사내가 불쑥 등장한다. 아마도 옆 객차에서 뛰어나온 듯했으나 화면에 보인 건 사내들의 등밖에 없었다.

니키와 세바스찬은 화면에 눈을 붙이고 시퀀스를 여러 차례 다시 돌려보았지만 사람들이 북적대고 멀리서 찍은 탓에 화면은 여전히 선명하게 보이지 않았다. 이어 보기에 안쓰러운 부분이 시작됐다. 제레미가 플랫폼 끝부분에 있는 층계 앞에서 붙잡혀 난폭하게 내동댕이쳐지는 장면이었다. 마지막 5초가 가장 고통스런 장면이었다. 제레미를 패대기친 괴한이 고개를 돌려 카메라를 노려보며 마치 조롱하듯 미소를 짓는 장면…….

"저 자식은 지금 카메라가 자기들을 찍고 있다는 걸 알고 있어. 우릴 비웃고 있는 거야."

니키가 괴한의 얼굴을 선명히 볼 수 있게 클로즈업했다. 냉소를 띤 입가, 텁수룩하게 자란 수염, 치렁치렁한 장발, 검은 안경, 귀가 덮일 정도로 푹 내려쓴 스키모자…….

영상보정을 모두 마친 니키는 괴한의 얼굴을 고화질로 인쇄했다. 세바스찬이 프린터에서 괴한의 얼굴이 인쇄돼 나오길 기다리며 물었다.

"이 동영상을 우리에게 보낸 목적이 뭘까? 특별한 메시지나 몸값 요구가 없다는 게 이상하잖아."

"나중에 뭔가를 요구할 수도 있잖아."

세바스찬은 프린터로 인쇄한 괴한의 얼굴을 들여다보았다. 그가 누군지 밝혀낼 단서가 될 만한 부분이 있는지 자세히 체크했다. 사내는 변장을 한 듯 어딘가 모르게 어색해 보였다.

혹시 내가 본 적이 있는 사람인가?

낯이 익은 듯했으나 분명하지는 않았다. 인쇄물이 흐릿해 얼굴이 뭉개진데다 검은 안경과 스키모자, 텁수룩한 수염으로 가려져 있기 때문인지도 몰랐다.

니키는 다시 동영상을 돌렸다.

"이번에는 장소와 배경을 클로즈업해봐. 장소가 어디인지 알아내는 게 무엇보다 중요해."

타원형의 궁륭천장이 보이고, 두 개의 선로가 깔려있는 지하역이었다. 벽은 흰색 자기타일과 광고판들로 덮여 있었다.

"광고판을 확대해볼 수 있어?"

〈마이 페어 레이디〉를 광고하는 포스터였다. 니키가 화질을 보정한 결과 광고판의 글씨를 읽을 수 있었다.

"샤틀레. 파리뮤지컬극장."

세바스찬은 어안이 벙벙했다.

파리……?

"말도 안 돼! 제레미가 무슨 볼 일이 있어 파리까지 갔을까?"

하지만…….

그제야 하늘을 향해 고개를 쳐든 얼굴을 어디서 보았는지 기억났다. 17년 전, 처음으로 파리에 갔을 때였다.

세바스찬은 컴퓨터에 새 창을 띄우고 인터넷프로그램을 열었다. 구글 검색란에 '파리 지하철'이라고 치고 마우스를 더블 클릭하자 파리교통공사 사이트가 나왔다.

"객차에 새겨져 있던 로고는 파리교통공사 로고였어."

니키는 화면의 배경에 나타난 파란 글자판을 커서로 가리키며 말했다. 그 위에 흰 글자로 새겨진 지하철역 이름이 어른거렸다.

간단한 작업처럼 보였는데 생각보다 시간이 오래 걸렸다. 지하철역 이름이 화면에 나오는 시간은 불과 수백 분의 일 초였다. 인터넷을 검색해본 결과 그 지하철역은 〈바르베스-로쉬슈아르 역〉이라는 결론에 도달했다. 파리 북부지역에 위치한 지하철역…….

세바스찬은 갈수록 이해가 되지 않았다. 이 동영상은 도대체 어떤 경로를 거쳐 전달되었을까? 뉴욕과 마찬가지로 파리의 지하철역에도 무수히 많은 CCTV가 설치되어 있었다. 하지만 공공시설에 설치되어 있는 CCTV의 경우 누구나 쉽게 열람할 권한을 부여받을 수 없었다. CCTV들은 대개 해당기관의 보안 PC들과 연결되어 있고, 사법당국의 요청이 있을 경우에만 특별히 열람할 수 있도록 허락되었다.

"당신한테 국제전화를 걸었던 사람 있잖아? 발신자 전화번호가 남아 있으면 그 사람한테 전화해보는 게 어때?"

니키는 지금 '선생께서는 지금 아드님의 소식을 몹시 듣고 싶으실 텐데, 그렇지 않습니까?'라는 말로 세바스찬의 휴대폰으로 전화를 걸었던 번호를 말하는 것이었다.

신호음이 세 번 울리고 나서 상대가 짐짓 쾌활한 목소리로 전화를 받았다.

"라 랑그 오 샤, 봉주르(프랑스어로 '안녕하세요'라는 뜻. '라 랑그 오 샤la langue au chat'는 직역하자면 '고양이에게 혓바닥을'이라는 뜻이다 : 옮긴이)."

세바스찬의 프랑스어 실력은 지극히 초보적인 수준이었다. 상대방이 끈질기게 설명해준 다음에야 그는 〈라 랑그 오 샤〉가 파리 4구에 위치한 어느 카페 이름이라는 사실을 알게 되었다.

전화를 받은 상대는 평범한 카페주인으로 그들과는 전혀 무관한 사람이었다. 한 시간 전, 누군가가 카페의 전화를 사용했던 게 틀림없었다. 카페주인은 영문을 몰라 하며 어리둥절해하고 있었다.

"어느 놈인지 몰라도 우릴 데리고 놀고 있어."

"우리가 확보한 단서들을 종합해보면 모두 파리와 연관이 되어 있어. 결과적으로 누군가 우리를 파리로 유인하고 있는 셈이야."

니키가 차분하게 말했다.

니키는 손목시계를 들여다보고 나서 세바스찬에게 물었다.

"당신 혹시 지금 여권을 가지고 있어?"

세바스찬이 고개를 끄덕였다.

"설마 오늘 당장 파리로 출발하자는 건 아니겠지?"

"아니, 지금 당장 파리로 가야 해. 우리에게 주어진 유일한 길이야. 당신은 생각은 많지만 정작 실천하는 게 별로없어. 그렇게 생각하지 않아?"

"서두른다고 일이 저절로 해결되는 건 아니야. 파리에서 우리를 기다리는 자들이 누군지도 모르고, 뭘 원하는지도 몰라. 그들이 유인하는 대로 움직인다는 건 벌리고 있는 늑대 아가리에 몸을 던지는 꼴이 될 수도 있어."

"내키지 않으면 당신은 여기 남아. 나 혼자 갈 테니까."

세바스찬은 두 손으로 머리를 감쌌다. 상황이 통제할 수 없는 방향으로 치닫고 있었다. 지금 이 상황에서 니키를 설득할 방법은 없었다. 니키는 결코 결심을 번복하지 않을 것이다. 그녀를 설득할 명분이나 대안도 없었다.

"좋아, 나도 가겠어."

세바스찬은 결국 항복을 선언하고 델타항공사이트에 접속했다. 니키는 급히 트렁크를 꾸리기 위해 자기 방으로 올라갔다.

마침 지금은 비성수기여서 별 어려움 없이 21시 50분발 파리행 티켓 두 장을 구할 수 있었다. 온라인으로 요금을 결제하고 나서 영수증과 탑승권을 프린터로 출력했다. 마침 그때 초인종 소리가 울려 그를 소스라치게 했다.

세바스찬은 반사적으로 노트북모니터를 덮은 다음 살금살금 현관

문으로 걸어가 문구멍으로 밖을 내다보았다.

샌토스였다.

이 친구는 왜 또 나타난 거야?

세바스찬은 소리를 내지 않고 탑승권을 챙겨 니키가 있는 이층으로 올라갔다.

니키는 커다란 스포츠가방에 옷가지를 쑤셔 넣고 있었다. 그는 소리 없이 입 모양만으로 샌토스가 왔다는 사실을 알렸다. 그런 다음 입에 검지를 대고 자신을 따라오라고 손짓했다.

세바스찬은 니키를 창문 쪽으로 데려갈 생각이었다. 갑자기 그녀가 걸음을 멈추더니 제레미의 방으로 들어가 빨간색 MP3 기기를 집어 들고 가방에 챙겨 넣었다.

세바스찬은 어이가 없다는 듯 피식 웃음을 터뜨렸다.

"난 비행공포증이 있어. 음악을 듣지 않으면 공황장애를 일으킬지도 몰라."

"빨리 서둘러야 해!"

니키가 내리닫이 창을 들어 올리는 세바스찬을 도왔다.

세바스찬이 먼저 나가 그녀가 주철로 된 비상사다리를 붙잡는 걸 돕기 위해 팔을 내밀었다.

마침내 평지에 내려선 두 사람은 밤의 어둠 속으로 사라졌다.

20

"니키, 어서 문 열어!"

샌토스는 아파트 철문을 거세게 두드렸다.

"어서 문을 열라니까! 당신이 여기 있다는 걸 다 알고 있어."

샌토스는 더 이상 참지 못하고 강철표면을 주먹으로 갈겼으나 끔찍한 통증만이 전해질 뿐 철문은 꼼짝도 하지 않았다.

빌어먹을!

둘이 사귀기 시작한 지 벌써 여섯 달이 되었지만 니키는 여전히 그에게 열쇠를 주지 않았다.

이 철문을 열려면 파성추 정도는 있어야겠군.

샌토스는 다시 일층으로 내려와 건물 주위를 한 바퀴 빙 돌았다. 짐작했던 대로 꼭대기 두 개 층에 불이 밝혀져 있었다. 그는 혹시 집 안을 들여다볼 수 있지 않을까 생각하며 비상계단을 올라가면서 보니 창문이 활짝 열려있었다.

샌토스는 열린 창문을 통해 가볍게 제레미의 방으로 들어갔다.

"니키, 어디 있어?"

복도로 나와 이 방 저 방 둘러보았지만 니키는 온데간데없고 방은 온통 쑥대밭이 돼 있었다.

방들이 죄다 이 지경인데 말다툼 좀 한 거라고 둘러대는 세바스찬 래러비의 말을 믿었다니!

샌토스는 도대체 무슨 일이 일어났는지 영문을 알 수 없었다.

도둑이 들었나?

도둑이 들었다면 니키가 그 사실을 감출 이유가 없었다.

호주머니 속에 든 휴대폰이 진동했다. 마찬티니가 안달복달하며 그가 도착하기를 기다리고 있었다.

샌토스는 당장 르 부메랑의 범죄현장으로 달려가야 마땅하다는 걸 알고 있었다. 하지만 니키에게 심상치 않은 사태가 벌어지고 있다는 걸 알면서도 모른 척 외면할 수는 없었다. 그는 일단 마찬티니의 전화를 받지 않기로 작정했다.

샌토스는 무얼 찾겠다는 목표도 없이 수사관의 본능에 따라 제레미의 방을 뒤지기 시작했다. 누군가가 먼저 방을 샅샅이 뒤진 흔적이 역력하게 남아 있었다.

난장판이 된 방과 제레미의 '실종'은 어떤 연관이 있을까?

침대 위에 놓인 포커가방을 살펴보던 샌토스는 곧 가짜 세라믹 코인들을 발견했다. 세라믹 코인의 정확한 용처에 대해서는 감을 잡을 수 없었지만 제레미의 실종과 어떤 연관성이 있을 거라는 걸 직감했다.

샌토스는 욕실을 둘러보려고 문을 열었다가 다시 한 번 깜짝 놀랐다. 욕실도 엉망진창이었다. 좌변기 주변에 어지러이 찍혀 있는 발자국과 흥건한 물기가 그의 호기심을 자극했다. 몸을 굽혀 좌변기와 그 주변을 면밀히 살피던 그는 갑자기 눈이 휘둥그레졌다. 좌변기의 둥근 언저리에 묻어 있는 하얀 분말……. 그는 경험상 하얀 분말이 세제가 아니라는 걸 알 수 있었다.

코카인 같은데?

샌토스는 면봉으로 분말을 채취해 몸에 지니고 다니던 비닐봉지에 집어넣었다. 니키의 집에서 마약이 발견된다는 건 상식적으로 납득하기 어려운 일이었지만 변기에 묻은 하얀 분말 가루는 분명 코카인이었다.

샌토스는 시간이 없었지만 가택수색을 5분만 더 해보기로 마음먹었다. 아래층으로 내려간 그는 거실을 둘러보고, 서랍들을 모두 열어보고, 선반들을 샅샅이 살펴보았다. 특별히 눈에 띄는 게 없어 수색을 중단하고 집을 떠나려다가 주방 카운터 위에 놓여 있는 니키의 노트북을 발견했다.

모니터를 여는 순간 화면이 밝아지면서 델타항공 웹사이트가 나타났다. 샌토스는 응용프로그램들을 들춰보다가 PDF 파일에서 이미 출력한 비행기 티켓 두 장을 발견했다.

모든 상황을 눈치채고 극도로 화가 치민 샌토스는 욕설을 퍼부으며 노트북을 벽에다 힘껏 집어 던졌다. 니키가 오늘 밤 전남편과 함께 파리로 날아갈 계획을 세우고 있었다는 걸 비로소 알게 된 것이다.

21

재규어는 고속도로를 빠져나와 JFK공항 제3터미널에 도착했다. '장기주차장' 입구 톨게이트를 지난 차는 지하주차장으로 들어가는 나선형 경사로를 따라 내려갔다.

"당신, 옷 좀 갈아입어야겠어."

세바스찬이 후진으로 차를 주차시키며 말했다.

그들은 황급히 집을 빠져나오느라 몸을 씻고 옷을 갈아입을 시간이 없었다. 니키의 옷은 여기저기 찢어진데다가 피로 얼룩져 있었다.

니키는 백미러로 자신의 몰골을 살펴보았다. 얼굴은 시퍼런 멍투성이에 입술 곳곳이 부풀고 찢어졌으며, 머리칼에는 피가 덕지덕지 엉겨붙어 있었다.

"지금 그대로 공항터미널을 돌아다녔다가는 미처 삼 분도 안 돼 경찰들이 몰려들 거야."

니키는 뒷좌석에 놓아둔 스포츠가방에서 옷을 꺼냈다. 그녀는 앉은 자세 그대로 몸을 뒤틀어가며 추리닝바지와 후드티를 입었다. 운동화를 신고 머리를 뒤로 묶고 나자 이제 그나마 봐줄 만했다.

두 사람은 주차장 엘리베이터를 타고 출발터미널로 올라가 출국신고대와 보안검색대를 통과해 탑승게이트로 향했다. 이제 막 기내로 들어서려는데 세바스찬의 휴대폰이 진동했다. 카미유였다. 할머니집이 있는 롱아일랜드행 열차 안에서 전화를 한 거였다. 심심찮게 벌어지는 현상이지만 오늘 롱아일랜드 열차가 연착이었다고 했다. 카미유는 대체로 즐거워보였고, 특히 세바스찬에 대해 그다지 화가 나 있는 것 같지 않았다.

"할머니가 벽난로에 구워주시는 밤을 빨리 맛보고 싶어."

카미유는 연신 즐거운 목소리로 재잘거렸다.

세바스찬은 설핏 미소를 머금었다. 행복했던 지난날의 추억이 머릿속을 스쳐 지나갔다. 그들 부부는 아직 어린 쌍둥이 남매를 데리고 메인주의 숲으로 밤을 따러 갔던 적이 있었다. 대자연 속에서 맑은 공기를 흡입하며 산책도 하고 밤도 주웠다. 밤을 구울 때 껍질이 터지면서 나는 소리, 벽난로 잉걸불의 열기, 구멍 뚫린 난로에서 울려 퍼지던 쩽그랑거리는 소리, 방 안 가득 퍼지던 구수한 밤냄새, 새카매진 손가락, 뜨거운 밤 껍질을 벗기다가 손에 화상을 입을까 봐 걱정이 되던 순간…….

"아빠, 제레미와는 연락이 됐어?"

카미유의 질문이 그를 다시 현실세계로 끌어내렸다.

"곧 찾게 될 테니까 너무 걱정하지 마."

"지금 엄마와 같이 있어?"

"응, 엄마 바꿔줄게."

세바스찬은 휴대폰을 니키에게 건네고 에어버스의 중앙통로를 따라 앞으로 나아갔다. 그들의 좌석 앞에 다다른 그는 가방을 짐칸에 올려놓고 자리에 앉았다.

"제레미에게서 연락이 오면 엄마 아빠한테 알리는 걸 잊지 마. 알았지?"

니키가 카미유에게 말했다.

"엄마 아빠는 지금 어디 있는 거야?"

"음…… 비행기 안에."

니키가 망설이며 말했다.

"둘이서 어딜 가는데?"

대답이 궁해진 니키는 서둘러 전화를 끊어야겠다고 생각하며 말했다.

"이만 끊어야겠다. 비행기가 곧 이륙할 거야. 카미유, 사랑해."

"하지만 엄마……."

니키는 어쩔 수 없이 전화를 끊고 세바스찬에게 휴대폰을 건넸다.

세바스찬은 창가좌석에 앉아 몸을 의자에 파묻으며 양쪽 팔걸이를 꽉 움켜잡는 그녀의 모습을 바라보았다. 니키는 그들이 부부로 지내던 시절부터 비행기만 타면 불안해했다. 그 후 많은 시간이 흘렀지만 그녀의 항공기공포증은 여전해보였다.

니키는 근육이 경직된 듯 잔뜩 긴장한 모습으로 남녀 승무원들을 유심히 살폈고, 항공기에 오르는 승객들의 모습을 자세히 뜯어보았다. 창을 내다보며 수하물직원들과 급유원들 그리고 활주로 트랙을 표시하는 무수한 불빛들을 불안감이 가득 담긴 눈으로 관찰했다. 조금이라도 이상한 소리가 나거나 수상한 행동이 보이면 눈에서 잔뜩 긴장한 빛이 새어나왔다. 가뜩이나 머릿속으로 오만 가지 재난 시나리오를 다 꾸며대고 있었으니 겁을 집어먹는 게 당연했다.

세바스찬은 안쓰러운 마음에 니키를 안심시키려 해보았다.

"비행기는 교통수단 중에서 가장 안전한……."

"잔소리는 사절해주면 고맙겠어!"

니키가 몸을 한층 웅크리며 한 마디 쏘아붙이고는 깊은 한숨을 내쉬며 눈을 감았다. 누적된 피로와 스트레스, 제레미가 심각한 위험에 처했을지도 모른다는 걱정, 지난 몇 시간 동안 겪은 사건들 때문에 몸이 천근만근으로 무거웠다. 20킬로미터를 달리거나 샌드백을 두드리며 스트레스를 풀고 싶었다.

니키는 숨을 단속적으로 내뱉었고, 목이 바짝 타들어갔다. 집에서 진정제 캡슐을 챙겨 나올 시간이 없었다. 그녀는 현실에서 떨어져 나오기 위해 제레미의 MP3 헤드폰을 뒤집어썼고, 음악에 몸을 맡기고 꽉 막혔던 호흡을 조금씩 회복해갔다.

겨우 긴장을 풀고 있는데 여승무원이 다가오더니 아이팟을 꺼야 한다고 요청했다.

니키는 마지못해 여승무원의 지시에 따랐다.

A380기는 활주로의 출발점에 도착해 잠시 멈춰 서는가 싶더니 이내 맹렬한 질주를 시작했다.

"잠시 후 이륙하겠습니다."

이륙을 알리는 기내방송이 흘러나왔다.

니키는 짐짝처럼 이리저리 흔들리고 요동치며 뇌일혈 직전의 상태에 이르렀다. 그녀가 가진 상식으로 무려 500톤에 달하는 쇳덩이를 날게 한다는 건 결코 쉬운 일이 아니었다. 폐소공포증을 가진 환자는 아니지만 한 자리에 꽁꽁 묶인 자세로 일곱 시간이나 더 앉아있어야만 하는 상황도 견디기 힘들었다.

불안감이 지속되다 보면 어느 순간 갑자기 공포감이나 공황장애가 밀어닥칠 수도 있었다. 무엇보다 참기 힘든 건 기내에 들어서는 순간 자유를 내려놓아야 한다는 것과 더 이상 모든 상황을 스스로 통제할 수 없다는 무력감이었다. 세상에 믿을 사람 하나 없다는 사실을 삶을 통해 깨달은 그녀로서는 일면식도 없는 조종사에게 운명을 통째로 맡겨야 한다는 사실이 못내 답답했다.

비로소 활주로의 끝에 다다른 비행기가 육중한 몸체를 어렵사리 땅에서 떼어냈다. 니키는 비행기가 1만 5천 피트 고도에 이를 때까지 답답하고 흥분된 상태로 몸을 뒤척였다. MP3를 다시 켠 그녀는 모포 속에서 몸을 웅크렸다. 10분 후, 그녀는 모든 예상을 뒤엎고 깊은 잠에 빠져 들었다.

니키가 잠들자 세바스찬은 등을 꺼주고 감기에 걸리지 않게 모포를 끌어올려주고 에어컨 온도를 낮췄다. 그는 자기도 모르게 한참 동안 니키의 잠든 모습을 쳐다보았다. 오늘, 르 부메랑 술집에서만 해도 용감하기 짝이 없었던 그녀였지만 지금은 한없이 연약해보였다.

승무원이 카트를 밀고 다가와 마실 음료가 필요한지를 물었다. 그는 보드카 언더 락 한 잔을 시켜 단숨에 들이켜고는 한 잔을 더 주문했다. 피곤이 밀려와 눈이 타는 듯 쓰라렸고, 목덜미 위쪽으로 뻐근한 통증이 퍼져나갔다. 마치 후두부 전체를 바이스로 꼭 조이는 듯한 느낌이었다.

통증을 가라앉히려고 관자놀이를 문질렀다. 뒤죽박죽이 된 머리가 극도로 혼란스러웠다. 그는 이 어처구니없는 상황 속에서 뭔가 의미를 찾아내려 애썼다.

우린 지금 도대체 어떤 위험을 향해 날아가고 있을까?

그들은 대체 누구일까?

그들은 왜 제레미를 납치했을까?

우린 왜 경찰에 신고도 하지 않고 문제를 직접 해결하겠다고 나섰을까?

이 이야기의 끝은 결국 감옥행?

지난 열두 시간은 지난 삶을 통틀어 가장 고통스러운 시간이었다. 그는 지금껏 삶의 아주 작은 부분까지 빈틈없이 계획하고 실천하면서 살아왔다. 예견할 수 없는 상황을 만들지 않기 위해, 안정적인 행로에서 벗어나지 않기 위해 무수히 노력했다. 지난 열두 시간은 그가 미처 예견할 수 없었던 상황이었다. 게다가 앞일을 추측할 수 없는 상황이 계속 이어지고 있었다.

오늘 오후, 르 부메랑 술집에서 끔찍한 시체를 발견했고, 피 웅덩이 속에서 난투극을 벌였고, 거인의 경동맥을 유리로 베었다. 지금 이 순간은 인생에서 영원히 지워버리겠다고 맹세한 여인과 함께 파리로 향하고 있었다.

눈을 감았지만 마음이 심란해 좀처럼 잠이 오지 않았다. 피비린내 나는 술집에서의 난투극 장면과 제레미가 폭행당하던 동영상의 이미지들이 뒤섞이며 머릿속을 어지럽혔다. 점차 몸이 나른해지면서 니키를 처음 만났던 날의 기억이 떠올랐다. 17년 전의 우연한 만남이…….

17년 전.

12월 24일.

뉴욕.

성탄절을 몇 시간 남긴 시각…….

세바스찬
17년 전······.

왜 내가 이 일들을 미리 해놓지 않았지?

메이시백화점은 브로드웨이부터 7번가까지 늘어선 건물이다. 12월
24일, 메이시백화점은 말 그대로 발 디딜 틈이 없다. 오후가 시작될
무렵 폭설이 쏟아졌지만 성탄전야 쇼핑을 위해 몰려든 시민들과 관광
객들의 발길을 막을 수는 없다.

백화점 로비에 세워진 거대한 전나무 앞에서 성가대가 크리스마스
캐럴을 부르는 가운데 수많은 사람들이 들고나기를 반복한다. 쇼핑을
하러 온 사람들의 손에는 저마다 옷, 화장품, 손목시계, 보석, 책, 장난
감 따위의 선물꾸러미가 들려 있다. 사람들은 세계 최대 규모인 소비
의 신전에서 성배를 찾아 바삐 움직인다.

내가 여기서 뭘 하지?

지나던 어린아이가 허리를 밀치고, 어느 할머니는 발등을 밟고 지

나간다. 북새통을 이룬 사람들의 물결은 현기증을 불러일으키기에 충분하다.

'애초부터 백화점에 오는 게 아니었어.'

밖으로 나가고 싶었지만 어머니에게 줄 선물도 준비하지 않고 가족 파티에 참석한다는 건 난망한 일이다.

실크스카프? 이미 작년에 선물했던 적이 있었다. 가방? 값이 어마어마하다. 향수? 어떤 걸 골라야 할지 알 수 없다. 아버지에게 줄 선물을 고르는 건 그리 복잡하지 않다. 우리는 서로에게 '윈윈'이 되는 일종의 암묵적인 협정을 맺고 있다. 나는 아버지에게 짝수 해에는 시가 한 상자를 홀수 해에는 코냑 한 병을 선물하고 있다.

나는 사람들 한가운데 멍청하게 서서 주위를 둘러본다. 바로 그때 어느 부주의한 백화점 여직원이 여성용 향수를 내게 뿌린다. 내 인내심은 한계에 다다른다. 나는 손에 잡히는 향수병을 집어 들고 가장 가까운 계산대로 향한다. 나는 내 몸에서 고약한 냄새를 풍기게 만든 여직원을 저주하듯 바라본다.

"53달러입니다."

계산을 하려고 지갑을 꺼내는데 몇 미터 떨어진 곳에 선 여인이 내 눈에 들어온다. 그녀는 이제 막 화장품 코너를 떠나려 하고 있다. 모직 케이프망토를 두른 그녀의 자태는 한눈에 보기에도 무척이나 섹시하다. 회색 베레모, 몸에 착 달라붙는 미니스커트, 무릎까지 올라오는 하이힐부츠, 패션 가방.

"저기요?"

좀 더 자세히 살펴보려고 양복 호주머니에서 안경을 찾고 있는데, 계산원이 나를 다시 현실로 데려온다. 난 신용카드를 내밀면서도 그녀에게서 눈을 떼지 못한다. 그때 무전기를 든 경비원이 그녀 가까이 다가서며 케이프망토를 열어보라고 요구한다. 그녀는 발끈했지만 잠시 부주의한 탓에 망토 아래에 감춰둔 화장품 파우치 하나를 바닥으로 떨어뜨린다. 절도 사실이 만천하에 드러난 셈이다. 경비원은 그녀의 팔을 붙잡으며 무전기로 동료들을 부른다.

나도 모르게 급히 그녀에게로 다가간다. 그녀의 주근깨가 난 얼굴과 녹색 눈동자 그리고 긴 가죽장갑이 눈에 들어온다. 나는 지나가는 여자들을 쳐다보는 법이 없다. 맨해튼에는 여신처럼 아름다운 여인들이 많지만 내 눈은 그녀들의 얼굴에 가닿지 않는다. 난 '첫눈에 반한다'는 말도 믿지 않는다.

그런 내가 이번에는 좀 이상하다. 살아가면서 적어도 한 번쯤은 체험하는 기이한 순간이다. 마침내 만나야 할 사람을 만났다는 느낌, 그 낯설면서도 분명한 인식…….

나에게 기회를 잡을 시간은 단 3초만이 주어진다. 지금이 아니면 영원히 돌아오지 않을 순간이다. 난 무턱대고 입을 연다. 마치 누군가 원격조종이라도 하듯 입에서 말이 저절로 흘러나온다.

"메디슨, 여긴 웬일이야? 난 네가 아직 시골구석에서 소똥냄새나 맡고 있을 줄 알았는데?"

나는 팔꿈치로 그녀의 옆구리를 쿡 찌르며 너스레를 떤다.

그녀는 마치 목성에서 날아온 외계인을 보듯 날 쳐다본다.

난 백화점 경비원에게로 몸을 돌린다.

"내 사촌 동생 메디슨이에요. 켄터키에서 막 올라왔죠."

나는 바닥에 떨어진 화장품 파우치를 내려다본다.

"베트 아줌마에게 줄 선물로 고른 게 고작 이 화장품세트야? 너무

성의 없는 거 아냐?"

나는 이어 경비원을 바라보며 말한다.

"제 사촌 메디슨은 시골 출신이라 월마트 말고는 가본 적이 없어요. 어느 쇼핑센터나 일층에 계산대가 있는 것으로 생각한다니까."

경비원은 물론 내 말을 전혀 믿지 못하는 눈치지만 때는 바야흐로 성탄전야고 백화점은 축제 분위기로 후끈 달아올라 있다. 그 역시 골치 아픈 일로 소동을 벌이기 싫은 눈치다.

나는 화장품 값이 얼마인지 물으며 값은 내가 치르겠다고 말한다. 곧이어 여자에게는 이렇게 말한다.

"메디슨, 물건 값은 내가 치를게. 그냥 뭐 크리스마스 선물이라고 생각해."

"그럼 그렇게 하세요."

경비원은 체념한 듯 그렇게 웅얼거린다.

난 경비원에게 눈을 찡긋해 감사인사를 표하고 계산대로 간다.

재빨리 계산을 치르고 돌아서보니 초록색 눈의 여자는 이미 사라지고 없다.

**

난 상행 에스컬레이터를 타고 역방향으로 뛰어 내려간다. 한 걸음에 네 칸씩 계단을 건너뛰어 35번가로 빠져나온다. 밖에서는 여전히 함박눈이 펑펑 쏟아지고 있다.

어느 쪽으로 갔을까? 오른쪽? 왼쪽?

확률은 반반이다. 난 왼쪽을 택한다. 눈이 녹으면서 얼어붙기 시작한 아스팔트는 스케이트장처럼 미끄럽다. 게다가 난 긴 외투 차림에 선물꾸러미까지 주렁주렁 들고 있어 뛰는 게 여간 힘든 게 아니다. 인파를 피해 차도로 내려서 걷기로 한다. 밀려드는 차들은 곧바로 내 생각을 후회하게 만든다.

난 다시 보도로 올라서려고 팔짝 뛰다가 그만 균형을 잃고 미끄러진다. 대책 없이 고꾸라지던 와중에 그만 지나가던 여자와 몸을 세게 부딪친다.

"죄송합니다."

난 몸을 일으키며 사과하고 외투주머니를 더듬어 안경을 찾는다. 안경을 쓰고 상대를 쳐다보는 순간 나는 정말 우연치고는 너무나 기막힌 상황에 화들짝 놀란다.

바로 내가 찾던 그녀다!

"빌어먹을! 또 당신?"

그녀는 몸을 일으키며 와락 짜증을 낸다.

"눈을 어디다 두고 다녀요? 빙판길에서 사람을 밀치면 어떡해요? 설마 머리가 어떻게 된 건 아니죠?"

"이것 봐요, 사람이 도움을 받았으면 감사할 줄을 알아야지 되레 신경질을 부려서야 되겠어요? 내가 댁을 곤경에서 구해준 사람이라는 걸 벌써 잊었어요?"

"내가 언제 구해달라고 부탁한 적 있어요? 게다가 내가 어딜 봐서 켄터키 촌닭처럼 보여요?"

어이가 없어 말이 안 나올 지경이다. 그녀는 부르르 몸을 떤다. 가만히 보니 맨살이 드러난 어깨를 손으로 문지르고 있다.

"날씨도 추운데 이제 그만 하죠. 그럼 나중에 봐요."

그녀는 그렇게 한 마디 내뱉고는 멀어져간다.

"잠깐! 우리, 이야기 좀 더 하는 게 어때요?"

"난 지금 지하철을 타야 해요."

그녀는 얼굴을 찡그리며 길 건너편에 보이는 해럴드스퀘어 전철역 입구를 가리킨다.

"브라이언트 파크 카페에 가서 와인이나 한잔하는 게 어때요? 날씨도 추운데 몸을 훈훈하게 덥혀줄 거예요."

그녀의 얼굴에 샐쭉한 표정이 잠시 떠오른다.

"그러죠, 뭐. 그 대신 너무 흐뭇해하진 말아요. 당신은 내 스타일이 아니니까."

***

브라이언트 파크 카페는 뉴욕도서관 뒤편에 있다. 여름에는 마천루들이 늘어선 도심에서 녹색 오아시스 역할을 톡톡히 한다. 학생들과 인근 직장인들이 즐겨 찾는 카페로 야외연주회를 비롯한 공연을 감상하거나 핫도그를 먹거나 체스를 두며 잠깐 동안 휴식을 취하는 장소이다.

뉴욕의 겨울 풍경은 스키장을 연상케 한다. 대형유리창을 통해 밖을 내다보니 두툼한 파카를 입은 행인들이 빙판 위의 에스키모처럼 폭설을 헤치며 힘겹게 걸어가고 있다.

"내 소개부터 하죠. 난 니키라고 해요."

"난 세바스찬."

카페는 사람들로 가득하다. 운 좋게도 우린 스케이트장 쪽 작은 테이블에 자리 잡는다.

"이 와인 맛은 좀 떫은데요."

그녀는 와인 잔을 내려놓으며 말한다.

"와인 맛을 잘 모르시는군. 1982년산 샤토 그뤼오-라로즈인데?"

"아무리 명품 와인이라도 떫은맛이 날 수도 있죠. 잘난 척하기는……."

"이 와인 한 병 값이 얼만지 알아요? 가이드 파커에서 얼마나 높은 평점을 받은 와인인데……."

"난 그런 건 잘 몰라요. 평판이 좋고 값이 비싸다고 해도 반드시 맛있으란 법은 없잖아요."

난 고개를 절레절레 흔들며 화제를 바꾼다.

"크리스마스이브에는 무얼 하며 지낼 생각이에요?"

그녀는 건성으로 대답한다.

"친구들하고 부두 근처의 빈 아파트에 들어가 놀아야죠. 술도 마시고 마리화나도 몇 대 피우면서 맘껏 즐길 생각이에요. 댁도 함께 놀고 싶으면……."

"아파트를 무단 점거해 노는 거라면 사양할래요."

"싫으면 관둬요. 그나저나 여긴 금연인가 봐요?"

"유감스럽게도 금연 같군요."

"별꼴이야. 요즘은 어디든 금연이라니까."

"무슨 일을 하세요? 학생?"

"연극수업도 듣고, 가끔 모델에이전시에서 일도 하며 지내요. 당신은?"

"현악기제조인."

"정말?"

"바이올린을 만들고 수리하는 일을 하죠."

"지금 내가 '현악기제조인'이라는 말뜻을 모를까 봐 친절하게 설명해주는 거죠? 이거 왜 이러실까? 내가 정말 켄터키에서 이제 막 올라온 촌닭처럼 보여요?"

그녀는 생 쥘리엥 마을에서 생산되는 명품 와인을 다시 한 모금 삼킨다.

"이제 보니 맛이 나쁘진 않네요. 그 향수는 누구에게 줄 건데요? 여자 친구 있어요?"

"아니, 어머니에게 주려고요."

"어머니라니? 그것참 안됐네요. 아무튼 다음에 향수를 고를 때는 내 자문을 좀 구해야겠어요. 그렇게 형편없는 향수를 고르다니……."

"네, 기꺼이 좀도둑님의 자문을 구하도록 하죠."

"내가 정말 좀도둑처럼 보여요?"

"좀도둑이 아니면?"

"도둑질은 가끔 심심풀이로 하는 놀이일 뿐이에요."

그녀는 조금도 움츠러들지 않고 맞받는다.

"그러다 진짜 심각한 문제가 생기면 어쩌려고요?"

"그러니까 스릴만점인 거죠."

그녀는 가방을 열어 보여준다. 가방 안은 그녀가 세심하게 바코드를 잘라낸 화장품들로 미어터질 지경이다.

난 고개를 절레절레 젓는다.

"내 관점으로는 도무지 이해하기 어렵군요. 혹시 생활비가 많이 부족해요?"

"돈과는 전혀 상관없는 일이에요. 제어하기 힘든 충동이라고나 할까."

"당신은 여러 가지로 정상이 아니군요."

"뭐 그리 심각하게 생각할 거 없잖아요. 단순한 도벽일 뿐인데."

그녀는 어깨를 한 번 으쓱하고는 다시 말을 잇는다.

"댁도 심심하면 한 번 해봐요. 아드레날린이 팍팍 솟구칠 테니까."

"어디선가 읽은 적이 있는데 심리학자들은 도벽을 만족스럽지 못한 성적 욕구를 대체하는 행위로 해석하던데요."

그녀는 내 말을 일시에 깔아뭉갠다.

"저급한 심리학만 믿고 괜히 헛다리 짚지 않는 게 좋을 거예요."

그녀의 가방 속에 귀퉁이가 접혀있고, 여백에 잔뜩 메모를 해놓은 책이 한 권 보인다. 가브리엘 가르시아 마르케스의 《콜레라 시대의 사랑》이다.

"내가 아주 좋아하는 소설을 읽고 계시네요."

"나도 이 소설을 정말 좋아하는데……."

모처럼 그녀와 나는 공감대를 찾았지만 좋은 분위기는 그리 오래 가지 않는다.

"오늘 밤, 계획 있어요?"

"매년 성탄절에 가족들이 한자리에 모여요. 한 시간 후, 기차를 타고 햄프턴에 계시는 부모님 댁에 갈 거예요. 부모님과 크리스마스이브를 함께 보내야죠."

"정말 미치겠다니까!"

그녀는 피식 웃음을 터뜨린다.

"전나무에다 양말을 걸어놓고, 산타할아버지께 드릴 따끈한 우유도 한 잔 준비해 두어야겠군요?"

그녀는 짓궂은 표정에 장난스러운 미소를 머금고 나를 빤히 쳐다보며 말을 잇는다.

"제발, 그 셔츠 단추 좀 끌러놔요. 맨 위 단추까지 꼭꼭 잠그는 사람을 보면 내가 답답해서 숨이 막힐 지경이니까."

난 가느다란 한숨을 내쉬며 천장을 바라본다.

"헤어스타일은 또 왜 그래요? 너무 범생 티가 나잖아요. 아이고, 지겨워라!"

그녀는 대뜸 내 머리칼에 손가락을 푹 찔러 넣더니 마구 헝클어뜨린다.

난 흠칫 놀라며 몸을 뒤로 빼지만 그녀는 아직 작업이 마무리되지 않은 듯 계속 손을 놀린다.

"그 조끼는 또 뭐람? 지금이 1930년대인 줄 알아요? 아무도 당신에게 말해주지 않던가요? 이왕이면 목에다 회중시계도 하나 매달고 다니지 그래요?"

이제 더는 참기 힘들다.

"사사건건 시비인 걸 보니 내가 댁의 마음에 안 드는가 보군요. 여기서 댁을 붙잡을 사람은 아무도 없으니 당신 맘대로 하세요."

그녀는 잔에 남은 와인을 마저 들이켠 다음 벌떡 일어선다.

"듣던 중 아주 좋은 지적이군요. 내가 진작 말했잖아요. 당신은 내 스타일이 아니라고."

"이제 알았으니까 그 배트맨 망토나 걸쳐 입고 당장 꺼지쇼. 별 거지 같은 경우를 다 보겠네."

"아직 다 본 게 아닐 텐데요?"

알쏭달쏭한 말을 던진 그녀가 케이프망토의 단추를 잠그고 카페를 나간다.

카페를 나서자마자 담배에 불을 붙인 그녀가 연기를 한 모금 길게 빨아들인 다음 내게 윙크를 던지고는 사라져버린다.

***

나는 잠시 테이블에 앉아 남은 와인을 마시며 방금 일어난 일들을 생각해본다. 셔츠의 맨 위 단추를 끄르고, 머리를 헝클어뜨리고, 답답한 조끼를 조금 열어본다. 한결 숨통이 트이는 느낌이다.

나는 계산서를 가져오라고 한 다음 정장 재킷 주머니를 뒤진다. 지갑이 없다. 외투도 뒤진다. 역시 없다.

호주머니들을 죄다 뒤진 끝에 명백한 사실을 깨닫는다.

그녀가 내 지갑을 훔쳐간 것이다!

***

어퍼이스트사이드

새벽 3시

초인종 소리가 나를 잠에서 깨운다. 눈을 뜨고 시계를 들여다본다. 누군가가 현관 초인종을 맹렬히 눌러대고 있다. 난 머리맡 탁자에 놓아둔 안경을 쓰고 침실을 나온다.

집 안은 춥고 텅 비었다. 경찰서에 지갑 도둑을 신고하느라 롱아일랜드로 가는 기차를 놓친 탓에 맨해튼의 집에서 혼자 저녁을 보내게 되었다.

이 밤중에 대관절 누구야?

난 문을 연다. 한 손에 술병을 든 그녀가 현관에 서있다.

"잠옷을 입고 있는 모습이 제법 섹시한데?"

그녀가 놀리듯 말한다. 숨결에서 보드카 냄새가 훅 끼친다.

"당신, 대체 거기서 뭐해요? 지갑을 훔쳐가고도 천연덕스럽게 날 찾아오다니, 배짱 한 번 대단하네!"

그녀는 약간 비틀거리는 몸짓으로 성큼성큼 아파트 안으로 들어온다. 그녀의 머리칼에 눈송이들이 붙어있다.

이 추운 날씨에 어디를 돌아다닌 거람?

그녀는 거실을 가로질러 걸어가더니 지갑을 내게 건네고는 그대로 소파에 고꾸라진다.

"샤토인가 뭔가 하는 와인을 사오려고 했는데 구하지 못했어요."

그녀는 제법 많이 비운 보드카 병을 흔들며 말한다.

나는 이층으로 올라가 수건과 모포를 한 장씩 찾아들고 내려온다. 내가 불을 피우는 동안 그녀는 머리칼을 말린 다음 모포로 몸을 둘둘 말고 벽난로 앞에 앉은 내게로 다가온다.

내 옆에 선 그녀가 내 얼굴 쪽으로 손을 내밀어 내 볼을 어루만진다. 난 천천히 몸을 일으킨다. 그녀의 눈이 기이하고도 매혹적으로 반짝인다. 그녀가 두 팔로 나를 살며시 안는다.

"잠깐! 당신은 지금 많이 취했어요."

"그러니까 좋은 기회잖아요."

그녀는 뒤꿈치를 들어 올려 내 입술에 살짝 입을 맞춘다. 방은 어스름에 잠겨있다. 벽난로에 불이 붙으면서 불그스레한 불빛이 방 안에 퍼진다. 그녀의 살 냄새가 코를 간질인다. 그녀는 이미 망토를 벗은 상태고, 블라우스 속의 젖가슴이 내 눈에 들어온다. 몹시 흥분하긴 했지만 나는 가까스로 마지막 저항을 해본다.

"당신 지금 무슨 짓을 하는지 알아요? 나중에 후회하지 말고 당장 그만 둬요."

"짜증나는 잔소리 좀 집어치워요."

그녀가 날 맹렬히 끌어안으며 소파로 기우뚱 쓰러뜨린다.

중국그림자극처럼 천장에 비친 우리의 실루엣은 서로에게 녹아들며 하나를 이룬다.

***

다음날, 잠에서 깼을 때 머리는 천근만근이고 눈꺼풀은 달라붙어 떨어지지 않고, 입속에서는 고약한 쇠 맛이 느껴진다.

니키는 연락처도 남기지 않고 사라졌다. 겨우 침대에서 일어난 나는 몸을 비척거리며 유리창까지 걸어간다. 여전히 눈이 내리고 있다. 눈은 뉴욕을 유령도시로 바꾸어놓고 있다. 드르륵 창문을 연다. 바깥 공기는 얼음처럼 차다. 안으로 들이닥친 바람 때문에 벽난로 속의 재가 날아오른다. 견딜 수 없는 공허감이 가슴속으로 밀려든다. 나는 멍한 기분으로 보드카 병을 집어 든다.

보드카 병은 텅 비어 있다. 정신을 수습한 나는 거실의 루이-필립 풍 거울에 루주로 써져있는 글씨를 발견한다. 금박을 입힌 골동품으로 어머니가 거금을 들여 구입한 거울이다. 안경을 찾아보지만 어디 있는지 보이지 않는다. 난 거울 앞으로 바짝 다가가 글씨를 읽는다.

인생에서 유일하게 중요한 순간은 우리가 기억하는 순간들이다.

―장 르누아르

제 **2** 부
보니와 클라이드처럼

여자들은 당신을 알기 시작하면서
사랑에 빠진다.
남자들의 경우는 정반대이다.
그들은 마침내 당신을 알게 되면
떠날 준비를 한다.
–제임스 새틀러, 《아메리칸 엑스프레스》

22

범죄현장 출입금지

보안구역을 표시한 폴리스라인이 바람에 펄럭이고 있었다. 경찰배지를 손에 든 샌토스는 몰려든 구경꾼들과 제복 경찰들을 뚫고 사건현장으로 다가갔다.

"경위님도 보면 아시겠지만 완전 도살장이에요."

마찬티니가 현장 분위기에 맞지 않게 호들갑을 떨었다.

샌토스는 술집에 들어서는 순간 눈앞에 펼쳐진 광경에 할 말을 잃었다.

눈알이 허옇게 뒤집히고, 입은 공포로 뒤틀린 드레이크 데커가 장기가 쏟아진 채 당구대 위에 누워 있었다. 거기서 1미터쯤 떨어진 마룻바닥에는 또 다른 시체 한 구가 있었다. 문신한 구릿빛 얼굴의 거한은 긴 유리조각에 경동맥을 찔려 즉사한 듯했다.

"이 거한의 신원은 밝혀졌나?"

샌토스는 무릎을 꿇으며 사체를 내려다보았다.

"몸수색을 했는데 지갑도 신분증도 없었습니다. 발목에 찬 칼집에 이 단검이 꽂혀있더군요."

샌토스는 부관이 내미는 투명비닐봉지를 들여다보았다. 흑단으로 만든 칼자루와 날을 벼린 단검이 들어 있었다.

"격투를 벌일 당시 이 칼을 사용하지는 않았습니다만 단검이 하나 더 발견됐습니다."

마찬티니가 말했다.

샌토스는 또 다른 칼을 살펴보았다. 자루를 가죽 끈으로 칭칭 동여 맨 칼로 미군이 사용하는 단검 케이바였다. 길이가 15센티미터도 넘는 강철칼날로 드레이크 데커를 도살한 게 분명했다.

샌토스는 미간을 찌푸렸다. 시체가 놓인 위치로 보아 방에는 최소한 한 명 이상의 사람이 더 있었을 것이다.

"누가 911에 신고했다고 했지?"

"네, 녹취자료가 나오길 기다리고 있습니다. 익명의 누군가가 휴대폰으로 신고했다는데 발신지를 추적하는 중입니다. 오래 걸리지 않을 겁니다."

"크루즈에게 이 친구 얼굴에 새겨진 문신을 카메라로 최대한 접사해 찍으라고 해. 단검도 따로 촬영해. 자네는 사진이 나오는 대로 내 메일로 보내. 그 사진들을 제3관할경찰서의 레이놀즈에게 보내 확인해볼 게 있어. 거기 있는 법인류학자가 우릴 도와줄 거야."

"알겠습니다, 경위님."

샌토스는 술집을 나가기 전에 마지막으로 한 번 더 실내를 빙 둘러보았다. 상하의가 붙은 흰색 작업복 차림에 라텍스장갑과 마스크를 착용한 과학수사대 요원들이 단서를 찾아내기 위해 분주히 움직이고 있었다. 손전등과 붓, 분말로 무장한 그들은 단서를 수집하느라 진땀을 흘렸다.

"경위님, 사방이 온통 지문 투성이입니다."

과학수사대 팀장 크루즈가 말했다.

"범행에 사용된 유리에도 지문이 남아있나?"

"네, 소화기에도 지문이 선명하게 남아 있습니다. 범인이 아마추어라는 뜻이죠. 경찰파일에 올라있는 전과자라면 몇 시간 안에 신원이 파악될 겁니다."

23

오전 11시, 델타항공여객기는 눈부신 햇빛을 받으며 샤를드골공항에 착륙했다. 온몸이 기진맥진한 세바스찬과 니키는 비행기에서 내내 잠만 잤다. 몇 시간의 숙면은 한결 맑은 정신으로 새로운 날을 맞게 해주었다.

비행기를 나온 그들은 입국절차를 밟기 위해 줄을 섰다.

"무엇부터 시작해야 하지?"

니키가 휴대폰을 켜며 물었다.

"우선 바르베스 전철역에 가봐야지. 사람들에게 물어서라도 이 동영상이 어디에서 촬영됐는지 알아봐야 해. 어차피 우리가 가볼 데라고는 거기밖에 없잖아."

니키는 말없이 고개를 끄덕이고는 공항경찰에게 여권을 제시했다.

공항검색대를 통과한 그들은 수하물 컨베이어벨트를 지나쳐 터미널로 들어갔다. 수많은 사람들이 여행객들을 마중하기 위해 나와 있었다. 한시라도 빨리 혈육을 보고 싶어 눈을 두리번거리는 가족들, 사랑하는 사람이 언제 나올지 확인하려고 안달하는 애인들, 안내판을 흔드는 여행사 직원들…….

세바스찬이 택시들이 늘어선 곳으로 향하는데 니키가 그의 소매를 붙잡았다.

"저기 좀 봐!"

스리피스 정장을 갖춰 입은 택시기사가 몰려선 사람들 가운데서 플래카드를 치켜들고 있었다.

래러비 씨 부부.

그들은 입을 딱 벌리고 서로의 얼굴을 쳐다보았다. 제레미를 납치한 사람들이 아니라면 그들이 파리에 온 사실을 아는 사람은 없었다.

그들은 재빨리 눈짓을 교환하며 정장차림의 택시기사를 만나보는 게 좋겠다고 합의했다. 제레미를 찾으려면 일단 몸으로 부딪쳐보는 방법밖에 없었기 때문이다.

택시기사는 옥스퍼드 억양이 느껴지는 부드러운 목소리로 그들을 맞았다.

"파리에 오신 걸 환영합니다. 제 이름은 스펜서입니다. 저를 따라오시죠."

"이봐요, 무턱대고 가자고 하지 말고 대체 어디로 가는지 말해봐요."

세바스찬이 불안해하며 말했다.

스펜서가 안주머니에서 종이 한 장을 꺼내 펼쳐보이고는 뿔테안경을 콧등에 걸쳤다.

"저는 래러비 부부를 편안하게 모시라는 특별지시를 받았습니다. 뉴욕발 델타항공을 타고 오전 11시에 도착한 분들이 맞나요?"

그들은 깜짝 놀란 표정으로 고개를 끄덕였다.

"택시를 예약한 사람이 누구죠?"

니키가 물었다.

"그건 저도 모릅니다. 예약한 사람이 누군지 알아내려면 럭셔리캡 사무실에 전화해 물어보셔야 할 겁니다. 저는 이 예약 건이 접수된 시간이 오늘 아침이라는 것만 알고 있습니다."

"우릴 어디로 데려갈 겁니까?"

"몽마르트르의 그랑 토텔 들라 뷔트 호텔입니다. 로맨틱한 분위기를 선호하신다면 아마 최고의 선택이 되실 겁니다."

세바스찬은 부아가 치밀어 그의 얼굴을 사납게 노려보았다.

난 로맨틱한 분위기를 즐기러 온 게 아니야! 난 내 아들을 찾으러 왔을 뿐이야!

니키가 손을 들어 그를 제지했다. 아마도 택시기사는 영문을 모른 채 누군가의 계획에 이용되고 있을 것이다. 그러니까 체스 판의 말에 불과한 사람이었다. 위험을 감수하고 택시기사를 따라가 일이 어떻게 되어 가는지 직접 몸으로 부딪쳐볼 수밖에 없었다.

그들은 체념과 경계심이 반반 섞인 채로 택시기사를 뒤따라 걸었다.

메르세데스가 북부고속도로를 쏜살같이 달렸다.

카라디오의 주파수를 클래식방송에 맞춰놓은 택시기사는 《사계》의 리듬에 맞춰 고개를 까딱였다.

뒷좌석에 앉은 세바스찬과 니키는 파리까지의 여행경로를 표시하는 도로 표지판들을 멍하니 바라보았다. 트랑블레-앙-프랑스, 가르주-레스-고네스, 르 블랑메닐, 스타드 드 프랑스······.

17년 전, 그들은 프랑스에 함께 왔었다. 그 시절 여행과 관련해 여러 추억들이 떠올랐지만 머리가 걱정으로 가득 차 곱씹어볼 여유가 없었다.

파리외곽순환도로를 지난 택시는 우회전을 해 마레쇼 대로로 접어들었다가 곧 몽마르트르에 다다랐다. 가을을 맞아 울긋불긋한 낙엽들이 콜렝쿠르 가와 쥐노 가의 보도를 덮고 있었다.

스펜서는 나무가 우거진 집들이 양편으로 서있는 막다른 길로 메르세데스를 몰았다. 높직한 철책대문을 통과한 차는 도시 한복판에 전원 한 조각을 떼어다놓은 것처럼 수풀이 무성한 정원 안으로 들어섰다.

호텔은 간결하고도 우아한 선들로 이루어진 흰색건물이었다.

"부디 즐거운 체류가 되시기 바랍니다."

스펜서가 그들의 짐을 현관 앞 층계 위에 내려놓으며 말했다.

니키와 세바스찬은 여전히 바짝 긴장한 채 호텔 로비로 들어갔다. 재즈트리오가 연주하는 복고풍 스윙이 그들을 맞아주었다. 구석구석 세심하게 꾸며놓은 고급 게스트하우스처럼 따스하고 친근한 느낌이 드는 호텔이었다. 아르데코 가구들의 기하학적인 형태가 1920년대와 1930년대를 연상시켰다. 넉넉한 안락의자, 단풍나무 식기장, 르코르뷔지에 램프, 옻칠한 콘솔테이블, 상아와 나전으로 상감 세공한 가구······.

프런트데스크는 텅 비어 있었다. 입구의 왼쪽은 책을 읽고 싶은 마음이 저절로 일게 만드는 개인용 거실이었다. 홀 오른쪽의 기다란 마호가니 카운터는 칵테일 바로 쓰이는 듯했다.

타일바닥을 또각또각 울리는 하이힐 소리가 들려왔다. 거의 동시에 몸을 돌린 그들은 식당 문틀 가운데 나타난 건물 여주인의 우아한 실루엣을 발견했다.

"래러비 부부시죠? 지금까지 두 분을 기다리고 있었습니다. 그랑 토텔 들라 뷔트 호텔에 오신 걸 환영합니다."

그녀가 완벽한 영어로 인사했다.

보브스타일의 헤어 커트, 밋밋한 가슴, 중성적인 실루엣, 무릎까지 내려오는 금빛 통짜 원피스, 마치 프랜시스 스코트 피츠제럴드의 소설에서 방금 튀어나온 여인 같았다.

그녀는 카운터 뒤로 가서 숙박등록을 시작했다.

"잠깐만요."

세바스찬이 그녀를 멈추게 했다.

"당신은 우릴 어떻게 아시죠?"

"우리 호텔에는 객실이 네 개밖에 없습니다. 두 분은 마지막으로 도착하신 분들이고요."

"혹시 누가 우리 방을 예약했는지 아십니까?"

여자는 검지와 중지 사이에 낀 기다란 물부리를 입으로 가져갔다. 담배연기를 훅 내뿜은 그녀는 너무나 당연하다는 듯 대답했다.

"직접 예약을 하시지 않았나요, 래러비 씨!"

"제가요?"

그녀는 컴퓨터에 예약된 숙박계를 들여다보았다.

"일주일 전, 인터넷으로 예약했는데요."

"방 값은 지불됐습니까?"

"물론입니다. 예약 당일에 세바스찬 래러비 씨 명의의 마스터카드로 지불됐습니다."

세바스찬은 믿기지 않는다는 표정으로 고개를 숙여 컴퓨터 화면을 들여다보았다. 예약 자료를 확인해본 결과 의심의 여지가 없는 사실이었다.

어찌 된 일일까? 계좌를 해킹당한 것일까?

세바스찬은 영문을 알 수 없다는 듯 황당한 표정으로 니키를 돌아보았다.

그들은 누구일까? 그들은 무엇을 원하는 것일까?

"무슨 문제라도 있습니까?"

"아니, 없습니다."

세바스찬이 서둘러 대답했다.

"이제 객실로 올라가시죠. 최상층에 있는 5호실입니다."

그들은 객실로 향하는 엘리베이터에 올랐다. 니키가 마지막 층 버튼을 눌렀다.

"일주일 전에 호텔을 예약해둔 걸 보면 오래전부터 제레미의 납치 계획을 세운 게 틀림없어."

세바스찬은 고개를 끄덕였다.

"정말 이상하지 않아? 왜 그들은 호텔을 예약하기 위해 위험을 무릅쓰고 내 계좌를 해킹했을까?"

"몸값 때문이 아닐까? 그들은 당신의 계좌를 해킹해 재산이 얼마쯤 되는지 미리 알아본 거야. 몸값으로 얼마를 요구할지 결정하기 위해."

예약된 방문을 연 그들은 저절로 눈이 휘둥그레졌다. 천장이 이층 물매식으로 된 운동장만 한 크기의 스위트룸이었다.

"세상에! 어떤 놈들인지는 모르지만 덕분에 호사 좀 하겠네."

니키가 팽배한 불안감을 누그러뜨리려고 농담을 했다.

킹사이즈 침대, 다리 달린 욕조가 구비된 욕실, 파스텔 색조의 벽지로 꾸민 벽면…… 예술가의 아틀리에처럼 자유분방한 느낌을 주는 한편 손님을 위한 섬세한 배려와 정성스런 손길이 느껴지는 방이었다. 원목마룻바닥, 복층구조의 방, 대형거울, 바로 정원으로 나갈 수 있는 테라스…….

무엇보다 마음에 드는 건 기가 막히게 빛이 잘 들어오는 것이었다. 담쟁이 잎사귀와 나뭇가지들을 뚫고 들어온 햇살이 방 안을 따스하게 덮혔다. 도무지 파리 한복판에 있는 호텔이라는 사실이 믿어지지 않았다. 차라리 호텔이라기보다는 세련된 취향을 가진 친구가 휴가 기간 동안 사용하라고 빌려준 별장 같은 느낌이 들었다.

니키와 세바스찬은 나란히 테라스로 나왔다. 그곳은 정원으로 연결되었고, 파리의 유서 깊은 건물들을 볼 수 있는 전망도 제공되었다. 새들의 노랫소리와 나뭇가지가 바람에 살랑거리는 소리도 들려왔다. 아름답기만 한 가을날씨도 그들의 불안감을 가시게 해주지는 못했다. 지금은 여행을 떠나온 사람들처럼 한가하게 주변 경관이나 즐기고 있을 때가 아니었다.

니키가 멀리에 눈을 둔 채 말했다.

"그들이 우리를 파리까지 오게 했다면 결국 우리와 접촉하고 싶어 한다는 뜻이겠지?"

"그렇지만 그들은 우리에게 아무런 연락도 취하지 않고 있어."

세바스찬이 말했다.

그들은 혹시 메시지라도 들어왔는지 확인하기 위해 각자의 휴대폰을 체크했다. 프런트에 인터폰을 해 찾는 사람이 없었는지 묻기도 하고, 누군가 두고 간 메모나 물건은 없었는지 체크해보았지만 아무런 성과가 없었다.

"난 바르베스 역에 가봐야겠어."

세바스찬은 재킷을 집어 들며 말했다.

"나도 같이 갈래. 정말이지 방에서 목 빼고 기다리는 짓은 못하겠어."

"당신은 여기 남아. 그들이 우릴 만나러 여기에 올 수도 있으니까."

"언제 어디서든 둘이 행동을 같이 하기로 약속했잖아?"

세바스찬은 벌써 그녀의 말을 듣지도 않고 문을 나서고 있었다.

24

뉴욕

제87관할경찰서

샌토스는 자동판매기에서 빼낸 커피를 집어 들었다. 아직 해가 뜨지 않았지만 벌써 세 잔째 커피를 마시는 중이었다. 뉴욕은 지난밤에도 무척이나 소란스러웠다. 가택침입절도, 가정폭력, 상점약탈, 매춘부의 호객행위 따위가 줄줄이 이어졌다.

10여 년 전부터 언론에서는 뉴욕을 평화로운 도시, 안전한 도시, 세계 최첨단 도시라는 이미지로 채색해왔다. 맨해튼 중심부라면 모를까 변두리로 가면 전혀 어울리지 않는 이야기였다. 뉴욕경찰청의 자동판매기가 놓인 복도는 흡사 난민수용소를 방불케 했다. 수갑 찬 용의자들, 통조림 속 정어리들처럼 끼어있는 증인들, 모포를 둘둘 말고 앉아있는 고소인들, 고약한 냄새를 풍기는 부랑자들이 모여 그야말로 난

장판을 이루었다. 모두들 신경이 팽팽하게 곤두서 있어 분위기가 살벌하기 짝이 없었다.

샌토스는 북새통을 이루는 장소를 떠나 사무실로 피신했다. 하긴 그의 사무실도 크게 나을 게 없었다. 공간이 좁아터진 데다 밖에서 안이 들여다보여 독립된 구조라 할 수도 없었다.

샌토스는 멀건 커피를 한 모금 마시고는 눅눅해진 도넛을 한 입 베어 물었다. 마치 스펀지를 씹는 것 같아 휴지통에 그대로 뱉어버렸다. 그는 수화기를 집어 들고 과학수사대에 전화를 걸어 한스 팅커와 통화를 요청했다. 오랜 시간 경찰서에 몸담고 있다 보니 그의 주변에 많은 인맥이 형성되었다. 다양한 부서들이 있다 보니 경찰서 근무자들 중에도 그의 신세를 진 사람이 한둘이 아니었다.

샌토스는 누군가를 돕는데 주저하지 않았다. 전혀 사심 없는 행동이었지만 결국 대가는 자연스럽게 주어지곤 했다.

"네, 한스 팅커입니다."

한스 팅커는 그의 경찰 내부의 인맥 중에서 가장 요긴한 도움을 주는 인물이었다. 2년 전, 샌토스의 부하들은 단속을 나갔다가 우연히 한스 팅커의 장남을 체포하게 되었다. 질풍노도의 시기였던 아들 녀석이 몸에 마리화나를 잔뜩 지니고 있다가 적발된 것이다. 몰래 마리화나를 뻐끔거린 정도가 아니라 친구들에게 딜러 행세까지 한 사실이 밝혀졌다. 샌토스는 고민 끝에 사건을 종결해버렸다. 그 후, 한스 팅커는 그를 생명의 은인처럼 떠받들었다.

"아직 르 부메랑 살인사건과 관련해 솔깃한 단서는 없지?"

"전혀 없지는 않은데 시간이 좀 걸리는 일이야. 범죄현장에 지문이 수만 개나 남아 있었거든. 유전자분석을 해봐야지."

"무엇보다 먼저 케이바 단검과 유리조각 그리고 당구 큐에 남아 있는 지문 감식 결과를 알 수 있었으면 좋겠어."

"자네가 지목한 증거물들에 대한 지문 결과는 벌써 다 나와 있어. 두 시간 후쯤 내가 보고서를 한 장 보내줄게."

"그럴 필요 없이 데이터를 메일로 보내줘. 최대한 빨리 IAFIS(통합자동지문신원확인시스템)에 집어넣어 신원을 확인해보게."

그때 마찬티니가 옆구리에 노트북을 끼고 유리문을 두드렸다. 그가 문틀로 고개를 삐죽 내밀었다.

샌토스는 그에게 가까이 다가오라고 손짓했다. 마찬티니는 상관이 전화를 끊기를 기다렸다가 보고를 시작했다.

"한 가지 새로운 소식이 있습니다. 911에 걸려온 신고전화를 건져왔어요. 자, 한 번 들어보시죠."

마찬티니가 노트북을 열고 오디오파일을 작동시켰다. 녹취내용은 짤막했다. 공황상태에 빠져있는 어떤 남자의 목소리였다. 그는 신원을 밝히길 끝내 거부하면서 르 부메랑의 주소로 급히 구급차를 보내달라고 요청했다.

'사람이 칼을 맞고 죽어가고 있어요. 빨리 오셔야 해요!'

마찬티니가 고개를 갸우뚱했다.

샌토스는 아무런 말도 하지 않았다.

가만 있자, 저 목소리를 어디서 들어봤더라?

"발신지를 추적해봤어요. 전화 주인은 세바스챤 래러비라는 자였어요. 어퍼이스트사이드에 거주하는 현악기제조인이죠. 제가 그의 기록을 샅샅이 조사해봤어요. 그야말로 눈처럼 깨끗하더군요. 전과가 한 건 있긴 했어요. 대학시절, 속도위반으로 경찰 단속에 걸려들어 공무

집행방해죄로 걸렸어요. 아마도 이 친구는 자기가 경찰파일에 올라있다는 사실조차 모를 거예요."

샌토스는 갑자기 얼빠진 표정이 되었다.

"샌토스 경위님, 세바스찬 래러비를 체포할까요?"

"그래, 그를 반드시 체포하도록……."

샌토스가 마찬티니의 뒤로 문을 닫으며 말했다.

샌토스는 멍한 눈으로 창문 앞에 섰다. 방금 알게 된 사실은 그를 경악하게 만들기에 충분했다.

드레이크 데커 사건에 난데없이 세바스찬 래러비가 끼어들다니?

새 전자메일이 도착했다는 사실을 알리는 신호음이 그를 상념에서 깨어나게 했다.

샌토스는 컴퓨터 화면 앞에 앉아 메신저프로그램을 체크했다. 한스 팅커가 채취된 지문과 관련해서 보낸 메일이었다.

과학수사대가 일을 제대로 한 셈이었다. 증거품들에 남은 지문들을 뚜렷하게 드러내 당장 활용할 수 있도록 만들어놓았다. 샌토스는 그 지문들을 하드디스크에 저장한 다음 자동화된 지문인식시스템에 접속했다.

뉴욕경찰청 소속 수사관들은 FBI 데이터베이스에 접근할 수 있는 권한이 부여되었다. 그 결과 그 유명한 IAFIS도 활용할 수 있게 되었다. 미국 영토 안에서 체포되거나 유죄판결을 받은 사람이라면 누구나 조회가 가능했다. 무려 7천만 명의 정보가 망라된 금광이 바로 IAFIS라 할 수 있었다.

샌토스는 전투용 단검에서 발견된 지문 조회부터 시작했다. 알고리즘은 데이터베이스를 초음속으로 훑으며 작업에 착수했다.

MATCH NOT FOUND 일치하는 항목이 없음.

첫 번째 시도는 허탕이었다. 샌토스는 피투성이 유리조각에서 발견
된 지문으로 작업에 착수했다. 이번에는 운이 좋았다. 1초도 안되어
프로그램이 해답을 내놓았다.

문제의 지문은 바로 세바스찬 래러비의 것이었다. 그는 지체 없이
당구 큐에서 채취된 지문을 확인하는 작업에 돌입했다. 즉각 한 여자
의 사진이 컴퓨터화면에 떠올랐다.

샌토스는 떨리는 손으로 파일의 출력 버튼을 눌렀다.

성 : 니코브스키.

이름 : 니키.

1970년 8월 24일, 미시간 주 디트로이트 출생.

세바스찬 래러비와 이혼.

1990년대에 니키는 절도, 노상만취, 마약소지 혐의 등으로 여러 차
례 경찰에 체포된 적이 있었다. 끝내 감옥에 들어간 적은 없었지만 수
없이 벌금을 물었고, 수십 시간의 사회봉사명령을 이행했다. 그녀가
마지막으로 범법행위를 한 해는 1999년이었고, 그 후로는 조용하게
지내왔다.

심장이 세차게 뛰었다.

도대체 니키는 어쩌다가 이 끔찍한 살인사건에 연루된 것일까?

그간의 범죄전력을 감안하면 니키 혼자 모든 혐의를 뒤집어쓰게 되
어 있었다. 다행스럽게도 현재 패를 쥐고 있는 사람은 그 자신이었다.

이번 일을 잘만 처리하면 사랑하는 니키를 되찾을 수 있을 뿐만 아니라 눈엣가시 같은 래러비를 영원히 옭아맬 수도 있다는 계산이 섰다.

샌토스는 니키의 혐의를 증명해주는 증거들을 말끔히 지워버리는 대신 세바스찬에게 불리한 증거들은 빠짐없이 긁어모았다. 911에 전화한 일, 범죄에 사용된 무기에 남은 지문, 파리행 비행기 표를 구매한 일 등…….

그 정도면 기소자료로 부족함이 없었다. 긴급히 국제공조수사를 요청하도록 판사를 설득하기에도 충분할 것 같았다.

샌토스는 몇몇 언론사에 몇 가지 정보를 흘려줄 생각이었다.

살인을 저지르고 파리로 도피한 유명인사. 아마도 언론사에서는 신이 나 춤을 추게 될 것이다. 이미 확보된 증거만으로도 래러비에 대한 기소는 문제가 없었다. 아무리 재력이 막강한 가문이라지만 돈으로 모든 문제를 해결할 수는 없었다.

'분노한 사람들'이 월스트리트를 소리 높여 규탄하고 있었다. 수백 명의 시위대가 브루클린다리를 봉쇄한 게 한두 번이 아니었다. 그들의 분노가 날이 갈수록 증폭되면서 나라 전체로 확산되어가고 있었다. 시대의 패러다임이 변화하고 있었다. 지금껏 떵떵거리며 살았더라도 미래에도 그렇게 살 것이라는 보장은 없었다.

더구나 세바스찬 래러비는 도주에 서툰 사람이었다.

체포명령만 받아내면 앞마당에서 돌아다니는 강아지를 잡듯 금세 붙잡아올 수 있으리라.

25

파리

제18구

호텔을 나온 세바스찬은 쥐노 가를 걸어 내려가 페쾨르 광장으로 향했다. 10월 말이었지만 더위가 여전히 맹위를 떨치고 있었다. 카페 테라스마다 몽마르트르 주민들과 관광객들이 자리를 차지하고 앉아 한가로이 살갗을 그을렸다.

세바스찬은 수시로 밀려드는 제레미에 대한 걱정 때문에 나른한 평화를 즐길 기분이 아니었다. 낭만적인 주변 분위기가 한층 더 그를 불안하게 만들 뿐이었다. 분명 누군가가 그들을 노리고 있었다. 정체를 알 수 없는 누군가가 가하는 위협이 그를 숨 막히게 했다.

혹시 뒤를 밟는 사람은 없는지 확인하기 위해 몇 번이나 고개를 돌려 뒤를 살폈다. 다행히 수상한 사람은 보이지 않았지만 여전히 맘을

놓을 수는 없었다.

세바스찬은 돈을 찾으려고 자동현금지급기 앞에 멈춰 섰다. 그는 블랙카드로 2천 유로를 뽑았다. 자동현금지급기로 뽑을 수 있는 최대치였다. 그는 돈을 지갑에 넣은 다음 택시를 타고 올 때 눈여겨봐둔 라마르-콜렝쿠르 전철역까지 걸어갔다.

전철역 입구는 카미유와 함께 DVD로 본 영화 《아멜리에》를 연상케 했다. 세바스찬은 지하철노선안내도에서 바르베스-로쉬슈아르 역을 찾아보았다. 9구와 10구, 18구가 맞닿는 지점에 위치한 역으로 현재 장소에서 몇 정거장밖에 떨어져 있지 않았다.

세바스찬은 마음이 조급해진 나머지 에스컬레이터를 이용하지 않고, 나선형 계단을 뛰어올라 지하 25미터 깊이의 플랫폼에 다다랐다.

메리-디씨행 열차에 올라 두 정거장을 더 간 피갈 역에서 2번 선으로 갈아타고 바르베스-로쉬슈아르 역으로 향했다.

제레미가 납치된 바로 그 역이었다.

플랫폼에 내려선 세바스찬은 승객들의 물결을 따라 매표구까지 걸어갔다. 거기서도 한참이나 줄을 서서 기다린 끝에 구멍이 여러 개 뚫린 플라스틱패널을 사이에 두고 매표원과 대화를 나눌 수 있게 되었다.

세바스찬은 먼저 제레미의 사진 한 장을 보여준 다음, 휴대폰에 복사해둔 납치장면 동영상을 틀었다.

"손님, 유감이지만 저는 도와드릴 만한 게 없습니다. 경찰을 찾아가 이야기해 보는 게 가장 빠를 텐데요."

주변이 왁자지껄 시끄러웠고, 뒤에서 줄을 서서 기다리는 사람이 너무 많았다. 게다가 매표원의 영어실력이 서툴다보니 원활하게 대화를 나누는데도 한계가 있었다. 뒤에서 줄을 선 사람들의 인내심이 점점 더 바닥을 드러내고 있었다. 여기저기서 불만의 소리가 터져 나왔다.

매표원이 서툰 영어로 설명했다.

"최근 이 역에서 날치기사건이 몇 건 있긴 했지만 폭행사건은 전혀 없었습니다. 이제 더는 할 말이 없습니다! 노 어그레션!"

매표원은 계속 그 말만 되풀이했다.

세바스찬은 고맙다고 인사하고 나서 에스컬레이터를 타고 역을 빠져나왔다.

바르베스-로쉬슈아르 거리로 나온 세바스찬은 색다른 느낌에 깜짝 놀랐다. 그 지역은 일반적인 파리 분위기가 아니었다. 바게트 빵을 끼고 다니는 베레모의 행인도 없었고, 파리의 거리모퉁이마다 있다는 빵가게나 치즈가게도 없었다. 에펠탑이나 개선문이 있는 파리와는 완전 동떨어져 보이는 곳이었다. 흡사 뉴욕의 멜팅팟을 연상시키는 곳이었다. 투박하고 다채로운 분위기를 풍기는 다인종적인 파리.

그때 한 사내가 바짝 붙어 그를 앞지르더니 다른 사내가 몸을 쿵 부딪혀왔다.

소매치기!

소매치기를 당하지 않으려고 뒤로 주춤 물러서는데, 한 무허가장사꾼이 다가오더니 담배를 사라고 권했다.

"말보로, 3유로! 말보로, 3유로!"

아무리 주변을 둘러봐도 경찰은 한 명도 보이지 않았다.

세바스찬은 전철역을 떠받치고 있는 쇠기둥 아래에서 신문을 파는 키오스크 하나를 발견했다. 그는 다시 호주머니에서 제레미의 사진을 꺼내 상인에게 보여주었다.

"My name is Sebatian Larabee. I am American. This is a

picture of my son, Jeremy. He was kidnapped here two days ago. Have you heard anything about him?(저는 세바스찬 래러비이고, 미국사람입니다. 이 사진에 나오는 아이가 바로 제 아들 제레미입니다. 이틀 전, 제 아들이 바로 이 장소에서 납치되었습니다. 이 아이에 대해 들어본 적이 있나요?)"

북아프리카 출신인 키오스크 주인은 바르베스-로쉬슈아르 사거리에서 30년을 넘게 장사를 해온 사람이었다. 이 동네의 산증인이었고, 관광객들과 수없이 접촉해온 덕에 입에서 영어가 술술 흘러나왔다.

"안타깝지만 들어본 적이 없습니다."

"Are you sure? Look at the video?(확실합니까? 그럼 이 비디오 좀 보실까요?)"

세바스찬은 제레미가 폭행당하는 동영상이 저장된 자신의 휴대폰을 보여주며 간청했다.

키오스크 주인은 셔츠 자락으로 안경알을 닦은 다음 콧등에 올려놓았다.

"화면이 너무 작아 잘 모르겠는데요."

"미안하지만 한 번만 더 봐주세요."

거리는 인파로 북적댔고, 분위기는 활기차고 소란스러웠다. 세바스찬은 몇 번이나 행인들과 몸을 부딪쳤다. 잡상인들이 전철 출구 앞에서 키오스크 앞 마카담(자갈을 여러 번 까는 도로 포장법 : 옮긴이)식 보도까지 점령하고 있었다.

"말보로 3유로! 말보로 3유로!"

그들의 후렴구는 두통이 일게 할 정도였다.

"거듭 미안한 일입니다만 저는 전혀 아는 바가 없어요."

키오스크 주인이 휴대폰을 돌려주며 말했다.

"어쨌든 전화번호를 남겨놓으세요. 사무실 점원 카림에게 뭔가 들은 말이라도 있는지 한 번 물어볼 테니까. 그 녀석이 월요일에 가게 문을 닫았으니까요."

세바스찬이 감사의 뜻으로 50유로를 내밀었더니 상인이 손을 휘휘 내저었다.

"그 돈은 다시 잘 챙겨 넣으시고 가급적 이 동네에는 얼쩡대지 않는 게 좋아요. 여긴 매우 위험한 곳이니까."

상인이 키오스크 주변을 배회하는 수상쩍은 인간들을 턱으로 가리키며 충고했다.

세바스찬은 그에게 명함을 내밀고 휴대폰 번호에 밑줄을 그었다. 공란에 아들의 이름과 나이도 적어 넣었다.

상인이 다시 말했다.

"이 동영상에 나오는 폭행 장면이 이 역에서 촬영된 게 사실이라면 경찰이 모든 걸 잘 알고 있을 거예요."

"이 근처에 혹시 경찰서가 있습니까?"

키오스크 주인이 입을 삐죽 내밀었다.

"여기서 이백 미터 떨어진 곳에 구트-도르 경찰서가 있어요. 친절하고 상냥한 장소라고 할 수는 없어요."

세바스찬은 다시 한 번 고개 숙여 감사를 표했다.

물론 지금 당장 경찰을 찾아갈 수는 없는 노릇이었다. 이제 그만 호텔로 돌아가려는데, 문득 한 가지 생각이 머리를 스쳤다.

"레전드! 레전드! 한 갑에 3유로!"

저기 전철 에스컬레이터 아래에서 우글대는 무허가상인들은 하루 온종일 진을 치고 있을 게 분명했다.

역에서 벌어진 사건이라면 저들이 어느 누구보다 잘 알고 있을 거야. 경찰보다도 저들이 더 쓸 만한 정보를 갖고 있을지도 모르지.

세바스찬은 전철이용객들과 몽마르트르를 찾은 관광객들로 뒤섞인 인파 속을 단호한 걸음걸이로 뚫고 나갔다.

"말보로 한 갑에 3유로!"

니코틴 공급자들이 재킷 자락을 슬쩍 벌려 불량품 담뱃갑들을 보여주며 호객 행위를 했다. 그다지 거칠지는 않았지만 담배를 사라고 끝없이 읊조리는 소리가 거슬렸다. 그런 식으로 담배를 파는 잡상인들이 너무 많아 어서 이 지저분한 장소를 벗어나고 싶은 생각이 굴뚝같았지만 그냥 포기하고 돌아가면 크게 후회할 듯했다.

"Have you seen this boy? Have you seen this boy?(이 소년을 본 적 있어요? 이 소년을 본 적 있어요?)"

"이봐, 저리 비키지 못해! 일을 방해하지 말라고!"

그들이 협박을 가했지만 세바스찬은 조금도 위축되지 않았다. 바르베스-로쉬슈아르 거리를 구석구석 돌아다니며 만나는 잡상인마다 제레미의 사진을 보여주었다. 한참을 헛고생만 하다 결국 포기하려는데, 등 뒤에서 누군가가 속삭이는 소리가 들려왔다.

"This is Jeremy, isn't it?(얘가 제레미 맞죠?)"

26

세바스찬은 목소리가 난 쪽을 향해 몸을 돌렸다.

"That is Jeremy, isn't it?(얘, 제레미 맞죠?)"

"Yes! That's my son! Have you seen him?(네, 맞아요! 내 아들이에요! 이 아이를 본 적이 있나요?)"

세바스찬은 희망이 솟는 걸 느끼며 물었다.

사내는 그 거리의 잡상인들과는 옷차림이 딴판이었다. 깨끗한 셔츠, 양복 재킷, 목덜미가 시원하게 드러나도록 깎은 머리, 낡았지만 반짝반짝 광을 낸 구두…….

비록 힘들게 벌어먹고 사는 처지이지만 옷차림만큼은 깨끗하게 하고 다니는 사람이란 걸 알 수 있었다.

"My name is Youssef.(내 이름은 유세프입니다.)"

사내가 자신을 소개했다.

"I'm from Tunisia.(저는 튀니지에서 왔어요.)"

"Have you seen my son?(내 아들을 봤나요?)"

"Yes. I think so. Two days ago.(네, 그런 것 같아요. 이틀 전에…….)"

"Where?(어디서요?)"

사내는 경계하는 눈빛으로 주위를 둘러보았다.

"지금은 말씀드릴 수 없습니다."

"부탁해요. 아주 중요한 일이라서요!"

유세프는 가까이서 자신을 빤히 쳐다보는 동료 두 사람에게 아랍어로 한바탕 욕설을 퍼붓고 나서 말했다.

"그럼…….

그는 약간 망설이며 말을 이었다.

"그럼 페라슈발에 가서 기다리세요. 벨롬 거리에 있는 조그만 카페인데, 저기 보이는 타티 건물 바로 뒤편에 있어요. 거기 가 계시면 15분 후에 뒤따라갈게요."

"먼저 가 있을 테니 꼭 와야 합니다!"

포기하지 않고 밀어붙인 보람이 있었다. 이제야 실마리를 찾을 수 있을 것 같았다. 비밀을 풀 수 있는 열쇠.

세바스찬은 분홍색 체크무늬 로고로 장식된 백화점 전면을 따라 걸었다. 그 백화점이 바로 타티였다. 초저가할인점의 시초라 할 수 있는 타티는 50년이 넘는 세월 동안 이 거리에 생기를 불어넣어왔다. 고객들은 값싸고 쓸만한 물건을 찾아 보도에 길게 늘어놓은 플라스틱 상자들을 뒤지고 다녔다. 원피스, 바지, 셔츠, 가방, 속옷, 잠옷, 풍선, 장난감……. 그 플라스틱 바구니들에는 온갖 싸구려 물건들이 넘쳐났다. '단종모델정리', '재고총정리', '떨이세일' 혹은 '세기의 대박찬스' 따위의 홍보문구가 손님들을 유혹했다. 길 건너편에서는 또 다른 잡상인들이 좌판을 펼쳐놓고 루이뷔통 짝퉁 가방과 모조 향수를 흔들어댔다.

세바스찬은 벨롬 가로 가기 위해 베르빅 가를 지났다. 바르베스는 북적거리면서도 활기가 넘치는 곳이었다. 북새통을 이룬 인파, 이국적인 분위기를 연출하는 다양한 언어들. 세바스찬은 거리의 활기찬 이미지와 역동적인 모습에 좀처럼 정신을 차릴 수 없었다. 이 거리의 건물들 역시 다양한 건축 양식으로 지어진 듯했다. 오스만제국 시대의 건물들과 현대의 공영아파트들이 어깨를 나란히 맞대고 공존하는 모습도 특이했다.

세바스찬은 마침내 유세프가 이야기한 카페 앞에 다다랐다. 싸구려 웨딩드레스 숍과 아프리칸 미용실 사이에 끼어 간신히 모습을 드러내고 있는 조그만 선술집이었다. 술집 안은 텅 비었고 생강, 계피, 삶은 야채 냄새가 홀 안에 짙게 배어 있었다.

세바스찬은 창가 테이블에 앉아 커피를 주문했다. 그는 니키에게 전화를 걸어볼까 하다가 포기했다. 한시라도 빨리 희망적인 소식을 전해주고 싶어 좀이 쑤셨지만 섣불리 말해주었다가 낭패를 볼 수도 있는 만큼 자세히 알아보고 난 다음에 전해주기로 마음먹었다.

세바스찬은 에스프레소를 마시고 나서 손목시계를 들여다보았다. 남은 시간이 너무 길게 느껴져 신경질적으로 손톱을 물어뜯었다. 창유리에는 어느 아프리카 마법사의 서비스를 제의하는 광고스티커가 붙어있었다.

장-클로드 박사

사악한 마법을 풀어주는 의식
바람난 배우자 길들이기
사랑하는 이를 가정의 품으로 영원히 돌려드립니다.

나에게 꼭 필요한 서비스군 그래.

세바스찬이 그런 자조적인 생각에 잠겨 있을 때 유세프가 술집 안으로 들어왔다.

"난 시간이 별로 많지 않아요."

튀니지인은 그와 마주 앉으며 말했다.

"이렇게 와주셔서 감사합니다."

세바스찬은 테이블 위에 제레미의 사진을 내려놓으며 말했다.

"제레미를 본 게 확실하죠?"

유세프는 사진을 주의 깊게 살폈다.

"네, 분명합니다. 나이는 열다섯 살 내지 열여섯 살이고, 이름이 제레미라고 한 미국소년이었어요. 난 제레미를 그저께 저녁에 봤어요. 우리의 '은행장' 중 하나인 무니에 집에서요."

"은행장이라면?"

유세프는 주문한 커피를 한 모금 마시고 나서 설명을 시작했다.

"바르베스–로쉬슈아르 교차로에서는 밀수담배가 하루에도 수천 갑씩 팔리고 있어요. 담배밀매망도 마약밀매망처럼 치밀하게 조직되어 있죠. 도매업자들이 중국공급자들로부터 담배를 삽니다. 그들은 아침마다 물건을 현장으로 가져와 그들만이 아는 은신처에 숨겨두죠. 대개는 쓰레기통, 후미진 구석, 진열대 위 은닉장소, 주차해둔 자동차 트렁크 등을 이용해요. 그럼 우리가 그 담배들을 수거해 거리에 내다 파는 거죠."

"은행장은 무슨 일을 하는 사람인데요?"

"수금하는 사람들을 은행장이라 불러요."

"제레미가 무니에라는 사람 집에서 뭘 하고 있는데요?"

"뭘 하고 있는지는 저도 잘 모르겠어요. 다만 그 집에 강제로 붙잡혀 있는 것처럼 보이진 않았어요."

"무니에라는 사람의 집은 어디에 있죠?"

"카플라 거리에 있어요."

"여기에서 먼 곳인가요?"

"그리 멀지는 않아요."

"걸어서 갈 수 있는 곳인가요?"

"네, 거리는 그리 멀지 않지만 그 집에 가시는 걸 말리고 싶군요. 무니에는 성격이 그다지 좋은 편이 아니거든요."

"제발 나를 그 집 앞까지 데려다줘요. 나 혼자 들어갈게요."

"그건 그리 좋은 생각이 아닌 것 같은데요."

튀니지인은 겁에 질린 기색이 역력했다.

무엇이 두려운 걸까? 일자리를 잃는 것? 아니면 위험한 인간들의 눈 밖에 나는 것?

세바스찬은 포기하지 않고 집요하게 그를 설득했다.

"유세프, 당신은 좋은 사람이에요. 제발 나를 무니에의 집까지 데려다줘요. 난 내 아들을 찾아야만 해요."

"그렇게 간절히 원하시니까 모셔다드리죠."

유세프가 마침내 항복을 선언했다.

카페를 나온 그들은 소피아 가를 경유해 바르베스 대로로 돌아왔다. 오후 2시, 해가 중천에 떠 있었다. 뜨겁게 달구어진 대로는 여전히 사람들로 북적댔다. 젊은이, 늙은이, 보보족……. 머리에 히잡처럼 생긴 베일을 쓴 여자, 미니스커트 차림의 여자도 눈에 띄었다.

"유세프, 당신은 어디서 영어를 배웠죠?"

"튀니스대학교에서 영문학을 전공했어요. 육 개월 전, 튀니지를 떠날 수밖에 없었는데, 그 직전에 영문학 석사과정을 마쳤어요."

"요즘 튀니지의 경제사정이 조금이나마 나아지고 있지 않나요?"

유세프는 고개를 절레절레 흔들었다.

"재스민 혁명이 벤 알리를 축출하는 데는 성공했지만 마법의 지팡이처럼 일자리를 만들어내지는 못했어요."

유세프는 쓸쓸한 어조로 말을 이었다.

"튀니지의 경제상황은 여전히 어려워요. 대학을 나오고 학위를 따도 일자리가 없어요. 결국 저는 프랑스에서 제 운명을 시험해보기로 했어요."

"체류 허가는 받았어요?"

유세프는 고개를 저었다.

"우리들 중 합법적인 체류 허가를 받은 사람은 없어요. 우린 지난봄에 람페두사 섬을 통해 밀입국했죠. 제대로 된 직장에서 일하고 싶지만 합법적인 서류를 갖추지 않는 한 쉬운 일이 아니죠. 여기서 담배 밀매나 하며 산다는 건 정말이지 끔찍하지만 현재로서는 달리 방법이 없어요. 제가 여기서 할 수 있는 일의 전부죠. 여기서는 자기 목숨은 스스로 알아서 지켜야 해요. 굶어죽지 않으려면 소매치기, 대마초 밀매, 휴대폰 은닉, 신분증위조, 밀수담배판매 같은 일이라도 하면서 살아갈 수밖에요."

"경찰이 단속을 나오진 않나요?"

유세프가 피식 웃었다.

"열흘에 한 번씩 단속을 나오죠. 그래 봐야 하룻밤 구류를 살고 벌금을 내면 그만이에요. 그 다음날에는 아무 일도 없었다는 듯 다시 거리로 나와 일을 하죠."

유세프가 걸음을 재촉했다. 골치 아픈 일을 빨리 끝내고 싶은 듯했다. 세바스찬은 그를 뒤따르느라 진땀을 흘렸다.

제레미는 무슨 이유로 6천 킬로미터나 떨어진 파리까지 날아와 담배밀매업자의 집에 숨어있게 된 것일까?

햇볕이 뜨겁게 내리쬐는 광장에 다다랐다. 유세프가 샤펠 대로 쪽으로 통하는 좁고 으슥한 골목으로 들어섰다. 유세프가 호주머니에서 칼을 꺼내들며 말했다.

"미안해요."

"아니, 왜……."

유세프가 대답 대신 잇새로 휘파람을 불었다. 세바스찬의 뒤쪽으로 사내 두 명이 튀어나왔다.

"내가 조금 전에 분명 경고했잖아요. 이 지역에서 자기 목숨은 스스로 챙겨야 한다고."

세바스찬은 뭔가 말하려고 입을 열었지만 돌덩이 같은 주먹이 날아와 명치에 그대로 꽂혔다. 그는 숨이 끊어질 듯한 고통을 가까스로 참아내며 반격을 시도했지만 유세프가 좀 더 빨랐다. 그는 얼굴에 강력한 훅을 얻어맞고 바닥에 쓰러졌다.

두 명의 공범들이 그를 일으켜 세웠다. 본격적인 뭇매질이 시작되었다. 팔꿈치로 명치를 찍고, 숨 쉴 틈 없이 발길질이 쏟아지고, 따귀를 치고, 욕설을 퍼부었다. 무방비 상태가 된 세바스찬은 눈을 꼭 감고 소나기처럼 퍼붓는 매를 고스란히 얻어맞았다.

세바스찬은 매가 무자비하게 쏟아지는 동안 십자가를 짊어지고 걷는 듯한 느낌이 들었다.

그래, 이건 나의 비아 돌로로사(빌라도 법정에서 골고다 언덕까지, 예수가 십자가를 지고 걸은 수난의 길. '슬픔의 길' 혹은 '고난의 길'로 번역된다 : 옮긴이)야.

제대로 저항 한 번 해보지 못하고 일방적으로 당했다.

생각해보니 자업자득이었다. 아무런 생각 없이 지폐를 꺼내 흔들어 놓고 무사하길 바라는 게 이상한 일이지. 한껏 굶주린 야수들 앞에서 고기를 꺼내 자랑한 거나 다름없었다.

유세프는 사실 한 번도 제레미를 본 적이 없었다. 세바스찬이 키오스크 앞에서 신문장사와 이야기할 때 우연히 이름을 엿듣게 된 듯했다. 너무나 순진한 행동이었고, 누굴 탓할 것도 없었다. 냉철하지 못했고, 생각이라곤 눈곱만큼도 없었다. 굶주린 늑대의 소굴에 제 발로 걸어 들어간 셈이었다.

세바스찬은 만신창이가 될 정도로 두들겨 맞고, 가진 걸 몽땅 빼앗겼다. 눈썹은 찢어지고, 입술은 피멍이 들고, 한쪽 눈두덩은 크게 부풀어 올랐다.

정신이 가물가물해진 세바스찬은 간신히 눈을 떠보았다. 사람들이 와자지껄 떠들어대는 소리, 대로 위에서 차들이 지나가는 소리가 어렴풋이 들려왔다. 그는 힘겹게 몸을 일으켰다. 입과 코에서 동시에 흘러내리는 핏물을 재킷 소매로 닦았다. 유세프 일당은 그야말로 몸뚱이만 남기고 몽땅 가져갔다. 현금, 휴대폰, 여권, 허리띠, 신발, 심지어

할아버지에게 물려받은 명품 손목시계까지 챙겨갔다.

무참하고 속상한 마음에 절로 눈물이 솟았다.

니키에게는 뭐라고 말하지? 이렇게까지 멍청한 실수를 저지르다니?

제레미를 찾아야 한다는 마음만 앞섰을 뿐 치밀한 계획이 없었다는 방증이었다. 계속 이런 식으로 달려들었다가는 매번 낭패를 겪을 게 분명했다.

27

테라스에서는 호텔 정원이 내려다 보였다. 테라스 난간에 몸을 기댄 니키는 불안감을 떨쳐버리기 위해 분수대 물소리에 귀를 기울였다. 호텔은 무성한 초록 숲으로 둘러싸여 있었다. 정원 전체를 가로지르는 실편백나무들은 토스카나 지방의 풍경을 연상케 했다. 가을 색으로 곱게 물든 개머루 넝쿨이 담벼락을 타고 올라가면서 새하얀 꽃들을 활짝 피운 재스민 덩굴들과 자리다툼을 벌이고 있었다. 객실에까지 재스민 향기가 날아들었다.

세바스찬이 나간 이후 계속 방 안에서만 맴돌았다. 부담 없는 여행이었다면 아름답고 평화로운 호텔의 주변 경관을 마음 편히 음미할 수 있었겠지만 지금은 그럴 기분이 아니었다. 격심한 불안감에 온몸의 근육이 딱딱하게 굳고, 가슴은 바윗돌에 짓눌린 듯 답답하기 짝이 없었다.

니키는 좀처럼 긴장이 풀리지 않아 기분 전환을 해볼 생각으로 객실로 돌아와 욕조에 물을 채우기 시작했다. 따스한 물이 은은한 김을 피워 올리며 욕조를 채워가는 동안 니키는 하얗게 칠한 나무선반 중앙에 놓인 구식 전축을 향해 다가갔다. 뚜껑을 떼어 스피커로 사용하는 구조로 전형적인 1960년대식 턴테이블이었다. 전축 옆에 놓아둔 시렁에는 33RPM짜리 LP판 컬렉션 오십여 장이 빼곡하게 꽂혀 있었다.

밥 딜런의 〈하이웨이61〉, 데이비드 보위의 〈지기 스타더스트〉, 핑크 플로이드의 〈다크 사이드 오브 더 문〉 그리고 더 벨벳 언더그라운드& 니코의 데뷔 앨범 등······.

니키의 손이 〈애프터매스〉 위에서 멈췄다. 롤링스톤즈의 전성기 시절에 내놓은 앨범 중 하나였다. 그녀는 턴테이블에 디스크를 올리고, 미세한 홈 위에 바늘을 올려놓았다. 지체 없이 흘러나온 〈언더 마이 썸〉의 베이스기타 선율과 마림바의 리프 사운드가 방 안을 수놓았다. 믹 재거가 사귀었던 모델 크리시 쉬림턴과의 관계를 정리하는 의미로 작곡한 곡이라는 소문이 떠돌기도 했었다. 그 당시 페미니스트들은 여성을 '신이 나서 뒹구는 강아지'나 '샴 고양이'에 빗댄 그 곡의 가사를 좋아하지 않았다는 말이 전해오고 있었다.

니키가 보기에 그 곡의 의미는 좀 더 복합적인 의미로 해석이 가능했다. 그녀가 생각하기에는 커플들이 주도권 다툼을 하거나 사랑이 증오로 변할 때 차오르는 복수의 욕구를 표현한 곡이었다. 그녀는 커다란 타원형 거울 앞에 서서 실오라기 하나 남기지 않고 옷을 훌훌 벗어 던졌다. 단철테두리를 두른 타원형 거울 앞에 선 그녀는 자신의 원초적인 모습을 들여다보았다. 창문을 통해 들어온 햇살이 부드럽게 목덜미를 어루만졌다.

니키는 눈을 감고, 따스한 물의 온기에 피부가 살아나는 느낌을 받으며 햇볕에 얼굴을 맡겼다. 나이를 먹으면서 몸이 풍만해졌지만 맹렬히 운동을 한 덕분에 아직은 탄력 있는 몸매를 유지해오고 있었다. 팽팽한 젖가슴, 가늘고 탄력적인 허리, 매끈하고 날렵한 다리, 단단한 종아리……. 잠시의 관능적 행복감 속에서 그녀는 자신감이 서서히 회복되어 가는 걸 느꼈다.

이만하면 미스 쿠가 대회(42세 이상의 매력적인 여성 중에서 여왕을 선발하는 대회 : 옮긴이)에 나가도 되겠어, 미시즈 로빈슨…….

니키는 수도꼭지를 잠그고 파르르 떨리는 몸을 따스한 목욕물에 담갔다. 그녀는 과거에도 종종 그랬던 것처럼 호흡을 멈추고 머리를 물 속으로 집어넣었다. 전에는 호흡 정지 상태로 2분 가까이 버틸 수 있었다. 그녀는 생각을 정리할 필요가 있을 때마다 이처럼 시간이 정지되는 순간을 이용하곤 했다.

10초…….

젊은 여자 같은 매력을 유지하고 싶다는 욕망이 생을 갉아먹고 있었다. 얼마나 많은 날들을 매력을 확인하고 싶은 욕망에 이끌려 소진했던가? 니키는 자신의 매력이 육체에 있다는 걸 누구보다 잘 알고 있었다.

남자들이 나를 좋아한다면 내가 그들을 성적으로 흥분시키기 때문이야. 그들이 주목하는 건 내 육체이지 지성미나 유머감각, 교양 따위는 아니야.

20초…….

이제 젊은 날은 다 지나갔다. 여성잡지들은 자주 '마흔 살에 서른 살처럼 사는 법'이라는 제목을 앞세우지만 모든 게 헛소리일 뿐이다.

이 시대의 트렌드는 외모 가꾸기이다. 누구나 젊고 아름다워지고 싶어 한다. 좀 더 싱싱한 피부를 갖길 원한다.

요즘 니키는 변화를 절감하고 있었다. 거리에서 고개를 돌리고 쳐다보는 남자들이 이전보다 현저히 줄어들었다. 한 달 전, 그녀는 그리니치의 한 상점에서 매력적이고 몸매도 끝내주는 한 남자점원이 상냥하게 대해주며 관심을 보이는 것에 마냥 우쭐했던 적이 있었다. 나중에야 진실을 깨달았다. 남자들이 상냥하게 웃어주는 대상이 자신이 아니라 카미유라는 사실을…….

30초…….

인정하긴 싫지만 세바스찬을 다시 보는 순간 가슴이 뭉클했었다. 그는 여전히 고지식하고 답답하고 제멋대로고 자기 확신으로 똘똘 뭉친 남자였지만 그가 옆에 있어준다는 사실만으로도 너무나 마음 든든하고 고마웠다.

40초…….

결혼할 당시 니키는 자신이 세바스찬과는 여러 가지 면에서 걸맞지 않은 상대라고 생각했다. 그들의 사랑은 잘못된 판단에 근거한 착시 현상이었다고 확신했다. 세바스찬이 조만간 실수를 깨닫고 그녀의 참모습을 발견하게 된다면 곧 버림받게 되리라는 두려움에 사로잡혀 지냈다.

50초…….

니키는 언젠가 세바스찬과의 결별을 피할 수 없으리라 생각했다. 그런 생각이 얼마나 강했던지 아예 선수를 치게 되었다. 바람을 피우고 애인을 수도 없이 갈아치우며 회복하기 힘든 악순환의 고리로 빠져들었다. 급기야 파국이 찾아왔다. 결과적으로 그녀의 생각이 터무니없지 않았다는 걸 증명해준 셈이었다. 파국은 역설적으로 안도감을 안겨주기도 했다.

1분…….

카운트다운은 가차 없이 진행되었다. 삶은 모래알처럼 손가락 사이로 빠져나가고 있었다. 2, 3년 후면 제레미는 캘리포니아로 공부하러 떠날 테고, 그녀는 혼자 남게 될 것이다. 혼자…… 혼자…… 혼자…….이 버림받는 것에 대한 두려움이 늘 그녀를 따라다녔다. 이 요령부득의 피해의식은 대체 어디서 비롯된 것일까? 어린 시절? 더 오래된 어떤 근원이 있을까? 차라리 생각하지 말자.

1분 10초…….

갑자기 몸에 전율이 일며 하복부가 부들부들 떨려왔다. 이제 산소 결핍이 심각해진 것이다. 롤링스톤스의 노래 후렴이 일그러져서 들려오고, 뭔가 곁들여지는 게 있는데, 바로 지미 핸드릭스의 리프다!

내 핸드폰!

니키는 머리를 첨벙 물 밖으로 내밀고 휴대폰을 집어 들었다. 샌토스. 그는 어제부터 협박 반 애원 반의 메시지를 수도 없이 보내왔다. 지난 이틀 동안 벌어진 일들로 경황이 없었던 그녀는 무응답으로 일관했다.

니키는 망설였다. 최근 들어 샌토스는 애인으로서 숨이 막힐 만큼 집착하는 모습을 보여주고 있었지만 능력 있는 경찰임에는 틀림없다.

샌토스가 제레미의 실종에 대해 뭔가 알아냈을지도 몰라.

"여보세요?"

"니키? 당신과 통화하려고 몇 시간 동안 얼마나 고생했는지 알아?

당신, 지금 대체 무슨 짓을 벌이고 있는 거야?"

"샌토스, 난 지금 바빠."

"파리에는 왜 갔어?"

"내가 파리에 있는지 어떻게 알았어?"

"당신 집에 가봤어. 거기 있는 노트북에서 파리행 비행기 티켓을 예매한 걸 확인했어."

"무슨 권리로 남의 집에 허락도 없이……."

"다른 경찰이 아니라 나였다는 게 다행인 줄 알아. 내가 욕실에서 뭘 발견한 줄 알아?"

"뭐를 발견했는데?"

"코카인!"

샌토스가 발끈하며 쏘아붙였다.

심장이 쿵 내려앉은 그녀는 한동안 침묵하지 않을 수 없었다.

"게다가 끔찍한 살인현장에 당신과 전남편의 지문이 온통 묻어 있었어. 당신은 지금 물에 목까지 잠겨있는 상태야!"

"우리 잘못이 아니야. 드레이크 데커는 우리가 도착했을 때 이미 죽어 있었어. 다른 남자는 명백히 정당방위였고."

"그 시궁창 같은 술집에서 대관절 뭘 하고 있었던 거야?"

"제레미를 찾으려 했던 거야. 나중에 때가 되면 자세하게 설명해 줄게. 제레미에 대한 다른 소식은 없어?"

"아직 없어. 니키, 내 말을 명심해. 지금 이 상황에서 당신을 도울 수 있는 사람은 나밖에 없다는 사실을……."

"어떻게 나를 돕겠다는 거야?"

"드레이크 데커의 술집에서 일어난 살인사건에 대한 수사를 내가 늦춰볼 수 있어. 하지만 당신이 최대한 빨리 뉴욕에 돌아온다는 전제 하에서만 가능한 얘기야."

"……."

"내 말, 무슨 뜻인지 알겠어?"

"알았어, 샌토스."

"당신 전남편에게 휘둘리지 말고 잘 선택해. 알았어?"

샌토스가 윽박지르듯 말했다.

니키는 잠시 침묵했다.

"니키, 보고 싶어. 당신을 보호할 수 있다면 난 뭐든 할 거야. 사랑해."

샌토스는 '나도 사랑해.'라는 말을 듣기를 한참 동안 기다렸지만 니키의 입에서는 좀처럼 그 말이 흘러나오지 않았다.

동시통화가 걸려왔다는 신호음이 울렸다. 니키로서는 이 거북한 대화를 끝낼 수 있는 절호의 기회였다.

"이제 전화를 끊어야겠어. 다른 전화가 걸려왔어. 곧 소식 전할게."

니키는 틈을 주지 않고 전화를 돌렸다.

"여보세요?"

"래러비 부인이시죠?"

"그런데요?"

"여기는 〈파리크루즈〉 사입니다."

낯선 여자 목소리였다.

"래러비 부인의 파티예약을 확인하기 위해 전화드렸습니다."

"파티라뇨? 어떤 파티를 말씀하시는 거죠?"

"라미랄 호에서 오늘 저녁 8시 30분에 열릴 예정인 선상디너파티에 여사님께서 예약하신 내용을 말씀드리는 겁니다."

"혹시 뭔가 착오가 있는 것 아닌가요?"

"분명 일주일 전에 래러비 부부의 이름으로 예약이 잡혀 있습니다.
그럼 예약을 취소하시겠습니까?"

"아뇨, 참석하겠어요. 저녁 8시 30분이라고 했죠? 승선 장소는 어
디죠?"

"파리 8구, 알마 다리 아래입니다. 야회복 차림으로 오시면 감사하
겠습니다."

"알겠어요."

니키는 머릿속이 혼란스럽기 짝이 없었다. 모든 게 뒤죽박죽이고,
한 치 앞도 보이지 않는 혼돈 속이었다.

이 새로운 일이 어떤 결과를 가져오게 될까? 알마 다리 아래의 선상
에서 마침내 '그들'을 접촉하게 될까? 배에서 제레미를 돌려받을 수
있을까?

니키는 눈을 감고 머리를 다시 물속으로 집어넣었다. 그녀는 복잡
한 생각을 정리할 수만 있다면 컴퓨터에서 하듯 뇌를 '리셋' 하고 싶었
다. 리셋 키가 뭐였더라?

Ctrl-Alt-Del!

머릿속에서 온갖 부정적인 생각들과 악몽에서 막 튀어나온 듯 끔찍
한 이미지들이 폭탄처럼 쏟아지고 있었다. 그녀는 지난날 명상교실에
서 배운 대로 정신을 집중해가며 서서히 두려움을 가라앉혔다. 근육
이 차츰 이완되었다. 호흡을 멈추자 조금이나마 정신이 맑아졌다. 산
소결핍상태가 필터처럼 작용해 그녀의 정신을 흐트러뜨리는 요소를
말끔히 지워버렸다.

마침내 단 하나의 이미지만이 남았다. 애써 억눌러놓았던 추억……. 타임캡슐 혹은 빛바랜 영상 같은 추억이 그녀를 17년 전의 어느 날로 데려갔다.

세바스찬과 두 번째로 만난 날, 1996년 봄.

파리에서…….

니키
17년 전…….

1996년 봄

파리

틸르리 공원

"아가씨들, 마지막으로 한 번만 더 찍을게요. 모두 자기 위치로 가요. 자, 준비하시고…… 액션!"

루브르 궁 앞, 여러 명의 모델들이 매우 정교하게 연출된 어떤 장면을 벌써 열 번째나 촬영하는 중이다. 〈오트 쿠튀르〉 사는 이 광고 촬영을 위해 막대한 예산을 쏟아부었다. 유명 연출가, 화려한 의상, 웅장한 배경 그리고 이 브랜드의 아이콘으로 선택된 스타를 더욱 빛나게 해줄 수많은 엑스트라들…….

내 이름은 니키 니코브스키, 나이는 스물다섯, 특급 슈퍼모델이 결코 아니다. 네 번째 줄에서 행진하는 서브모델 중 하나일 뿐이다. 때는

1990년대 중반, 클라우디아 쉬퍼, 신디 크로포드, 나오미 캠벨이 한창 톱스타로 활동하며 어마어마한 부를 축적하고 있던 때이다.

난 그들과는 전혀 다른 세계에 살고 있다. 내 에이전트 조이스 쿠퍼는 내게 대놓고 이야기한다.

"파리여행에 끼게 된 것만도 행운이라고 생각해!"

내 삶은 톱모델들이 언론을 통해 떠들어대는 동화처럼 달콤한 세계와는 관련이 없다. 열네 살 때 나는 내 고향 미시간을 우연히 지나치던 어느 엘리트 에이전시 소속 사진가의 눈에 띄었던 게 아니다. 나는 뉴욕에 첫발을 내디딘 스무 살에 모델 일을 시작했다. 난 《엘르》나 《보그》 같은 패션잡지의 표지에 한 번도 등장한 적이 없고, 이따금 패션쇼 런웨이를 행진하는 일이 있을 뿐이다. 오직 이류 디자이너들을 위한 일이다.

내 몸이 언제까지 버텨낼 수 있을까?

다리와 등이 쑤셔온다. 뼈들이 금방이라도 부서질 것처럼 욱신거리지만 좋은 인상을 심어주기 위해 집중한다. 난 미소를 고정시키고, 날씬한 다리와 가슴을 돋보이게 하고, 골반을 약간 흔들며 걷고, 동작을 할 때마다 공기의 요정처럼 우아한 포즈를 만들려고 노력한다.

오늘 저녁, 공기의 요정은 기진맥진해 있다. 오늘 아침 비행기로 파리에 도착했는데 내일이면 다시 떠나야 한다.

휴가여행과는 거리가 멀다!

지난 몇 달은 너무나 힘들게 지냈다. 겨울 내내 포트폴리오를 팔에 끼고, 오디션마다 쫓아다녔다. 교외에서 새벽 6시에 올라타는 맨해튼행 열차, 난방도 되지 않는 썰렁한 스튜디오에서의 사진촬영, 삼류광고물 제작을 위한 저비용 촬영을 하는 동안 난 차츰 냉혹한 현실을 확인하게 된다. 모델 일을 하기에 난 충분히 젊지 않다는 현실 말이다. 크리스티 털링턴이나 케이트 모스 같은 모델이 될 수 있게 해줄 강렬한 아우라가 내게는 없다. 무엇보다도 난 점점 나이 들고 있다. 벌써.

"컷!"

연출가가 소리친다.

"오케이, 좋았어 아가씨들! 자, 이젠 돌아가서 신나게 즐기라고. 이제 파리는 아가씨들의 것이니까!"

놀고 있네!

광고제작사는 천막에 분장실을 꾸며놓았다. 늦은 오후, 아직 햇살은 화창하지만 날씨는 지독히 춥다. 바람이 숭숭 들어오는 천막에서 화장을 지우고 있는데, 조이스 쿠퍼의 인턴 여직원 하나가 나를 부른다.

"미안해, 니키. 루아얄 오페라 호텔에는 더 이상 자리가 없대. 자기는 다른 호텔로 옮겨야겠어."

그녀는 13구의 어느 업소 주소가 인쇄되어 있는 종이 한 장을 나에게 내민다.

"지금 사람 앞에 두고 장난해? 방을 차라리 더 먼 곳에다 잡지 그랬어? 이왕이면 교외에다 잡지 그랬냐고?"

그녀는 낸들 어쩌겠냐는 듯이 두 팔을 벌리고 어깨를 으쓱한다.

"미안, 지금은 방학기간이라 호텔마다 빈 방이 없어."

나는 한숨을 내쉬며 옷을 갈아입고, 신발을 갈아 신는다. 다른 아가씨들은 한껏 달아오른 분위기에 도취해 극도로 흥분해있다. 리츠호텔 정원에서 파티가 열리기로 돼 있다. 그 자리에는 세계적인 디자이너 라거펠트와 갈리아노도 참석한단다.

파티가 열리는 장소에 도착해보니 초청 리스트에 내 이름은 올라있지 않다.

"니키, 우리와 같이 가서 한잔할까?"

프로젝트에 동행한 촬영기사 중 한 명이 내게 제의한다. 옆에 동료도 한 명 있는데 아침부터 계속 내 몸을 흘끔거렸던 촬영기사다. 그따위 시시한 남자들을 따라가고 싶은 생각은 추호도 없지만 차마 거절하지 못한다. 혼자 남는 게 두렵기 때문이다. 나를 갈망의 눈으로 바라보는 남자들의 시선을 즐기고 싶기 때문이기도 하다. 설령 그 상대가 내가 경멸하는 사람일지라도.

나는 촬영기사들을 따라 알제 가의 바로 들어간다. 우리는 보드카에 큐라소, 라임주스를 섞은 칵테일 '가미가제'를 연거푸 들이켠다. 알코올이 들어가자 몸이 훈훈해지고 긴장이 풀리면서 금방 취기가 오른다.

나는 웃고 농담을 즐기며 즐거운 척하지만 싱싱한 몸을 찾아 헤매는 이 포식자들이 끔찍이 싫다. 난 그런 자들이 여자를 대하는 방식을 잘 알고 있다. 끊임없이 술을 권하고, 코카인을 흡입하게 하고, 끈덕지게 치근댄다. 그러다가 여자들이 지치고 외로워지는 순간을 틈타 본색을 드러낸다.

You're so sexy! So sexy! So glamorous…….

나는 포식자들의 손쉬운 먹잇감이다. 나는 굳이 그들의 환상을 깨려 하지 않는다. 나는 남자들이 내 몸을 볼 때마다 이글거리며 타오르는 정염의 불꽃에 기름을 쏟아붓는다. 내 스타일이 아닌 작자들에게도 그렇게 한다. 그 순간 나는 그들의 욕망을 빨아먹고 사는 뱀파이어가 된다.

패션계는 내게 더 이상 화려하고 휘황찬란한 세계가 아니다. 피로

와 권태 그리고 허망한 경쟁이 펼쳐지는 신기루 같은 곳일 뿐이다. 나는 패션계에서 일회성 소모 상품, 유통기한이 지난 이월 상품에 불과하다.

너절한 남자들의 행동은 한층 더 대담해진다. 그들은 내가 셋이서 함께 그 짓을 벌이는 데 동의할 거라 의심치 않는다. 나는 어둠이 깔리면서 하나둘씩 켜지는 불빛을 바라보고 있다. 내 몸을 스치는 남자들의 손길이 점점 대담해지다가 곧 위험 수위에까지 다다른다. 그나마 아직은 맑은 정신이 남아있다. 나는 몸을 벌떡 일으켜 세우고 트렁크를 질질 끌며 카페를 나온다. 등 뒤로 그들이 욕설을 퍼붓는 소리가 들려온다.

"불여우 같은 년! 엿이나 먹고 썩 꺼져라."

리볼리 가에서는 택시 잡기가 하늘의 별따기이다. 하는 수 없이 지하철을 타기로 한다. 팔레-루아얄 역으로 들어간다. 플랫폼에 붙은 지하철안내도를 훑어본 뒤 덜컹거리는 열차에 몸을 싣고 7번 선의 역들을 차례로 지난다. 퐁네프…… 샤틀레…… 쥐시외…… 레 고블랭…….

이탈리 광장에 도착하니 벌써 어두운 밤이다. 호텔이 가까운 곳에 있다고 생각했는데 막상 걷다 보니 꽤나 먼 길이다. 빗방울이 떨어지기 시작한다. 프랑스어를 못해 영어로 길을 물으니 모두들 거들떠보지도 않는다. 프랑스는 참 이상한 나라다. 바퀴가 고장난 트렁크를 끌고 보비요 가를 따라 터덜터덜 걸어 올라간다. 빗줄기가 점점 굵어진다.

오늘 밤, 난 너무도 힘이 없고 가슴이 헛헛하다. 이렇게 외로운 날은 처음이다. 쏟아지는 빗물은 내 몸을 타고 줄줄 흘러내리고, 내 마음에도 심각한 균열이 간다. 나의 미래에 대해 생각해본다.

내게 과연 미래라는 게 있을까?

난 무일푼이다. 모델 일을 하며 지낸 5년 동안 단 한 푼도 모아놓은 게 없다. 나 같은 모델들은 철저한 의존상태에 묶여 있다. 패션모델 에이전시들은 이런 장난에 아주 능하다. 일해서 받은 돈을 수수료와 여행경비 조로 몽땅 돌려준 경우가 한두 번이 아니다.

비탈진 보도를 걸어 올라가다가 그만 구두 뒤축 하나가 부러진다. 자존심을 진흙탕에 쑤셔 박은 나는 망가진 구두를 손에 들고 절뚝절뚝 걸어 마침내 뷔또케이유에 다다른다.

난 그때까지 파리를 굽어보는 이 동네에 대해 한 번도 들어본 적이 없다. 시간을 한참이나 거슬러 올라가야 볼 수 있는 분위기를 간직하고 있다. 이 동네에는 널따란 대로나 오스만 시대에 지어진 큼직한 건물들이 없다. 포석이 깔린 골목길과 지방 소읍의 분위기를 풍기는 집들만이 보인다. 마치 '거울의 반대편'에 뚝 떨어져 내린 앨리스가 된 기분이다.

생디아망 거리에 위치한 나의 호텔은 좁다란 전면을 내보이고 있는 오래된 건물이다. 기진맥진한 나는 물에 흠뻑 젖은 몸으로 초라한 로비홀로 들어가 예약내용이 인쇄되어 있는 종이를 호텔 여주인에게 내민다. 그녀는 방 열쇠를 줄 생각도 하지 않고 이렇게 일러준다.

"21호실입니다. 아가씨 사촌께서 한 시간 전부터 와 계세요."

"My cousin? What are you talking about?(내 사촌이라고요? 지금 무슨 말씀을 하시는 거죠?)"

내가 구사할 수 있는 프랑스어는 몇 개의 단어에 불과하다. 프런트를 지키고 있는 그녀의 영어 또한 형편없다. 약 5분 동안 손짓발짓을 나눈 끝에 나는 한 시간 전에 내 사촌을 자처하는 미국인이 내 방을 접수했다는 사실을 이해하게 된다.

난 프런트 여자에게 다른 방을 달라고 요구하지만 호텔이 만원이라 곤란하다는 대답이 돌아온다. 그럼 경찰을 불러달라고 말하자 그 남자가 벌써 내 방 값을 계산했다는 대답이 돌아온다.

도대체 이게 무슨 귀신 씨나락 까먹는 소리지?

화가 머리끝까지 치민 나는 트렁크를 통로 한가운데에 내팽개친 채 3층으로 올라가 21호실 문을 쾅쾅 두드린다.

대답이 없다. 난 당황하지 않고 거리로 나와 포석이 깔린 막다른 골목을 통해 호텔 뒤편으로 돌아간다. 내 방을 가로챈 남자가 있는 방의 창문을 향해 구두 한 짝을 냅다 집어 던진다. 과녁을 명중시키지는 못했지만 내게는 두 번째 총알이 있다. 이번에 다시 던진 구두가 유리창을 박살낸다. 몇 초가 흐른 후, 마침내 한 남자가 십자형 유리창을 열고 고개를 삐죽 내민다.

"당신이오? 방금 전에 소란을 피운 사람이?"

내 눈을 믿을 수가 없다. 그 사람은 바로 현악기제조인 세바스찬 래러비가 아닌가!

나는 잔뜩 부아가 치밀어 오른다.

"당신, 내 방에서 지금 뭘 하고 있죠?"

"잠을 청하고 있었는데요. 당신이 이 소란을 피우기 전까지는."

"미안하지만 이제 그 방에서 꺼져줄래요?"

"그럴 수는 없을 것 같은데요."

세바스찬은 아주 침착하고 능글능글하게 대답한다.

"이건 정말 심각한 질문인데 당신, 파리에는 왜 왔죠?"

"그야 뭐, 당신을 보러 왔죠."

"대체 무슨 볼 일이 있어 나를 보려고 하는데요? 게다가 나를 어떻게 찾아냈죠?"

"내 나름대로 조사를 해봤어요."

난 한숨을 푹 내쉰다.

그래, 살짝 맛이 간 친구다. 이 남자는 지금 나에 대해 병적인 집착증을 앓고 있는 게 분명하다. 이런 정신병자를 보는 게 이번이 처음은 아니다. 겉보기에는 점잖고 부드러운 편이지만 속은 엉망으로 미쳐가고 있다.

나는 짐짓 태연한 척하며 말한다.

"그래, 내게서 바라는 게 뭔데요?"

"사과하세요."

"내가 왜 댁에게 사과를 해야 하는데요?"

"우선 석 달 전에 내 지갑을 훔쳐간 것에 대해 사과하세요."

"훔쳤다가 금세 돌려줬잖아요. 그건 장난이었어요. 당신의 주소를 알아내기 위한 장난……."

"그냥 주소를 물어보기만 하면 될 텐데 왜 지갑을 훔쳤냐는 겁니다. 그럼 내가 당신을 초대했을지도 모르는데……."

"당신에게 초대를 받았다면 재미없었겠죠."

가로등 하나가 막다른 골목길의 축축한 포도를 비추고 있다. 세바스찬 래러비는 뭐가 좋은지 싱글벙글거리며 나를 요모조모 훑어본다.

"그 다음 사과해야 할 일은 주소도 안 남기고 내게서 도망쳐버린 거죠."

나는 고개를 절레절레 젓는다.

"그게 뭐라도 잘못 됐나요?"

"지난 크리스마스이브에 우린 같이 잤었죠? 내 기억에는 그랬던 것 같은데……."

"그래서요? 난 아무하고나 같이 자거든요!"

난 그를 도발하려고 그렇게 맞받는다.

"아, 그래요? 그럼 오늘 밤 당신은 밖에서 자도록 해요."

세바스찬은 딱 잘라 말하고는 창문을 닫아버린다.

바깥은 어두운 밤이고, 날씨는 북극에 온 것처럼 춥다. 나는 기진맥진한 상태지만 어처구니가 없는 심정이기도 하다. 나는 무례한 인간에게 거지 취급을 받으며 가만히 앉아있을 생각이 추호도 없다.

"좋아, 어디 한 번 해보자는 거지!"

골목 한구석에 쓰레기를 수거하는 컨테이너가 놓여 있다. 나는 그 쓰레기 컨테이너에 올라 빗물받이 홈통을 타고 건물 위로 올라간다. 일층에 다다른 나는 다시 기어오르기 전에 화초재배조에 발을 딛고 서서 잠시 숨을 고른다.

다시 홈통을 타고 올라 방 안을 들여다보니 세바스찬의 얼굴이 심각하게 일그러지는 게 보인다. 그가 눈을 동그랗게 뜨고 어쩔 줄 몰라 하며 별안간 창문을 덜컥 열면서 소리친다.

"그러다가 떨어지면 목 부러져요!"

난 깜짝 놀라 뒤로 휘청하면서 균형을 잃고 만다. 발밑이 휑하게 느껴지는 순간, 난 그가 뻗은 손을 아슬아슬하게 붙잡는다.

"웬 여자가 그렇게 겁이 없어요?"

그는 나를 창턱으로 끌어올리며 호통을 친다.

일단 위험에서 벗어나자 나는 한 손으로 그의 멱살을 잡고 다른 손으로는 몸통을 쾅쾅 때린다.

"이 망할 놈의 정신병자야. 하마터면 당신 때문에 떨어져 죽을 뻔했잖아!"

나의 맹렬한 공세에 당황한 그는 간신히 몸을 빼는 데 성공한다. 분이 풀리지 않은 나는 침대 발치에서 입을 벌리고 있는 그의 트렁크를 창밖으로 던져버릴 생각으로 달려간다. 그는 나를 막으려고 두 팔로 감싸 안는다.

"이제 그만 진정해요."

그가 그제야 애원 투로 말한다. 그의 얼굴이 내 얼굴에서 몇 센티미터 떨어진 곳에 있다. 그의 눈빛은 선하고 정직한 느낌을 담고 있다. 그에게서 풍겨 나오는 인간미가 내 마음을 편안하게 해준다. 체취도 제법 마음에 든다. 캐리 그랜트 세대의 남성들이 사용했을 법한 오드콜론 냄새가 난다.

난 갑자기 흥분을 느낀다. 그를 침대 위로 쓰러뜨린 다음 입술을 깨물며 셔츠 단추를 거칠게 뜯어버린다.

***

다음 날 아침

전화벨소리에 난 소스라치듯 놀라 잠에서 깨어난다. 밤은 짧았다. 나는 눈에 잠기운이 가득한 얼굴로 수화기를 들고 베개에 기대며 몸을 반쯤 일으킨다.

호텔 여주인이 수화기 저쪽에서 알아들을 수 없는 말을 영어로 지껄인다.

나는 눈꺼풀을 꿈쩍거린다. 이 성냥갑만 한 호텔방의 레이스커튼을 통해 부드러운 햇살이 스며든다. 조금씩 정신이 돌아오고 있는 동안 발끝을 뻗어 욕실 문을 반쯤 열어본다.

아무도 없다.

세바스찬 래러비는 나를 버리고 가버린 걸까?

난 호텔 여주인에게 분명하게 다시 한 번 말해달라고 부탁한다.

"Your cousin is waiting for you at the coffee shop just around the corner.(사촌이 길모퉁이 커피숍에서 아가씨를 기다리겠다고 했어요.)"

뭐, 기다리든지 말든지.

난 벌떡 일어나 급속 샤워를 하고 나서 내 물건들을 챙긴다. 충계를 내려가 로비홀에 놓아둔 내 트렁크를 회수한다. 프런트 뒤에 앉아있는 호텔 여주인을 지나 출입문 밖으로 고개를 삐죽 내밀고 거리를 살핀다. 카페는 왼쪽으로 백여 미터 떨어진 곳에 있다. 나는 오른쪽에 있는 전철역을 향해 걸어간다. 이십여 미터쯤 걸었을까, 여주인이 따라와 나를 붙잡으며 슬쩍 알려준다.

"I think your cousin kept your passport.(사촌이 아가씨 여권을 갖고 있는 것 같던데요.)"

***

현대의 도도한 물결이 이곳만은 비껴간 것일까? 푀베르 카페는 1950년대에서 순간 이동되어 그 자리에 와 있는 듯한 느낌을 준다. 함석판 카운터, 분홍색 체크무늬 테이블보, 인조가죽쿠션 긴 의자, 포마이카 테이블은 골동품에 가깝다. 벽에 걸린 조그만 칠판에 전날의 특별메뉴가 적혀있다. 피스타치오를 넣은 소시지, 돼지족발, 트루아 순대……

선술집으로 씩씩거리며 들어선 나는 홀 안쪽 구석에 자리 잡고 앉아 있는 세바스찬을 발견한다. 난 그의 앞에 떡 버티고 서서는 으르렁댄다.

"당장 내 여권을 내놔요."

"안녕, 니키! 잘 잤어요?"

그는 내게 신분증을 내밀며 동문서답을 한다.

"자, 거기 앉아요. 내가 당신 대신 음식을 주문해놨어요."

난 푸짐한 아침식사 앞에서 항복 선언을 하고 만다. 카페오레, 크루아상, 타르틴, 잼⋯⋯.

커피를 한 모금 마시고 냅킨을 펼치는데, 그 밑에 리본으로 묶어놓은 상자가 하나 보인다.

"이게 뭐죠?"

"당신에게 주는 선물."

난 눈을 하늘로 들어 올린다.

"두 번쯤 같이 잤다고 굳이 선물을 해야 할 필요는 없는데요. 가만, 당신 이름이 뭐였더라?"

"열어봐요. 당신 마음에 들었으면 좋겠어요. 부담스러워할 필요는 없어요. 약혼반지는 아니니까."

나는 가느다란 한숨을 쉬며 포장지를 찢는다. 책이다. 《콜레라 시대의 사랑》 한정본이다. 삽화가 있고, 멋진 장정을 입혔으며 가브리엘 가르시아 마르케스의 친필 서명이 들어가 있다.

나는 고개를 흔들지만 그의 선물에 가슴이 뭉클해진다. 소름이 돋을 정도로⋯⋯. 남자에게서 책 선물을 받는 건 처음이다. 코끝이 찡하며 눈물이 차오르는 걸 애써 억누른다. 그의 선물은 내가 원하는 이상으로 날 감동시킨다.

"당신, 꿍꿍이가 정확히 뭐죠?"

난 가브리엘 가르시아 마르케스의 소설을 그가 앉은 쪽으로 밀어버리며 묻는다.

"엄청나게 비쌀 것 같아서 난 받을 수 없어요."

"굳이 내 선물을 거절하는 이유가 뭐죠?"

"우린 서로를 잘 모르니까요."

"앞으로 서로를 알아갈 수도 있어요."

난 고개를 돌린다. 노부부 한 쌍이 누가 누구의 목발이 되고 있는지 알 수 없는 모습으로 거리를 건너고 있다.

"당신, 도대체 무슨 생각으로 이러는 거죠?"

세바스찬은 소년처럼 열정적이면서 무모하고 순진한 얼굴로 설명을 시작한다.

"넉 달 전부터 난 잠에서 깨어날 때마다 당신 모습이 떠올랐어요. 온통 당신에 대한 생각뿐이었죠. 이제 다른 건 더 이상 중요하지 않아요. 당신만 내 옆에 있어준다면……."

나는 입을 딱 벌리고 세바스찬을 쳐다본다. 그 말이 그냥 해보는 소리가 아니라 진심이라는 걸 이해했기 때문이다.

왜 이 남자는 그 나이를 먹도록 저토록 순진한 걸까?

나이에 걸맞지 않게 왜 이리 귀여운 걸까?

나는 이제 그만 가버리려고 벌떡 일어섰지만 그가 내 팔을 잡는다.

"당신을 설득할 수 있게 내게 딱 스물네 시간만 줘요."

"뭘 설득하겠다는 건데요?"

"우리가 서로에게 딱 맞는 한 쌍이라는 걸 증명해보이겠어요."

나는 다시 자리에 앉아 그의 손을 잡는다.

"이봐요, 세바스찬. 당신은 마음씨도 착하고, 섹스도 수준급으로 잘

해요. 당신이 나를 좋아해준다니 솔직히 난 꽤나 기분이 좋아요. 당신이 날 찾으러 파리까지 온 것도 사실은 무척이나 멋진 일이었어요. 하지만 우리는 현실을 직시할 필요가 있어요. 우리는 함께 뭔가를 쌓아나갈 수 있는 가능성이 전혀 없어요. 난 목동 아가씨가 멋진 왕자님을 맞아 결혼했다는 동화를 절대로 믿지 않아요. 그리고……."

"당신이 목동 아가씨 차림을 하고 있으면 정말 섹시할 것 같아요."

"제발 정신 좀 차려요! 우리는 공통점이라곤 없어요. 당신은 인텔리와스프고, 당신 부모는 백만장자고, 또 당신은 300제곱미터짜리 집에 살며 어퍼이스트사이드의 상류층과 왕래하는 사람이잖아요."

"그래서요?"

그가 내 말을 끊는다.

"당신이 나에 대해 어떤 환상을 품고 있는지 모르겠지만 난 당신이 상상하는 그런 여자가 아니에요. 전에 내가 살아온 모습, 앞으로 내가 살아갈 모습에서 당신이 좋아할 수 있는 요소는 털끝 만큼도 없어요."

"지나치게 과장하는 것 아닐까요?"

"아니, 난 불안정하고 바람둥이고 이기적인 사람이에요. 당신은 아무리 애써도 나를 착한 여자로 바꿔놓을 수 없어요. 내가 당신과 사랑에 빠지는 일도 절대로 없을 테고……."

"내게 스물네 시간만 줘봐요. 당신, 나 그리고 파리. 이렇게 딱 셋이서만 스물네 시간을 함께 하는 거예요."

난 고개를 절레절레 흔든다.

"난 당신에게 분명히 경고했어요."

세바스찬은 어린아이처럼 미소 짓는다. 난 그가 금방 나에게 질려버릴 거라고 확신한다.

난 내 생애에서 불처럼 뜨거운 사랑, 오직 하나뿐인 사랑을 만났다
는 사실을 깨닫지 못한다.

우리에게 모든 걸 주었다가 다시 빼앗아간 사랑, 우리의 삶을 한순
간 환하게 비추었다가 다시 영원한 폐허로 만들어버린 사랑을⋯⋯.

28

세바스찬은 땀이 뚝뚝 떨어지는 가운데 숨을 거칠게 몰아쉬면서 그랑 토텔 들라 뷔트 호텔의 로비홀에 나타났다. 세바스찬을 발견한 여주인의 얼굴이 금세 사색이 되었다. 코에서는 여전히 피가 흐르고, 재킷은 갈가리 찢어져 있고, 신발도 신지 않은 그가 새하얀 현관홀 한가운데 서 있었다.

"래러비 씨, 대체 무슨 일이죠?"

"사고를 당했어요."

여주인은 걱정이 가득한 얼굴로 수화기를 집어 들었다.

"의사를 불러드리죠."

"그럴 필요 없습니다."

"지금 래러비 씨의 몸 상태가 대단히 심각해 보이는데요?"

"전 괜찮습니다. 진심입니다."

"그럼 제가 압박붕대와 알코올을 가져다 드릴게요. 더 필요한 게 있으면 말씀하세요."

"고맙습니다."

숨이 턱까지 차오르고 하복부가 끊어질 듯 아팠지만 세바스찬은 엘리베이터가 내려올 때까지 기다리지 않고 걸어서 층계를 올라갔다.

방은 텅 비어있었다. 볼륨을 최대한 높인 롤링스톤즈의 노래가 흐르고 있었지만 니키의 모습은 보이지 않았다. 욕실 문을 살며시 열어보았다. 니키는 욕조에 누워 있었다. 그녀의 머리는 물속에 완전히 잠겨있고, 두 눈은 감겨 있었다.

세바스찬은 가슴이 덜컥 내려앉으며 니키의 머리채를 붙잡아 물 밖으로 끌어냈다. 그녀가 깜짝 놀라며 비명을 터뜨렸다.

"어서 머리채를 놓지 못해. 형편없는 야만인 같으니라고! 내 머리가죽을 벗겨낼 참이야?"

니키가 두 팔로 가슴을 가리며 소리쳤다.

"난 당신이 익사한 줄 알았잖아. 젠장, 대체 무슨 짓을 하고 있었던 거야? 인어공주 놀이라면 당신 나이에 어울리지 않아!"

그를 사납게 노려보던 니키가 문득 그의 상처투성이인 몰골을 발견하고는 눈이 둥그레졌다.

"누구하고 싸웠어?"

"싸웠다기보다는 일방적으로 맞았어."

그가 씁쓸한 표정을 지으며 대답했다.

"욕조에서 나오게 좀 돌아서 있어봐. 괜히 내 몸을 흘끔거릴 생각따윈 하지 말고!"

"당신 벌거벗은 모습이야 이미 충분히 봤으니까 걱정하지 마."

니키가 상처를 비눗물로 씻어주는 동안 세바스찬은 바르베스에서 겪은 일에 대해 이야기해주었다. 니키는 샌토스의 전화와 〈파리크루즈〉사에서 걸려온 수수께끼 같은 전화 내용에 대해 이야기했다.

　"아아, 아프잖아. 좀 조심할 수 없어."

　세바스찬은 살이 찢어진 상처에 그녀가 소독약을 바르자 엄살을 부리며 비명을 질렀다.

　"엄살 좀 그만 떨어! 난 엄살 떠는 남자가 세상에서 가장 꼴불견이더라."

　"상처에 소독약을 바르는 게 얼마나 아픈지 몰라서 하는 소리야."

　"당신 나이가 세 살이나 네 살쯤이라면 당연히 따끔거리겠지. 당신은 어른이잖아. 제발 어른답게 참을성을 보일 수 없어?"

　세바스찬이 뭔가 신랄하게 응수할 말을 찾는데, 누군가 문을 두드리는 소리가 들렸다.

　"벨보이입니다."

　문밖에서 어떤 목소리가 말했다.

　니키가 욕실에서 나가려고 한 발을 내딛는 순간 세바스찬이 그녀의 목욕가운 소매를 붙잡았다.

　"설마 그런 차림으로 나가 문을 열려는 생각은 아니겠지?"

　"이 차림이 어때서?"

　"반쯤 벌거숭이잖아."

　니키가 눈을 하늘로 들어 올렸다.

　"정말이지 당신은 예나 지금이나 어쩜 조금도 변한 게 없어?"

　세바스찬이 직접 문을 열어주러 나가며 쏘아붙였다.

　"그건 당신도 마찬가지야."

니키가 욕실 문을 쾅 닫으며 소리쳤다.

문을 열자 빨간 빵떡모자와 금단추가 반짝이는 제복 차림의 벨보이가 나타났다. 가냘픈 몸집의 벨보이는 자신이 한 아름 안고 있는 패키지들에 묻혀 거의 보이지도 않았다. 그 패키지들마다 최고급브랜드 상표들이 찍혀 있었다. 이브생로랑, 크리스티앙 디오르, 제냐, 지미 추…….

"두 분께 이 패키지들이 배달됐습니다."

"무슨 착오가 있었겠죠. 우린 아무것도 주문하지 않았어요."

"죄송합니다만 선생님, 분명 선생님 앞으로 배달되었습니다."

세바스찬은 미심쩍어 하는 표정으로 벨보이가 패키지들을 방 안에 내려놓을 수 있게끔 옆으로 비켜주었다.

벨보이가 물러가려 하자 세바스찬은 팁으로 줄 만한 돈을 찾으려고 호주머니를 뒤졌다. 이내 지갑을 몽땅 털렸다는 사실이 떠올랐다. 니키가 달려와 벨보이에게 5달러를 내밀고는 방문을 닫았다.

"당신 혹시 쇼핑하러 나갔던 거 아냐?"

니키는 산더미처럼 쌓인 패키지를 바라보고는 그를 놀려댔다.

세바스찬은 호기심이 일어 니키와 함께 패키지들을 침대 위에 늘어놓고 하나씩 뜯어보았다. 모두 여섯 개인 커다란 패키지들 안에는 파티복이 들어있었다. 남성정장 한 벌, 드레스 한 벌, 여자구두 한 켤레…….

"이게 과연 뭘 의미하는 건지 전혀 모르겠군."

"보다시피 신사정장과 숙녀정장이 각각 한 벌씩이잖아."

니키는 야회복을 착용하고 와야 한다는 〈파리크루즈〉 사 여직원의 말을 떠올리며 지적했다.

"그들은 왜 우리가 꼭 이 옷들을 입길 원하는 걸까?"

"혹시 이 옷들 안에 위치추적 장치가 장착되어 있는 건 아니겠지?

우리를 추적하기 위한……."

　세바스찬은 손에 잡히는 대로 재킷을 집어 들고 손으로 더듬어보다
가 이내 포기했다. 쓸데없는 짓이라는 판단 때문이었다. 요즘 위치추
적 장치는 크기가 콩알보다도 작았다. 위치추적 장치 덕분에 제레미
를 납치한 자들과 접촉할 수 있게 된다면 차라리 그냥 놔두는 게 마땅
했다.

　"이 옷들을 그냥 입는 게 좋겠어."

　니키가 말했다.

　세바스찬도 고개를 끄덕여 찬성했다. 세바스찬은 우선 샤워를 하기
로 했다. 그는 뜨거운 물줄기 아래에서 바르베스에서의 치욕적인 경
험을 몸에서 긁어내버리겠다는 듯 비눗물로 온몸을 박박 문질렀다.

　목욕을 마치고 새 옷을 입어보니 몸에 딱 들어맞아 편안한 느낌을
주었다. 맵시 있게 재단한 흰 셔츠도 사이즈가 꼭 맞았다. 클래식하면
서도 시크한 정장, 단아한 느낌의 넥타이, 고급스럽지만 지나치게 튀
지 않는 구두도 그의 취향과 일치했다. 그가 직접 골랐더라도 다른 선
택을 하지는 않았을 것 같았다.

　어느덧 해가 저물었다. 방으로 들어가니 니키가 비스듬히 들이비치
는 석양 가운데 긴 드레스를 차려입고 있는 실루엣이 보였다. 뒤쪽은
등이 훤히 드러날 만큼 깊이 파이고, 앞쪽은 네크라인의 가장자리를
진주로 치장한 빨간 드레스였다.

　"나 좀 도와줘."

　세바스찬은 말없이 니키의 뒤로 걸어갔다. 과거 한때에도 그랬던
것처럼 그는 가느다란 어깨끈을 정성껏 묶어주었다.

　세바스찬의 손가락이 어깨에 스치자 니키의 살에 소름이 돋았다.

세바스찬은 마치 최면에 걸린 사람처럼 니키의 벨벳처럼 희고 보드라운 살갗에서 시선을 뗄 수가 없었다. 별안간 그는 그녀의 견갑골에 손바닥을 대고 살며시 어루만졌다. 눈을 들어 타원형 거울을 들여다보니 어떤 잡지 표지에나 어울릴 법한 포즈를 취하고 있는 두 사람이 보였다. 거울 속의 커플은 그야말로 환상적이었다.

니키가 뭔가 말하려고 입을 여는 순간 갑자기 바람이 거세게 불어와 창문이 세게 닫혔다. 그 바람에 로맨틱한 환상은 순식간에 어디론가 달아나 버렸다. 니키는 흔들리는 마음을 수습하려고 살며시 몸을 빼내 구두를 신었다. 드디어 파티 옷차림이 완성되었다.

세바스찬도 짐짓 헛기침을 하며 두 손을 호주머니에 집어넣었다. 오른쪽 호주머니에서 딱딱한 종이가 만져졌다. 상표인 듯했다. 무심코 주머니에서 종이를 꺼내 휴지통에 던져버리려던 그는 마지막 순간에 동작을 멈췄다.

"이것 좀 봐!"

상표가 아니라 이중으로 접힌 종이쪽지로 어느 수화물보관소의 티켓이었다. 가르뒤노르 역의 수화물보관소였다.

29

파리 19구

아메리카 구역은 파리지앵들에게조차 잘 알려지지 않은 동네로 과거에는 석고나 규토 성분이 함유된 암석을 채취하는 채석장이 있던 곳이었다. 아메리카 구역이라는 동네 이름은 거기서 채굴되는 석고석이 자유의 여신상과 백악관을 짓는 데 사용된 것에서 유래했다.

'영광의 30년(제2차 세계대전 후 30년 동안(1945~1975)의 경제부흥기 : 옮긴이)' 동안 오래된 건물은 깨끗이 철거되고, 그 자리에 현대적인 건물들이 들어섰다. 과거 벨빌 코뮌의 북쪽 지역은 무미건조한 형태의 아파트들과 고층건물들로 바뀌었다.

뷔트-쇼몽 공원과 파리외곽순환도로 사이에 낀 무자이아 가는 흘러간 시대의 마지막 자취가 남아 있는 곳이었다. 3백 미터에 달하는 긴 거리를 따라 걷다보면 간간이 포석 깔린 막다른 골목이 나타나고,

그 안쪽으로 가로등과 정원이 딸린 작은 집들이 들여다보였다.

이 거리의 23-2번지, 빨간 벽돌로 지은 단독주택 안에서는 지난 10분 동안 세 번의 전화벨이 울렸지만 아무도 받지 않았다. 콩스탕스 라그랑주는 거실의 공 모양 안락의자에 길게 누워 있었다. 간밤에 위스키를 반병이나 들이켠 탓에 아직 숙취가 풀리지 않아 세상과 절연되다시피 깊은 잠에 빠져 있었다. 콩스탕스는 석 달 전, 서른일곱 번째 생일날에 세 가지 소식을 듣게 되었다. 두 가지는 좋은 소식이었고, 나머지 한 가지는 나쁜 소식이었다.

7월 25일 아침, 콩스탕스는 어김없이 사무실에 출근했다. 소르비에 총경이 그녀에게 BNRF(대수배범국립수사대)의 경감으로 승진했다는 소식을 알려주었다. 정오에는 거래 은행에서 전화를 걸어와 대출신청이 승인되었다는 소식을 전해주었다. 마침내 그녀의 오랜 꿈이 실현되는 순간이었다. 그녀가 그토록 사랑하는 무자이아 거리에 오래도록 꿈꿔온 집을 구입할 수 있게 된 것이다.

콩스탕스는 운수대통한 날이라 생각하고 있는데 오후가 끝나갈 무렵 주치의가 전화를 걸어왔다. 최근에 받은 스캐너단층촬영 결과 뇌에서 종양이 발견되었다는 것이었다. 교모세포종 제4기. 여러 암세포들 중에서도 가장 고약한 암이었다. 전이가 빠르고 수술이 불가능한 암. 주치의는 앞으로 그녀가 살날이 넉 달밖에 남지 않았다고 선언했다.

마룻바닥 위의 휴대폰이 다시 한 번 울렸다.

이번 벨소리는 시커먼 암세포들이 들끓는 악몽을 헤치고 들어와 그녀의 의식에까지 다다랐다.

콩스탕스는 가늘게 눈을 뜨고, 이마에 송송 맺힌 식은땀을 힘겹게 훔쳐냈다. 거의 구토직전 상태로 몇 분을 기다리다가 또 다시 휴대폰이 울려 바닥 쪽으로 손을 뻗었다. 화면에 뜬 번호를 들여다보았다. 그녀의 전 상관 소르비에 총경의 전화번호였다. 통화버튼을 눌렀지만 대답은 하지 않고 그냥 소르비에 총경이 하는 말을 듣기만 했다.

"라그랑주, 도대체 지금껏 뭐하는 거야?"

소르비에 총경이 버럭 소리를 질렀다.

"벌써 삼십 분 동안이나 자네와 통화하려고 전화기를 붙들고 있었잖아!"

"제가 아직 사직서를 제출하지 않았던가요?"

콩스탕스는 눈을 비비며 반문했다.

"도대체 무슨 일이야? 여기까지 술 냄새가 확 풍기는 걸 보니 술에 떡이 된 게 분명하군."

"너무 함부로 말씀하지 마세요. 지금은 통화중이잖아요."

"내가 뭐 없는 말 했어? 자네는 술에 떡이 된 게 사실이잖아."

"전화를 했으면 용건을 말씀하셔야지 엉뚱한 말씀만 하시네. 자, 저에게 원하는 게 뭐죠?"

콩스탕스는 힘겹게 몸을 일으키며 물었다.

"뉴욕 사법당국이 발령한 국제사법공조수사를 집행해야만 해. 조금도 지체 없이 잡아들여야 할 범죄자가 둘 있어. 한 사람은 남자고, 다른 한 사람은 여자야. 남자의 전 부인이지. 중범죄자들이야. 마약, 이중살인, 도주 등······."

"판사는 왜 그 사건을 파리사법경찰국에 맡기지 않았죠?"

"그건 모르겠고, 앞으로도 알고 싶지 않아. 내가 아는 건 우리가 그들을 잡아들여야 한다는 사실뿐이야."

콩스탕스는 머리를 절레절레 흔들었다.

"그 일은 총경님이 알아서 하세요. 아시다시피 저는 지금 공직자가 아니거든요."

"이제 사직 얘기는 그만 좀 하지 그래. 자네, 개인적으로 무슨 문제 있어? 그렇잖아도 내가 문제를 해결하라는 의미에서 보름간 조용히 쉬게 해주었잖아. 그러니까 이제 제발 그 허튼소리 좀 집어 치우란 말이야!"

소르비에 총경이 벌컥 역정을 냈다.

콩스탕스는 한숨을 푹 내쉬며 이참에 모든 걸 다 털어놓을까 망설였다. 암세포가 뇌를 접수해가고 있었다. 이제 살날이 몇 주밖에 남지 않았다. 죽음이 한 발 한 발 다가오면서 숨 막히는 공포를 안겼다.

소르비에 총경은 그녀의 멘토이자 가장 존경해 마지않는 상관이었다. 그는 마지막으로 남은 '구식' 경관 중 하나였다. 괜히 암에 걸렸다는 이야기를 털어놓아 그의 동정심을 자극하거나 마음을 불편하게 만드는 짓은 피하고 싶었다. 그의 품에 안긴 채 흐느껴 울고 싶은 생각은 추호도 없었다.

"누군가 다른 사람을 보내세요. 보차리스 경위에게 맡기면 되잖아요."

"그럴 수는 없지. 미국과 관련된 사안은 항상 민감한 반응을 불러일으킨다는 걸 자네도 잘 알잖아? 난 미국대사관과 문제를 일으키고 싶지 않아. 자, 그러니까 자네가 그들을 찾아내 내일까지 내 앞에다 잡아다 놓으란 말이야. 알겠나?"

"저는 싫다고 했잖아요."

소르비에 총경은 그녀의 말을 못들은 척했다.

"보차리스 경위가 사건 파일을 갖고 있어. 다만 작전지휘는 자네가 직접해. 사건파일 복사본을 자네 휴대폰으로 전송해주겠네."

"그만 좀 하시라니까요!"

콩스탕스는 꽥 소리를 지르며 전화를 끊었다. 그녀는 욕실까지 비틀비틀 걸어가 담즙을 변기 속에 토해냈다.

식사를 한 게 언제였지?

지난 24시간 동안 빵 한 조각 먹지 못했다. 어제 저녁, 잠시나마 두려움에서 벗어나고자 술을 엄청 많이 마셔버렸다. 술에 금방 취하기 위해 안주를 입에 대지 않았다. 오로지 취하고 싶었다. 술을 들이붓는 '급행음주' 덕분에 그녀는 열다섯 시간 동안 음습한 꿈나라에서 헤맸다.

늦은 오후, 거실은 가을의 아름다운 빛 속에 잠겨 있었다. 콩스탕스는 3주 전에 이 집으로 이사했다. 이삿짐들을 아직 아무것도 풀지 않은 상태였다. 접착테이프로 꽁꽁 묶인 이삿짐 박스들이 휑한 방에서 을씨년스럽게 뒹굴고 있었다.

이제 이런 게 다 무슨 소용이람?

콩스탕스는 벽장 속에서 포장이 뜯긴 그라놀라 비스킷 한 봉지를 발견했다. 그것을 집어 들고 주방의 조그만 바에 놓인 스툴에 걸터앉아 깨작거리며 몇 개를 먹어보려고 했다.

시간이 우리를 죽이게 될 때까지, 어떻게 하면 시간을 죽일 수 있을까?

그 말을 누가 했더라? 사르트르? 보부아르? 아라공?

기억에 구멍이 뻥 뚫렸다. 바로 이런 상태 때문에 그녀는 병원을 찾아갔었다. 처음에는 몇 가지 전조증상이 나타났었다. 속이 메슥거리며 구토와 두통이 일었다. 그런 증상들은 누구나 한두 번쯤 겪는 게 아니던가?

콩스탕스는 평소 건강관리를 철저히 하는 편이 아니었지만 크게 염려하지는 않았다. 정신이 멍해지고 기억이 잘 안 나는 일이 잦아지더니 급기야 업무에 지장을 초래할 정도가 되었다. 나날이 성격이 충동적으로 변했고, 감정 조절이 잘 되지 않았다. 마침내 현기증 증세까지 더해졌고, 결국 전문의를 찾아가보기로 결심했다.

검사는 신속하게 이루어졌고, 충격적인 결과를 알게 되었다. 주방의 목재 카운터 위에 두툼한 의료파일 한 부가 놓여 있었다. 그녀의 병에 관한 자료를 모아놓은 파일이었다.

콩스탕스는 파일을 펼쳐 X선으로 비춘 자신의 뇌 사진을 공포에 질린 눈으로 들여다보았다. 스캐너 사진은 거대한 종양과 증식된 암세포가 전두엽 좌측 부분까지 장악한 모양을 뚜렷이 보여주었다. 뇌종양의 발병 원인은 아직 정확하게 밝혀지지 않았다. 세포분열 메커니즘이 갑자기 변덕을 부려 그녀의 뇌세포를 죽이는지 아무도 설명해주지 못했다.

얼굴이 납처럼 창백해진 콩스탕스는 스캐너 사진을 다시 파일에 끼워 넣은 다음 가죽점퍼를 걸치고 정원으로 나갔다. 날씨는 여전히 화창했다. 산들바람이 불어 나뭇잎들이 우수수 떨어졌다. 그녀는 가죽점퍼의 지퍼를 올리고 의자에 앉아 티크테이블 위에 다리를 꼬아 올려놓았다. 그런 다음 궐련 한 대를 말며 예쁘게 채색된 집의 전면을 바라보았다. 단철차양이 현관 위에 우산처럼 덮여 있는 집은 마치 인형의 집처럼 보였다.

왈칵 눈물이 솟았다. 콩스탕스는 무화과나무와 살구나무가 각각 한 그루씩 서 있고, 라일락이 울타리를 이루고, 개나리 덤불과 등나무 가지들이 정겹게 어우러진 이 집을 너무도 사랑했다. 부동산중개업자와 이 집을 처음 방문했을 당시 그녀는 집안에 들어가 보기도 전에 이미

집을 사기로 결정했다. 그녀는 언젠가 결혼해 아이를 낳으면 이 집에서 예쁘게 키우고 싶었다.

이 집을 나의 영원한 안식처로 삼으리라. 공해와 콘크리트, 인간들의 광기가 미치지 못하는 나만의 영토로 만들리라.

이제는 그 모든 소망을 포기할 수밖에 없었다. 삶이 어느 날 갑자기 파괴되어버렸다. 콩스탕스는 부지불식간에 오열을 터뜨렸다. 인간이라면 누구나 죽음을 비켜갈 수 없는 것, 죽음도 삶의 일부라고 애써 위로해보았지만 시커먼 해일처럼 밀어닥치는 공포를 어쩌지 못했다.

이렇게 일찍 죽긴 싫어. 지금은 죽을 때가 아니야.

콩스탕스는 담배연기에 숨이 막혀 콜록댔다.

떠돌이 개처럼 혼자 죽음을 맞이해야 하리라. 옆에서 손잡아줄 사람 하나 없이.

이 상황이 도무지 믿겨지지 않았다. 주치의는 그녀에게 입원조차 권하지 않았다.

"암세포가 뇌를 완전히 장악했어요. 현재 상황에서 의료적 조치는 아무런 의미가 없습니다."

그 말 끝에 진통제 몇 알을 건넨 의사는 입원할 생각이 있는지 형식적으로 물었을 뿐이다.

콩스탕스는 끝까지 싸울 각오가 되어 있다고 대답했지만 의사는 가망 없는 싸움이라며 고개를 저었다.

"유감이지만 몇 주밖에 남지 않았어요."

최종적인 사형선고였다. 회복 가능성은 제로.

보름 전 아침, 콩스탕스는 몸이 반쯤 마비된 상태로 잠에서 깨어났다. 눈이 침침해 앞이 잘 보이지 않았고, 목이 심하게 막혀 있었다. 더는 일을 할 수 없다는 사실을 깨닫고 사직서를 제출했다. 그녀는 그날 공포가 무엇인지 제대로 알게 되었다. 그 후 그녀의 몸 상태는 흐렸다 개었다를 반복했다. 간간이 온몸이 굳어버려 간단한 동작조차 하기 힘들었다. 어떤 때는 마비상태가 심하지 않아 잠시나마 숨을 돌릴 수 있었다.

휴대폰이 진동했다. 메일이 연이어 도착했다. 소르비에는 그녀를 가만히 내버려둘 수 없다는 듯 두 미국인 범죄자와 관련된 파일을 계속해서 보내오고 있었다.

콩스탕스는 기계적으로 첨부파일을 열어 자료를 읽기 시작했다. 수배된 남자의 이름은 세바스찬 래러비였고, 그의 전 부인 이름은 니키 니코브스키로 되어 있었다.

콩스탕스는 약 15분간 보고서를 유심히 들여다보다가 갑자기 휴대폰 화면에서 눈을 번쩍 들어올렸다. 마치 나쁜 짓을 저지르다 들킨 사람 같았다.

지금은 따로 할 일이 있지 않은가? 얼마 남지 않은 시간을 가까운 사람들을 만나보고, 신변을 정리하고, 삶을 돌이켜보는 명상의 시간으로 활용해야 마땅하지 않은가?

빌어먹을!

콩스탕스는 일 중독자로 살아왔다. 뇌종양도 그녀의 고질병을 바꾸지 못했다. 그녀는 마지막으로 아드레날린이 분출하는 짜릿한 경험을 해보고 싶었다. 사방에서 옥죄어오는 죽음의 공포를 벗어던지기 위해서는 탈출구가 필요했다.

콩스탕스는 담뱃불을 짓눌러 끄고 집으로 들어갔다. 서랍을 연 그녀는 결연한 동작으로 아직 반납하지 않은 권총을 꺼내들었다. 국립

경찰의 정규총기인 시그-사우어였다. 권총의 합성수지 손잡이를 잡는 순간 친숙하고 편안한 느낌이 들었다. 권총을 가죽케이스에 집어넣은 그녀는 여분의 탄창 하나를 챙겨 넣고 거리로 나왔다.

콩스탕스는 공무용 차량을 이미 반납했기 때문에 그녀의 애마인 푸조 RCZ쿠페에 올랐다. 소형차지만 총알처럼 빠르고, 더블 버블 루프의 멋진 곡선을 뽐내는 차였다. 그녀는 할머니가 남긴 유산 대부분을 이 차를 사는 데 사용했다.

운전대 앞에 앉은 콩스탕스는 마지막으로 망설임을 느꼈다.

과연 내가 이 마지막 수사를 끝까지 수행해낼 수 있을까?

아니면 암세포에 온몸이 마비 상태가 돼 범인의 백 미터 앞에서 쓰러지고 말 것인가?

콩스탕스는 몇 초 동안 눈을 꼭 감고 심호흡을 했다. 그런 다음 200마력짜리 쿠페의 시동을 걸었다. 경쾌한 엔진소리와 함께 모든 의혹이 거짓말처럼 사라졌다.

30

길은 막힘없이 잘 뚫렸다. 쿠페의 핸들을 잡은 콩스탕스는 몽마르트르 쪽으로 쏜살같이 달렸다. 방금 전, 보차리스와 통화를 했다. 그는 이미 수사에 착수해 있었다. 새롭게 입수된 정보에 따르면 세바스찬 래러비의 은행카드가 오늘 오후에 페쾨르 광장에 위치한 자동현금지급기에서 사용되었다고 했다.

페쾨르 광장이라면 콩스탕스도 잘 아는 곳으로 쥐노 가와 유명한 카바레 라팽 아질 사이에 위치해 있었다. 수풀이 우거진 자그마한 공원으로 관광객들이 들끓는 몽마르트르의 지척이었다.

범죄자들이 숨어들기에는 어울리지 않는 장소인데······.

콩스탕스는 스쿠터 한 대를 추월하며 고개를 갸웃거렸다.

세바스찬 래러비와 전 부인은 어디에 몸을 숨긴 걸까? 그들만 아는 비밀 은신처? 불법 점거한 빈집? 아니면 호텔?

콩스탕스는 다시 보차리스에게 전화를 걸어 택시회사들과 렌터카 회사에도 수배공문을 돌렸는지 확인했다. 보차리스가 설명하기를 물론 수배공문을 돌리기는 했지만 회답을 보내준 회사가 아직은 손꼽을 정도라고 했다.

"샤를드골공항의 감시카메라에 찍힌 사진도 있어요."

콩스탕스는 전화를 끊고, 아이폰 GPS에 페쾨르 광장 좌표를 입력했다. 그 다음에는 근처에 있는 호텔리스트를 작성했다. 호텔이 너무 많아 일일이 돌아보는 건 불가능해 보였다.

일단 콩스탕스 르 를레 몽마르트르 호텔부터 들러 볼까.

거리 이름이 공교롭게도 내 이름과 같으니까.

콩스탕스는 평소 징표, 우연의 일치, 행운 같은 걸 믿는 편이었다.

'그들이 정말 이 호텔에 있다면 그건 기적이라 할 수 있겠지.'

콩스탕스는 호텔 건물 앞에 차를 이중 주차시키며 고개를 저었다.

헛꿈은 꾸지 않는 게 좋았다. 10분쯤 시간이 흐른 뒤 그녀는 빈손으로 호텔을 걸어 나왔다. 내친 김에 구도 광장의 티모텔 호텔까지 가보았다. 주변이 으슥해 미국인 커플이 능히 선택할 만한 곳이었다. 결과는 이번에도 꽝이었다.

너무 뻔한 장소일까?

다시 출발하려 하고 있는데, 보차리스 경위로부터 전화가 걸려왔다.

"럭셔리클럽의 한 택시기사가 말하길 오늘 아침에 래러비 커플을 공항에서 픽업해 그랑 토텔 들라 뷔트 호텔에 데려다주었다는 거예요. 페쾨르 광장 바로 옆에 있는 호텔이죠. 그것 봐요, 금요일이 딱 들어맞잖아요."

"무턱대고 좋아하지 마, 보차리스."

"현장에 인원을 좀 더 투입할까요, 경감님?"

"아니, 내가 직접 처리할 거야. 지금 내가 호텔 근처에 있어. 자, 그럼 다시 연락할게."

콩스탕스는 뒤랑텡 가에서 유턴해 르픽 가를 거쳐 쥐노 가에 다다랐다. 그녀는 막다른 길을 통해 호텔까지 올라갔다. 정원사들이 나오는 중이라 호텔의 철책대문이 열려 있었다.

콩스탕스는 그 틈을 이용해 슬그머니 안으로 차를 몰고 들어갔다. RCZ쿠페는 정원을 가로지르는 소로를 따라간 끝에 외관이 웅장해 보이는 하얀 건물 앞에 멈춰 섰다.

콩스탕스는 현관 계단을 올라가며 재킷 호주머니를 뒤져 경찰배지를 찾아냈다.

"BNRF의 콩스탕스 라그랑주 경감입니다."

콩스탕스는 프런트데스크 앞으로 가 신분을 밝혔다.

호텔 여주인은 입이 무거운 편이었다. 그녀를 협박하듯 다그친 끝에 겨우 자그마한 정보를 얻어낼 수 있었다. 세바스찬 래러비와 그의 전부인이 이 호텔에 체류한 게 분명 맞지만 한 시간 전에 떠났다고 했다.

"세바스찬 래러비가 일주일 전에 예약했다는 말이죠?"

"네, 맞습니다. 인터넷사이트를 통해 예약절차를 밟았어요."

콩스탕스는 그들이 묵었던 객실을 보여 달라고 요청했다. 콩스탕스는 여주인의 인도를 받아 스위트룸으로 올라가는 동안 고개를 갸웃거리지 않을 수 없었다. 지금 여주인에게 들은 말을 종합해보자면 그녀가 사건파일에서 본 내용과 일치하지 않는 부분이 있었다. 미리 호텔예약을 했다는 건 사전에 치밀한 계획을 세웠다는 뜻이었다. 미국 경찰이 전한 수사내용을 보면 래러비 커플은 황급히 뉴욕을 떠났다고 되어 있지 않았던가?

천장이 유난히 높은 객실로 들어선 콩스탕스는 눈이 휘둥그레진 채 화려하고 세련되게 장식된 내부 공간을 이리저리 둘러보았다.

내 주위의 어떤 남자가 날 이렇게 근사한 곳에서 주말을 보낼 수 있게 해줄까?

잠시 일었던 여자로서의 감정은 곧 수사관의 본능에 묻혀버렸다.

콩스탕스는 욕실에서 피 얼룩이 묻은 셔츠와 재킷을 한 벌 발견했다. 살롱에서는 가방 하나와 최고급브랜드 마크가 찍힌 쇼핑백들이 흩어져 있는 걸 보았다.

갈수록 납득이 되지 않는 일이었다.

래러비 커플은 도망자라기보다는 차라리 신혼여행을 떠나온 사람들 같잖아.

"그들이 호텔을 나설 때 입었던 복장을 기억하십니까?"

"생각이 안나요."

"지금 그 말을 믿으라는 겁니까?"

"잘은 모르지만 야회복 차림이었던 것 같아요."

"그들이 파리에서 갈만한 곳이 어딜까요? 야회복 차림으로 나섰다면 누군가로부터 초대를 받았다는 뜻인데……."

"저는 전혀 모릅니다."

콩스탕스는 한숨을 푹 내쉬면서 눈꺼풀을 문질렀다. 지금 호텔 여주인은 속이 훤히 들여다보이는 거짓말을 하고 있었다. 시간을 두고 차분하게 그녀의 입을 열게 하면 좋겠지만 지금은 그럴 여유가 없었다.

이제 남은 건 더티 해리 방식이었다.

언젠가부터 이 방식을 실행에 옮겨보고 싶은 생각을 품어오지 않았던가?

자, 이 때가 아니면 기회는 영영 사라지는 거야.

콩스탕스는 갑자기 시그-사우어를 뽑아들고 여주인의 목을 움켜쥐며 총신을 관자놀이에 들이댔다.

"그들이 어디로 갔는지 알고 있지?"

콩스탕스는 눈을 부라리며 호통을 쳤다.

호텔 여주인은 공포에 질려 두 눈을 감았다. 턱뼈가 덜덜 떨렸다.

"그들이 파리 지도를 한 장 달라고 했어요."

여주인이 꺽꺽 숨넘어가는 소리를 내며 간신히 대답했다.

"어딜 가겠다고 했지?"

"가르뒤노르 역에 들렀다가 알마 다리에 가겠다고 한 것 같아요."

"알마 다리에는 왜?"

"분명하지는 않지만 그들은 선상 디너파티에 대해 이야기하는 것 같았어요. 오늘 저녁에 파티 예약이 돼 있었던 것 같아요."

콩스탕스는 그제야 여주인을 놓아주고 객실을 나왔다. 그녀는 층계를 내려오며 보차리스에게 전화를 걸었다. 센 강에서의 선상 디너파티 이야기는 그녀를 어리둥절하게 만들었다. 우선 래러비 커플이 열차를 타는 걸 막아야 했다. 가르뒤노르 역에서 열차를 타면 영국, 벨기에, 네덜란드 등지로 튀는 건 일도 아니었기 때문이다.

보차리스가 전화를 받지 않는 대신 자동응답기가 돌아갔다.

"가르뒤노르 역 근처에 있는 경찰에게 당장 전화해. 그들에게 래러비 커플의 인상착의를 알려주고, 외국으로 빠지는 열차에 대한 검문검색을 강화하라고 지시해. 그 다음에는 어떤 크루즈회사가 알마 다리에 접안용 부교를 가지고 있는지 알아보고, 미국인 커플이 선상 디너파티에 예약되어 있는지 확인해. 서둘러서 일을 진행하고 나에게 보고할 것! 이상!"

쿠페로 돌아온 콩스탕스는 호텔 여주인이 객실 창문으로 몸을 내밀고 죽일 듯이 자신을 노려보고 있는 걸 발견했다. 그제야 겨우 정신을 차린 듯 여자는 시뻘겋게 달아오른 얼굴로 고래고래 소리를 질렀다.

"내가 가만히 있을 줄 알아? 당신 상관들에게도 알리고, 고소 조치도 할 거야. 이번이 당신의 마지막 수사야."

"마지막 수사라는 건 나도 이미 알고 있어."

콩스탕스는 운전대에 앉으며 그렇게 중얼거렸다.

31

계속 다리를 움직여야 했다. 꾸물대지 말고, 머뭇거리지 말고, 걸음을 멈추지 말아야 했다. 니키는 굽 높은 하이힐과 긴 이브닝드레스 차림으로 뒤뚱거리며 걷고 있었다. 가르뒤노르 역의 혼잡한 분위기와 전혀 어울리지 않는 옷차림이었다.

그들은 역사 앞 광장에 들어서자마자 어마어마한 인파에 휩쓸렸다. 마치 홍수에 떠내려가는 느낌이었다. 어떤 끊임없는 흐름의 일부가 되어버린 느낌, 어떤 부글거리는 거대한 뱃속에 삼켜져 소화되고 있는 느낌이었다.

수하물보관소 티켓을 손에 쥔 세바스찬은 어디가 어딘지 도무지 갈피를 잡을 수 없었다. SNCF, RATP, 유로스타, 탈리스……. 역은 온갖 잡다한 사람들을 끌어들인 다음 휘저어 하나로 뒤섞는 거대한 플랫폼이었다. 근교의 집으로 퇴근하는 노동자들, 쩔쩔매며 헤매는 관광객들, 바쁜 사업가들, 상점 진열장 앞이 자기 집 안방인 양 드러누운 젊은 사람들, 노숙자들, 순찰중인 경찰들……

니키와 세바스찬은 수화물보관소의 위치를 찾느라 한참을 헤맨 끝에 겨우 지하 일층 플랫폼이 시작되는 지점과 렌터카대리점 사이의 구석에 처박혀 있는 그곳을 찾아냈다. 창문도 없고, 조명은 누렇고, 내부는 청록색을 띠었다. 자동 라커가 미로처럼 복잡하게 얽혀 있었고, 길쭉한 복도처럼 생긴 방은 환기가 잘 되지 않아 탈의실 특유의 냄새가 났다.

그들은 눈으로 티켓에 인쇄된 세 개의 번호를 확인해가며 라커들 사이를 돌아다녔다. 첫 번째 숫자는 라커가 위치한 열의 번호, 두 번째 숫자는 라커의 번호, 세 번째 숫자는 강철 캐비닛을 여는 비밀번호였다.

"여기야!"

니키가 외쳤다.

세바스찬은 금속 버튼판 위에 다섯 개의 숫자를 두드렸다. 그런 다음 라커의 문을 당겨 열고는 잔뜩 불안한 눈으로 안을 들여다보았다.

라커 안에는 〈척 테일러〉 로고로 장식된 하늘색 천 배낭 하나가 들어 있었다.

"제레미의 배낭이야!"

흥분한 니키가 탄성을 발했다.

그들은 함께 배낭을 열어보았다. 안은 텅 비어 있었다. 까뒤집다시피 하며 샅샅이 뒤져보았지만 역시 아무것도 들어 있지 않았다.

"배낭 안에 속주머니 같은 게 달려 있지 않아?"

니키가 고개를 끄덕였다. 서두르는 바람에 미처 배낭 안쪽의 나일론 안감을 박아 달아놓은 속주머니를 보지 못했던 것이다. 이제 마지막 기회였다. 떨리는 손가락으로 지퍼를 연 그녀가 발견한 것은 열쇠였다.

"무슨 열쇠일까?"

니키는 반짝이는 열쇠를 꺼내 요모조모 살펴보다가 세바스찬에게 내밀었다. 손잡이 윗부분에 자그마한 구멍이 나 있는 금속 열쇠였다.

이 열쇠로 무엇을 열 수 있단 말인가?

그들은 맥이 탁 풀리는 느낌이었다. 갑자기 누군가의 장난에 놀아나고 있다는 생각이 엄습해왔다. 누군가의 고약한 장난에 번번이 당하고 있었다. 아무것도 모르는 꼭두각시처럼 이리 뛰고 저리 뛰고 있었다.

확실한 단서를 잡았나 싶으면 아니었고, 드디어 목적지에 도달했나 싶으면 오히려 더욱 멀어지기만 했다.

그렇다고 한없이 낙담하고 있을 때가 아니었다.

니키가 먼저 기운을 차리고 말했다.

"여기서 이렇게 시간을 허비하고 있을 때가 아니야. 알마 다리의 약속시간에 늦으면 배는 기다려주지 않고 떠날 거야."

32

콩스탕스는 40여 분 전부터 철도경찰들을 동원해 가르뒤노르 역의 플랫폼들을 샅샅이 돌아보고 있었다. 역의 감시체계를 대폭 강화했지만 래러비 커플은 그림자도 보이지 않았다. 그들이 경찰의 동향을 면밀하게 살피다가 여행을 포기해버린 것인지도 몰랐다. 아니면 애초부터 열차를 탈 생각이 없었거나…….

콩스탕스의 휴대폰이 울렸다. 보차리스였다.

"그들의 다음 행선지를 알아냈습니다. 오늘 저녁 8시 반에 파리 크루즈 사의 배에서 열리는 선상 디너파티를 예약했더군요."

"지금 날 놀리는 건 아니겠지?"

"제가 감히 경감님을 놀리다니요?"

"만약 당신이 경찰에게 쫓기는 몸이라면 야회복을 빼입고 배에서 열리는 선상디너파티를 즐기러 가는 것 말고도 여러 가지 할 일이 있지 않을까?"

"물론 그렇겠죠."

"전화 끊지 말고 잠깐만 기다려봐."

콩스탕스는 철도경찰에게 계속 경계를 늦추지 말라고 당부하고 나서 주차장 쪽으로 걸음을 옮겼다.

"여보세요?"

콩스탕스는 다시 보차리스 경위를 불렀다.

"네, 경감님."

"지금 곧 알마 다리로 갈 테니까 자네도 거기로 와."

"한 팀을 더 데려갈까요?"

"아니, 그럴 필요 없어. 소란을 일으키지 않고 그들을 조용히 체포할 거야. 자네와 나, 둘이서."

콩스탕스는 안전벨트를 매면서 계기판의 시계에 눈길을 던졌다.

"배가 출발하기 전에 그들을 잡아오기에는 시간이 늦지 않을까?"

"크루즈회사에 전화해서 배의 출발을 조금 늦출까요?"

"아냐. 용의자들이 배의 출발이 지연되면 낌새를 채고 도망칠 수도 있어."

"만일의 경우에 대비해 하상경찰에 미리 알려두는 게 어떻겠습니까?"

"아니, 아무에게도 알리지 말고 내가 갈 때까지 기다려."

33

택시는 몽테뉴 가를 따라 내려와 니키와 세바스찬을 알마 다리 근처에 내려주었다. 밤이 되면서 하늘은 어둑어둑해졌지만 아직 날씨는 따뜻했다. 센 강 위로 환하게 불을 밝힌 에펠탑이 그림처럼 솟아 있었다.

그들은 도보로 걸어 엥발리드 다리로 이어지는 센 강의 우안 강둑에 다다랐다. 마로니에 나무들 아래 자리 잡은 콩페랑스 선착장은 크루즈 사의 유람선이 드나드는 곳이었다. 선착장에 정박해 있는 유람선에서 일렬로 늘어선 관광버스 쪽으로 수많은 관광객들을 쏟아내고 있었다.

그들은 레스토랑유람선 전용부두에 다다랐다.

"저 배가 우리가 타야 하는 배인가 봐."

니키가 이중갑판 구조로 된 커다란 유리배를 가리키며 말했다.

그들은 라미랄 호의 선착장으로 가서 여직원에게 이름을 말하고 예약 여부를 물었다. 여직원이 예약자 명단을 확인하고 나서 접어서 포갠 안내서 한 부를 건네주었다.

"배가 곧 출발합니다."

여직원이 그들을 예약석까지 친절하게 안내해주고 나서 말했다.

옆면이 통유리로 된 갑판에는 백여 석의 테이블이 환상적인 분위기 속에 자리 잡고 있었다. 은은한 조명, 반짝이는 유리천장, 불꽃이 너울거리며 춤을 추는 유리단지 캔들, 커플이 나란히 앉도록 배치한 의자에 이르기까지 온통 긴밀한 분위기가 흐르도록 세심하게 꾸며놓은 장소라는 걸 알 수 있었다.

유리창 옆 테이블에 자리 잡은 세바스찬과 니키는 좌석구조상 몸을 밀착시키고 앉을 수밖에 없어 멋쩍은 느낌이 들었다. 세바스찬이 어색한 느낌을 떨쳐버리려고 눈을 아래로 내리깔고 메뉴판을 들여다보았다.

'탁월한 솜씨를 자랑하는 셰프가 신선한 재료만을 사용해 최고의 맛을 낸 창의적인 요리를 선보입니다.'

놀고 있네.

"안녕하세요?"

아프리칸스타일의 풍성한 머리채를 스카프로 동여맨 웨이트리스가 나타나 반갑게 인사했다. 그녀는 얼음 통에 담겨 있던 클레레트 드 디 와인(론 강 지역에서 생산되는 스파클링 와인의 일종 : 옮긴이)의 뚜껑을 따고 각자의 잔에 따라준 뒤 식사주문을 받았다.

세바스찬은 메뉴를 대충 훑어보았다. 정말이지 지금의 이런 상황이 너무나 황당하게 느껴졌다. 니키는 예의상 메뉴를 살펴보고 나서 이 인분의 식사를 주문했다. 웨이트리스는 주문 내용을 전자단말기에 입력한 다음 인사를 하고 돌아갔다.

　이제 각각의 테이블은 사람들로 채워졌다. 미국인, 아시아인 그리고 지방에서 올라온 프랑스인들이 대부분이었다. 어떤 이들은 신혼여행 중이고, 또 어떤 이들은 결혼기념일을 축하하기 위해 온 듯했다. 그들의 얼굴에 하나같이 행복이 가득했다.

　니키와 세바스찬의 바로 앞자리에서는 보스턴에서 온 부부와 자기들끼리 속닥속닥 이야기를 나누는 두 아이가 앉아 있었다. 뒷자리에는 일본인 커플이 사랑의 밀어를 속삭이고 있었다.

　"배고파 죽을 지경이야!"

　니키는 한숨을 내쉬며 스파클링 와인을 쭉 들이켰다.

　"그런 대로 마실만한 와인이네."

　갑자기 모터회전이 빨라지며 스크루 쪽에서 웅 하는 소리가 났다. 잠깐 동안 강쪽에서 중유 냄새가 올라오는가 싶더니 배는 서서히 알마 다리를 떠났다. 배가 움직이는 쪽으로 하얀 새들이 구름처럼 날아들었다.

　니키는 통유리창에 얼굴을 붙이고 밖을 바라보았다. 센 강에는 배들이 여러 척 떠 있었다. 물에 잠길 듯 항해하는 화물거룻배, 쾌속정, 하상경비대와 소방대가 사용하는 모터 달린 고무보트 등…….

　배는 트로카데로 공원 앞에서 포플러와 플라타너스 나무들이 강둑쪽을 병풍처럼 두른 자그마한 선착장을 지났다. 거룻배 갑판에 앉은 뱃놀이꾼이 유람선 승객들을 향해 잔을 들어 올리자 대부분의 승객들도 손을 흔들어 화답했다.

　"자, 주문하신 앙트레가 나왔습니다. 랑드 특산인 푸아그라와 프로방스의 무화과 잼입니다."

세바스찬은 처음에는 시큰둥해하다가 마지못해 푸아그라를 몇 번 떠먹었다. 제레미의 학교 앞에서 지저분한 소스에 절인 날 생선을 사먹고 난 이후 처음으로 먹는 음식이었다.

니키도 처음에는 잠자코 있다가 빵을 먹기 시작했다. 토스트는 다 식었고, 샐러드도 눈곱만큼 가져다놓았지만 배에서 아우성치는 소리를 이기지 못해 보르도 산 와인을 소리 나게 들이켜고 나서 빵을 게걸스럽게 먹어댔다.

"그러다가 취하겠어. 와인을 너무 많이 마시는 거 아냐?"

세바스찬이 그녀가 네 번째 잔을 비우는 걸 보고 걱정스런 표정을 지었다.

"당신은 입맛을 달아나게 하는 데는 소질이 있다니까."

"우리는 지금 제레미를 찾고 있는 중이야. 게다가 당장 풀어야 할 수수께끼가 있어."

니키는 후우 한숨을 내쉬고 나서 가방을 열고 수화물보관소에서 찾아온 열쇠를 꺼냈다. 그들은 열쇠를 요모조모 유심히 살펴보았다. 역시 특이한 점은 눈에 띄지 않았다. 고리 부분에 새겨진 'ABUS Security'라는 영문 글자가 전부였다. 빈약하긴 해도 그 글자가 유일한 단서였다.

세바스찬은 길게 한숨을 쉬었다. 풀리지 않는 미스터리들이 피로감을 더욱 쌓이게 하고 있었다. 어제부터 다양한 수수께끼들이 여기저기서 튀어나오기만 할 뿐 어느 한 가지 명쾌하게 풀릴 기미가 보이지 않았다.

세바스찬은 단 몇 시간 만에 편집증 환자가 되어버렸다. 가까이 다가오는 웨이터마다 유심히 훑어보았고, 마주치는 행인마다 납치범은 아닌지 의심을 품었다. 눈에 띄는 모든 게 수상쩍어 보였다.

"구글로 검색해볼게."

니키가 스마트폰을 꺼내며 말했다.

세바스찬은 휴대폰을 도둑맞았지만 니키의 스마트폰은 아직 무사했다. 그녀는 구글 검색란에 'ABUS Security'를 입력했다. '아부스 ABUS'는 자물쇠, 각종 잠금장치, 도난방지장치, 비디오감시시스템 등을 생산하는 독일의 보안장치전문 브랜드였다.

센 강의 유람선관광과 이 열쇠가 대체 어떤 연관이 있다는 거야?

"자, 카메라를 향해 웃어주세요."

카메라를 손에 든 크루즈 사의 공식사진사가 테이블을 옮겨 다니며 사진을 찍어주고 있었다. 다양한 국적의 커플들이 행복한 순간을 영원히 담아두기 위해 즐겁게 포즈를 취했다.

세바스찬은 물론 사진 찍기를 거절했지만 다양한 언어구사가 가능한 파파라치는 쉽게 물러서지 않았다.

"You make such a beautiful couple!(두 분은 너무나 아름다운 커플이세요!)"

세바스찬은 다시 한 번 한숨을 푹 내쉬고는 마지못해 경직된 미소를 지으며 니키 옆에서 포즈를 취했다.

"치즈!"

'다 찍었으면 이제 좀 꺼지시지.'

"Thank you! Be back soon!(고맙습니다. 곧 돌아올게요!)"

웨이트리스가 와서 접시를 치우기 시작하자 사진사는 그렇게 약속하고 다른 테이블로 갔다.

공중에 떠 있는 비르아껭 전철역의 늘어선 철주들이 어둠 속에서 환하게 빛났다. 선상의 분위기는 점점 뜨겁게 달아오르고 있었다. 가운데 스테이지에서는 바이올리니스트와 피아니스트 그리고 마이클 부블레를 빼닮은 가수 하나가 흔해 빠진 레퍼토리를 열창하고 있었다. 《고엽》, 《플라이 미 투 더 문》, 《생-장의 나의 연인》, 《더 굿 라이프》 등……

관광객들도 노래를 따라 흥얼거리는 가운데 라미랄 호는 이제 백조의 섬 기슭으로 다가가고 있었다. 각 테이블에는 비디오가이드 화면이 설치돼 있어 배가 기념할 만한 장소를 지날 때마다 관련된 정보며 일화를 소개해주었다. 니키는 화면에서 영어가 나오게 자막을 조정했다.

'백조의 섬 말단에는 뉴욕에 세워진 자유의 여신상을 복제한 여신상이 있습니다. 뉴욕에 있는 자유의 여신상에 비해 크기가 4분의 1 정도로 작고, 미국 쪽을 바라보고 있다고 합니다. 프랑스와 미국의 우호 관계를 상징……'

백조 섬 끝부분에 다다른 유람선은 몇 분 동안 물 위에서 꼼짝도 하지 않고 떠서 승객들이 마치 기관총을 쏘듯 셔터를 누를 수 있게 기회를 준 다음 유턴을 해 강의 좌안을 따라 다시 내려가기 시작했다.

세바스찬은 잔에 와인을 따랐다.

"샤토 그뤼오-라로스는 아니지만 제법 맛이 괜찮은걸."

세바스찬이 니키를 향해 눈을 찡긋 하며 말했다.

니키가 재미있다는 듯 피식 웃었다. 세바스찬은 자기도 모르게 유쾌한 분위기와 아름다운 경치에 조금씩 녹아들고 있었다.

유람선은 쉬프렌 선착장과 라부르도네 선착장을 따라 천천히 앞으로 나아갔다. 이 두 선착장은 두 개의 활모양을 그리며 물 쪽으로 불룩 튀어나온 커다란 궁륭을 이루고 있었다. 그 위로는 회전목마와 그 주변의 산책공간이 에펠탑 발치까지 펼쳐져 있었다.

세바스찬처럼 감동에 무뎌진 사람조차 동화 속 장소에 와 있는 듯한 느낌에 젖어들지 않을 수 없었다. 음식은 형편없었고, 딴따라의 노랫소리는 견딜 수 없을 만큼 듣기 싫었지만 그 무엇보다도 강력한 파리의 마법이 작용하고 있었다.

세바스찬은 다시 와인을 한 모금 마시며 앞 테이블의 보스턴 출신 가족을 바라보았다. 가장의 나이는 마흔에서 마흔다섯 살 사이로 보였다. 열다섯 살쯤 돼 보이는 그들의 두 아이를 보는 순간 저절로 카미유와 제레미가 떠올랐다. 무심결에 들은 그들의 대화를 통해 그 집 아버지는 의사고, 어머니는 예술학교에서 음악을 가르치는 교사라는 사실을 알 수 있었다.

그들은 화목한 가족의 전형적인 모습을 보여주고 있었다. 서로를 껴안고, 어깨를 탁 치기도 하고, 농담을 던지기도 하고, 센 강변의 유명한 장소를 지날 때면 감탄사를 발하기도 하면서…….

우리 가족도 저들처럼 서로 사랑하며 살아갈 수 있었는데…….

갑자기 서글픈 생각이 밀려들었다.

저들은 행복하게 살아가는데, 왜 우리는 갈등을 극복하지 못하고 각자 따로 살아가게 되었을까? 우리가 헤어져 살아가게 된 게 전적으로 니키의 돌출행동과 제멋대로인 성격 탓이라 할 수 있을까? 내게도 어떤 잘못이 있진 않을까?

니키는 세바스찬의 반짝이는 시선과 마주쳤고, 곧 그가 무얼 생각하는지 짐작할 수 있을 듯했다.

"저 사람들을 보니까 우리 가족 생각이 나는가 봐?"

"우리도 노력했다면 저들처럼 될 수도 있었겠지."

"우리 문제의 본질은 서로의 차이점 때문이 아니었어. 서로의 차이점을 다루는 방식에 문제가 있었던 거야. 적어도 아이들 교육문제만큼은 원만한 합의를 이끌어냈어야 했는데 우리는 각자 다른 방식만을 고집했어. 당신은 아이들의 장래 문제에 대해 단 한 번도 나와 의논하려 들지 않았지. 당신 머릿속에 나에 대한 불신과 증오심이 가득했으니 그럴 수밖에 없었겠지만……."

니키가 마치 혼자만의 생각인 듯 말했다.

"마치 모든 문제가 나에게서 비롯됐다는 것처럼 들리는데 그야말로 적반하장이라 생각하지 않아? 우리가 파국을 맞게 된 주요 원인이 무엇이었는지 천천히 따져볼까?"

세바스찬은 지난 이야기를 다시 끄집어내 도마 위에 올려놓고 난도질을 하겠다는 듯 니키를 적의어린 시선으로 쳐다보았다.

니키는 깜짝 놀라며 제지하려 했지만 이미 한 발 늦었다.

"당신은 하교하는 아이들을 데리러 학교에 가야 할 그 시간에 무얼 하고 있었지? 당신은 브루클린 어딘가에서 애인과 그 짓을 하느라 아이들을 데리러 가야 한다는 걸 까마득히 잊고 있었어."

"이제 그 얘기 좀 그만둘 수 없어?"

"난 그만두지 못하겠어. 당신이 데리러 오지 않자 카미유와 제레미는 자기들끼리 집까지 걸어갈 수밖에 없었어. 설마 그때 어떤 일이 일어났는지 잊지는 않았겠지?"

"당신은 정말 비열한 사람이야."

"카미유가 택시에 부딪혀 이틀 동안 혼수상태로 지냈어."

세바스찬은 한번 봇물이 터지자 자제력을 완전히 잃고 말았다.

"틸레틸레 병원에 나타난 당신의 입에서는 술 냄새가 풀풀 나더군. 카미유가 그나마 후유증 없이 회복된 건 기적이었어. 당신의 무책임한 잘못 때문에 카미유는 죽음 일보 직전까지 가야 했던 거야. 난 그날 일을 용서할 수 없어."

니키가 자리에서 벌떡 일어섰다. 참을 수 있는 한계치를 넘어선 상황이었다. 아직 분이 풀리지 않은 듯 세바스찬은 그녀를 붙잡으려고도 하지 않았다. 그는 테이블을 떠나 층계를 통해 위쪽 갑판으로 사라지는 니키의 뒷모습을 잠자코 노려볼 뿐이었다.

34

RCZ쿠페가 콩페랑스 선착장으로 통하는 비탈길을 따라 내려왔다.

콩스탕스는 경찰마크가 실크스크린으로 선명하게 찍힌 보차리스의 경찰차 옆에 차를 세웠다.

보차리스는 보닛에 몸을 기대고 담배를 피우는 중이었다.

"이왕이면 눈에 더욱 잘 띄게 하고 있지 그래? 경광등도 번쩍번쩍 돌아가게 하고, 사이렌도 울리고?"

콩스탕스가 부하를 몰아붙였다.

"너무 열 내지 마세요, 경감님. 배가 출발할 때까지 조용히 기다렸다고요."

콩스탕스는 손목시계를 들여다보았다.

저녁 8시 55분.

"그들이 배에 탄 게 확실해?"

"네, 예약 명단에 있는 그들이 배에 탔다고 크루즈 사 직원이 알려줬어요."

"그들이 공범들을 대신 보냈을 수도 있어. 배에 오른 사람들이 그들이라는 걸 어떻게 확신하지?"

보차리스는 상관의 집요한 추궁에 이미 익숙해져 있었다. 그는 재킷에서 사진 두 장을 꺼냈다. 그는 감시카메라에 잡힌 영상을 캡처한 사진들을 상관의 눈앞으로 내밀었다.

콩스탕스는 눈살을 찌푸리며 사진을 들여다보았다. 분명 래러비 커플이었다. 래러비의 전 부인은 야회복 드레스를 입었고, 세바스찬 래러비는 검정색 정장차림이었다. 둘 다 패션잡지에 실려도 손색이 없을 만큼 인물이며 몸맵시가 빼어났다.

"이 여자, 제법 예쁜데요, 안 그래요?"

보차리스가 니키를 가리키며 말했다.

콩스탕스는 다른 생각에 잠겨 있느라 대답하지 않았다. 이 사건에는 뭔가 이상한 구석이 있었고, 한시라도 빨리 그 실체를 알고 싶어 좀이 쑤시는 중이었다.

"제가 알아봤는데요, 크루즈 관광 시간은 두 시간 정도면 끝난답니다. 배가 이쪽으로 되돌아오면서 잠시 선착장에 멈춰 선다더군요. 일이 순조롭게 풀리면 지금부터 약 삼십 분 후면 그들을 체포할 수 있을 겁니다."

콩스탕스는 눈을 감으며 눈꺼풀을 문질렀다. 지금까지는 그럭저럭 버텨냈는데 갑자기 머리를 후비는 듯한 통증이 다시 찾아온 것이다.

"괜찮습니까, 경감님?"

콩스탕스는 눈을 가늘게 뜨고 고개를 끄덕였다.

"솔직히 말씀드리자면 사무실에서 경감님에 대해 걱정하는 사람들이 아주 많아요."

"난 괜찮다고 했잖아!"

콩스탕스는 퉁명스럽게 쏘아붙이며 담배를 입에 물고 불을 붙였다. 그녀가 거짓말을 하고 있다는 건 피차 잘 알고 있었다.

35

천장과 유리창으로 둘러싸인 아래층 갑판과는 달리, 위층 갑판은 하늘이 시원하게 트여 있어 360도로 고개를 돌려가며 센 강의 그림 같은 풍경을 감상할 수 있었다.

니키는 바람 부는 상갑판의 난간에 몸을 기댄 채 굳은 얼굴로 담배를 피우며 멀리 보이는 웅장하고도 화려한 알렉상드르 3세 다리에 시선을 고정시키고 있었다. 금빛 조각상들로 요란스레 치장한 그 다리는 단 하나만의 아치로 센 강을 훌쩍 건너뛰고 있었다.

뒤따라 나온 세바스찬이 그녀에게로 다가왔다. 그녀는 등 뒤로 그의 자취를 느꼈지만 미동도 하지 않았다. 그가 사과하기 위해 뒤따라온 게 아니라는 걸 잘 알고 있었다.

"……그래, 카미유에게 일어났던 사고는 전적으로 내 잘못이었어. 하지만 당시 상황이 어땠는지 고려해야 하지 않을까? 그때 우리 부부는 어디에도 닻을 내리지 못하고 표류하고 있었어. 우린 매일이다시피 싸웠고, 당신은 날 쳐다보려고 하지도 않았지."

니키는 몸을 돌리지도 않은 채 그렇게 말했다.

"그 어떤 변명으로도 당신이 저지른 행동은 용서되지 않아."

"당신의 행동은 어땠는데? 그 행동은 용서될 수 있다고 생각해?"

마침내 니키도 폭발하고 말았다.

니키가 언성을 높이자 갑판 위에 있던 사람들의 시선이 일제히 그들에게로 쏠렸다.

니키는 조금도 개의치 않고 거세게 말을 쏟아냈다.

"이혼하고 나서도 당신은 내가 비집고 들어설 틈을 주지 않았어. 나를 아예 상종도 하기 싫다는 듯 멀찍이 쫓아냈지. 우리 사이는 얼마든지 우호적이 될 수 있었는데 당신은 의도적으로 나를 멀리했어. 우린 최소한 아이들의 부모로서 좋은 관계를 이어가야 했어."

"그 따위 알쏭달쏭한 논리학은 집어치워. 부부관계는 갈라서는 순간 끝장이야. 정상적인 부부관계를 유지하든지, 아니면 갈라서든지 선택은 둘 중 하나밖에 없어."

"난 당신 말에 동의하지 않아. 우린 좀 더 사이좋게 지낼 수도 있었어. 많은 사람들이 그렇게 살아가고 있어."

"사이좋게 지내? 지금 날 놀려?"

니키는 그제야 그에게로 몸을 돌렸다. 세바스찬을 바라보는 그녀의 눈에서는 피로감과 분노 그리고 아직 남은 약간의 애정이 반짝이고 있었다.

"우리가 함께 했던 이야기 중에는 무척이나 아름다운 기억들도 있잖아."

"고통스런 기억이 더 많아."

"우리가 헤어질 때 당신은 책임감 있는 자세를 보여주지 못했어. 당신도 그 사실만큼은 분명히 인정해야 할 거야."

"당신 자신의 잘못은 보이지 않고, 남 잘못만 보이는 격이군."

세바스찬이 차갑게 응수했다.

니키도 작심한 듯 격렬하게 그를 질타했다.

"당신은 자신이 어떤 잘못을 했는지 아직도 모르지? 당신은 우리 아이들을 갈라놓았어. 당신은 카미유를 빼앗아갔고, 제레미를 떼어내 버렸어. 아이들의 아빠라면 결코 해서는 안 되는 짓이었지."

"당신도 내 의사를 받아들여놓고 이제 와서 무슨 소리야?"

"내가 당신 생각이 옳아서 받아들였다고 생각해? 내 입장으로는 어쩔 수 없었어. 당신의 그 잘난 변호사들과 수백만 달러의 돈 앞에서 나는 꼼짝없이 두 아이의 양육권을 모두 빼앗길 위기에 처해 있었으니까. 당신이 혼자서 양육권을 다 차지할까 봐 겁이 났을 뿐이야."

니키는 몇 초 동안 입을 꾹 다물었다가 여태껏 한 번도 털어놓지 못한 말을 이 자리에서 다 쏟아내기로 결심했다.

"당신은 제레미의 양육권을 원하지 않았어, 그렇지 않아? 왜 그랬을까? 분명 당신 아들인데 왜 제레미를 원하지 않았을까?"

세바스찬은 아무런 대답이 없었다.

"제레미는 엄연히 당신 아들 아닌가?"

니키의 눈에 이슬이 맺혔다.

"제레미는 착하고 민감하고 마음이 여린 아이야. 항상 당신이 칭찬해주거나 관심을 보여주기를 바랐지. 하지만 아무리 기다려도 당신은 제레미에게 따스한 말 한 마디 해주지 않았어."

세바스찬은 그녀의 비난이 틀리지 않다는 걸 알고 있었으므로 묵묵히 듣기만 했다.

니키는 끝내 그 이유를 알고 싶어 했다.

"당신은 왜 한 번도 제레미와 친해지려고 하지 않았지?"

세바스찬은 잠시 망설이다가 체념한 듯 말했다.

"너무 힘들었으니까."

"뭐가?"

"제레미는 당신을 빼닮았어. 당신의 얼굴, 표정, 웃음, 시선, 말하는 방식까지 그대로 빼다 박았지. 제레미를 보고 있으면 마치 당신을 보고 있는 느낌이었어. 그게 견디기 힘들었어."

세바스찬은 시선을 다른 데로 돌리며 속마음을 털어놓았다.

전혀 뜻밖의 대답이었다. 니키는 어안이 벙벙한 표정으로 띄엄띄엄 반문했다.

"당신은……아들에 대한 사랑보다 자기 자존심을 지키는 게 더 중요했던 거야?"

"아무튼 난 카미유를 맡아 키우며 내 몫의 책임을 다했어. 카미유를 누구보다 똑똑하고 예절바르게 키웠다는 건 당신도 잘 알 거야."

"세바스찬, 내가 생각하는 진실을 말해볼까?"

니키는 눈물이 그렁그렁한 얼굴로 말했다.

"카미유는 지금 시한폭탄과도 같아. 지금까지는 당신 마음대로 아이를 통제해왔을지 모르지만 그런 방식은 오래가지 않아. 카미유가 제대로 반항하기 시작하면 당신은 그때 가서야 크게 후회하게 될 거야."

세바스찬은 카미유의 방에서 발견했던 피임약을 떠올렸다. 마음이 다소 누그러진 그는 팔을 둘러 그녀를 안았다.

"니키, 당신 말이 맞아. 우리, 이제부터라도 싸우지 말고 살아가자. 마음을 합쳐 함께 시련을 극복해가자. 앞으로는 제레미에 대한 태도를 바꾸도록 노력할 거야. 당신도 카미유가 보고 싶으면 언제든지 와서 만나 봐도 돼. 이제부터 모든 일이 잘 되도록 노력할게."

"너무 늦었어. 이미 엎질러진 물이야. 우리 사이는 이제 다시는 돌이킬 수 없게 되었어."

"세상에서 돌이킬 수 없는 일은 없어."

세바스찬은 힘주어 말했다.

배가 퐁데자르 다리와 퐁네프 다리의 아치 밑을 지나가고 있을 즈음 그들은 서로의 품에 몸을 묻었다.

그런 다음 다시 서로 일정한 거리를 두었다.

배는 고서적상 가판대들이 늘어선 생미셸 강둑을 따라 앞으로 나아갔다. 시테 섬의 콩시에르주리 건물과 섬 끄트머리의 노트르담 성당의 고딕풍 실루엣이 나타났다. 좀 더 멀리에는 생 루이 섬의 호화로운 저택들이 청명한 밤공기 속에 또렷이 모습을 드러냈다.

"자, 어서 이 열쇠의 비밀을 풀어야지."

니키는 세 번째 담배를 짓눌러 끄며 제안했다.

"우리가 미처 생각지 못해 놓쳐버린 단서가 있을 거야. 우선 이 열쇠를 손에 넣고 배를 타게 한 누군가의 계획에도 분명 숨겨진 의도가 있을 거야. 이 배 안에서 이 열쇠로 열 수 있는 게 뭐가 있을까?"

그들은 상갑판 위를 이리저리 걸어 다니며 혹시 자물쇠가 있는지 찾아보았으나 허사였다. 니키가 차가운 밤공기에 몸을 바르르 떨었다. 세바스찬이 재킷으로 그녀의 어깨를 덮어주었다. 처음에는 거절했지만 그가 계속 권하자 결국 못이기는 척하며 내버려두었다.

"저길 좀 봐!"

세바스찬이 갑자기 소리치면서 한 줄로 늘어선 철제 구명조끼보관함을 가리켰다.

여섯 개 정도 되는 수납함이 모두 자물쇠로 채워져 있었다.

그들은 떨리는 심정으로 자물쇠구멍마다 열쇠를 넣어봤지만 열리는 게 하나도 없었다.

빌어먹을!

크게 실망한 니키는 다시 담배에 불을 붙여 물었다. 그들은 갑판 난간에 몸을 기댄 채 말없이 담배를 나눠 피웠다.

강둑에 모인 사람들이 센 강의 정경을 그림엽서처럼 예쁜 장면들로 꾸미고 있었다. 마치 축제 같은 분위기 속에서 가족들은 피크닉을 즐겼고, 연인들은 가볍게 입을 맞추었고, 나이든 커플들은 우디 앨런의 영화에서처럼 함께 춤을 추었다.

멀리에서는 건달들이 어슬렁거렸고, 친구들끼리 몰려나온 여자아이들은 유람선 승객들을 향해 중지를 세워 보이며 웃음을 터뜨렸고, 개와 동행하는 노숙자는 기다란 장죽으로 대마초를 피우고 있었다.

도처에 술이 넘쳐흘렀다. 1리터짜리 싸구려 포도주, 캔맥주, 보드카 등…….

"추워. 이제 들어가자."

니키가 속삭이듯 말했다.

그들은 사방이 유리창으로 막힌 아래층 갑판으로 돌아왔다.

살롱의 분위기는 절정에 달해 있었다. 식사가 시작될 때만 해도 수줍어하던 사람들이 지금은 저마다 큰소리로 노래를 따라 부르고 있었다. 미국인 관광객 한 사람은 약혼녀 앞에 무릎을 꿇고, 결혼 프러포즈를 해 환호와 박수갈채를 받았다.

니키와 세바스찬은 다시 테이블로 돌아와 앉았다. 그들이 없는 사이에 메인 디시가 차려져 있었다. 세바스찬의 접시에는 안심스테이크가 베아르네즈 소스 옆에 놓여 있었고, 니키의 접시에는 갈레트리조토 위에 대하 두 마리가 올라 있었다.

그들이 식어빠진 음식들을 떠먹고 있는데, 바이올리니스트가 다가오더니 느닷없이 〈사랑의 찬가〉 첫 소절을 연주하기 시작했다.

세바스찬이 그를 사정없이 쫓아버렸다.

"내 잔에 와인 좀 더 따라줘."

니키가 부탁했다.

"이제 그만 마셔. 그러다 취하겠어. 와인 병이 다 비었어."

"난 취하고 싶어. 이건 내 문제야. 나만의 방식이란 말이야."

니키는 주변 테이블들을 둘러보며 술병을 찾았다. 마침내 바 근처의 바퀴달린 식기대에서 얼마 마시지 않은 와인 병 하나를 찾아내 테이블로 가져 왔다.

니키는 전 남편이 경악한 표정으로 쳐다보는 가운데 잔에 술을 가득 채웠다.

세바스찬은 포기한 듯 유리창 쪽으로 고개를 돌렸다. 유람선은 새로운 관광 포인트로 각광받고 있는 샤를드골 다리의 강철 거더 앞에 도착했다.

앞서 지나온 다리에 비해 한결 현대적인 다리였다. 다리는 마치 이륙할 준비를 끝낸 비행기의 날개처럼 보였다. 배가 강력한 프로젝터들로 강둑을 비추자 예상치 못했던 비참한 광경이 나타났다.

다리 아래에는 수많은 노숙자들이 텐트며 화로, 그들의 전 재산이

나 다름없는 잡동사니들을 여기저기에 펼쳐두고 있었다. 그 모습은 여행객들의 마음을 불편하게 만들었다. 지금까지 유쾌했던 분위기가 한순간에 식어버렸다. 그야말로 '파리 신드롬'을 떠올리게 만드는 광경이었다. 매년 각국 대사관들은 영화나 영상을 통해 본 파리의 이상적인 이미지와 현실의 차이를 보게 된 충격으로 몸져누운 관광객 수십 명을 본국으로 송환하고 있다는 말이 나돌았다.

승객들의 씁쓸한 기분은 그리 오래 지속되지 않았다. 배는 다시 프랑수아 미테랑 도서관의 웅장한 유리빌딩들 쪽을 향해 나아가다가 베르시 근처에서 유턴해 우안을 따라 그림엽서와 관광안내팸플릿에 등장하는 역사적인 파리로 돌아왔다. 흥청거리던 분위기는 다시 차분하게 가라앉았다.

니키는 와인을 한 모금 들이켰다. 술이 정신을 흐트러뜨리기보다 감각을 더욱 예민하게 만들어주고 있었다. 그녀는 분명하게 잡히지는 않지만 뭔가 명백한 단서를 놓치고 있다는 생각이 머리를 떠나지 않았다.

니키는 정신을 집중하려고 애쓰지 않았다. 제레미를 찾아내는 일은 합리적인 분석보다는 엄마로서의 본능이 좌우하게 될 거라 확신했다. 이성적인 논리보다 격렬한 감정들 속에 깃든 지혜가 더 필요한 시점이라고 생각했다.

니키는 가슴의 문을 활짝 열어젖히고 감정이 막힘없이 분출되도록 방관했다. 눈물이 나고, 머릿속에서 온갖 기억들이 쏟아져 나오게 내버려두었다. 현재와 과거가 어지러이 뒤섞였다. 감정의 분출에도 한계가 있어야 하고, 올바른 방향성을 잡는 게 중요했다. 감정 그 자체에 휩쓸리기보다는 그 안에 깃들어 있는 메시지를 발견하는 게 중요했다.

니키는 열에 들뜬 상태로 창밖을 바라보았다. 머릿속이 욕지기가 날 정도로 어지러이 뒤섞였다. 온갖 추억들이 소용돌이치고, 변형되고, 혼합되어 뭐가 뭔지 구별할 수 없는 상태가 되었다.

배 안의 음악도 절정을 이루었다. 사람들은 손뼉을 치거나 발을 구르며 박자를 맞추었다. 크루즈 사 직원들이 스테이지 위에서 분위기를 앞장서서 띄웠다. 웨이터와 웨이트리스들은 러시아 음악의 리듬에 맞춰 다리를 번쩍번쩍 치켜 올렸다.

칼린카 칼린카 나의 칼린카……

니키는 다시 와인을 한 모금 삼켰다. 홀 안 공기는 후끈했지만 그녀는 덜덜 떨고 있었다. 러시아 음악의 격렬한 후렴구는 정신없이 돌아가는 사이키 조명과 함께 끔찍한 두통을 불러일으켰다.

칼린카 칼린카 나의 칼린카……

배는 이제 원래의 출발 지점을 향해 돌아오고 있었다.

니키는 창을 통해 퐁네프 다리의 발코니며 기괴한 형태의 인면상들을 바라보았다. 그 다음으로 수평선에 퐁데자르 다리의 실루엣이 떠올랐다. 그녀는 다리 난간에 걸쳐진 철망을 바라보았다. 철망은 무수히 많은 불빛으로 반짝이고 있었다. 그녀는 눈을 가늘게 찌푸리며 수천 개의 자물쇠들이 다리 난간 전체에 걸려 있는 걸 보았다.

'이제야 알겠어. 이 열쇠로 무얼 열어야 하는지!'

니키는 테이블에 고정된 비디오가이드 화면을 가리키며 세바스찬의 어깨를 가볍게 쳤다. 그들은 화면 위로 몸을 숙이고 퐁데자르 다리와 관련된 안내 글을 읽어나갔다.

'퐁데자르 다리는 베로나의 피에트라 다리와 모스크바의 루즈코프 다리처럼 세계 각국의 연인들이 즐겨 찾는 명소로 각광받고 있습니다. 퐁데자르 다리를 방문하는 연인들은 영원한 결합의 상징인 '사랑의 자물쇠'를 철망에 거는 의식을 진행합니다. 수많은 커플들이 자물쇠를 철망에 거는 의식을 치르다보니 이제는 아예 의례적인 행위로 정착되었습니다. 자물쇠를 철망에 매달고 나서 열쇠를 연인의 어깨너머 센 강으로 던져버리고 키스와 함께 사랑을 영원히 봉인하게 됩니다.

"당장 배에서 내려야 해."

그들은 웨이터에게로 다가가서 물어보았다. 배는 5분 후 알마 다리에서 한 번 멈춘다고 했다. 흥분에 휩싸인 니키와 세바스찬은 배가 접안하자마자 트랩을 통해 내리려고 난간 쪽으로 걸어갔다.

라미랄 호는 루브르 궁과 샹젤리제 선착장을 지나 알마 다리 선착장에 도착했다. 그들이 배에서 내리려고 잰걸음을 걷고 있을 때 니키가 갑자기 세바스찬의 옷소매를 잡아당겼다.

"잠깐! 경찰이 있어."

세바스찬은 부두 쪽을 처다보았다. 가죽점퍼 차림의 한 여자가 거동이 자신만만해 보이는 젊은 남자와 함께 당장 배에 오를 준비를 하고 있었다.

"저들이 경찰이야?"

"경찰이 맞아. 자, 저길 보란 말이야."

저 멀리 프랑스 경찰을 상징하는 마크를 실크스크린으로 찍어놓은 푸조307이 보였다.

그때 세바스찬과 여형사의 시선이 딱 마주쳤다. 경찰은 자기들의 신분이 노출된 걸 눈치 채고 지체 없이 트랩 쪽으로 뛰어왔다.

니키와 세바스찬은 배를 향해 되돌아가지 않을 수 없었다. 세바스찬은 상갑판으로 올라가기 전, 한 테이블에서 돌덩이처럼 바짝 구운 안심스테이크를 자르는 데 사용되는 나이프를 집어 들었다.

36

세바스찬과 시선이 마주치는 순간 콩스탕스는 미국인에게 신분이 노출되었다는 걸 직감했다. 그녀는 권총을 빼들어 위팔은 몸에 붙이고 총구를 하늘로 치켜 올렸다.

"쓸데없이 총을 쏘지는 마."

콩스탕스는 리셉션데스크가 있는 살롱 안으로 뛰어들며 보차리스에게 주의를 주었다. 난데없이 총기를 든 사람들이 홀로 뛰어들자 몇몇 승객들이 공포에 사로잡혀 비명을 질렀다. 곧이어 식당홀로 달려내려간 그들은 테이블을 우당탕 소리가 나게 쓰러뜨리며 거침없이 앞으로 나아갔다. 콩스탕스가 뒤를 받쳐주는 가운데 보차리스가 먼저 상갑판으로 통하는 층계로 뛰어올랐다.

아뿔싸! 상갑판으로 통하는 철문이 열리지 않았다.

"그들이 문을 못 열게 잠가놨어요."

보차리스 경위가 외쳤다.

콩스탕스는 뒤로 물러섰다. 배 뒤쪽에 상갑판으로 오르는 사다리가 설비돼 있었다. 그녀는 3초도 안돼 플랫폼으로 올라섰다. 저 멀리 조타실에 침입해 있는 세바스찬 래러비의 모습이 눈에 들어왔다. 그는 손에 든 칼로 항해사를 위협하여 배의 속도를 높이게 하고 있었다.

콩스탕스는 그쪽으로 몇 걸음 걸어가다가 문득 멈춰 섰다. 뒤따라오는 보차리스의 기척이 등 뒤에서 느껴지자 수배범에게 총을 겨누었다.

"꼼짝 마!"

콩스탕스가 소리치는 순간 배가 갑자기 속력을 높였다.

콩스탕스는 몸의 균형을 잃고 휘청대다가 간신히 보차리스의 어깨를 잡고 버티고 설 수 있었다. 그녀의 눈살이 잔뜩 찌푸려졌다. 이해할 수 없는 일이 벌어졌다. 미국인이 조타실의 지붕 위로 기어오르더니 그의 전 부인에게 따라 오라고 손짓을 보내고 있었다.

"니키, 내 손을 잡아."

"안 돼! 난 도저히 못해!"

"이 길밖에는 방법이 없어."

콩스탕스는 미국인 남자가 조타실의 지붕 위로 전 부인을 끌어올리는 장면을 지켜보았다. 콩스탕스는 다시 한 번 발포 경고를 했지만 소용없었다. 그들은 총의 사정거리 안에 있었지만 그녀는 망설이며 쏘지 못했다.

도대체 저들의 의도가 뭘까? 이에나 다리는 아직 멀리 있었고, 배는 드비이 다리에 접근하고 있었다. 뉴욕 가에서부터 브랑리 강변로까지 센 강을 가로지르는 아치형 인도교였다.

설마 저 다리에 매달릴 생각은 아니겠지?

인도교가 엄청난 높이는 아니었지만 달리는 배에서 매달린다는 건 위험천만한 모험임에 틀림없었다.

콩스탕스는 어릴 때 본 영화들이 생각났다. 장 폴 벨몽도가 파리를 종횡무진 누비며 온갖 곡예를 부리는 영화들. 하지만 세바스찬 래러비는 장 폴 벨몽도가 아니지 않은가. 그는 고작 일요일 오전에 골프나 즐기는 어퍼이스트사이드의 현악기장인일 뿐이었다.

"제가 저 자의 다리를 쏠까요?"

보차리스가 물었다.

"저들이 다리에 매달릴 수는 없어. 다리는 너무 높고, 배의 속도가 너무 빨라. 기껏해야 물로 뛰어내리겠지. 생−베르나르 강변로의 하상 경비대에 연락해서 저들을 물에서 건져낼 수 있게 병력을 증원 배치시켜달라고 요청해."

배는 환하게 빛나는 인도교를 향해 가차 없이 돌진했다. 강둑 근처에 깊숙이 박힌 석조기둥들을 제외하고 다리 전체가 뼈대를 이룬 강철과 보도를 덮은 황갈색 목재로 이루어져 있었다. 에펠탑과 마찬가지로 인도교는 20세기가 시작될 무렵 지어진 철조구조물 중 하나였다. 처음에는 임시 용도로 지어졌지만 결국 한 세기를 무사히 보내고 현재에 이르고 있었다.

세바스찬은 본능적으로 몸을 날려 다리의 철골을 붙잡았다. 니키도 하이힐을 던져버리고 훌쩍 뛰어올라 세바스찬의 허리에 매달렸다. 둘 다 절묘한 타이밍에 점프를 한 셈이었다.

초보자치고는 기가 막히게 운이 좋은데?

콩스탕스는 후닥닥 조타실 지붕으로 기어올랐지만 이미 게임은 끝나 있었다. 배는 다리를 지나 물결을 헤치고 트로카데로 공원을 향해 나아갔다.

　콩스탕스는 두 사람이 인도교 위로 올라서는 모습을 바라보며 화가 머리끝까지 치밀어 욕지기를 토했다.

37

　니키와 세바스찬은 손에 손을 잡고 센 강 좌안의 강변도로를 숨이 턱에 닿을 때까지 달렸다. 끊임없이 밀려오는 자동차들 사이를 요리조리 빠져 도로를 건넌 후 원시예술미술관 옆 샛길을 통해 뤼니베르시테 거리로 빠져나왔다.

　"당신, 휴대폰을 버려. 우리 위치가 발각될 수 있는 것들은 죄다 버려야 해."

　니키는 휴대폰을 꺼내 던져버렸다. 그녀는 발을 절뚝거리고 있었다. 배에서 위험천만한 탈출을 할 때 드레스 아랫자락이 걸리는 바람에 철제난간에 오른발을 심하게 부딪쳤다.

　어떻게 해야 하나? 어디로 가야 하나?

　그들은 라프 가에 있는 한 건물의 현관 아래에서 잠시 가쁜 숨을 가라앉혔다. 이제 경찰들을 뒤에 달고 있으니 영락없이 수배범 신세였다. 조금 전만 해도 완전히 체포될 위험에 처했다가 기적적으로 빠져나올 수 있었지만 그런 행운이 얼마나 더 따라줄지 의문이었다.

이제 그 신비스런 자물쇠가 있는 퐁데자르 다리까지 가야했다. 극도로 조심할 필요가 있겠지만 센 강 주변에 머무르며 적당한 기회를 노려야 했다.

그들은 지하철과 7구의 대로를 포기하고 샛길과 골목길만을 골라 걸었다. 제복을 입은 사람이 보이면 재빨리 몸을 숨겼고, 거동이 수상하거나 미심쩍어 보이는 무리가 눈에 띄면 보도를 건너 맞은편 길로 넘어갔다. 그러다 보니 거의 한 시간이 걸려서야 퐁데자르 다리에 다다를 수 있었다.

10월 말이었지만 퐁데자르 다리는 여름 느낌이 남아 있었다. 오직 보행자들에게만 통행이 허용되는 철교로 다리 위에서 바라보는 전망이 뛰어났다. 퐁네프 다리의 아치들, 시테 섬의 베르-갈랑 공원 그리고 노트르담 성당의 하얀 종탑 등이 한눈에 들어왔다.

니키와 세바스찬은 다리 위로 조심조심 걸어갔다. 10월 말이라는 걸 감안한다면 날씨가 놀라울 만큼 따뜻했다. 다리 위에는 수많은 젊은이들이 나와 있었다. 짧은 치마, 폴로셔츠, 가벼운 재킷 차림의 젊은이들이 여기저기 원을 그리고 모여 앉아 열띤 토론을 벌이거나 기타 반주에 맞춰 노래를 부르며 피크닉을 즐기고 있었다. 분위기는 다분히 국제적이었지만 그들이 먹는 음식은 지극히 서민적이었다. 스낵, 샌드위치, 통닭, 초콜릿 등…….

공개적인 장소인데도 술을 맘껏 마시는 게 허용되었다. 미국에서는 감히 상상도 할 수 없는 광경이었다(미국에서는 미성년자에 대한 알코올 판매와 공공장소에서의 음주가 금지되어 있다 : 옮긴이). 노랑, 적갈색, 갈색, 빨강, 핑크, 하양 등 갖가지 색깔의 술들이 넘쳐났다. 그 중에서 아직 미성년자로 보이는 몇몇이 빠른 속도로 맥주 캔을 비우고, 와인 잔을 연거푸 들이켜고 있었다. 하지만 분위기는 비교적 건전한 편이었다.

'사랑의 자물쇠'들이 다리 양편 난간을 따라 매달려 있었다.

모두 합해서 몇 개나 될까? 2천 개? 3천 개?

"도저히 찾아낼 수 없을 것 같은데……."

니키는 가방에서 열쇠를 꺼내며 한숨을 푹 쉬었다.

세바스찬은 다리의 난간 발치에 무릎을 꿇었다. 대부분의 자물쇠들은 유성사인펜이나 금속표면에 직접 새기는 방식으로 뭔가 표시를 해두고 있었다. 두 개의 이니셜 혹은 성과 이름을 쓰고 날짜를 써넣는 방식이었다.

T + L – 2011년 10월 14일

엘리엇 + 일리나 – 10월 21일

세바스찬은 마음속으로 씁쓸한 미소를 지었다. 영원한 사랑을 약속하는 젊은 연인들의 의식은 아름답고 존중해줄 만한 부분이었다. 두 사람의 사랑을 자물쇠로 단단히 채워 영원히 흔들리지 않겠다는 다짐이었다. 하지만 과연 몇 명이나 무수히 다가서는 시련을 이겨내고 영원히 사랑을 지켜갈 수 있을까?

니키는 무릎을 꿇고 사랑의 자물쇠들을 살펴보기 시작했다. 종류도 크기도 제각각으로 다양했다. 어떤 자물쇠는 색을 칠했고, 어떤 자물쇠는 하트 형태에 흔한 사랑의 말로 장식되어 있었다.

사랑해 / Ti amo / Te quiero(ti amo와 te quiero는 각각 이탈리아어와 스페인어로 '사랑해'라는 뜻 : 옮긴이)

관습적이지 않은 사랑의 형태를 제의하는 것들도 있었다.

B + F + A

혹은 완전히 질펀한 것들이나

존 + 킴 + 디안 + 크리스틴

향수어린 것들

세월은 흘러도 추억은 남는다.

혹은 표독스런 것들도 있었다.

솔랑주 스코르델로는 아주 나쁜 년!

"자, 쓸데없이 시간 낭비하지 말자고!"

세바스찬이 정신을 가다듬으며 말했다.

그들은 일을 분담했다. 세바스찬이 앞서 지나가면서 ABUS 마크가 새겨진 자물쇠를 찾아 알려주면 니키가 열쇠로 열려고 시도해보는 식이었다.

니키는 자물쇠에 적힌 날짜들이 모두 최근이라는 사실을 발견했다. 즉 시청이나 경찰청에서 철망을 보호하기 위해 정기적으로 자물쇠들을 절단하고 있다는 뜻이었다.

그들의 작업은 수상쩍은 구석이 있어 사람들의 시선을 끌었다.

게다가 ABUS 열쇠는 왜 그렇게 많은지!

ABUS, ABUS, ABUS, ABUS……

그들이 전에는 한 번도 들어본 적 없는 이 독일회사가 요즘 자물쇠 시장을 독점하고 있는 듯했다. 거의 두 개에 하나 꼴로 ABUS 마크가 찍혀 있었다.

"이러다가는 밤새도록 작업해도 끝낼 수 없겠어."

세바스찬이 그렇게 한탄하고 있을 때 제복차림 경찰관 두 사람이 다리 위에 나타났다.

"조심해!"

그들은 움찔하며 뒤로 물러섰다. 다시 보니 제복차림 경찰관들은 사람들에게 다리 위에서의 음주행위에 대한 금지법령을 환기시키려고 나온 것 같았다. 지적을 받은 젊은이들은 술병들을 주섬주섬 배낭에 챙겨 넣었지만 경찰관이 돌아서자마자 곧바로 다시 꺼냈다. 경찰관들 역시 그들이 그러는 걸 다 알고 있으면서도 모른 척했다. 법령을 준수하게 만들 엄격한 제제수단도 없었고, 상관들로부터 그런 지시를 받은 적도 없었다.

경찰관들에게는 더 큰 문제가 있었다. 한 취객이 물에 뛰어들겠다고 위협을 가하고 있었다. 경찰관들은 취객과 대화를 나누며 설득을 시도했다. 오히려 취객은 그들에게 욕설을 퍼부으며 난폭한 모습을 보이기 시작했다. 결국 경찰관 중 한 사람이 무전기로 지원 병력을 요청했다.

"곧 이 다리에 경찰관들이 우글거리게 될 거야. 이제 떠나야 해."

세바스찬이 불안하게 말했다.

"자물쇠를 찾아내기 전에는 아무데도 안 가!"

"지금은 괜한 고집을 부릴 때가 아니야. 감방에 들어가면 모든 게 끝이라는 걸 몰라?"

"잠깐! 나에게 좋은 생각이 있어. 당신은 개성 있게 꾸민 자물쇠만 찾아내. 색을 칠했다거나 리본을 맸다거나 아무튼 독특한 표시를 해놓은 자물쇠 말이야."

"그건 왜?"

"난 그들이 자물쇠에 어떤 단서를 남겨놓았을 거라 확신해."

그들은 다시 작업에 착수했다. 자물쇠들 중에는 어떤 축구팀(바르셀로나 만세! 메시 만세!), 어떤 정치운동(Yes, We Can미국대통령 바락 오바마가 2008년 대선 때 내걸었던 슬로건 : 옮긴이), 혹은 어떤 성적취향(gay friendly gay 즉 남성동성연애자에 대해 열려 있고 환영한다는 뜻 : 옮긴이)을 상징하는 오색기의 색깔이 뚜렷한 것들도 있었다.

"이것 좀 봐!"

다리 한쪽 끄트머리의 중간 높이에 걸린 커다란 자물쇠에 두 개의 스티커가 붙어 있었다. 하나는 바이올린 그림, 다른 하나는 수많은 티셔츠 위에 새겨졌던 그 유명한 로고 'I Love New York'으로 장식되어 있었다.

그 이상 확실하기도 어려웠다.

니키는 열쇠를 돌렸다. 보란 듯이 자물쇠가 열렸다. 그녀가 열린 자물쇠를 가로등 불빛에 비추어 살펴보려 하는데 벌써 경찰관들이 몰려오고 있었다.

세바스찬이 니키의 팔을 잡아끌었다.

"여길 떠나야해! 빨리!"

38

마오리 문신의 매혹적인 세계

로렌조 샌토스는 창문도 없는 비좁은 사무실에서 오후 시간 대부분을 할애해 읽은 책을 내려놓았다. 흥미로운 사실들을 많이 알게 되었지만 정작 수사에 도움이 되는 건 별로 없었다. 그는 힘이 푹 빠지는 걸 느끼며 눈꺼풀을 문질렀다. 갈증이 일어 소다수라도 한 캔 빼먹으려고 자동판매기 앞으로 갔다.

자판기 고장, 사용불가.

설상가상이라더니만……

화가 치민 샌토스는 알림판이 걸려 있는 기계를 주먹으로 쾅 쳤다.

이놈의 나라에서는 제대로 돌아가는 게 도대체 뭐야?

샌토스는 농구공이라도 던지며 마음을 가라앉혀볼 생각으로 뒤뜰로 나갔다. 브루클린의 하늘 위로 석양이 서서히 깔리고 있었다. 그는 불그스름해진 하늘에서 뉘엇뉘엇 지는 해를 바라보았다.

샌토스는 농구공을 집어 들고 첫 번째 슛을 시도했다. 공은 림에 맞고 잠시 위에서 빙글빙글 맴을 돌다가 밖으로 떨어져내렸다.

정말이지, 오늘은 재수가 없는 날인가 봐.

수사는 답보상태였다. 과학수사대의 협조가 있었지만 수사는 조금도 진전이 없었다. 오전 시간이 끝나갈 무렵 그는 한 전문가가 핏물 튀긴 옷을 입은 채 작성한 상세보고서를 받았다. 그 전문가는 범죄현장을 적절하게 해석해 현장에서 충돌이 어떤 식으로 이루어졌는지 정확하게 재구성해냈다.

가장 먼저 숨이 끊어진 사람은 역시 드레이크 데커였다. 그의 배를 갈라 살해한 마오리 거인의 지문이 전투용 단검에서 발견되었다. 그 다음, 세바스찬 래러비가 유리조각으로 마오리를 살해했다. 니키의 지문도 사건 현장 곳곳에 묻어 있었다. 특히 마오리가 사망하기 직전에 그의 눈을 찌른 당구 큐에도 남아 있었다.

이러한 사실들은 현장에 있던 인물들의 살해동기에 대해서나 '제 3의 사나이'의 정체에 대해 아무것도 밝혀주지 못했다. 마오리의 신원은 경찰 데이터베이스에도 존재하지 않았다. 시간이 갈수록 샌토스는 마오리가 폴리네시아인이 아니라고 확신하게 되었다.

샌토스는 자신의 추리에 대한 사실 여부를 확인하기 위해 뉴욕경찰청 소속이자 제3관할경찰서에 파견돼 일하는 법인류학자 케렌 화이트에게 도움을 요청했다. 아직 그녀로부터 아무런 연락도 받지 못했다. 그는 문신이 마오리의 정체 규명을 해주는 데 중요한 역할을 해줄 거라 기대하고 직접 조사를 해보았지만 아무런 소득도 얻지 못했다.

샌토스는 공을 바스켓에 연속으로 꽂아 넣으며 조금씩 자신감을 되

찾아갔다. 수사로 인한 긴장상태에서도 차츰 벗어나고 있었다. 이전에도 그는 조깅이나 농구 등을 하며 어떤 사건 해결에 필요한 직관을 얻게 된 경우가 여러 번 있었다. 격렬하게 운동을 하다보면 어떤 요소들에 대해 새로운 관점을 찾게 되고, 완전히 동떨어진 것처럼 보이는 사실들이 명쾌하게 연결되기도 했다.

샌토스는 사건을 새로운 각도로 고찰해보려고 애를 썼다.

이 사건의 비밀을 풀 수 있는 열쇠가 마오리보다는 드레이크 데커라는 인물에게 숨어 있다면?

나는 르 부메랑의 주인에 대해 잘 안다고 자신할 수 있는가?

드레이크는 적어도 두 세대 동안 범죄에 몸 담아온 집안 출신이었다. 그의 아버지 사이리어스는 현재 리커스 아일랜드 교도소에서 무기수로 복역 중이며, 마약사범으로 경찰의 수배를 받고 있는 동생 멤피스는 5년 전부터 도피행각을 벌이고 있었다. 드레이크 역시 마약에 손을 댄 정황이 여러 곳에서 확인되었다. 드레이크의 술집은 웬만한 사람은 다 아는 도박장이었다. 그 구역 경찰들은 불법 도박에 대해 눈을 감아주었다. 드레이크가 가끔 쓸 만한 정보들을 제공해주었기 때문이다.

드레이크 데커와 래러비 커플은 어떤 연관이 있을까?

'제레미 때문일 수도……'

샌토스는 니키의 아들 제레미를 잘 알고 있었다. 제레미는 그를 전혀 좋아하지 않았고, 사람 사이는 늘 상호적인 것이었다.

샌토스는 마지막 숫을 날린 후 교차검색을 해보기로 마음먹고 사무실로 돌아왔다. 그는 컴퓨터에 두 사람의 이름을 입력시키고 경찰의 검색프로그램을 구동시켰다. 몇 초 후, 결과가 쏟아져 나왔다.

두 사람이 연결되는 지점이 한 군데 있었다. 아직 한 달도 안 된 10월 첫째 주 토요일에 있었던 일이었다. 그날 저녁, 드레이크는 르 부메랑의 고객 중 하나가 그에게 심하게 구타를 당하고 칼로 위협을 받았다고 신고하는 바람에 경찰서로 끌려왔다. 하지만 증거부족으로 곧 풀려났다.

한편 제레미는 그날 쇼핑센터에서 비디오게임기를 훔친 혐의로 경찰서에 끌려왔다. 두 개의 경찰보고서를 대조해본 결과 이날 드레이크와 제레미가 같은 감방에서 15분을 함께 지냈다는 사실을 확인할 수 있었다.

두 사람이 만난 건 그때가 처음이었을까?

샌토스는 이 15분이라는 짧은 시간에 살인사건의 매듭을 풀 비밀이 숨어 있을지도 모른다는 확신이 들었다.

그날 저녁 드레이크와 제레미 사이에서는 무슨 일이 일어났을까?

어떤 대화? 어떤 계약? 어떤 충돌?

어쨌든 대단히 중요한 무엇이 있었던 게 분명했다. 3주 뒤, 피 웅덩이 속에서 두 구의 시체가 발견된 살인사건과 그날 두 사람 사이에서 빚어졌던 일은 어떤 연관이 있는 것일까?

39

"난 더 이상 못 걷겠어. 다리가 너무 아파."

니키는 모르네 가의 보도 위에 주저앉으며 하소연했다.

세바스찬은 그녀 옆에 무릎을 꿇었다.

"아무래도 발을 삐었나봐."

니키는 발목을 문지르며 우는 소리를 했다.

세바스찬은 니키의 관절부위를 들여다보았다. 퉁퉁 부어오른 데다 푸르스름한 멍까지 잡혀 있었다.

처음 두 시간 동안은 그럭저럭 견딜만했지만 이제는 통증이 너무 심해 발을 제대로 내디딜 수조차 없었다.

"거의 다 왔으니까 힘을 내. 우선 밤을 보낼 만한 곳을 찾아봐야겠어."

"나를 어디로 끌고 가는 거야? 무슨 계획이라도 있어?"

"그럼 당신한테는 좋은 계획이 있어?"

세바스찬은 갑자기 역정이 나 그렇게 반문했다.

"아니, 없어."

"그럼 날 믿고 무조건 따라오기나 해."

세바스찬은 손을 내밀어 니키가 다시 일어설 수 있게 도와주었다. 그가 팔을 허리에 감아 니키를 부축했다. 그들은 절뚝거리며 부르동 대로까지 걸어갔다.

"아직 센 강 주변도 벗어나지 못한 거야?"

니키가 어이없어하며 물었다.

"거의 그렇다고 할 수 있지."

도로 건너편에 흰 돌로 높이 쌓아올린 강둑이 있었다.

니키는 몸을 굽혀 강둑 아래를 내려다보았다. 5백 미터도 넘는 긴 산책로가 물가를 따라 길게 이어져 있었다.

"여기가 정확히 어디쯤이야?"

"아스날 요트 항구. 생마르텡 운하와 센 강 사이에 위치한 곳이야."

"대체 여긴 어떻게 알아냈어?"

"비행기에 비치된 관광잡지에 나온 기사를 읽었어. 카미유가 응원하는 영국 프리미어리그 축구팀 이름하고 똑같아서 기억에 남게 됐지."

"여기에 요트라도 한 척 장만해 뒀어?"

"아니, 하지만 우리가 쉴 만한 요트를 한 척 찾아낼 수는 있을 거야. 당신이 불편한 몸으로 저 장벽을 기어오를 수만 있다면……."

너무나 심각한 상황이었지만 니키는 자기도 모르게 피식 웃음이 나왔다. 이런 분위기라면 아무리 어려운 일이라도 극복할 수 있을 것 같다는 자신감이 생겼다.

철책은 높이가 150센티미터쯤 돼 보였다. 안내판을 보니 밤 11시부터 아침 6시까지 일반인의 항구 접근은 금지되며, 경비원과 경비견이 밤마다 순찰을 돈다고 되어 있었다.

"경비견이 무슨 종일 것 같아? 푸들? 아니면 핏불?"

니키는 두 손으로 철책의 쪽문을 움켜쥐며 농담을 건넸다.

그런 다음 끙끙대며 쪽문을 타넘었고, 세바스찬도 뒤따라 넘어 부두로 내려섰다. 항구는 놀라울 정도로 조용했다. 백여 군데가 넘는 정박소와 더없이 호사스러운 대형요트에서부터 당장 수리가 필요한 쪽배에 이르기까지 다양한 크기의 선박들이 정박되어 있었다. 부두를 따라 배들이 빼곡히 늘어서 있는 풍경만 보자면 니키가 모델이었을 당시 방문했던 암스테르담 운하와 흡사했다.

그들은 부두를 따라 걸으며 배들을 주의 깊게 살폈다.

"자, 우리가 배를 한 척 구입하려고 부두를 찾은 건 아니잖아. 몇 시간 눈을 붙일 수 있는 장소를 찾아 나선 거니까 빨리 골라 봐야지."

"저 배, 정말 괜찮아 보이지 않아?"

"너무 호화스러운 배야. 고가의 배일수록 경보장치가 달려 있을 가능성이 높아."

"그럼 이 배는 어때?"

니키가 조그만 잘크 한 척을 가리켰다. 잘크란 네덜란드 식 거룻배를 지칭하는 말이었다. 니키가 지목한 잘크는 길이가 12미터 정도 되고, 선체가 좁다랗고, 뱃머리가 우아한 곡선으로 이루어진 배였다.

세바스찬은 배를 유심히 살펴봤다. 주위의 배들 역시 모두 비어 있었다. '배를 팝니다.'라는 알림판이 배의 유리창에 붙어 있는 게 보였다.

세바스찬은 배의 갑판으로 훌쩍 뛰어올랐다. 그런 다음 아주 자연스러운 동작으로 조타실의 나무문에 발길질을 가했다. 문은 곧 박살이 났고, 니키의 입이 딱 벌어졌다.

"당신, 평생 그런 짓만 하며 살아온 사람 같아. 이틀 전만 해도 공방에서 바이올린을 만들던 사람이란 게 믿어지지 않아."

니키가 배에 오르며 혀를 찼다.

"뭘 이 정도 가지고 그래. 난 지금 두 대륙에서 살인혐의로 수배되어 있어. 게다가 도주죄, 불법마약소지죄, 유람선 선장 폭행죄까지 더하면……."

"그래, 우린 보니와 클라이드 못지않아."

니키가 배안으로 들어서면서 빈정댔다.

조타실을 통해 두 개의 방케트(등받이가 없는 긴 쿠션의자로 주로 벽에 붙여놓는다 : 옮긴이)를 중심으로 꾸며진 살롱으로 들어갈 수 있었다. 그들이 올라 있는 잘크는 전에는 화물선이었다가 유람선으로 개조된 배였다. 실내장식은 간소했지만 거친 항해를 즐기는 바다 사나이라면 매력적으로 보일 수도 있었다. 해적 깃발, 병속에 든 미니어처 선박, 석유램프, 밧줄…….

살롱은 침구가 있는 뒤쪽 선실로 통하게 되어 있었다. 니키는 시트의 청결상태를 대강 살펴보고 나서 침대 위에 털썩 드러누웠다. 옆에서 보기에도 삔 다리가 몹시 아파보였다.

세바스찬은 침대 아래쪽에 베개 두 개를 포갠 다음 니키가 발목을 올려놓을 수 있게 도와주었다.

"잠깐 다녀올게."

배 앞쪽에 차양덧문으로 분리된 주방이 있었다. 다행히 냉장고가 작동 중이었다. 그는 두 개의 얼음판에 든 얼음을 비닐봉지에 모두 담아 선실로 돌아왔다.

"아, 차가워!"

세바스찬이 부풀어오른 상처에 얼음주머니를 갖다 대자 니키가 비명을 질렀다.

"엄살이 심하잖아. 얼음주머니를 부은 상처 부위에 대고 있어야 부기가 가라앉는단 말이야."

아닌 게 아니라 얼음이 닿자마자 통증이 조금 잦아들었다.

니키는 고통이 조금 덜어지자 가방을 집어 들고 사랑의 자물쇠를 꺼냈다.

"이 자물쇠를 좀 더 주의 깊게 살펴볼 필요가 있을 것 같아."

그 금속자물쇠는 거기에 붙여놓은 두 개의 스티커와 두 줄로 적힌 일련번호 말고는 특별한 점이 없어 보였다.

48 54 06

2 20 12

"다빈치코드 식 수수께끼라면 이제 정말 지긋지긋해!"

세바스찬이 이제 수수께끼에는 질렸다는 듯이 고개를 저었다.

"댄 브라운이 제레미를 납치한 건가?"

니키는 분위기를 풀려고 농담을 했다.

니키는 그런 여자였다. 아무리 심각한 상황이라도 유머를 사용해 분위기 반전을 꾀할 만큼 낙천적인 여자.

세바스찬은 지금 태평하게 앉아 농담이나 즐기고 있을 기분이 아니었다. 그는 그녀를 흘끔 쳐다본 다음 물었다.

"그 숫자가 전화번호일 수도 있지 않을까?"

"번호가 48로 시작하는 전화번호가 있을까? 미국이나 프랑스에서 그렇게 시작하는 전화번호는 없어."

"세상에는 미국이나 프랑스 말고도 여러 나라가 있어."

세바스찬은 말이 끝나기 무섭게 배의 객실로 나갔다. 그는 객실에 널린 잡동사니 가운데서 먼지를 뒤집어쓴 전화번호부 하나를 찾아내 선실로 돌아왔다.

"48은 국제전화를 걸 때 사용하는 폴란드의 국가번호야."

니키는 곧바로 흥분에 휩싸였다가 이내 다시 불안감에 사로잡혔다. 폴란드는 바로 니키가 태어난 나라였다.

"이 번호로 전화해볼 필요가 있겠어."

하지만 세바스찬의 휴대폰은 도둑맞았고, 니키의 휴대폰은 위치추적을 당하지 않으려고 없애버렸다.

"나에게 신용카드가 있어."

니키가 신용카드를 흔들어보였다. 그녀의 눈에는 피로한 기색이 완연했다. 세바스찬은 그녀의 이마에 손을 대보았다. 뜨끈뜨끈하게 열이 났다.

"내일 아침에 공중전화부스에서 전화해보면 알 수 있겠지. 당신은 우선 좀 쉬는 게 낫겠어."

세바스찬은 욕실을 둘러보다가 소염진통제 이부프로펜을 찾아냈다. 그는 웅얼거리는 소리를 내며 잠이 들려는 니키에게 이부프로펜 캡슐을 먹였다. 그는 침대발치에 놓인 조그만 난방기의 스위치를 올리고 조명을 끈 다음 차양덧문을 열고 조용히 방을 빠져나왔다.

텅 빈 냉장고 안에는 유통기한이 지난 요플레와 모르쉬비트 맥주 몇 병이 들어 있었다.

세바스찬은 맥주 한 병을 집어 들고 갑판으로 나왔다.

항구는 고요했다. 마치 시간을 초월한 공간 같았다. 아직도 젊은이들이 밤을 즐길 바스티유 광장에서 불과 수백 미터 떨어진 곳에 위치한 조용한 섬이라고 할까.

세바스찬은 선체에 등을 기대고 바닥에 앉았다. 두 다리를 쭉 펴고 맥주 한 모금을 마신 다음 자물쇠를 니키의 가방에 다시 넣어두었다. 가방 속에 들어 있는 담배 한 갑이 눈에 띄었다. 그는 담배 한 개비를 빼내 불을 붙여 물었다. 갑자기 호기심이 일며 니키의 지갑을 뒤져보고 싶은 생각이 들었다.

지갑에 아이들 사진이 한 장 들어 있었다. 카미유와 제레미는 이란성 쌍둥이였다. 같은 날에 태어났지만 쌍둥이라고 보기 힘들 만큼 생김새가 판이했다. 카미유는 래러비 집안 쪽을 닮았고, 제레미는 니키의 집안 쪽을 닮았다.

카미유의 얼굴은 제 엄마와 닮은 구석이 없었다. 엄마 못지않게 예쁘긴 했지만 둥근 얼굴형에 웃을 때 보조개가 파였으며 약간의 들창코에 선이 좀 더 부드러운 특징을 가지고 있었다. 그 반면 제레미는 폴란드 혈통인 제 엄마를 빼닮았다. 범접하기 어려운 느낌의 차가운 미모, 늘씬한 체격, 뻣뻣한 모발, 선이 분명한 코 그리고 맑은 눈동자……

각각 한쪽 부모만을 닮은 아이들의 외모는 나이가 들수록 점점 뚜렷해졌다. 세바스찬은 제레미를 볼 때마다 마음이 불편했었다.

세바스찬은 담배연기를 길게 뿜어내며 두 시간 전 니키가 자신에게 고백했던 말을 곱씹어 생각해보았다. 니키의 말을 전적으로 수용할 수는 없었지만 대체로 부정할 수 없는 말이었다.

'제레미를 사랑으로 대하기보다 감정에 치우쳐 대했던 건 아닐까?'

백 퍼센트 동의할 수는 없었지만 자신 있게 부정할 수도 없었다.

지난 몇 년 동안 니키 때문에 많은 상처를 받았다. 한때는 그녀에게 복수하고 싶다는 갈망에 사로잡혀 있었다. 결혼을 실패로 돌아가게 하고, 종국에는 갈라서게 만든 그녀에게 대가를 톡톡히 치르게 해주고 싶었다.

그 결과 가장 큰 상처를 입은 사람은 제레미였다. 아이들을 각자 하나씩 맡아 키우자고 고집을 부린 건 무책임한 발상이었다. 물론 이제야 잘못을 깨달은 건 아니었다. 진작 잘못된 결정이라고 생각했지만 돌이키기에는 너무 늦었다고 체념했을 뿐이었다. 결정을 번복한다는 건 자존심이 용납되지 않는 일이기도 했다. 지금껏 그는 그럴듯한 이유들을 내세워 자신의 잘못을 정당화하며 살아온 셈이었다.

세바스찬은 제레미의 사진을 달빛에 비추어 뚫어지게 쳐다보았다. 그들의 관계는 애매했다. 아버지와 아들치고는 너무나 소원하게 지내 왔고, 무수히 많은 오해들이 쌓여가는데도 풀 생각을 하지 못했다.

세바스찬은 물론 제레미를 사랑했다. 그 사랑은 따뜻한 마음과 스킨십이 결여된 사랑, 공통의식이 전혀 없는 추상적인 사랑이었다. 그렇게 된 것에 대한 책임은 대부분 그에게 있었다. 그는 한 번도 제레미를 따스한 눈길로 바라본 적이 없었다. 항상 카미유와 비교하기 일쑤였고, 두 아이가 선의의 경쟁을 펼칠 때에도 은근히 카미유를 응원한 적이 많았다.

세바스찬은 너무나 빨리 제레미를 불신의 눈으로 바라보았다. 심하게 표현하자면 내놓은 자식 취급했다. 전혀 근거 없는 생각이었지만 제레미가 언젠가 제 엄마처럼 크게 낭패를 보일 거라 여기며 불신했다.

최근에 만났을 때만 해도 그들은 아무런 공감대를 찾아내지 못했다. 세바스찬은 이따금 제레미를 데리고 미술전시회나 바이올린연주회에 갔다. 그럴 때마다 제레미가 예술 공연이나 감상에 별 관심이 없다는 걸 발견하고 속이 터질 지경이었다.

과연 아빠로서 당연히 그럴 수 있는 반응이었던가? 언제 시간을 내어 제레미가 고전음악이나 고전미술에 관심을 가질 수 있도록 가르쳐본 적이라도 있었던가?

세바스찬은 니키와 함께 제레미의 방을 뒤질 때 서가에 꽂혀 있는 '제7의 예술'과 관련된 서적들을 발견하고 내심 깜짝 놀랐다. 제레미 딴에는 아빠의 독설이 두려웠던 게 분명했다. 여태껏 제레미는 영화학교에 들어가고 싶다는 생각이나 영화감독이 되고 싶다는 생각을 단한 번도 털어놓은 적이 없었다. 제레미가 그런 태도를 보이는 건 어쩌면 당연했다. 장래 문제를 털어놓고 상의할 만큼 아빠로서 마음을 활짝 열어 보인 적이 없었으니까.

세바스찬은 저 멀리 어둠 속에서 빛나는 바스티유 광장의 중앙기둥을 바라보며 남은 맥주를 마저 다 마셨다.

이제부터라도 실수를 만회할 수 있을까? 꽉 막힌 대화의 물꼬를 트는 게 가능할까?

노력한다면 아직은 가능하리라. 그들이 오랜 불신을 깨고 화해하려면 일단 제레미를 찾아내는 게 급선무였다.

세바스찬은 새 담배에 불을 붙여 물고 폴란드에 전화를 걸어보기로 결심했다. 제레미의 행방을 알아내는 일이라면 내일까지 미루지 않을 생각이었다. 그는 니키가 곤하게 잠든 걸 확인한 다음, 자물쇠를 꺼내 호주머니에 집어넣었다.

그런 다음, 배에서 훌쩍 뛰어 부두로 올라섰다.

40

파리에 아직 공중전화부스가 남아 있을까?

세바스찬은 항구를 굽어보는 대로를 따라 올라가면서 파리에 아직 공중전화부스가 남아 있을지 걱정이었다.

세바스찬은 얼마간 걷다가 알루미늄과 유리 소재로 된 공중전화부스 특유의 형체를 발견하고는 좋아했지만 기쁨은 그리 오래 가지 않았다. 가까이 다가가서 보니 부스는 형편없이 훼손되었고, 전화기는 어디론가 뜯겨나가고 없었다.

바스티유 광장에 도착해 공중전화부스가 있는지 둘러보았지만 거기서 오래 꾸물거릴 수가 없었다. 오페라 극장 앞에 경찰차 두 대가 서 있었기 때문이다.

포부르–생–탕투완 거리의 초입에도 공중전화부스가 있었지만 역시 사용불가 상태였다. 공중전화부스 안에 진을 친 노숙자가 골판지를 깔고, 모포를 뒤집어쓴 채 곯아떨어져 있었다.

세바스찬은 전철역 방향으로 걸어가며 탐색을 계속했다. 르드뤼—롤렝 전철역 바로 앞에서 그는 마침내 멀쩡한 전화기 한 대를 발견했다. 그는 니키의 은행카드를 삽입한 다음 열쇠에 새겨진 숫자를 눌렀다.

48 54 06 2 20 12

'안녕하십니까, 프랑스텔레콤입니다. 지금 요청하신 번호는 존재하지 않는 전화번호이니 다시 한 번 확인하시기 바랍니다.'

세바스찬은 잠시 생각에 잠겼다가 부스 안에 게시된 안내문을 읽어보았다. 외국에 전화를 걸려면 먼저 00을 누르고, 그 다음에 국가번호를 눌러야 한다고 돼 있었다. 그는 다시 한 번 번호를 입력하고 통화를 시도했다.

00 48 54 06 2 20 12

'안녕하십니까, 프랑스텔레콤입니다. 지금 요청하신 번호는 존재하지 않는 전화번호이니 다시 한 번 확인하시기 바랍니다.'

세바스찬은 애초 길을 잘못 들었던 것이다. 48이 폴란드의 국가번호라 생각했지만 사실은 전화번호가 아니었다.

세바스찬은 전화기 틈새에서 카드를 빼내면서 카미유에게 전화를 걸어보고 싶은 유혹을 느꼈다. 파리 시간으로 밤 1시니까, 미국 동부 시간으로는 저녁 7시쯤일 것이다.

세바스찬은 잠시 망설였다.

지금쯤 드레이크와 마오리 살해범으로 공개수배령이 내려졌을 게 분명했다. 그렇다면 카미유의 휴대폰도 도청당할 가능성이 컸다. 어머니의 전화번호라면 상대적으로 안전할 듯했다.

뉴욕 경찰은 그가 프랑스에 와 있다는 사실을 이미 알고 있었다. 프랑스 경찰이 이 공중전화부스의 위치를 정확하게 알아낼 수 있을까?

그가 방금 신용카드를 사용했기 때문에 어쩌면 알아낼 수 있을지도 몰랐다. 일단 모험을 해보기로 마음먹었다. 세바스찬은 햄프턴에 사는 어머니의 전화번호를 눌렀다. 두 번째 신호음이 갔을 때 어머니가 전화를 받았다.

"세바스찬, 너 지금 어디니? 오늘 오후에 경찰이 찾아와서……."

"걱정하지 말아요, 엄마. 저는 결백해요."

"어떻게 걱정이 안 되겠니? 경찰 말로는 네가 두 사람이나 살해하고 도망쳤다던데 정말 결백한 거니?"

"설명하려면 복잡하지만 저는 잘못이 없어요."

"분명 니키 때문에 그런 일이 생긴 거야. 난 여태껏 니키를 좋아해본 적이 없어. 니키가 이번에도 널 몹쓸 일에 끌어들인 게 분명해."

"엄마, 니키 잘못이 아니에요. 이제 그 이야기는 다음 기회에 다시 하기로 해요."

"카미유는 어디 있니? 경찰이 카미유의 행방을 묻고 다니더라."

그 순간 세바스찬은 오싹한 한기가 등골을 타고 내려오는 걸 느꼈다.

"카미유가 엄마 집에 오지 않았어요? 어제 오후에 엄마 집에 가 있으라고 기차를 태워 보냈는데요?"

세바스찬은 떨어지지 않는 턱을 간신히 움직여 그렇게 물었다.

심장이 쿵쾅거리며 뛰었고, 숨통이 꽉 죄어왔다. 어머니의 대답은 들으나 마나 뻔했다.

"카미유는 여기에 오지 않았어. 최근에는 얼굴을 본 적도 없는데 무슨 소리니?"

제 3 부
파리의 비밀

이제 그는 알게 되었다. 시간은 아무것도 치유해
주지 못한다는 사실을……. 시간은 자신의 과오
가 무엇이었는지 알게 해주는 창문일 뿐이다. 왜
냐하면 지난날의 일 중에서 오직 과오만이 또렷
이 기억되므로.

-R. J. 엘로리, 《벤데타》

41

아침 7시

날씨가 다시 쌀쌀해졌다.

릴라 가와 무자이아 가가 맞닿는 길모퉁이에 위치한 자그마한 바는 방금 전에 셔터를 올렸다. 테이블 위에는 아직 바닥청소를 하기 위해 올려놓은 의자들이 그대로 올려진 채였고, 커피추출기는 아직 잠을 덜 깬 듯 작동이 되지 않는 상태였고, 난방장치만이 홀을 훈기로 가득 채우느라 끙끙댔다.

토니는 입이 찢어져라 몰려오는 하품을 억누르며 세상에서 가장 아침잠이 없는 손님에게 아침식사를 가져다주었다.

"식사 나왔습니다, 경감님."

벽에 붙은 긴 쿠션의자에 앉아 노트북을 펼친 콩스탕스는 고개를 까딱해 감사를 표했다.

콩스탕스는 언 몸을 녹이려고 뜨거운 커피 잔 언저리에 손가락을 올려놓았다. 실패로 끝난 어젯밤의 체포 작전 때문에 단단히 화가 난 그녀는 끊임없이 지지직거리는 무전기를 켜놓은 채 래러비 커플에 대한 자료를 펼쳐놓고 밤을 꼬박 새웠다.

미국인 커플을 추적할 수 있게 해줄 단서를 찾아내기 위해 밤새 여러 가지 자료를 샅샅이 검토했다. 결국 아무런 단서도 찾아내지 못했다. 동료 경관들 역시 마찬가지였다. 각 경찰서에 래러비 커플의 인상착의를 담은 전단지를 배포했지만 그들의 자취는 어디에서도 발견되지 않았다.

소르비에 총경은 새벽부터 전화를 걸어와 한바탕 호통을 쳤다. 콩스탕스는 상관의 질책을 묵묵히 받아들였다. 몸이 아프다는 건 변명이 될 수 없었다. 어젯밤, 그녀가 저지른 실수는 용서할 수 없는 과오였다. 지나친 자신감에 사로잡혀 도주자들을 과소평가하는 실수를 저지른 것이다.

경감이 되자마자 이 무슨 어처구니없는 실수람?

래러비 커플에게 운이 많이 따른 게 사실이었지만 기민하게 대처하지 못했던 게 생각할수록 아쉬웠다.

콩스탕스는 BNRF(대수배범국립수사대)를 구성하고 있는 몇 안 되는 수사관들 중에서 유일한 여경이었다. 수배중인 범죄자를 체포하는 일을 주 업무로 한다는 점에서 종종 미국의 US마샬(연방보안관)과 비교되곤 하지만 유럽에서는 거의 유일한 정예팀이었다.

사법경찰 출신인 콩스탕스는 원래 명성이 자자한 민완수사관이었다. 이 부서에 성공적으로 편입하기 위해 몇 년 동안 치열하게 일했다. 일은 그녀가 살아가야 할 이유였다. 그녀는 중형을 선고받고 수감돼 있다 극적으로 탈출에 성공해 유명해진 수배범들을 검거하는 데 여러 차례 결정적인 역할을 해냈다. 그녀가 잡아들인 수배범들은 대부분 프랑스인이었지만 국제체포영장이 발부된 외국인들도 간혹 있었다.

콩스탕스는 커피를 들이켜고 나서 크루아상을 한 입 덥석 베어 물고는 다시 일에 열중했다. 그녀는 비록 첫 세트는 패했지만 다음 세트는 반드시 이기겠다고 단단히 벼르고 있는 중이었다.

콩스탕스는 인터넷 검색창을 통해 몇 가지 흥미로운 정보들을 입수했다. 인터넷에 세바스찬 래러비에 대한 자료가 제법 많았다. 그는 현악기를 만드는 사람들 중 최고의 장인으로 평가받고 있었다.

콩스탕스는 2년 전 《뉴욕타임스》가 세바스찬에 대해 쓴 인물기사에 접속했다. 기사의 제목은 '황금 손의 사나이'였다. 비범한 귀와 탁월한 노하우를 가진 이 시대 최고의 현악기장인 세바스찬 래러비가 만든 바이올린들이 블라인드테스트에서 스트라디바리우스를 여러 차례 꺾었다는 내용이 들어 있었다. 현악기제조와 관련된 이색적인 역사, 바이올리니스트들과 악기 사이의 열정적인 관계를 다룬 이야기도 자못 흥미로웠다.

《뉴욕타임스》기사에는 몇 장의 사진도 함께 실려 있었다. 현악기공방에서 바이올린 제조에 심혈을 기울이는 세바스찬 래러비의 사진들이었다. 최고의 현악기제조 장인다운 포스가 드러나는 그 사진들과 브루클린의 술집에서 마약딜러를 살해하고 도망친 사람이 동일인물이라는 사실이 쉽사리 납득되지 않았다.

콩스탕스는 하품을 참아가며 가벼운 스트레칭으로 몸을 풀었다. 치열하게 수사에 매진하느라 몸의 마비 증세를 돌볼 겨를이 없었다. 그나마 다행히 지금까지는 마비 증세 때문에 곤란을 겪지 않았다.

콩스탕스는 좀 더 집중력을 높이기 위해 눈을 감았다.

세바스찬 래러비 커플은 지난밤 어디에서 머물렀을까?

경찰에 쫓기는 형편에 호텔이나 유람선에 투숙한다는 건 상상할 수도 없는 일이었다. 도주범이 아무리 기발하게 머리를 써도 언젠가는 잡히게 되어 있었다. 돈이 바닥나고 사람들과 접촉할 통로가 완전히 차단될 경우 도주범은 심리적으로 큰 압박을 받을 수밖에 없었다. 그 순간부터 도피생활은 지옥이 된다. 도피경험이 많은 범죄자라면 모를까, 초범인 경우 한순간도 견디기 어려울 것이다. 매순간이 참기 힘든 고통의 연속일 테니까.

다른 때 같았으면 걱정할 일도 없었다. 촘촘한 그물망을 쳐두고 도주범이 스스로 걸려들길 기다리는 것만으로도 충분했다. 현상수배범들을 추적할 때 경찰을 돕는 최고의 동맹군은 시간이었다. 지금은 시간이 없다는 게 문제였다. 오늘이 가기 전에 래러비 커플을 체포해야 하는 이유가 바로 거기에 있었다.

BNRF(대수배범국립수사대)는 경찰과 군에 다각적인 협조를 요청했다. 그 결과 감청, 미행, 수사와 관련된 제반 정보에 쉽게 접근할 수 있게 되었지만 국제적인 사건은 다루기가 훨씬 더 까다로운 게 사실이었다. 범죄발생국에서 보내오는 정보는 단편적인 경우가 많았고, 양적으로도 감질날 만큼 적었다.

뉴욕 현지 수사는 제87관할경찰서의 로렌조 샌토스 경위가 담당하고 있었다. 콩스탕스는 손목시계를 들여다보았다. 뉴욕 시간으로 새벽 2시였다. 샌토스에게 전화를 걸기에는 너무 늦은 시간이었다. 그래도 혹시⋯⋯.

"네, 샌토스입니다."

굵직한 목소리가 전화를 받았다.

콩스탕스가 소속을 밝히기 무섭게 뉴욕경찰은 수사진행이 어떻게 되고 있는지부터 물어왔다. 보아하니 샌토스 경위도 그녀와 비슷한 부류였다. 오로지 일에 죽고 일에 사는 경찰⋯⋯.

아직 래러비 커플을 체포하지 못했다고 하자 샌토스 경위는 무척이나 상심한 듯 수사상황에 대해 여러 가지 질문을 했다.

콩스탕스는 수사방향을 설명하고 적극적인 협조를 의뢰했다. 일단 세바스찬 래러비의 최근 전화사용내역과 계좌사용내역을 알고 싶다고 했다.

"그런 자료라면 제가 곧바로 확인해드릴 수 있습니다."

샌토스가 대답했다.

"저에게 시급히 필요한 자료이니 한시바삐 보내주시면 감사하겠습니다."

콩스탕스는 그에게 이메일주소를 불러주었다.

콩스탕스가 크루아상을 먹고 나서 커피를 한 잔 더 주문하려는데, 새 전자메일이 도착했다는 경쾌한 벨소리가 울렸다.

콩스탕스는 꾸물댈 시간이 없었다.

"토니, 여기에 프린터 있어?"

콩스탕스는 데이터를 전송받으면서 소리쳐 물었다.

42

"니키, 어서 일어나!"

"음……."

"그만큼 잤으면 됐어. 빨리 여길 떠나야 해."

세바스찬은 선실에 햇빛이 들이비치는 걸 차단해주는 미닫이 식 현창 중 하나를 밀어 올렸다.

"부두에 사람들이 점점 많아지고 있어."

세바스찬은 계속해서 니키가 일어나길 재촉했다.

"자, 내가 당신이 갈아입을 옷을 구해왔어."

겨우 잠자리를 털고 일어선 니키가 다친 발이 어떤지 확인해보기 위해 몇 걸음 내딛어보았다.

"좀 나아졌어?"

세바스찬이 걱정스럽게 물었다.

니키는 고개를 끄덕였지만 여전히 발목 통증이 완전히 가시지는 않았다. 어젯밤보다는 그럭저럭 견딜만했다.

"이런 옷들은 어디서 구해왔어?"

니키는 잘 개어서 의자 위에 포개놓은 옷가지를 발견하고 물었다.

"어떤 배에서 슬쩍했어. 제발 부탁인데 사이즈가 안 맞는다느니 색깔이 마음에 안 든다느니 불평하지 말아줘."

니키는 진청색 청바지와 터틀넥 스웨터를 입고 운동화를 신었다. 정말 어느 것 한 가지 맘에 들지 않았다. 그녀는 군소리를 하지 않으려고 애썼지만 결국 참지 못하고 한 마디 내뱉었다.

"내 몸에 맞는 옷이 77사이즈로 보여?"

"선택의 여지가 없었어. 내가 몽테뉴 가(샹젤리제 거리 근처에 있는 가로수길로 크리스찬 디오르, 구찌, 샤넬, 니나리치 같은 세계적 명품브랜드 매장들이 집중되어 있는 패션 거리 : 옮긴이)를 들렀다 오지 못해서 정말 미안해."

세바스찬은 니키의 손을 낚아채 거룻배 밖으로 끌고나왔다. 공기는 건조하고 쌀쌀했다. 하늘은 짙푸른 색이었다.

"팔을 세게 잡아당기지 좀 마!"

"한시바삐 여기에서 벗어나야 해. 어젯밤에 내가 당신 은행카드를 전화하는 데 썼어. 경찰이 내 통화내용을 탐지했을 수도 있어."

세바스찬은 포부르-생-탕투완 가를 걸으면서 간밤에 새롭게 알게 된 내용에 대해 이야기했다. 폴란드에 전화한 건 헛짓이었다는 것, 카미유가 할머니 집에 가지 않았다는 것……

카미유가 행방불명되었다는 말에 니키는 크게 쇼크를 받아 눈이 휘둥그레졌다. 공황상태에 빠진 그녀는 숨도 제대로 쉬지 못하고 보도 한복판에서 몸이 돌처럼 굳어버렸다. 한쪽 팔이 뻣뻣해졌고, 손이 펴지지 않고 오그라들었다. 이마에 솟은 식은땀이 목덜미를 타고 주르륵 흘러내렸다. 돌덩이를 올려놓은 것처럼 가슴이 답답해진 그녀는 컥 소리와 함께 질식하기 직전의 상태가 되었다.

"니키, 여기서 이러면 안 돼. 니키, 제발 진정하란 말이야."

세바스찬이 애원하듯 말했다.

니키가 몸의 경련과 함께 다시 컥 소리를 내더니 몸을 비척거리며 거리 한가운데서 쓰러지려 했다. 가까스로 니키를 부축한 세바스찬은 마지막 카드를 꺼내놓았다.

세바스찬은 니키의 양 어깨를 꽉 붙잡았다.

"니키, 나를 봐! 드디어 자물쇠의 숫자가 뭘 의미하는지 알아냈어."

43

　니키는 일단 원기를 회복하는 게 급했다. 그들은 발각의 위험을 무릅쓰고 비에이유-뒤-탕플 거리의 한 카페로 들어가 자리에 앉았다. 마레 지구 한복판에 위치한 그 카페는 이른 아침부터 사람들로 북적였다.

　세바스찬은 니키의 지갑에 든 동전을 세어보았다. 어제 저녁에 가르뒤노르 역에서 50달러를 환전했는데 알마 다리까지 택시를 타느라다 써버렸다. 주머니를 탈탈 털어 나온 돈이라고는 고작 6유로가 전부였다. 카페오레 한 잔과 버터 바른 타르틴 한 조각을 주문하면 딱 맞을 돈이었다.

　"혹시 필기구 가진 것 있어?"

　가방을 뒤진 니키는 섬세한 나전조각으로 상감 장식된 날렵한 디자인의 만년필 하나를 찾아냈다. 세바스찬은 그 만년필이 과거에 자신이 준 선물이라는 걸 알아차렸지만 아무 말도 하지 않았다.

　세바스찬은 종이 테이블보 위에 문제의 숫자들을 자물쇠에 적힌 대로 두 줄로 적어나갔다.

　48 54 06
　2 20 12

　"왜 내가 이걸 좀 더 일찍 파악하지 못했을까?"
　세바스찬이 고개를 절레절레 저으며 말했다.
　"생각해볼 것도 없이 빤한 거였는데……."
　"뭐가 빤하다는 거야?"
　"도, 분, 초……."
　세바스찬은 한 자 한 자 또박또박 발음했다.
　"이제 변죽은 그만 울리고 숫자의 의미가 뭔지 설명해봐."
　"이 숫자는 60진법으로 표현된 지리 좌표야."
　"대학교수를 흉내 내는 게 그렇게 재미있어? 뭐 그리 어렵게 말해. 좀 더 알기 쉽게 이야기해 봐."
　"……다시 말해서 위도와 경도란 말이야."
　세바스찬은 이미 써놓은 숫자 앞에 몇 글자를 보충해 넣으며 설명을 마쳤다.

　위도 : N 48 54 06
　경도 : E 2 20 12

니키는 그제야 무슨 뜻인지 이해했고, 그 다음에 당연히 따르는 질문을 했다.

"이 좌표에 해당되는 곳이 어딘데?"

"그거야 나도 모르지."

갑자기 자신감을 잃은 세바스찬이 착 가라앉은 목소리로 말했다.

"이 좌표를 GPS장치에 넣어보면 어느 지역인지 알 수 있을 거야."

니키가 몇 초 동안 침묵하다가 말했다.

"차를 한 대 훔칠 수 있는 방법이 없을까?"

세바스찬이 어깨를 으쓱하자 니키가 다시 말했다.

"이 상황에서는 어쩔 수 없잖아."

그들은 카페오레를 마지막 한 방울까지 쭉 들이켜고 나서 자리에서 일어났다.

바에서 나가려고 홀을 가로지르고 있는데, 빈 테이블 위에 어떤 손님이 놓아두고 간 일간지 한 부가 놓여 있었다. 일간지 제1면에 나온 사진이 세바스찬의 눈길을 끌었다. 《르 파리지앵》의 제1면에 대문짝만하게 실려 있는 사진의 주인공은 바로 그 자신이었다. 아마추어 비디오영상예술가가 센 강 유람선에서 벌어진 납치 장면을 촬영한 사진…….

세바스찬은 사진 속 괴한의 모습을 황당한 표정으로 뚫어지게 쳐다보았다. 칼을 들고 선장을 위협하고 있는 사람은 의심할 여지없이 그자신이었다. 기사 내용이 그 사실을 구체적으로 증명해주었다.

센 강에 몰아닥친 공포의 순간!

어제 저녁, 센 강 유람선에서 200여 명의 여행객들이 탑승한 가운데 열린 낭만적인 디너파티는 한 미국인 수배범 커플이 선장을 인질로 삼고 탈출극을 벌이면서 단숨에 악몽으로 변했다.

"누가 알아? 언젠가 우리가 이 일을 두고 추억을 이야기하게 될지."

니키가 속삭였다.

"그렇게 되기까지는 꽤 오랜 시간이 걸리겠지. 이제 우리가 찾아야 할 아이는 두 명으로 늘어났어."

그들은 리볼리 가의 보도를 따라 시청 광장 쪽으로 걸었다.

"좋아, 그럼 자동차 절도는 내가 지휘할게."

니키가 불쑥 선언하듯 말했다.

"당신이 자동차절도 전문가였어?"

"아니, 나도 《르 파리지앵》 제1면에 사진이 실리고 싶어졌어."

그들은 제4구 구청 건물로 이어지는 횡단보도 앞에 섰다. 신호등이 여러 번 바뀌었지만 건너지 않았다.

니키는 완벽한 먹잇감을 노리고 있었다. 이제 막 머릿속으로 상상 해보았던 대상자가 나타났다. 최신모델인 독일제 세단의 핸들을 잡고 있는 운전자는 코트 차림에 머리가 약간 벗겨진 오십대 남자였다.

"내가 처리할 테니까 당신은 가만히 지켜보고 있다가 때가 되면 즉 시 뛰어들 준비를 하고 있어."

신호등이 빨간불로 바뀌었다. 니키는 징 박힌 횡단보도를 건들거리 며 몇 걸음 나아가다가 갑자기 독일제 세단의 운전자 쪽으로 몸을 휙 돌렸다. 그녀의 예쁜 얼굴에서 환하게 빛이 났다.

"헬로!"

니키는 운전자를 향해 손을 들어올리며 미소를 보냈다.

운전자는 눈썹을 살짝 찌푸리며 니키가 인사한 사람이 자신인지 확인하려고 라디오를 끄고 그녀를 쳐다보았다.

니키는 남자 쪽으로 다가가 차문 옆에 섰다.

"I didn't expect to run into you here!(자길 여기서 만나다니 웬일이야!)"

니키는 그의 눈을 똑바로 쳐다보며 말했다.

운전자는 분명 니키가 자신을 다른 사람으로 착각한 거라 확신하며 차문을 내렸다.

"I think you have mistaken me for someone else?(날 다른 사람으로 착각하신 것 같은데요?)"

"Oh, don't be silly! You mean you don't remember me?(지금 농담이지? 뭐야? 날 기억하지 못한다고?)"

신호등이 녹색으로 바뀌었다.

운전자는 쉽게 차를 출발시키지 못하고 머뭇거렸다. 뒤쪽 차들이 연이어 클랙슨을 울려댔다. 그는 자신을 꽃미남이라도 되듯 쳐다보는 여자의 얼굴에서 눈을 뗄 수 없었다.

미모의 여자로부터 은근한 시선을 받아본 지가 대체 얼마만이던가?

세바스찬은 그 광경을 멀찍이서 지켜보았다. 그는 니키가 이런 방면의 재능이 특출하다는 걸 잘 알고 있었다. 어디에서든 '짠' 하고 나타나 걸어가기만 하면 모든 사람이 그녀를 쳐다보느라 여념이 없었다.

니키의 완벽한 자태는 여자들에게는 질투의 대상이었지만 남자들의 마음을 녹이는 데는 그만이었다. 특별한 말이나 행동이 필요하지 않았다. 보일 듯 말 듯 미세한 움직임, 몇 번의 매혹적인 눈짓만으로도 남자들에게 쉽게 정복할 수 있으리라는 희망을 심어주었다.

"잠깐만 기다려요. 내가 저쪽에 차를 세워두고 올 테니까."

운전자가 마침내 마음을 정한 듯 말했다.

니키는 그에게 은근한 미소를 던지고 나서 자동차 앞으로 나가자마자 세바스찬에게 '자, 이제부터는 당신 차례야.' 라고 말하듯 신호를 보냈다.

이거야 정말 말이 쉽지…….

세바스찬은 마음속으로 구시렁거리며 보두아에 광장의 포석 깔린 공간에 방금 주차해놓은 세단을 향해 걸어갔다. 차에서 내린 남자가 차키를 클릭해 차문을 잠갔다.

세바스찬은 그 순간을 놓치지 않고 남자를 거세게 밀쳐 쓰러뜨렸다.

"미안하지만 차를 좀 빌려야겠습니다."

세바스찬은 몸을 굽혀 차키를 주우며 말했다.

도어 록을 연 그는 니키가 운전석에 앉을 수 있게 해주었다.

"빨리 타!"

니키가 소리쳤다.

세바스찬은 혹시 너무 세게 떠민 건 아닌지 불안해하며 그 자리에 우두커니 서 있었다. 그 불쌍한 남자는 좋지 않은 때 좋지 않은 장소에서 마주친 죄밖에 없지 않은가?

"죄송하지만 차를 잠깐 빌려가겠습니다."

세바스찬은 자신이 남자를 죽이지 않은 걸 확인하고는 다시 한 번 사과했다.

"긴급히 차를 써야 할 데가 있어서요. 아무 이상 없게……."

"꾸물대지 말고 어서 타라니까!"

니키가 고래고래 악을 써댔다.

세바스찬이 차문을 열고 조수석에 엉덩이를 걸치기도 전에 니키는 액셀러레이터를 밟고 데자르시브 가로 돌아나가고 있었다.

차가 4구를 가로지르고 있는 동안 세바스찬은 GPS내비게이션을 켰다. 기기의 사용법을 재빨리 파악한 그는 자물쇠에 새겨진 좌표를 입력했다.

위도 : N 48 54 06
경도 : E 2 20 12

그러고 나서 60진법시스템을 GPS시스템으로 전환했다.

제발 내 생각이 틀리지 않았기를……

GPS프로그램이 데이터를 분석하는 동안 세바스찬은 마음속으로 간절히 바랐다. 니키도 도로를 주시하면서 연신 내비게이션 화면에 눈길을 주었다. 얼마 안 있어 목적지 표시가 깜빡이기 시작하더니 곧이어 주소가 나타났다.

생투앙 시, 레퀴이에 가, 34-2번지.

그들은 갑자기 흥분에 휩싸였다. 여기서 불과 6킬로미터밖에 떨어져 있지 않은 곳이었다.

니키는 레퓌블리크 광장을 벗어나며 액셀을 더욱 세게 밟았다.

그들은 또 어떤 위험을 향해 달려가고 있는 것일까?

44

"토니, 여기 더블에스프레소 한 잔 더!"

콩스탕스가 외쳤다.

"경감님, 벌써 커피를 세 잔이나 마셨잖아요?"

"내가 커피를 많이 마신다고 해서 당신이 불평할 이유는 없잖아? 나 혼자 이 집 매상의 반을 올려주고 있으니 고맙다고 해야지."

"뭐 그렇긴 하죠."

"설탕 뿌린 브리오슈도 한 개 가져다 줘."

"죄송하지만 지금은 크루아상밖에 없는데요?"

"이 집 크루아상은 눅눅해서 못 먹겠어. 자, 그러니까 빨리 그놈의 손가락을 똥구멍에서('손가락을 똥구멍에서 빼다'는 '뭉개고 앉아 있지 않고 움직이다'라는 뜻의 비어적인 표현 : 옮긴이) 빼란 말이야."

"오케이, 알았어요. 아무리 그렇더라도 상스런 말까지 사용할 필요는 없잖아요. 자, 제가 빵집에 달려가 브리오슈를 사오도록 하죠."

"가는 김에 건포도빵도 한 개 가져다줘. 신문도 한 부 사오고."

토니는 한숨을 쉬며 재킷을 걸치고 헌팅캡을 썼다.

"더 필요한 게 없으십니까, 후작 부인?"

"이 집 난방을 좀 더 올릴 수 없어? 여기 앉아 있다가는 얼어 죽기 십상이겠어."

토니가 분부대로 거행하고 있을 때 콩스탕스는 노트북을 팔에 끼고 카운터 뒤로 자리를 옮겼다.

"그 동안에 내가 가게를 봐줄게."

"손님들이 몰려들어도 혼자 해낼 수 있겠어요?"

토니가 미심쩍은 얼굴로 물었다.

콩스탕스는 화면에서 눈을 떼고 홀을 한 번 쭉 둘러보았다.

"이 카페에 손님이 그렇게 많이 몰려들 것 같지는 않은데?"

토니는 잔뜩 골이 나 입을 삐죽 내밀더니 자리를 박차고 나가버렸다.

혼자 남은 콩스탕스는 라디오 다이얼을 24시간 뉴스를 내보내는 〈프랑스엥포〉에 맞췄다. 요약 뉴스 끝부분에 여자아나운서는 전날 저녁 파리 크루즈 사 유람선에서 발생한 인질납치기도에 대해 짤막하게 언급했다.

"경찰은 매우 위험한 인물들로 보이는 두 수배범을 체포하기 위해 활발하게 수사를 펼치고 있습니다."

정말이지 콩스탕스는 매우 활발하게 움직이고 있었다. 그녀는 로렌조 샌토스가 보내준 자료들을 프린터로 인쇄했다. 그런 다음, 형광펜과 만년필로 래러비의 전화통화와 자금이동 건 중에서 수상쩍은 것들을 체크한 다음 아래에 메모를 달았다.

그 결과, 그랑 토텔 들라 뷔트 호텔 여사장의 말이 사실이었다는 걸 확인할 수 있었다. 세바스찬 래러비는 분명 일주일 전에 그 호텔 스위트룸을 예약한 걸로 되어 있었다.

숙박비를 입금한 사람도 래러비였을까?

신용카드를 훔치기만 하면 그 누구라도 다른 사람 신용카드로 예약하고 입금할 수 있었다.

콩스탕스는 니키의 통화내역서와 계좌명세서도 보고 싶었지만 샌토스가 보내준 자료는 모두 세바스찬에 관한 것이었다. 현재 발부돼 있는 체포영장도 세바스찬에게만 해당되었다.

콩스탕스는 커피가 식기 전에 마시려고 찻잔을 입으로 가져갔다가 별안간 다시 내려놓았다. 세바스찬의 계좌명세서가 그녀의 시선을 끌었다. 지난주 페이팔을 통해 자금이체가 되었다. 2,500유로가 세바스찬의 계좌로 들어왔다.

콩스탕스는 자료들을 넘기며 자세히 훑어보았다. 샌토스란 친구가 일을 제대로 해놓았다는 걸 알 수 있었다. 거래번호로 돈을 지불한 은행까지 추적해 놓았다. BNP(파리국립은행 Banque Nationale de Paris의 약자 : 옮긴이) 생투앙지점은 그들의 고객을 대리해 세바스찬에게 문제의 금액을 입금해주었다. 그 고객은 바로 〈유령과 천사들〉이라는 이름의 서점이었다.

콩스탕스는 구글 지도에 서점의 이름을 쳤다. 그 서점은 생투앙 시 레퀴이에 가 34-2번지에 위치해 있었으며, 희귀본과 중고본 재판매를 전문으로 하는 서점이라고 되어 있었다.

콩스탕스는 노트북 덮개를 닫고 늘어놓은 자료들을 모두 모아 숄더백에 넣은 다음 카페를 나왔다.

설탕 뿌린 브리오슈에게는 좀 미안한 일이었지만……

45

　세단이 맛이 간 모습을 보이기 시작한 건 클리냥쿠르 시문 근처에
서였다. 니키와 세바스찬이 마레쇼 대로에 들어서고 있을 때 갑자기
자동차의 깜박등이 작동하기 시작했다.

　니키가 꺼보려고 했으나 허사였다.

　"요즘 독일 차는 품질이 예전 같지 않다니까."

　마음이 급한 니키는 액셀을 밟아 외곽순환도로 고가도로 아래로 돌
진한 다음 생투앙 거리가 시작되는 교차로로 다시 튀어나왔다.

　이제 그들은 벼룩시장 남쪽 지역을 달리고 있었지만 중고품애호가
들의 천국인 그 지역은 주말에만 활기를 띠는 곳이었다. 게다가 지금
은 이른 아침이라 헌옷과 중고가구가 가득한 창고 겸 가게들 중에서
문이 열린 곳은 한 군데도 없었다.

　니키는 눈으로 내비게이션을 참고해가며 외곽순환도로를 따라 이

어지는 파브르 가로 접어들었다.

이건 또 뭐람?

자동차가 그라피티 낙서로 뒤덮인 중고가게들의 새시 문들 앞을 지나고 있는데, 갑자기 자동경보장치가 삑삑거리며 울어대기 시작했다.

"도대체 무슨 일이지?"

니키가 불안스럽게 물었다.

"이 차에는 트래커라는 장치가 있을 거야. 내 재규어에도 비슷한 보호시스템이 장착돼 있어. 차를 도난당할 경우 무선발신기를 사용해 원격으로 클랙슨과 경보장치를 작동시킬 수 있어."

"뭘 그런 걸 다 달아놓았담? 이런 젠장! 사람들이 모두들 쳐다보잖아."

"쳐다보는 게 문제가 아냐. 차가 계속 삑삑대면 경찰이 몰려들 게 뻔해."

니키가 별안간 브레이크를 밟더니 미련 없이 보도로 뛰어내렸다. 그들은 계속 삑삑대는 자동차를 버려두고, 1킬로미터 가까운 거리를 걸은 끝에 레퀴이에 가에 도착했다.

그들은 34-2번지가 서점이라는 사실에 적이 놀랐다. 알고 보니 〈유령과 천사들〉은 미국의 한 고서점의 파리지사였다. 세바스찬과 니키는 경계심과 호기심이 뒤섞인 심정으로 서점 문을 열었다.

입구를 넘어서자마자 고서 특유의 냄새가 한순간에 그들을 다른 시대로 옮겨놓았다. '잃어버린 세대'와 비트제너레이션의 시대 말이다. 거리에서 보자면 구멍가게처럼 작아보였지만 안으로 들어와 보니 높다란 서가들이 수십 미터나 뻗어 있는 훌륭한 도서관이었다.

사방 벽이 온통 책들뿐이었다. 크기도 다양한 수만 권의 책들이 일이 층 벽들을 완전히 뒤덮다시피 하고 있었다. 책들은 나무서가들을 꽉 채우고도 모자라 천장까지 닿을 만큼 쌓아두거나 진열대 가득 전시해놓기도 했다. 책이 서점 안의 모든 공간을 한 치의 틈도 없이 가득 채우고 있다고 해도 무방했다.

향료 빵과 계피, 차의 향기가 공기 중에 그윽하게 떠다녔다. 실내의 적막을 흐트러뜨리는 건 희미하게 들려오는 재즈가락뿐이었다.

세바스찬은 서가를 둘러보았다. 어니스트 헤밍웨이, 스코트 피츠제럴드, 잭 케루악, 앨런 긴즈버그, 윌리엄 버로스도 있었고, 디킨스, 도스토예프스키, 바르가스 요사의 책도 있었다.

책을 분류해놓은 방식에 어떤 메커니즘이 적용되어 있을까? 아니면 혼돈의 법칙을 적용해 무작위로 쌓아둔 것일까?

어쨌든 서점에서는 영혼의 속삭임이 느껴졌다. 마치 래러비 가의 현악기공방에 와 있는 것 같은 느낌이었다. 마음을 경건하게 만드는 정숙한 분위기……. 시간이 정지된 느낌, 세상의 위험이 닿지 않는 곳에 와 있는 듯한 느낌이 들었다. 래러비 가의 현악기공방이 주는 느낌과 조금도 다르지 않았다.

"누구 없어요?"

니키가 앞으로 나아가며 물었다.

일층 안쪽의 한 공간은 신기한 물건들을 모아놓은 '호기심의 방'이었다. 러브크래프트, 애드가 앨런 포 혹은 코난 도일의 분위기를 자아내고 있는 곳이었다. 몇 제곱미터 남짓한 공간에 식물표본 하나, 조각된 체스 말 한 벌, 가지각색의 동물박제들, 미라와 데드마스크, 각종 에로틱한 판화들 그리고 화석 컬렉션 등이 책들의 틈바구니에 자리잡고 있었다.

니키는 푹 꺼진 안락의자에 앉아 기지개를 켜는 샴 고양이의 머리를 쓰다듬어주고 나서 낡은 피아노의 흑단 건반과 누렇게 변색된 상아건반들을 어루만졌다. 인터넷, 태블릿PC, 전자책들과는 거리가 먼 시대의 책들이 차지하고 있는 공간이었다. 박물관이라고 해도 손색이 없는 장소, 제레미의 실종과는 아무런 관계도 없는 장소처럼 보였다. 니키는 이번에도 헛걸음을 한 게 분명하다고 생각했다.

갑자기 이층의 마루가 삐걱거렸다. 니키와 세바스찬은 동시에 눈을 들어올렸다. 페이퍼나이퍼를 손에 든 늙은 서적상이 독서실과 통하는 층계를 타고 내려오는 중이었다.

"찾으시는 책이 있습니까?"

서적상이 무뚝뚝한 어조로 물었다.

큰 체구, 붉은 머리칼, 새하얀 얼굴의 노인이었다. 식인귀와도 같은 그의 큰 체구는 셰익스피어 연극에 단골로 등장하는 전문 노배우를 연상케 했다.

"우리가 뭔가 착각을 한 것 같습니다."

세바스찬이 서툰 프랑스어로 말했다.

"두 분은 미국인이신가요?"

노인이 걸걸한 목소리로 물었다.

안경을 콧등에 걸친 노인은 두 방문객을 뚫어지게 쳐다보았다.

"가만 있자 당신은 어디선가 낯이 익은 분인데?"

노인이 갑자기 외쳤다.

그 순간 세바스찬의 뇌리를 스친 생각은 《르 파리지앵》의 제1면에 실린 자신의 사진이었다. 세바스찬은 한 걸음 뒤로 물러서면서 니키를 뒤로 살짝 잡아끌었다.

노인은 육중한 체구와는 어울리지 않게 고양이처럼 민첩한 동작으로 카운터 뒤로 뛰어가더니 서랍 하나를 뒤져 사진 한 장을 꺼내들고 왔다.

"이 사진의 주인공이 당신 맞죠?"

노인은 사진을 세바스찬에게 내밀며 물었다.

《르 파리지앵》에 실린 사진이 아니었다. 오르세미술관을 배경으로 포즈를 잡은 니키의 모습을 튈르리공원 쪽에서 포착해 촬영한 사진으로 오래돼 빛이 바래 있었다.

사진을 돌려본 세바스찬은 뒷면에 써놓은 자신의 필적을 알아보았다.

파리, 튈르리 강변로에서. 1996년 봄.

그들이 프랑스에 처음 여행 왔을 때 찍은 사진이었다. 그때 그들은 젊고, 사랑으로 빛나고, 얼굴에는 하나 가득 미소를 짓고 있었으며, 삶이 아름다운 희망으로 가득 찼던 시절이었다.

"이 사진을 어디서 구했죠?"

니키가 물었다.

"소설 속에서."

"어떤 소설인데요?"

"내가 며칠 전에 인터넷으로 산 소설이오."

노인은 유리진열장으로 향하며 말했다.

니키와 세바스찬은 노인을 뒤따라갔다.

"솔직히 말하자면 대단히 수지맞는 장사였소. 평소 거래하는 딜러가 이 책을 시세의 절반도 안 되는 가격에 사라고 제의한 거요."

노인은 진열장의 보호유리를 조심스럽게 들어 올리고는 진홍색과 검은색이 우아하게 어우러진 표지의 책 한 권을 집어 들었다.

"가브리엘 가르시아 마르케스의 《콜레라 시대의 사랑》 한정본이오. 저자의 서명이 들어간 책으로 전 세계에 350부밖에 존재하지 않는 희귀본이지."

세바스찬은 믿기지 않는다는 표정으로 책을 두루 살펴보았다. 그 책은 뷔또케이유의 호텔에서 함께 밤을 보내고 나서 그가 니키에게 선물한 책이었다.

세바스찬은 니키와 이혼하고 나서 한동안 유치한 생각에 휩싸여 지냈다. 니키와의 사랑을 부인하고 싶었다. 인터넷 판매 사이트에서 수천 달러를 호가하는 그 책을 회수해왔던 것도 그런 이유 때문이었다. 아무튼 지금은 맨해튼에 있는 그의 집 수납장 속에서 고이 잠들어 있어야 마땅할 책이 어떻게 파리의 고서점에서 굴러다니게 된 건지 도무지 이해할 수 없었다.

"누가 이 책을 팔았죠?"

"세바스찬 래러비라는 사람이었소."

늙은 서적상은 카디건 호주머니에서 수첩을 꺼내 들여다보며 대답했다.

"딜러가 내게 보내준 메일 내용에 따르자면 그렇소."

"그건 정말이지 말도 안 되는 일입니다. 제가 바로 세바스찬 래러비이고, 저는 이 책을 판 적이 없어요."

"당신 말이 사실이라면 누군가가 명의를 도용했다는 뜻이지. 설령 명의 도용을 했더라도 난 당신에게 이 책을 돌려줄 생각이 없소."

니키와 세바스찬은 낙담한 시선을 교환했다.

새롭게 등장한 이 수수께끼의 의미는 무엇인가?

이제 그들은 이 보물찾기 게임에서 어느 방향으로 가야 하는가?

니키는 카운터에 놓인 확대경을 집어 들고 사진을 면밀히 관찰했다. 보랏빛 하늘에서 해가 지고 있었다. 오르세미술관의 전면에는 6시 30분을 가리키고 있는 두 개의 커다란 시계가 보였다. 하나의 시각과 하나의 장소……. 오후 6시 30분의 튈르리 공원…….

어쩌면 그곳이 새로운 약속장소가 아닐까?

니키가 세바스찬에게 그 말을 하려고 막 입을 여는 순간, 누군가가 서점 문을 밀치고 들어왔다. 그들은 새로운 등장인물 쪽으로 고개를 돌렸다. 금발머리에 청바지와 가죽잠바를 입은 금발의 젊은 여자였다.

어젯밤 유람선에서 그들을 붙잡으려 달려들었던 바로 그 여형사…….

46

〈유령과 천사들〉

서점 이름치고는 정말 이상하네.

콩스탕스는 그렇게 생각하며 철세공된 묵직한 출입문을 밀었다. 서점 안에 발을 들여놓는 순간 그녀는 입구 바로 앞에서부터 황홀한 지식의 미로를 이루고 있는 책의 담벼락들에 강렬한 인상을 받았다. 서가들이 늘어선 방향으로 시선을 들어 올린 그녀의 눈에 세 사람의 모습이 들어왔다. 육중한 몸집에 굵직한 뿔테안경으로 얼굴이 가려진 노인이 두 남녀 고객과 대화를 나누고 있었다. 노인과 시선을 교환하고, 다시 남녀를 보는 순간, 커플은 벌써 알아채고 도망치고 있었다.

'래러비 커플이잖아!'

콩스탕스는 케이스에서 권총을 꺼내들면서 번개처럼 그들을 뒤쫓아 달리기 시작했다. 서점의 길이는 20여 미터에 달했다. 두 남녀 미국인들은 상대가 쫓아오는 걸 방해하기 위해 지나가면서 손에 잡히는 것들을 모조리 쓰러뜨렸다. 서가, 진열대, 자질구레한 골동품, 스탠드 램프, 사다리, 정리장……

콩스탕스는 긴 소파를 훌쩍 뛰어넘었지만 니키가 집어던진 묵직한 나무 민걸상을 미처 피하지 못했다. 위기일발의 순간 그녀는 팔꿈치로 얼굴을 가렸다. 걸상은 팔뚝에 세게 부딪쳤고, 그녀는 고통스런 비명을 지르며 총을 손에서 떨어뜨렸다.

빌어먹을!

콩스탕스는 시그사우어 권총을 다시 집어 들며 이를 갈았다.

서점 안쪽 문으로 빠져나가니 손바닥 크기만 한 안뜰이 나왔다. 안뜰은 다시 잡초가 무성한 정원으로 이어졌다.

콩스탕스는 래러비 커플을 따라 쥘-발레스 가에 면해 있는 나지막한 담벼락을 타넘었다. 거기까지 이르자 자신감이 돌아왔다. 미국인 수배범들은 이제 그녀의 사정거리 안에 있었다.

"꼼짝 마!"

미국인들은 경고를 무시했다. 그녀는 하늘에 대고 공포탄을 쏘았지만 아무런 효과가 없었다. 해는 벌써 하늘 높이 떠 있었다. 눈이 부셔 이마 위쪽에 손차양을 만든 그녀는 거리 모퉁이를 도는 커플을 발견했다.

콩스탕스는 래러비 커플을 무슨 수를 써서라도 반드시 붙잡고야 말겠다고 다짐하며 다시 달리기 시작했다. 그녀는 숨이 턱 끝까지 차오른 상태로 권총을 쥐고 폴-베르 가로 돌아가는 모퉁이에 위치한 펠리씨에 카센터 안으로 뛰어 들어갔다.

십여 대의 '툭툭(모터삼륜차)'이 보도에 면해 있는 차고 안에 세워져 있었다. 인도와 태국의 명물인 모터삼륜차는 몇 달 전부터 파리의 거리에서도 간간이 볼 수 있었다. 요즘은 그 수효가 늘어나면서 관광객들과 파리 시민들의 눈을 즐겁게 해주고 있었다. 그 자동차들은 정기검사나 급유 혹은 수리를 받기 위해 나란히 세워져 있었다.

"거기서 나와!"

콩스탕스는 천천히 앞으로 나아가며 소리쳤다. 방아쇠에 걸쳐놓은 손가락이 잔뜩 긴장되었다.

앞으로 나아갈수록 빛이 약해지면서 차고 안은 어둠 속에 잠겨들었다. 갑자기 오토바이 모터소리가 들렸고, 그녀는 고개를 홱 돌렸다. 소리 나는 쪽으로 권총을 겨누었지만 '툭툭'은 그대로 그녀를 향해 돌진했다.

콩스탕스는 바닥으로 몸을 굴려 차를 피한 다음 용수철처럼 솟구쳐 일어났다. 핸들을 잡은 여자는 모터에 가스를 최대한으로 분사시키고 있었다.

콩스탕스는 경고를 생략하고 그대로 발포해 차 앞 유리를 박살내버렸지만 삼륜차를 멈춰 서게 하지는 못했다. 그녀는 20여 미터를 뛰어갔으나 달리는 차를 쫓아간다는 건 애당초 불가능한 일이었다.

빌어먹을!

콩스탕스는 차를 서점의 진열창 앞에 주차해 놓았다. 자신의 쿠페 쪽으로 뛰어간 그녀는 가죽 좌석에 미끄러지듯 들어가 앉아 급히 시동을 걸었다. 짧은 거리에 불과했지만 일방통행 길을 역주행한 그녀는 다시 폴—베르 가로 돌아왔다.

래러비 커플은 그림자도 보이지 않았다.

침착하자.

콩스탕스는 한 손으로 핸들을 꽉 쥐고, 다른 손을 변속기어 위에 올려놓은 채 외곽순환도로를 직각으로 통과하는 지하차로로 진입했다. 이제 쿠페는 맹렬한 속도로 터널을 빠져나와 18구로 들어섰다.

콩스탕스는 일직선으로 길게 뻗은 비네 가에서 속도를 올리는 순간 마침내 툭툭을 발견하고는 안도의 한숨을 내쉬었다. 오르나노 대로에 접어들었을 때 이제 일은 거의 끝난 것이나 다름없어 보였다. 그녀가 운전하는 차는 탄환처럼 빠른 RCZ인 반면, 래러비 커플의 삼륜차는 다 죽어가는 연체동물처럼 기어가고 있으니 결과는 보나마나 뻔했다.

콩스탕스는 두 손으로 핸들을 꼭 움켜쥐고, 운전에 온 신경을 집중했다. 교통상황은 원활했고, 길은 오스만 시대에 뚫린 대로답게 널찍했다. 그녀는 속도를 좀 더 높여 '툭툭' 옆으로 바짝 다가갔다.

지붕 대신 방수포 덮개를 씌워놓은 삼륜차는 뒷좌석이 달린 스쿠터와 모양이 비슷했다. 니키는 운전석에 올라앉아 있었고, 세바스찬은 포장마차 같은 뒷좌석 지붕을 필사적으로 붙잡고 있었다.

자, 냉정을 유지하자.

콩스탕스는 삼륜차를 추월하여 옆으로 난폭하게 끼어들며 앞을 틀어막았다. 니키는 잽싸게 버스차로로 빠져들며 차 사이에 갇히는 위험으로부터 벗어났다.

콩스탕스는 기우뚱했던 차를 바로 잡으며 다시 삼륜차와 벌어진 거리를 신속히 좁혀나갔다. 래러비 커플은 알베르 칸 광장 교차로의 신호등을 무시해버리고 그대로 통과했다. 콩스탕스도 뒤처지지 않으려고 그대로 내달렸다. 차들이 급정거하는 소리와 성난 클랙슨 소리가 요란하게 울려 퍼졌다.

콩스탕스의 차는 에멜 가 초입에서 다시 '툭툭'을 따라잡았다. 도로는 좁아터졌고, 일방통행인 데다 군데군데 공사현장이 많아 길이 자주 막히는 구역이었다. 공사현장에 박아놓은 방책, 철망울타리, 임시 신호등, 이동식 차선분리대, 공사 중인 건물의 비계, 낙석방지 그물…… 정말이지 거리의 모든 장해물들이 RCZ를 원활하게 지나가지 못하게 막아서고 있는 느낌이었다.

할 수 없이 엉금엉금 기어가는 신세가 된 콩스탕스는 사이렌과 경광등이 없다는 게 원통할 따름이었다. 그녀는 길이 아예 막혀버릴 조짐이 보이자 클랙슨이 계속 울리도록 고정시켜놓고 아예 보도 위로 차를 몰아갔다. 공사장에서 작업 중이던 인부들이 욕설을 퍼부었지만 그녀는 개의치 않았다. 쿠페의 강력한 순발력을 이용해 마치 슬라럼 스키를 타듯 일방통행로를 거슬러 올라갔다. 보차리스에게 전화를 걸어 지원군을 보내달라고 요청할까도 생각해보았지만 포기했다. 곡예에 가까운 운전이었다. 고도로 집중하지 않았다가는 낭패를 보기 십상이었다.

'툭툭'은 차량들 사이를 요리조리 민첩하게 빠지며 잘도 달렸지만 가속도가 약한 탓에 쿠페를 완전히 떨어뜨리지는 못했다. 그 덕분에 콩스탕스는 다시금 삼륜차를 바짝 따라잡을 수 있었다. 이제야말로 저들을 따라 잡을 수 있겠다고 생각하는데, 방수포와 금속으로 이루어진 삼륜차의 덮개지붕을 뜯어내고 있는 세바스찬의 모습이 눈에 들어왔다.

설마……

콩스탕스가 위험을 의식하는 순간, 세바스찬 래러비가 분리해낸 접이식 방수포를 쿠페의 앞 유리를 향해 집어던졌다.

"조심해!"

유모차를 끄는 젊은 여자 하나가 길을 건너려고 횡단보도로 접어들고 있었다.

콩스탕스는 그녀를 마지막 순간에야 발견했다. 그녀는 브레이크페달을 부서질 듯 밟으면서 있는 힘을 다해 방향을 틀어 간발의 차로 유모차를 피할 수 있었다. 쿠페는 차선에서 벗어나 둔중한 소리와 함께 보도 위로 미끄러져 올라갔다. 그 바람에 범퍼 한쪽이 덜렁거리며 떨어지기 직전 상태가 되었다.

콩스탕스는 이제 차를 세우지 않을 수 없었다. 차에서 뛰어내린 그녀는 와이퍼에 낀 '툭툭'의 덮개를 걷어내는 한편, 거추장스럽게 너덜거리는 범퍼를 발로 차 떼어 낸 다음 다시 차를 출발시켰다.

래러비 커플은 만만한 상대가 아니야.

그들의 끈질긴 도주는 오히려 그녀의 투지를 자극시켰다. 생쥐와 고양이의 흥미진진한 게임이었다. 최후의 승자는 이미 정해진 거나 다름없었다.

시속 30킬로미터밖에 안 되는 삼륜차로 끝까지 도망치기란 불가능에 가까웠다. 콩스탕스는 액셀을 최대한 밟아 곧 삼륜차의 뒤꽁무니까지 바짝 따라붙었다. 그들이 퀴스틴 가를 막 빠져나왔을 때 몽마르트르 관광열차가 오른쪽에서 달려 나오고 있었다. 바로 그 순간, RCZ가 삼륜차의 꽁무니를 들이받았다.

통제가 불가능하게 된 '툭툭'은 귀여운 관광열차의 객차를 들이받으며 멈춰 섰다.

콩스탕스는 길 한복판에 차를 세우고 번개처럼 튀어나왔다.

재킷 호주머니에서 권총을 꺼내어 손잡이를 두 손으로 감싸 쥔 그녀는 삼륜차 쪽으로 총신을 내밀었다.

"손을 머리 위로 올리고 차에서 나와!"

콩스탕스가 소리쳤다.

이번에야말로 그들을 체포한 것이다.

47

"어서!"

콩스탕스가 다시 소리쳤다. 그녀는 두 팔을 쭉 뻗고, 두 손으로 시그 사우어의 손잡이를 꽉 쥐었다. 세바스찬 래러비와 그의 전처는 이제 사정거리 안에 들어와 있었다.

콩스탕스는 재빨리 주위를 둘러보며 상황을 파악했다.

일단 열차에 타고 있는 아이는 없는 것 같았다. 꽤나 강력한 충돌이 었지만 다행히 다친 승객은 없어 보였다. 일본인관광객 한 사람이 어깨가 아프다며 투덜댔고, 여자 하나가 무릎을 부여잡은 채 인상을 찌푸렸고, 십대소년이 뒷목을 가볍게 어루만지는 정도였다.

부상은 경미했지만 모두들 너무 놀라 멍한 얼굴로 정신을 차리지 못했다. 다치지는 않았지만 다들 갑작스런 사고에 충격을 받은 표정이었다.

콩스탕스의 시선은 래러비 커플과 사고현장 사이를 번갈아 오갔다.

한동안 멍하니 서 있던 사람들은 곧 쇼크 상태에서 벗어났다. 디지털 문화의 힘은 역시 강력했다. 사람들은 정신을 차리기 무섭게 휴대폰을 꺼내어 구조를 요청하거나 가족들에게 전화를 하고, 사고 현장 모습을 촬영하느라 야단법석을 떨었다.

콩스탕스는 그러한 반응들을 보자 안심이 되었다. 조금만 기다리면 그녀가 원하는 지원군이 도착할 것이다. 그녀는 포로들을 향해 걸어가면서 청바지 호주머니에서 수갑 두 개를 꺼내들었다. 이번에는 래러비 커플을 절대로 놓아주지 않을 생각이었다. 조금이라도 허튼 수작을 보이면 가차없이 다리에 총알을 한 발씩 박아주리라 마음먹었다.

그렇게 생각하며 포로들에게 명령을 내리려고 입을 여는데 턱뼈가 굳어버린 듯 입이 움직이지 않았다. 두 팔이 갑자기 후들후들 떨리기 시작했고, 두 다리도 스르르 맥이 풀렸다.

안 돼!

격렬한 추격전 끝에 한꺼번에 밀어닥친 스트레스가 또 다시 몸의 경련을 초래한 게 분명했다.

콩스탕스는 침을 삼키려고 애쓰면서 쓰러지지 않으려고 차문에 몸을 기댔다. 숨이 턱 막히며 눈에 보이지 않는 롤러가 가슴을 짓이기는 듯한 고통이 밀려왔다. 얼굴이 온통 굵은 땀방울들로 덮이기 시작했다.

콩스탕스는 무기를 내려놓지 않은 채 재킷 소매로 얼굴의 땀을 훔치며 이대로 허물어지지 않기 위해 이를 악물었다. 그러자 위장이 뒤집힐 것 같은 구토증이 일며 귓속이 윙윙대고 시야가 한없이 흐려졌다.

콩스탕스는 권총에 매달려보려고 마지막 안간힘을 다해봤지만 시야가 초점을 잡지 못할 만큼 흔들렸다. 이내 모든 게 캄캄해지면서 그녀는 의식을 잃었다.

48

사우스 브루클린

레드 후크 구역

아침 6시

로렌조 샌토스는 빨간 벽돌로 지은 니키의 아파트 앞 보도에 차를 세웠다. 그는 시동을 끄고, 재킷 호주머니에서 담배 한 개비를 꺼냈다. 담배를 입술 사이에 끼우고 불을 붙인 그는 눈을 감으며 첫 번째 연기를 길게 내뿜었다. 타들어가는 담뱃잎의 매캐한 맛이 기도를 가득 채우자 마음이 조금 가라앉았지만 효과는 그리 오래가지 못했다.

샌토스는 니키에게서 선물 받은 백금 토치라이터에 시선을 고정시킨 채 초조함이 가득한 얼굴로 다시 한 번 니코틴을 깊숙이 빨아들였다. 그는 표면에 그의 이니셜이 새겨져 있고, 악어가죽으로 멋지게 장식한 사각라이터를 손바닥 위에 올려놓고 무게를 느껴보았다. 그는 허공 어딘가를 응시하며 길로시 문양이 들어간 뚜껑이 열릴 때마다 경쾌하게 울리는 금속성 소리를 음미하며 라이터를 철컥철컥 켜댔다.

대체 왜 이러는 걸까?

샌토스는 어젯밤에도 사무실에 멍하니 앉아 밤을 하얗게 지새웠다. 사랑하는 여자가 다른 남자의 품에 안겨 있는 모습이 떠올라 밤새도록 몸을 뒤채며 잠을 이루지 못했다. 24시간 동안 니키로부터 아무런 소식도 전해 듣지 못한 그의 마음은 한없이 허물어져가고 있었다. 니키에 대한 그의 사랑은 난폭한 해일처럼 모든 걸 휩쓸고 지나가며 그의 기력을 소진시켰다. 그는 사람을 미치게 하고, 끊임없이 파괴해가는 사랑의 열병을 앓고 있었다. 그는 니키를 사랑하는 게 자신의 생에 얼마나 큰 해악이 될지 잘 알고 있었다. 그간 공들여 쌓아온 경력과 힘들게 이루어온 성과에 치명적인 독이 될 수도 있다는 걸 잘 알고 있었지만 이미 빠져나올 수 없는 덫에 걸린 느낌이었다. 결코 돌이킬 수 없을 만큼 깊숙이 빠져든 느낌……

필터까지 타도록 담배를 피운 샌토스는 담배꽁초를 차창 밖으로 내던졌다. 포드 크라운에서 나온 그는 전에는 공장이었다가 지금은 아파트로 개조된 니키의 집 안으로 들어갔다.

샌토스는 계단을 올라가 지난번 방문했을 때 챙겨두었던 열쇠꾸러미로 방화 문을 열었다. 어젯밤에 문득 한 가지 생각이 뇌리를 스쳤다.

'니키를 되찾고 싶다면 제레미부터 찾아내야 해.'

세바스찬이 해내지 못한 일을 자신이 해낸다면 니키의 마음을 움직일 수 있으리란 생각이었다. 제레미를 구한다면 니키는 영원히 감사하는 마음을 잊을 수 없을 테니까.

아직 해는 떠오르지 않았다. 샌토스는 거실에 들어가 전등스위치를 찾아 불을 켰다. 아파트 안은 몹시 추웠다. 그는 몸을 덥히고자 커피한 잔을 만들고, 담배 한 개비를 피워 물고는 2층으로 올라갔다. 뭔가단서가 될 만한 게 더 있는지 찾아보려고 약 15분 동안 제레미의 방을샅샅이 뒤졌다.

제레미가 책상 위에 올려둔 휴대폰 말고는 딱히 시선을 끄는 물건이 없었다. 지난번에 왔을 때는 휴대폰을 주의 깊게 보지 않았는데 매우 중요한 단서를 찾아내게 될 수도 있으리라는 생각이 들었다.

요즘 십대들은 스마트폰에 대해 거의 병적인 애착을 가지고 있다해도 과언이 아니었다. 그럼에도 제레미가 스마트폰을 집에 두고 사라졌다는 건 분명 곡절이 있을 거라는 생각이 들었다.

샌토스는 스마트폰을 집어 들었다. 다행히 비밀번호가 설정되어 있지 않았다. 그는 다양한 게임 어플리케이션들을 기웃거려 보다가 매우 흥미로운 사실 한 가지를 발견했다. 스마트폰으로 녹음기 기능을하는 프로그램이었다.

잔뜩 호기심에 사로잡혀 어플리케이션의 목록을 열어본 샌토스는번호가 매겨진 일련의 음성파일들을 발견하게 되었다. 그 파일 제목들에 반복적으로 등장하는 이름이 있었다.

매리언 크레인 박사1

매리언 크레인 박사2

(……)

매리언 크레인 박사10

샌토스는 눈썹을 찌푸렸다. 매리언 크레인 박사라면 그도 잘 알고 있는 이름이었다. 그는 첫 번째 파일을 열어보고 나서야 그 녹음파일들이 대략 어떤 내용인지 감을 잡을 수 있게 되었다. 제레미가 법정에 출두했을 당시 판사는 그에게 형을 선고하는 동시에 일정기간 동안 심리치료를 받게 했었다.

매리언 크레인 박사는 바로 제레미의 심리치료를 맡았던 정신과전문의였다. 제레미는 그녀와 만날 때마다 나눈 대화를 녹음해 두었던 것이다.

제레미는 무슨 목적으로 녹음파일을 만들었을까? 매리언 크레인 박사 몰래 녹음한 것일까, 아니면 심리치료 과정의 일부이기에 쌍방간 동의하에 녹음하게 되었을까?

어쨌든 상관없잖은가?

샌토스는 어깨를 으쓱하며 마음속으로 중얼거렸다. 그는 일종의 관음증에 사로잡혀 제레미가 그의 가족과 관련해 내밀한 이야기들을 털어놓은 파일들을 듣기 시작했다.

크레인 박사 : 제레미, 네 부모님들에 대해 이야기해 보겠니?

제레미 : 우리 엄마는 정말 좋은 사람이에요. 항상 쾌활하고 낙천적이고 저를 편안하게 대하죠. 엄마는 걱정거리가 있더라도 밖으로 드러내는 법이 없어요. 농담하길 좋아하고, 재미있기도 하죠. 엄마는 유머감각이 풍부해 심각한 이야기를 할 때에도 분위기를 부드럽게 이끌어가는 편이에요. 카미유와 제가 어렸을 때만 해도 엄마는 우릴 동화에 나오는 인물들로 분장시키길 좋아했어요.

크레인 박사 : 굉장히 이해심이 풍부한 분이란 뜻이지? 너에게 어떤 문제가 있을 경우 네 엄마에게 모든 걸 털어놓고 상의할 수 있니?

제레미 : 물론이죠. 엄마는 매사에 쿨해요. 게다가 예술가적인 사고 방식을 갖고 있어 저의 생각을 늘 존중해주죠. 엄마는 제가 자유롭게 돌아다닐 수 있게 해주고, 늘 저를 믿어주었어요. 제 친구들도 엄마가 얼마나 배려심이 많은 분인지 잘 알고 있어요. 저는 엄마에게 제가 직접 작곡한 곡들을 기타로 들려주곤 했어요. 엄마는 제가 영화에 대해 얼마나 뜨거운 열정을 가지고 있는지 알고 있고, 늘 깊은 관심을 보여주셨어요.

크레인 박사 : 요즘 네 엄마가 즐겨 만나는 남자친구가 있니?

제레미 : 네, 경찰이에요. 엄마보다 나이가 어린 분으로 알고 있어요. 이름은 샌토스이고, 일종의 비비원숭이 같다고나 할까요.

크레인 박사 : 넌 네 엄마의 남자친구를 그다지 좋아하지 않는 구나?

제레미 : 잘 보셨어요.

크레인 박사 : 이유가 뭔지 물어봐도 되겠니?

제레미 : 왜냐하면 우리 아빠에 비해 매력이 없는 분이니까요. 제가 보기에 두 분의 관계는 그리 오래 가지 않을 것 같아요.

크레인 박사 : 네가 어떻게 그걸 확신할 수 있지?

제레미 : 우리 엄마는 육 개월마다 남자친구를 바꿔왔어요. 박사님은 잘 모르시겠지만 우리 엄마는 대단히 예쁜 편이죠. 남자들의 혼을 쏙 빼놓을 만큼 매력이 넘쳐요. 엄마의 매력은 어느 자리에 가든 돋보이는 편이에요. 남자들은 사냥꾼 같은 눈빛으로 엄마 주위를 빙빙 돌아요. 저도 왜 그런지는 잘 모르겠지만 남자들은 엄마만 보면 미쳐버려요. 늑대처럼 혓바닥을 길게 늘어뜨리고, 두 눈은 뽕 튀어나와 호시탐탐 기회를 엿보죠. 제 말이 무슨 뜻인지 아시겠죠?

크레인 박사 : 넌 엄마 주변에 남자들이 많은 게 불편하니?

제레미 : 천만에요. 아마 저보다는 엄마가 불편할 거예요. 실제로도 엄마는 자주 불편하다는 말을 했어요. 물론 이해하기 복잡한 문제라고 생각해요. 동전의 양면처럼 엄마는 남자들이 있어야 안도하는 면이 있기도 해요. 심리학자가 아니더라도 그 이유를 알 수 있을 거예요. 아빠가 엄마를 떠난 것도 그런 이유 때문이었을 거예요. 엄마 주변에는 항상 남자들이 많았죠. 아빠는 그걸 견딜 수 없었던 거죠.

크레인 박사 : 자, 그럼 이제 네 아빠에 대해 이야기해보자.

제레미 : 아빠에 대한 이야기는 별로 복잡할 게 없어요. 우리 아빠는 엄마와 정반대라고 생각하시면 될 거예요. 매사에 심각하고 딱딱하고 합리적이죠. 아빠는 책임감과 질서를 무엇보다 중시해요. 한 마디로 재미는 되게 없는 분이죠.

크레인 박사 : 넌 아빠하고 사이가 좋았니?

제레미 : 좋았다고 말할 수는 없을 것 같아요. 우선은 엄마와의 이혼 때문에 만날 기회가 그리 많지 않았어요. 아빠는 제가 학교에서 공부를 더 잘하길 바라죠. 제가 카미유처럼 성실하고 예절 바르고, 책임감이 강한 사람이 되길 바라죠. 아빠는 교양이 깊은 분이에요. 그야말로 무불통지일 만큼 모르는 게 없는 분이죠. 정치, 역사, 경제, 예술 등 모든 분야에서 박식한 편이에요. 그런 까닭에 카미유가 아빠를 '위키피디어'라는 별명으로 부르기도 해요.

크레인 박사 : 아빠를 실망시켜드려서 마음이 안 좋니?

제레미 : 별로요……음, 그러니까……미안한 마음이 있긴 해요.

크레인 박사 : 넌 아빠가 하는 일에 대해 관심이 있어?

제레미 : 아빠는 세계최고의 현악기제조인 중 한 사람으로 알려진

분이죠. 스트라디바리우스에 버금가는 바이올린을 만드는 분이에요. 그야말로 존경 받는 현악기 장인이고, 돈도 많이 버는 것으로 알고 있어요. 하지만 제가 생각하기에 아빠는 일 자체에 큰 보람을 느끼는 것 같지는 않아요. 바이올린 만들기나 돈에 대해……

크레인 박사 : 네 말이 무슨 뜻인지 잘 모르겠구나.

제레미 : 아빠는 현재 하고 계신 일에 대해 큰 보람을 느끼는 것 같지 않아요. 아빠가 평생 살아오면서 처음으로 간절히 원해서 이룬 건 엄마와의 사랑이었을 거예요. 거의 유일한 경험이었다고 생각해요. 엄마는 아빠의 삶에 부재했던 일탈과 자유를 경험하게 해주었어요. 엄마와의 사랑은 아빠의 삶에 활력소가 돼 주었죠. 두 분이 헤어지고 난 후 아빠는 다시 예전의 암흑세계로 돌아가 살게 되었어요.

크레인 박사 : 하지만 지금 네 아빠는 다른 여자와 사귀고 있잖니?

제레미 : 네, 나탈리아라는 발레리나죠. 뼈와 가죽만 남은 여자분이에요. 아빠는 이따금 나탈리아를 만나긴 하지만 같이 살지는 않아요. 모르긴 해도 그럴 계획도 없을 거예요.

크레인 박사 : 아빠를 가깝다고 느낀 게 마지막으로 언제였니?

제레미 : 글쎄요, 잘 모르겠어요.

크레인 박사 : 한 번 잘 생각해봐.

제레미 : 아마 제가 일곱 살 때 여름이었을 거예요. 우리는 온 가족이 함께 여러 국립공원을 방문했었어요. 요세미티, 옐로스톤 그랜드 캐넌……. 아주 긴 여행이었어요. 미국 전역을 돌아다녔죠. 엄마 아빠가 이혼하기 전의 마지막 방학이었을 거예요.

크레인 박사 : 그 여행에서 기억나는 일화가 있니?

제레미 : 네, 어느 날 아침, 아빠와 저는 단둘이 낚시를 갔어요. 아빠

는 그때 엄마와 만나게 된 이야기를 들려주었어요. 어떻게 엄마와 사랑에 빠지게 되었는지, 어떻게 파리까지 쫓아가 구애를 할 생각을 했는지, 어떻게 엄마의 사랑을 얻을 수 있었는지……. 그때 아빠가 말했던 게 기억나요. '네가 누군가를 진정으로 사랑한다면 함락시키지 못할 요새는 없단다.' 멋진 말이지만 맞는 말인지는 모르겠어요.

크레인 박사 : 네 부모님의 이혼에 대해 소감을 이야기해줄 수 있을까? 그때 네가 무척 힘들었던 것 같던데, 그렇지 않니? 네 학적부를 살펴보니 당시 넌 읽기를 배우는 데 어려움이 많았고, 한동안 난독증으로 고생했던 것 같더구나.

제레미 : 네, 그랬어요. 부모님의 이혼은 저에게 큰 충격으로 받아들여졌어요. 부모님이 계속 떨어져 살아야 한다는 사실이 도무지 믿기지 않았어요. 시간이 지나면 두 분이 서로에게 한 걸음씩 다가가 결국에는 다시 합치리라 생각했죠. 하지만 현실은 그렇지 않았어요. 시간이 흐를수록 사람들은 더 멀어지게 돼 다시 맺어지기가 어려워지나봐요.

크레인 박사 : 네 부모님께서 이혼하신 건 함께 있는 게 더 이상 행복하지 않았기 때문일 거야.

제레미 : 엿 같은 소리는 집어치우세요. 박사님은 지금 두 분이 행복하다고 생각하세요? 엄마는 매일이다시피 약을 한주먹씩 퍼먹어야 하고, 아빠는 날마다 감옥처럼 활력이라고는 없는 생활을 영위해가고 있어요. 유일하게 아빠를 웃게 해줄 수 있는 분이 바로 엄마란 말이에요. 이혼 전에 두 분이 환하게 웃고 있는 사진을 여러 장 봤어요. 저는 그 사진들을 볼 때마다 눈물이 핑 돌아요. 엄마 아빠가 이혼하시기 전까지만 해도 우리는 진짜 가족이었어요. 굳게 결속된 가족……. 그 무

엇도 우리 가족의 행복을 흔들 수 없었는데……

크레인 박사 : 그건 일종의 고전적인 현상이 아닐까?

제레미 : 그게 무슨 말씀이죠?

크레인 박사 : 이혼한 가정의 아이들은 부모가 이뤘던 사랑을 이상화한다는 사실……

제레미 : …….

크레인 박사 : 제레미, 넌 큐피드가 아니란다. 넌 그 분들이 재결합한다는 희망을 가져서는 안 돼. 과거는 줄을 그어 지워버리고, 있는 그대로의 현실을 받아들여야 해.

제레미 : …….

크레인 박사 : 내가 하는 말을 이해할 수 있겠니? 넌 네 부모님의 관계에 깊이 개입해서는 안 돼. 넌 그 분들을 다시 결합시킬 수 없어.

제레미 : 제가 두 분을 결합시켜드리지 않으면 도대체 누가 하죠?

제레미의 반문 뒤에 잠시 침묵이 이어졌다.

바로 그 순간, 휴대폰 벨이 울리며 정신분석의 세계에 빠져 있던 샌토스를 다시 현실로 이끌어냈다.

샌토스는 휴대폰 화면을 들여다보았다. 뉴욕경찰청의 한 부서의 번호가 찍혀 있었다.

"샌토스입니다."

그는 통화버튼을 누르며 응답했다.

"케렌 화이트인데 혹시 주무시는 걸 깨우지는 않는지 모르겠네요."

케렌 화이트는 제3관할경찰서의 법인류학자였다. 드디어……

"샌토스 경위님께 알려드릴 좋은 소식이 있어요."

샌토스는 갑자기 아드레날린이 솟구치는 걸 느꼈다. 그는 자기도 모르게 제레미의 방을 나와 계단을 내려오고 있었다.

"정말입니까?"

"살해된 거인의 몸에 새겨진 문신의 비밀을 찾아냈어요."

"지금, 경찰서에 계십니까? 제가 곧장 그리로 달려가겠습니다."

샌토스는 아파트 문을 등 뒤로 닫으며 소리쳤다.

49

의식이 돌아온 콩스탕스는 지금 자신이 누워 있는 곳이 자기 방 침대라는 사실을 깨닫고 깜짝 놀랐다.

신발과 재킷은 벗겨지고, 권총 케이스는 어디로 갔는지 보이지 않았다. 침실 커튼이 쳐져 있었지만 방문은 열려 있었다. 귀를 기울여보니 거실에서 누군가가 속삭이는 소리가 들려왔다.

누가 이 집으로 데려왔을까? 보차리스? 구급대? 소방대원?

콩스탕스는 간신히 침을 삼켰다. 혀는 모래를 뿌려놓은 듯 텁텁했고, 입안에서는 종이를 씹은 듯한 맛이 느껴졌다. 팔다리는 뻣뻣했고, 호흡은 미약했다. 오른쪽 관자놀이에서 맥박이 뛸 때마다 송곳으로 쑤시는 것 같은 통증이 느껴졌다.

콩스탕스는 알람라디오의 시간을 쳐다보았다. 정오. 두 시간 동안이나 의식을 잃고 있었던 셈이었다. 몸을 일으켜 보려 했지만 뜻대로 되지 않았다. 몸의 곳곳이 아프고 저려왔다.

콩스탕스는 그제야 문득 자신이 수갑이 채워진 채 침대머리 철봉에 묶여 있다는 사실을 깨달았다. 어처구니없고 분한 마음에 마구 몸부림을 쳐봤지만 '납치범'들을 불러들이는 결과를 초래했을 뿐이었다.

"Calm down(진정해요)!"

니키가 물 컵을 들고 방으로 들어오면서 말했다.

"What the fuck are you doing in my house.(당신네들, 남의 집에서 도대체 뭐하고 있는 거야?)"

콩스탕스가 소리쳤다.

"잘 아시겠지만 우린 달리 갈 데가 없었어요."

콩스탕스는 베개를 짚고 몸을 반쯤 일으키며 가빠오는 숨을 골랐다.

"이 집은 어떻게 알고 찾아왔죠?"

"당신의 지갑에서 우편물주소변경 신청양식을 발견했어요. 보아하니 이사하신 지 얼마 되지 않은 것 같더군요. 집이 정말 예뻐요."

콩스탕스는 미국여자의 눈을 똑바로 쳐다봤다. 그녀와 나이가 엇비슷해 보였고, 생김새도 비슷했다. 약간 각이 졌지만 선이 고운 얼굴, 맑은 눈동자 그리고 스트레스와 피로감이 드러나 있는 눈 아래의 다크 서클까지 닮아 있었다.

"이것 봐요, 난 솔직히 당신들이 무슨 생각으로 이런 짓을 하는지 잘 모르겠어요. 내가 소식을 전해주지 않으면 내 동료들이 금세 이 집으로 몰려올 거예요. 이 집은 완전히 포위될 거고……."

"난 그렇게 생각하지 않아요."

이번에는 세바스찬이 방으로 들어오며 그녀의 말을 끊었다.

콩스탕스는 그의 손에 자신의 의료기록이 들려 있는 걸 고통스럽게 처다보았다.

"당신들은 내 물건에 함부로 손을 댈 권리가 없어!"

콩스탕스는 발끈하며 소리쳤다.

"당신의 병에 대해 알게 된 걸 대단히 유감으로 생각합니다만 지금 당신은 공무수행 중이 아니라는 게 확실해 보이는군요."

세바스찬 래러비가 차분하게 말했다.

"착각은 자유니까."

"정말 착각일까요? 언제부터 경찰들은 누군가를 체포하러 다닐 때 개인차를 사용했죠?"

콩스탕스는 갑자기 꿀 먹은 벙어리가 되었다.

세바스찬은 공세를 늦추지 않았다.

"언제부터 경감이 도와줄 팀원들 하나 없이 혼자서 현장에 출동했죠?"

"요즘 우리 부서에 인력이 부족해서……."

콩스탕스는 약간의 허세를 부려봤다.

"아, 한 가지 잊은 게 있군요. 당신 컴퓨터의 어느 파일에서 사직서도 발견했어요."

마지막 일격이나 다름없었다. 콩스탕스는 갈증이 심해 니키가 내미는 물 컵을 마지못해 받아들었다. 그녀는 이제 속수무책이 돼버린 상황이란 걸 절감하며 손으로 힘없이 눈꺼풀을 문질렀다.

"우린 당신의 도움이 절실히 필요해요."

니키가 말했다.

"내 도움? 나에게 뭘 원하는데요? 프랑스 땅을 뜰 수 있게 도와달라는 건가요?"

"그런 건 절대 아닙니다."

세바스찬이 끼어들었다.

"당신이 우리 아이들을 찾을 수 있게 도와주었으면 합니다."

니키와 세바스찬은 콩스탕스에게 지난 며칠 동안 그들의 삶을 뒤흔들어놓은 일련의 사건에 대해 상세히 이야기해주었다. 그 이야기를 다하는 데 무려 한 시간 이상이 필요했다. 이야기를 하는 동안 세 사람은 주방식탁에 둘러앉아 녹차 두 주전자를 마시고 생미셸 비스킷 한 봉지를 다 먹었다. 그들의 이야기에 깊숙이 매료된 콩스탕스는 계속 듣고 질문도 해가면서 메모한 끝에 초등학교 공책 10여 페이지를 가득 채웠다.

콩스탕스는 아직 발이 수갑에 채워져 의자에 묶여 있는 처량한 신세이긴 했지만 이제 칼자루는 다시 자신이 쥐게 되었다고 확신했다. 미국인 커플은 현재 여생을 감옥에서 보내게 될 수도 있는 사건에 휘말려 있을 뿐만 아니라 행방불명된 쌍둥이를 찾아야하는 절박한 상황에 처해 있었다.

니키가 설명을 마치자 콩스탕스는 긴 숨을 들이마셨다. 래러비 커플의 이야기는 기상천외하기도 했고, 그들이 느끼는 고뇌가 손에 만져질 정도로 안타까운 생각을 불러일으키기도 했다.

콩스탕스는 목덜미를 주물러보았고, 그동안의 두통과 구토증이 거짓말처럼 사라지고 몸이 다시 원기를 회복했음을 확인할 수 있었다.

일이 가져다주는 마법이랄까?

"내가 당신들을 위해 뭔가 해주길 바란다면 당장 이 수갑부터 풀어줘요."

콩스탕스가 단호하게 말했다.

"그 다음으로 당신네 아들이 납치당하는 장면을 찍은 동영상을 나에게도 보여줘요."

세바스찬은 즉시 일어나 콩스탕스를 꼼짝 못하게 만들고 있는 수갑을 풀어주었다. 그동안 니키는 콩스탕스의 노트북을 열고, 자신의 메일함에 접속해 동영상을 하드디스크에 옮겨놓았다.

"자, 이게 바로 그 동영상이에요."

니키가 동영상을 클릭하면서 말했다.

40초 길이의 동영상을 다 보고 난 콩스탕스는 곧바로 중요한 부분들을 정지화면에서 찬찬히 뜯어보았다.

니키와 세바스찬의 눈은 화면이 아니라 그들이 마지막 희망을 걸고 있는 콩스탕스의 얼굴을 지켜보았다.

콩스탕스는 동영상을 느린 화면으로 다시 한 번 돌려보고 나서 딱 잘라 말했다.

"이 동영상은 가짜가 분명해요."

"가짜라니요?"

세바스찬이 놀란 얼굴로 물었다.

"이 동영상은 몽타주 기법을 써서 합성한 거예요. 촬영 장소가 바르베스 전철역이 아니라는 것도 확실해요."

"하지만……."

니키가 입을 열려고 하자 콩스탕스가 손을 들어 그녀의 말을 제지했다.

"처음 파리에 온 4년 동안 나는 조그만 다락방에서 살았어요. 정확히 말하자면 앙부아즈-파레 가의 라리부아지에르 병원 맞은편에 있는 집이었죠. 난 하루에 두 번씩 바르베스-로쉬슈아르 역에서 전철을 이용했어요."

"그래서요?"

콩스탕스는 정지버튼을 눌러 역의 이미지를 고정시켰다.

"바르베스 역에서는 두 개의 전철 노선이 지나가죠."

콩스탕스는 설명을 이어나갔다.

"그 중 하나는 2번 선인데 지상철로를 이용하고 있고, 다른 하나는 4번 선으로 지하철로를 이용하고 있어요."

콩스탕스는 볼펜 끝으로 화면을 일일이 짚어가며 말을 이어갔다.

"보시다시피 이 동영상은 지상철로를 찍은 게 아닙니다. 결국 이 철로는 2번 선이 아니라 4번 선이라는 결론이 나오죠."

"네, 듣고 보니 그러네요."

세바스찬이 수긍한다는 듯 고개를 끄덕였다.

"잘 모르겠지만 4번 선 철로는 노면이 경사져 있을 뿐만 아니라 플랫폼 부근에서 뚜렷한 곡선을 이루고 있습니다. 매우 특이하게 생긴 철로라 할 수 있어요."

"이 동영상에서는 그렇게 보이지 않는데요."

니키도 고개를 갸웃거렸다.

세바스찬은 화면에 얼굴을 가까이 가져갔다. 바르베스 역을 찾아가 밀수담배 딜러들을 만나 곤욕을 치른 기억이 아직도 생생했다. 그렇지만 역의 구조에 대해서는 잘 기억이 나지 않았다.

콩스탕스는 평소 사용하는 이메일프로그램을 열었다.

"이 동영상을 어디서 촬영했는지 간단하게 알아낼 수 있는 방법이 있어요."

콩스탕스는 메일을 작성하면서 단언하다시피 말했다.

"SDRPT(프랑스 교통경찰 총괄국)의 프랭크 마레샬 경정에게 보여주면 즉시 알 수 있을 거예요. 그는 파리의 지하철을 자기 손바닥을 들여다 보듯 훤히 꿰고 있죠."

세바스찬이 어깨 너머로 그녀가 작성하는 메일을 쳐다보며 말했다.

"설마 엉뚱한 메일을 보내려는 건 아니겠죠? 만일 우릴 속이려 든다면 당장 그만두는 게 좋을 겁니다. 당신은 불과 한 시간 전까지만 해도 우릴 체포하려고 했어요. 그런데 왜 갑자기 우릴 도우려 하죠?"

콩스탕스는 어깨를 으쓱하고는 발송버튼을 클릭했다.

"당신들의 이야기를 믿으니까. 자, 현실을 좀 더 냉철하게 판단해볼까요? 현재 당신들은 나를 믿는 것 말고 달리 선택의 여지가 없지 않나요?"

50

콩스탕스는 줄담배를 피우며 메모한 내용을 읽어나갔다. 학생들이 기억력을 자극하고, 새로운 사고와 영감을 얻기 위해 그러듯이 형광펜으로 강조하고, 낱말에 줄을 두르고, 다시 써보고, 혹은 화살표가 들어간 도식을 그렸다.

그때 휴대폰이 울리면서 콩스탕스는 추리를 일시적으로 중단하고 휴대폰 화면을 들여다보았다. 프랭크 마레샬 경정이었다. 그녀는 통화버튼을 누른 다음 니키와 세바스찬도 대화내용을 잘 들을 수 있게 외부스피커로 연결했다.

마레샬 경정의 자신감 넘치는 목소리가 방안에 울려 퍼졌다.

"콩스탕스, 그간 잘 지냈어?"

"안녕, 프랭크."

"자기, 드디어 내 저녁식사 초대를 받아들인 거야?"

"드디어 당신 부인과 아이들을 만나보게 돼서 아주 기뻐."

"이거 왜 이래? 내가 무슨 말을 하고 있는지 잘 알잖아?"

콩스탕스는 고개를 절레절레 흔들었다. 마레샬은 칸–에클뤼즈에 있는 경찰간부학교에 재직할 당시 콩스탕스의 담당 교관이었다. 그녀가 일련의 교육 과정을 마치고 얼마 안 돼 그들의 관계가 시작되었다. 열정적이고도 파괴적인 관계였다. 그녀가 관계를 끊자고 할 때마다 프랭크는 부인과 이혼할 거라고 맹세하며 한 번만 더 기회를 달라고 했다. 그녀는 2년 동안이나 그의 말을 믿었지만 결국 그는 약속을 지키지 않았다. 그녀는 기다림에 지쳐 그를 떠날 수밖에 없었다.

그 후로도 프랭크는 진드기처럼 끈질기게 달라붙었다. 6개월마다 한 번씩 잊을 만하면 그녀를 다시 한 번 찔러보는 식이었다. 지금까지 계속 헛물만 켰지만 그는 끝내 포기하지 않았다.

"이봐, 프랭크, 난 당신하고 사랑타령이나 하고 있을 시간이 없어."

"콩스탕스, 제발 나에게 한 번만 기회를……."

콩스탕스는 냉랭한 어조로 그의 말을 끊었다.

"자, 이제 쓸 데 없는 이야기는 그만하고 본론으로 들어갑시다. 내가 당신에게 보낸 동영상이 바르베스 역의 감시카메라에 찍힌 게 맞아?"

마레샬은 실망스런 한숨을 토한 후 사무적인 어조로 대답했다.

"동영상을 보는 순간 어떤 유령 역에서 촬영된 거라고 직감했어."

"유령 역이라니?"

"파리의 지하철 망에는 노선도에 나타나 있지 않은 정거장이 몇 군데 있어. 제2차 세계대전 당시 폐쇄된 이후 개통되지 않은 역들이지. 예를 들자면 샹드마르스 역 아래에 지하철역이 또 하나 있다는 사실을 알고 있어?"

"아니, 처음 듣는 얘기야."

"이 동영상 시퀀스들을 여러 번 돌려보고 나서 결론을 얻었어. 동영상에 나오는 역은 포르트-데-릴라의 '죽은 플랫폼'이야."

"죽은 플랫폼이 뭐지?"

"지하철 11호선이 지나가는 포르트-데-릴라 역에는 1939년부터 폐쇄되어 있는 플랫폼이 하나 더 있어. 신입 기관사를 교육하거나 새 열차를 테스트하기 위한 용도로 사용되기도 하고, 파리의 지하철을 배경으로 하는 영화나 광고물을 촬영할 때 임대해주기도 하지."

"그게 정말이야?"

"정말이다마다. 세월이 흐르면서 그 플랫폼은 영화촬영소나 다름없이 되었어. 역의 외장과 표지판만 조금 바꾸면 어느 시대 어떤 역으로든 변신이 가능한 장소거든……. 장 피에르 주네가 〈아멜리에〉를 찍고, 코엔 형제가 파리에 대한 단편영화를 찍은 곳도 바로 거기야."

콩스탕스는 가슴이 콩닥거리는 걸 느꼈다.

"그 동영상이 거기서 촬영된 게 확실하다는 거지?"

"백 퍼센트 확실하다니까. 이 파일을 파리교통공사의 영화관련 책임자에게 보내봤어. 그도 나와 똑같이 말했어."

프랭크는 못된 남자일지는 모르지만 신속하고 똑똑하고 유능했으며 경찰로서도 최고였다.

"더구나 그 친구는 지난 주말에 있었던 촬영에 대해 자세히 기억하고 있었어. 이틀 동안 파리영화학교 학생들이 플랫폼을 임대해 뭔가를 촬영했다는 거야. 결국 그 동영상을 찍은 사람들은 파리영화학교 학생들인 셈이지."

"파리영화학교 측에도 확인해봤어?"

콩스탕스가 물었다.

"물론이지. 심지어 그 동영상을 찍은 장본인이 누군지도 알아냈어. 그 장난꾼 같은 녀석의 이름을 알고 싶다면 우선 한 가지 약속해줄 게 있어. 내 저녁식사 초대를 받아줘야 한다는 거야."

"뭐야? 지금 나와 흥정을 벌이자는 거야?"

콩스탕스가 발끈했다.

"뭐, 그렇게 생각해도 할 말은 없어. 다만 내 처지가 지금 수단과 방법을 가릴 입장이 아니라는 건 당신이 더 잘 알 거야."

"그럼 당신은 이제부터 이 일에서 빠져. 나 혼자서도 충분히 알아볼 수 있으니까."

"좋을 대로 하셔."

콩스탕스가 막 통화종료버튼을 누르려고 할 때 세바스찬이 그녀의 어깨를 흔들며 입 모양만으로 '받아들여요!' 라고 말했다. 니키도 콩스탕스의 코앞에서 손목시계를 손가락으로 톡톡 치면서 세바스찬을 거들었다. 시간이 없으니 받아들이라는 뜻이었다.

"오케이, 프랭크."

콩스탕스는 내키지 않는다는 듯 한숨을 내쉬었다.

"우리 언제 저녁식사나 같이 해."

"분명히 약속하는 거야?"

"약속하고, 맹세하고, 침까지 뱉어줄게."

기분이 금세 흐뭇해진 마레샬이 마침내 조사결과를 내놓았다.

"영화학교 교장이 직접 내게 말해주었으니 백 퍼센트 믿을 만한 이야기야. 지금 그 학교에 미국의 교환학생들이 와 있대. 그 학교와 자매결연을 맺은 뉴욕교육기관의 학생들이래."

"그럼 미국학생들 중에서 누군가가 그 동영상을 촬영했다는 거야?"

"역시 눈치가 빠르군. 그 동영상은 〈39초〉라는 제목으로 촬영된 단편영화의 한 장면이래. 알프레드 히치콕에 대한 오마주의 일환으로 만들어진 단편영화라더군. 〈39초〉란 히치콕의 〈39계단〉을 암시하는 제목이고……."

"친절한 설명은 생략하셔도 됩니다, 교수님. 그 고전영화는 나도 잘 알고 있으니까. 그 학생의 이름을 알고 있어?"

"사이먼 터너. 지금 국제대학기숙사촌에서 머물고 있는데, 만일 자기가 그 녀석을 만나 물어볼 말이 있으면 급히 서두르는 게 좋을 거야. 그 아이들은 오늘 오후에 다시 미국으로 돌아간다니까."

니키는 사이먼 터너라는 이름을 듣는 순간 자기도 모르게 소리를 지를 뻔했지만 겨우 입술을 깨물어 참았다.

콩스탕스는 전화를 끊고 니키에게로 고개를 돌렸다.

"그 아이를 알고 있어요?"

"물론이죠. 사이먼 터너는 제레미와 가장 친한 친구거든요."

콩스탕스는 팔꿈치를 식탁에 괸 오른손으로 턱을 감싸며 잠시 생각에 잠겼다가 말했다.

"이만하면 눈치 챘겠군요. 댁들의 아들인 제레미가 이 가짜 납치사건을 연출한 게 분명합니다."

51

"말도 안 돼!"

세바스찬이 고개를 저으며 소리쳤다.

콩스탕스는 미국남자 쪽으로 얼굴을 돌렸다.

"잘 생각해보세요. 누가 당신의 신용카드와 금고에 가장 쉽게 접근할 수 있을까요? 누가 당신의 양복 치수를 완벽하게 알고 있을까요?"

현악기제조인은 명백한 진실을 받아들이지 못하고 여전히 고개를 가로저었다.

콩스탕스는 두 사람을 번갈아 쳐다보며 맹렬하게 몰아붙였다.

"두 분이 결혼 전 파리에서 낭만적인 시간을 보낸 적이 있다는 걸 누가 알고 있죠? 두 분이 주저 없이 프랑스까지 날아올 만큼 단호한 성격이라는 걸 누가 알고 있을까요? 두 분이 데자르 다리에 있는 자물쇠의 수수께끼를 풀어낼 수 있을 만큼 똑똑하다는 걸 누가 알고 있을까요?"

니키의 얼굴이 일그러졌다.

"카미유와 제레미……."

니키는 그 사실을 인정하지 않을 수 없었다.

"그 아이들이 왜 그런 짓을 벌였을까요?"

콩스탕스는 창문 쪽으로 고개를 돌렸다. 그녀의 시선은 먼 곳 어딘가에 가 있었고, 목소리는 좀 더 가라앉았다.

"내가 열네 살 때 부모님이 이혼하셨어요. 아마 내 생에서 최악의 시기는 바로 그때였을 거예요. 내 가슴은 갈가리 찢겨나가는 듯했고, 내가 믿었던 모든 가치들이 한순간에 보잘것없는 것으로 바뀌어 버렸으니까요."

콩스탕스는 담배에 불을 붙이고 깊이 한 모금 빨아들인 다음 다시 말을 이었다.

"이혼한 가정의 아이들 대부분은 은연중 엄마 아빠가 언젠가 재결합해 함께 사는 모습을 보게 되리라는 희망을 버리지 못한다고 해요. 그리고……."

세바스찬이 갑자기 콩스탕스의 말을 끊으며 그런 가설 자체를 거부했다.

"당신은 지금 앞뒤가 맞지 않는 소리를 하고 있어요. 그럼 제레미의 방에서 코카인이 나오고, 아파트가 쑥대밭이 될 정도로 뒤집혀 있고, 드레이크 데커가 살해당한 일은 어떻게 설명하죠? 술집에서 우리를 죽이려 들었던 미치광이 거인은 누구죠?"

"맞아요. 내가 말한 가설은 모든 의문에 대한 해답을 제공하지는 못해요."

콩스탕스는 그 지적을 순순히 시인한다는 듯 고개를 끄덕였다.

52

"들어오시죠, 경위님."

케렌 화이트는 검토 중이던 파일에서 눈을 들어 올리며 말했다.

샌토스는 법인류학자의 사무실 문을 열었다. 젊은 여자가 데스크에서 일어나 한쪽 선반에 놓인 커피머신에 캡슐 하나를 집어넣으며 물었다.

"에스프레소 한잔 할래요?"

"좋습니다."

샌토스는 벽들을 뒤덮고 있는 섬뜩한 사진들을 둘러보며 대답했다.

퉁퉁 부어오르거나 칼로 그어진 얼굴들, 갈가리 찢기거나 봉합된 시신들, 공포의 비명으로 섬뜩하게 일그러진 입들…….

샌토스는 흉측한 사진들에서 고개를 돌리고, 커피를 내리고 있는 젊은 여자를 바라보았다. 찰싹 달라붙는 치마, 둥근 테 안경, 높다랗게

쪽머리를 지은 헤어스타일, 엄격한 표정의 케렌 화이트는 시골 초등학교의 여교사를 연상케 했다.

케렌 화이트의 개성적인 모습은 때로 '미스 해골'이라는 으스스한 별명으로 불리기도 하지만 뭇 남성들의 환상의 대상이 되고 있는 것도 사실이었다. 케렌 화이트가 수행하는 임무는 범죄현장에서 발견된 인체의 잔해─뼛조각, 치아, 불탔거나 부패된 시체 등─로 신원을 확인하는 작업이었다. 범죄자들 역시 과학수사 테크닉이 나날이 진일보해가고 있다는 걸 알고 있었다. 살인자들이 신원을 확인할 수 없게 사체를 끔찍하게 훼손하는 행위가 늘어나고 있는 것도 과학수사의 발전과 무관하지 않았다.

"십 분 후에 사체부검이 있어요."

케렌 화이트가 손목시계를 들여다보며 말했다.

"그럼 빨리 본론으로 들어가죠."

샌토스는 고개를 끄덕이며 자리에 앉았다.

케렌 화이트는 조명을 모두 껐다. 날이 밝아지고 있었으나 우중충한 하늘 탓으로 사무실 안은 어둑어둑했다. 법인류학자는 리모컨 버튼을 눌러 벽에 걸린 OLED 화면의 전원을 켰다.

슬라이드영상 프로그램을 연 케렌 화이트는 세바스찬 래러비가 드레이크 데커의 술집에서 목을 그어 죽인 마오리 거인의 부검 결과 사진들을 보여주었다.

스테인리스 테이블 위에 프로젝터의 강렬한 빛을 받으며 길게 누워 있는 거대한 구릿빛 시신은 역겹기 짝이 없었다. 눈살을 찌푸리며 사체를 살펴보니 거인의 몸에 새겨진 문신의 수가 엄청나게 많았다. 얼굴뿐만 아니라 몸 전체가 문신투성이였다. 허벅지에는 나선형 문신들이 그려졌고, 등짝에는 원시 부족 문양으로 뒤덮였으며, 몸통에는 이글거리는 태양이며 아라베스크 같은 다양한 문양들이 새겨져 있었다.

케렌 화이트는 화면 앞에 서서 설명을 시작했다.

"얼굴에 새겨진 문신들과 깊게 베인 흉터들 때문에 저도 처음에는 희생자가 폴리네시아 혈통일 거라 생각했어요."

"검사해보니 그게 아니었단 말인가요?"

"네, 이런 문양들은 폴리네시아 사람들이 즐겨 하는 전통 문신 형태와 흡사하지만 분명하게 다른 점도 있어요. 폴리네시아인들의 문신은 엄격한 체계를 갖고 있는 데 반해 이 문신들은 그렇지 않거든요. 제가 생각하기에 어느 갱단의 논리가 이 문신에 적용된 것 같아요."

샌토스도 갱단의 관례를 익히 알고 있었다. 중앙아메리카 출신 갱단들의 문신은 어떤 보스에게 속했다거나 죽을 때까지 조직에 충성하겠다는 결의를 상징했다.

케렌 화이트는 또 다른 사진들로 넘어간 화면을 리모컨으로 가리켰다.

"이 사진들은 캘리포니아 교도소에서 찍었어요. 이 사진에 보이는 재소자들은 각기 다른 갱단에 속해 있지만 문신은 동일한 논리를 따르고 있습니다. 예를 들어 갱단의 조직원들은 조직을 위해 새로운 범죄를 추가할 때마다 특정한 문신 하나를 더 새길 수 있는 권리를 얻게 됩니다. 예를 들자면 팔에 새겨진 별 하나는 한 사람을 살해했다는 걸 표시하고, 이마의 별은 최소한 두 사람을 죽였다는 걸 나타내는 식입니다."

"문신이 일종의 범죄이력서가 되는 셈이군요."

샌토스가 말했다.

케렌 화이트는 고개를 끄덕이며 희생자의 문신을 확대한 사진으로 돌아왔다.

"저 거인의 몸에는 빨간 별이 다섯 개 있습니다. 크기는 작지만 오히려 도드라져 보이는 문신입니다."

"문신을 분석해봤나요?"

"아주 자세히 분석해봤지요. 문신을 새기는 데 사용된 칼은 길이가 짤막한 어느 지역의 전통 단검으로 보입니다. 더욱 주목해서 봐야 할 점은 피부에 주입시킨 염료라 할 수 있지요. 이 거인의 경우 매우 특별한 염료가 사용되었어요. 브라질 남부지방에서 주로 자라는 파라나소 나무의 고무수액에서 나오는 염료죠."

케렌 화이트는 몇 초 동안 기다렸다가 다음 사진으로 넘어갔다.

"브라질 리우데자네이루 교도소의 재소자들을 찍은 사진들입니다."

의자에서 일어나 화면 가까이 다가간 샌토스는 재소자들의 몸에서 보이는 문신과 마오리 족 거인의 문신이 똑같은 형태라는 걸 확인할 수 있었다. 둔중한 아라베스크 문양들, 돌출부의 끄트머리가 나선으로 휘어지는 형태……

케렌 화이트는 설명을 계속했다.

"이 재소자들에게는 한 가지 공통점이 있습니다. 이들은 아마존 지역인 아크레에 본거지를 둔 세링구에이로라는 마약카르텔에 속한 조직원들이라는 것입니다."

"세링구에이로?"

"세링구에이로란 원래 고무수액을 채취하는 인부들을 지칭하는 이름이었습니다. 아크레는 고무수액의 최대생산지 중 하나였죠. 그래서 아마도 그 이름이 남았을 겁니다."

법인류학자는 슬라이드를 끄고 조명을 켰다. 샌토스는 아직 물어볼 게 많았지만 '미스 해골'은 그를 정중하게 내쫓았다.

"자, 이제는 경위님이 뛸 차례로군요."

케렌 화이트가 그와 함께 복도로 나오며 남긴 말이었다.

샌토스는 에릭슨 플레이스 경찰서의 현관으로 걸어 나왔다. 청명한 하늘 위로 높이 떠오른 해가 커넬 스트리트의 보도들을 눈부시게 비추고 있었다.

샌토스는 케렌 화이트가 알려준 사항에 대해 좀 더 생각해봐야 할 필요성을 느끼고 경찰서 옆 스타벅스로 들어갔다. 그는 따뜻한 음료를 한 잔 주문하고 테이블에 앉아 생각에 잠겨들었다.

세링구에이로 카르텔?

샌토스는 10년 전부터 마약단속반에서 근무해왔지만 처음 들어보는 이름이었다. 사실 당연한 일인지도 몰랐다. 그가 매일처럼 잡아들여 감옥으로 보낸 마약딜러들은 뉴욕에서 활동하는 자들이었다. 국제 마약조직을 소탕하는 일은 그의 소관이 아니었다.

샌토스는 노트북을 열고 와이파이에 접속했다. 그는 곧바로 《로스앤젤레스타임스》 인터넷사이트에 접속했다. 지난달, 그 신문에서 마약 카르텔에 대해 특별 취재한 기사를 본 기억이 났기 때문이었다.

세링구에이로 카르텔의 붕괴

최근 브라질 당국은 2년 여에 걸친 수사 끝에 서쪽 지역 끝에 위치한 아크레주에 본거지를 둔 마약밀매카르텔을 소탕하는 데 성공했다.

콜롬비아의 카르텔들과 유사한 형태인 세링구에이로 카르텔은 그간 브라질연방 20여 개 주에 그 세력을 확장시키고 마약을 공급해왔다. 그들은 볼리비아에서 비행기로 밀반입한 코카인을 육로를 통해 브라질의 대도시들에 풀어놓는 방식으로 사업을 해왔다.

현재 세링구에이로 카르텔의 보스 파블로 카로도사는 감옥에 수감 중이다. 그는 50여 명의 반대파들을 잔혹하게 살해한 혐의를 받고 있는 용병들을 거느리고 거대 범죄조직을 이끌어왔다.

아크레 주에 뿌리를 내린 세링구에이로 카르텔은 아마존 밀림에 산재해 있는 비밀활주로를 이용해 매년 50톤이 넘는 코카인을 밀반입해온 것으로 알려졌다. 마약밀수업자의 쌍발기들이 끊임없이 브라질과 볼리비아를 오가며 엄청난 양의 코카인을 실어 날랐다. 아크레 주에서 지역별로 분류된 코카인은 다시 전국의 대도시들로 운반되었다. 리우데자네이루와 상파울루의 마약딜러들도 세링구에이로 카르텔로부터 코카인을 공급받아왔다.

파블로 카르도사는 그동안 세력을 공고히 하기 위해 수백 명의 유력인사들에게 뇌물을 제공해왔고, 다수의 금융업자들을 매수해 돈세탁을 해왔다. 파블로에게 뇌물을 받은 인사들의 면면을 보자면 국회의원, 기업인, 시장, 판사 그리고 경찰도 다수 포함되어 있다. 브라질 전역에서 대규모 체포 작전이 여러 차례 진행되었으며 앞으로도 계속 이어질 전망이다.

샌토스는 그 신문기사를 통해 알게 된 내용을 보충하기 위해 다른 정보들도 찾아보았다.

자, 이제 어떻게 한다?

샌토스는 엄청난 흥미를 느끼며 생각을 차분하게 정리해보았다. 보강수사를 위해 브라질에 다녀오겠다고 하면 상부에서 허락해주지 않을 게 뻔했다. 브라질 원정 수사를 하려면 행정적이고 외교적인 장애물이 너무나 많았다. 이론적으로는 브라질 수사관들을 접촉해보고, 그들에게 보고서를 한 부 보내줄 수도 있겠지만 그래 봐야 딱히 좋은 결과를 얻을 수 없다는 걸 잘 알고 있었다.

샌토스는 힘이 빠져 달아나는 걸 느꼈지만 항공사사이트들을 둘러보며 브라질에 다녀오는 데 드는 최소비용을 알아보았다. 아크레 주의 주도인 리오 브랑코는 바로 코앞에 있는 동네가 아니었다. 게다가 그 지역으로 가는 항공편은 극도로 열악했다. 뉴욕에서 출발해 최소한 세 군데의 기항지를 경유해야만 했다. 비용이 만만치 않게 드는 일이었지만 포기하고 싶지는 않았다. 저가 항공사를 이용하면 1,800달러 정도로 다녀올 수 있다는 계산이 나왔다. 그의 계좌에 그 정도 금액은 들어 있었다.

샌토스는 결심한 이상 오래 망설이지 않았다.

니키에 대한 열망이 그의 영혼을 꼼짝 못하게 사로잡아버린 것이다. 샌토스는 마치 외부로부터 작용하는 힘에 의해 원격조종되는 사람처럼 차에 올랐고, 자기 아파트에 들러 몇 가지 소지품을 챙긴 다음 공항을 향해 출발했다.

53

콩스탕스는 차문을 올리고 국제대학기숙사촌 미국관 정문을 지키는 경비원에게 경찰신분증을 보여주었다.

"BNRF의 콩스탕스 라그랑주 경감입니다. 문을 열어주시죠."

14구에 위치한 이 기숙사건물은 몽수리공원과 마레쇼 전차역을 마주하고 있었다.

콩스탕스는 황갈색 벽돌과 흰색 석재로 지은 웅장한 건물 앞에 쿠페를 주차시켰다. 니키와 세바스찬과 함께 안내데스크로 간 콩스탕스는 경찰신분증을 제시한 다음 사이먼 터너의 방 번호를 물었다.

세 사람은 곧바로 6층으로 올라갔다. 조형예술과 음악을 전공하는 학생들이 사용하는 조그만 아틀리에들이며 방음시설이 잘된 방들이 복도를 따라 길게 이어져 있었다.

콩스탕스는 노크를 생략하고 다짜고짜 사이먼 터너가 사용한다는 아틀리에의 문을 벌컥 열어젖혔다.

한껏 멋을 부린 헤어스타일, 최신 트렌드의 티셔츠, 시가레트 팬츠, 빈티지 운동화를 신은 학생 하나가 침대 위에 올려놓은 커다란 트렁크를 채우려고 끙끙대며 힘을 쓰고 있었다. 눈썹에는 강낭콩만한 피어싱이 반짝거렸다. 호리호리한 체격에 여자처럼 섬세한 용모는 왠지 중성적인 느낌을 갖게 했다.

"어이, 귀여운 학생, 내가 좀 도와줄까?"

콩스탕스는 경찰신분증을 보여주며 사이먼에게로 다가갔다.

일순 사이먼의 얼굴색이 창백해지며 크게 일그러졌다.

"나……나는 미국시민이에요."

콩스탕스가 더듬거리며 말하는 사이먼의 팔을 꽉 움켜쥐었다.

"이봐, 그건 영화에나 등장하는 대사야. 현실에서는 그저 웃기는 말일 뿐이지."

콩스탕스가 그를 책상 앞 걸상에 강제로 주저앉히며 위협적으로 말했다.

사이먼은 여형사 뒤에 서 있는 사람들이 래러비 커플이란 걸 알아보고 소스라치게 놀라며 소리쳤다.

"저는 제레미를 말려보려고 했어요."

세바스찬이 사이먼의 어깨를 으스러뜨릴 듯 움켜쥐었다.

"사이먼, 난 네 말을 다 믿어. 자, 그럼 지금부터 마음을 차분하게 진정시키고 처음부터 끝까지 이야기를 털어놔 봐. 제레미에게 무슨 일이 있었는지……."

사이먼은 제레미와 겪은 일들을 털어놓기 시작했다. 콩스탕스가 짐작했던 대로 제레미는 엄마 아빠를 한 자리에 모아 화해시키기 위해 이 일을 꾸몄다고 했다.

"제레미는 두 분이 여러 날 함께 지내다보면 다시 전처럼 서로 사랑하게 될 거라 확신했어요. 사실은 벌써 몇 년 전부터 그런 이야기를 해왔는데, 최근에는 아예 강박적으로 보였어요. 마침 카미유도 자기편을 들어주자 제레미는 두 분을 함께 파리로 떠나보내게 할 방법을 찾기 시작했어요."

입을 딱 벌린 채 사이먼의 이야기를 듣고 있던 세바스찬은 좀처럼 그 말을 믿을 수 없었다.

"제레미는 두 분이 함께 파리 행을 결심할 수 있게 하는 방법을 알고 있었어요. 제레미가 파리에서 위험에 처한 걸 알게 된다면 두 분이 파리까지 동행하리란 계산이 나온 거죠. 결국 제레미는 치밀하게 납치사건을 꾸미게 되었어요."

사이먼은 잠시 말을 멈추고 숨을 골랐다.

"어서 계속해봐!"

니키가 재촉했다.

"제레미는 영화에 대한 식견을 십분 활용했어요. 두 분이 한 팀이 되어 파리로 뛰어들지 않을 수 없게끔 완벽한 시나리오를 작성한 거예요."

콩스탕스가 곧장 물었다.

"제레미의 시나리오에서 네가 맡은 역은 뭐였니?"

"사실 저의 파리 연수는 이미 오래 전부터 예정되어 있었어요. 제레미가 저에게 부탁하더군요. 자기가 지하철에서 습격당한 끝에 납치되는 장면을 담은 동영상을 만들어달라고."

"그럼 우리에게 동영상을 보낸 사람이 바로 너였니?"

세바스찬이 물었다.

사이먼은 고갯짓으로 그렇다고 대답한 다음 한 마디 덧붙였다.

"사실 동영상에 등장하는 인물은 제레미가 아니었어요. 제 친구 중에 쥘리앙이라는 아이가 있어요. 쥘리앙은 생김새가 제레미와 흡사한데다 똑같은 옷을 입혀 놓으니 저도 착각할 만큼 비슷했어요. 제레미가 즐겨 착용하는 야구모자와 점퍼, 더 슈터즈 티셔츠를 입혔거든요. 두 분도 감쪽같이 속으셨죠?"

"넌 어른들을 놀리는 게 그리도 재미있니?"

세바스찬은 버럭 소리를 지르며 사이먼의 멱살을 거세게 흔들어댔다. 그는 얼굴이 벌겋게 상기되었던 일들을 한 가지씩 되짚어보았다.

"라 랑그 오 샤 카페에서 우리에게 전화한 사람도 바로 너였지?"

"네, 하지만 그 아이디어를 처음으로 떠올린 건 카미유였어요. 어때요, 재미있지 않아요? ('라 랑그 오 샤la langue au chat'는 '고양이에게 혓바닥'이라는 뜻이다. 그런데 'donner sa langue au chat'라는 프랑스어 표현은 직역하자면 '고양이에게 자기 혓바닥을 주다'라는 뜻이지만 비유적으로 '아무리 생각해봐도 모르겠다, 답을 찾는 걸 포기하겠다.'라는 의미로 쓰인다 : 옮긴이)"

"그러고 나서는?"

콩스탕스가 조급증을 드러내며 그의 말을 재촉했다.

"저는 제레미가 부탁한 일을 들어줬어요. 제레미의 배낭을 가르뒤 노르 역 라커에 집어넣고, 데자르 다리에 자물쇠를 매달고, 카미유의 요청에 따라 구입한 옷들을 호텔에 배달시켰어요."

세바스찬은 얼굴이 시뻘겋게 달아오르며 일갈했다.

"카미유가 이런 멍청한 광대 짓에 끼어들 리 없어!"

사이먼은 어깨를 으쓱했다.

"두 분이 뉴욕에 계실 때 신용카드를 슬쩍해 몽마르트르의 호텔과 센 강의 선상디너파티를 예약한 것도 카미유가 했어요."

"거짓말!"

"틀림없는 사실이에요."

사이먼은 억울하다는 듯 단호하게 반박했다.

"고서점 주인에게 책을 판 사람도 카미유였어요. 카미유가 아니면 누가 아빠의 금고에서 책을 빼내 이베이에 팔아먹을 수 있을 것 같아요?"

세바스찬은 조금도 반박할 수 없게 들이미는 증거들 앞에서 입을 딱 벌릴 뿐 아무 말도 하지 못했다.

니키가 침착하게 사이먼의 팔위에 손을 올려놓았다.

"이 보물찾기 놀이는 언제 끝나게 되어 있니?"

"그 사진을 찾으셨나요?"

니키가 고개를 끄덕였다.

"그 사진이 바로 퍼즐의 마지막 조각이니?"

"맞아요. 튈르리 공원에서의 약속이죠. 카미유와 제레미는 오늘 저녁 6시 30분에 두 분을 거기서 만나 모든 사실을 털어놓기로 했어요. 그런데⋯⋯."

사이먼은 어떻게 말해야 할지 생각하느라 잠시 뜸을 들였다.

"그런데 뭐?"

콩스탕스가 끼어들었다.

"사전에 저와 약속했던 것과 달리 제레미와 카미유는 파리에 오지 않았어요. 일주일 전부터 제레미에게서 소식이 끊겼어요. 이틀 전부터는 카미유의 휴대폰도 불통이 되었어요."

세바스찬은 화가 머리끝까지 나 몸을 부들부들 떨며 위협적인 기세로 사이먼을 가리켰다.

　"분명히 경고하는데 만일 네가 거짓말을 하는 거라면……."

　"분명 거짓말이 아니거든요!"

　"그럼 마약과 살인사건은? 그것도 빌어먹을 계획에 포함됐었니?"

　세바스찬이 시뻘게진 얼굴로 소리쳤다.

　사이먼의 얼굴이 일그러졌다.

　"마약과 살인사건이요?"

　사이먼의 얼굴이 별안간 파리해지며 되물었다.

54

화가 머리끝까지 치민 세바스찬은 사이먼의 멱살을 움켜쥐고 의자
에서 일으켜 세웠다.

"제레미의 방에서 코카인 일 킬로그램이 발견되었어. 그걸 모른다
고 잡아떼지는 않겠지?"

"이거 왜 이러세요? 제레미나 저는 코카인에는 손댄 적 없어요."

"제레미에게 포커를 치러 가자고 꼬드긴 게 바로 너였지?"

"포커를 치는 게 범죄는 아니잖아요."

"제레미는 이제 겨우 열다섯 살밖에 안된 미성년자야."

세바스찬은 사이먼을 벽에다 거칠게 밀어붙이며 소리쳤다.

사이먼은 얼굴이 일그러지며 몸을 부들부들 떨었다. 그는 세바스찬
에게 한 대 얻어맞을까봐 눈을 꼭 감고 두 팔을 얼굴 앞에 교차시켜놓
고 있었다.

"네가 제레미를 데리고 드레이크 데커의 술집에 간 건 정말 심각한 잘못이었어. 넌 제레미를 그런 곳에 데려가지 말아야했어."

세바스찬이 소리쳤다.

사이먼은 눈꺼풀을 간신히 열고 더듬거리며 말했다.

"드……드레이크요? 르 부메랑의 주인? 제레미가 그 사람과 알게 된 건 제 잘못이 아니었어요. 제레미는 비디오게임을 훔쳤다가 잡혀 간 부시윅 경찰서 감방에서 드레이크 데커를 만났다고 했어요."

세바스찬은 그 말에 깜짝 놀라 자기도 모르게 사이먼의 멱살을 놓았다.

니키가 세바스찬을 대신해 물었다.

"감방에서 만났던 드레이크 데커가 제레미에게 술집으로 포커를 치러 오라고 했단 말이지?"

"아마도 그럴 거예요. 그 살찐 돼지는 그 말을 한 걸 땅을 치고 후회하겠지만요. 제레미와 제가 오천 달러가 넘는 돈을 땄거든요. 아주 정정당당한 게임이었어요."

사이먼은 자신감을 회복한 기색이었다. 그는 흐트러졌던 티셔츠를 바로 펴며 말을 이었다.

"드레이크 데커는 그 치욕을 순순히 받아들이려 하지 않았어요. 그는 우리에게 돈을 지불하길 거부했죠. 화가 난 우리는 돈을 털기로 결정하고 그의 아파트에 잠입해 그가 돈을 넣어두는 작은 트렁크를 훔쳐왔어요."

"포커 용구를 담는 알루미늄 가방 말이니?"

니키와 세바스찬은 경악한 표정으로 서로의 얼굴을 쳐다보았다. 그들은 그 트렁크가 모든 재앙의 씨앗이었다는 걸 순간적으로 깨달았다.

"그 트렁크에 일 킬로그램에 가까운 코카인이 들어 있었어."

세바스찬이 소리쳤다.

사이먼의 눈이 덩달아 휘둥그레졌다.

"우린 몰랐어요."

"한 줄로 길게 붙어 있는 코카인들이 가방 안에 숨겨져 있었어."

니키가 부연 설명을 했다.

"우린 정말 그런 사실을 전혀 몰랐어요."

사이먼은 얼굴이 창백해지며 항변했다.

"우린 단지 드레이크에게 받아야 할 돈을 받고 싶었을 뿐이에요."

콩스탕스는 그런 말들이 오가는 동안 침묵을 지키며 사건이 벌어진 과정을 머릿속으로 재구성해보고 있었다. 퍼즐조각들이 점차로 제자리에 놓였지만 아직도 석연찮은 부분이 있었다.

콩스탕스가 사이먼에게 물었다.

"그 트렁크를 훔친 게 언제였지?"

사이먼은 잠시 생각에 잠겼다.

"제가 프랑스로 떠나기 바로 직전이었어요. 그러니까 약 보름 전이죠."

"제레미와 넌 겁도 나지 않았니? 드레이크가 가방을 도둑맞은 걸 알게 되면 복수할 수도 있다는 생각을 안 해봤어?"

사이먼은 어깨를 으쓱했다.

"그럴 가능성은 없다고 봤어요. 드레이크는 우리에 대해 아는 게 전혀 없었거든요. 달랑 이름만 알았지 성도 모르고 주소도 몰랐어요. 브루클린에만 250만이 넘는 사람들이 사는데 우릴 지목해 의심할 리 없잖아요."

"네가 아까 말하기를 드레이크가 너희들에게 빚진 돈이 오천 달러라고 했어. 트렁크 속에는 돈이 얼마나 들어 있었지?"

"오천 달러보다 더 들어있긴 했지만 그렇게 많지는 않았어요. 칠천 달러 정도 됐을 거예요. 우린 각자가 딴 비율에 따라 돈을 나누어 가졌어요. 추가로 얻게 된 돈은 그냥 보너스라고 생각했어요. 제레미는 여기저기 들어가는 돈이 많았어요. 파리 행 계획을 추진하는데도 돈이 필요했고, 또……."

사이먼은 그쯤에서 말을 멈췄다.

"또 뭐야?"

콩스탕스가 다그쳤다.

사이먼은 약간 거북한 기색으로 눈을 내리깔았다.

"제레미는 파리에 오기 전에 브라질에서 며칠을 보내고 싶다고 했어요."

브라질…….

니키와 세바스찬은 다시금 불안한 시선을 교환했다. 이틀 전, 그들이 학교에서 나오는 토마스를 붙잡고 물었을 때 브라질 여자에 대해 말했던 기억이 났다. 제레미가 인터넷을 통해 만났다는 브라질 여자…….

세바스찬이 그때 일을 생각하며 묻자 사이먼은 고개를 끄덕였다.

"네, 맞아요, 제레미는 밤마다 예쁜 카리오카(리우데자네이루 주민을 일컫는 포르투갈 말 : 옮긴이)와 채팅했어요. 더 슈터즈의 페이스북을 통해 서로 알게 됐다나 봐요."

"록그룹 더 슈터즈? 잠깐, 그건 말이 안 돼!"

니키가 단언했다.

"더 슈터즈는 콜드플레이처럼 유명 밴드가 아니야. 그들은 반쯤 비어 있는 조그만 홀이나 약간 외진 클럽에서 공연하는 언더그룹이야.

어떻게 리우데자네이루에 사는 여자아이가 그런 언더그룹의 팬이 될
수 있지?"

사이먼은 막연한 몸짓을 해보였다.

"글쎄요, 요즘은 인터넷이 있어서……."

세바스찬은 긴 한숨을 내쉬었다. 속이 답답해 미칠 것 같았지만 꾹
참고 나직이 물었다.

"그럼 너도 그 여자아이를 알고 있니?"

"그 여자아이 이름은 플라비아예요. 사진을 보니까 엄청 새끈하게
생겼던데……."

"혹시 지금 그 사진을 가지고 있니?"

"네, 제레미가 페이스북에 여러 장을 포스팅해놨어요."

사이먼이 배낭에서 노트북을 꺼내며 말했다. 사이먼은 와이파이를
통해 소셜네트워크 사이트에 접속해 계정을 입력한 뒤 몇 번의 클릭으
로 기가 막히게 예쁜 여자아이의 사진 십여 장을 한 페이지에 모았다.

플라비아는 금발에 푸른 눈, 자극적인 몸매 그리고 약간 그을은 피
부의 소유자였다.

콩스탕스, 니키 그리고 세바스찬은 노트북 주위에 붙어서 너무나도
완벽한 브라질 여자아이를 자세히 살펴보았다. 바비인형 같은 얼굴,
날씬한 몸매, 불룩 솟은 가슴, 구불거리며 길게 흘러내린 머리칼…….
사진은 핀업 걸의 다양한 포즈를 보여주고 있었다. 해변의 플라비아,
서핑을 즐기는 플라비아, 칵테일을 마시는 플라비아, 친구들과 비치
발리볼을 즐기는 플라비아, 비키니 차림으로 뜨거운 모래 위를 뒹구
는 플라비아…….

"이 여자아이에 대해 아는 게 또 뭐가 있지?"

"해변의 칵테일 바에서 일한다나 봐요. 제레미 말로는 플라비아가 자기에게 반해 집에 와서 며칠 동안 함께 지내자며 초대했대요."

세바스찬은 고개를 절레절레 흔들었다.

이 금발미녀의 나이는 얼마나 됐을까? 스물? 스물둘?

이미 성인이 된 여자가 겨우 열다섯 살 먹은 제레미에게 홀딱 반했다는 말을 과연 믿을 수 있을까?

"플라비아가 어떤 해변에서 일하는지는 몰라?"

콩스탕스는 노트북 화면을 탁탁 두드리며 단언했다.

"내가 보기에는 이파네마 해변 같아요."

콩스탕스는 이미지를 확대해 바다와 드넓은 모래사장 뒤쪽으로 높직한 언덕들이 솟아있는 풍경 하나를 화면 중앙으로 끌어냈다.

"이 쌍둥이처럼 보이는 산봉우리들이 바로 그 유명한 '두 형제' 죠. 저녁이면 저 봉우리 위로 석양이 져요. 몇 년 전, 바캉스 때 가봐서 잘 알아요."

콩스탕스는 사진을 확대해 플라비아가 일한다는 바의 이름을 비치 파라솔을 장식한 글자들을 통해 알아냈다. 바의 이름은 〈까샤싸〉였다. 그녀는 그 이름을 수첩에다 적어놓았다.

"그럼 카미유는?"

니키가 사이먼에게 물었다.

사이먼은 고개를 저었다.

"제레미가 소식을 전하지 않자 카미유는 걱정이 된다며 직접 리우데자네이루로 갔어요. 하지만 아까 말씀드렸다시피 브라질로 떠난 후 카미유와 통화가 되지 않아요."

세바스찬은 분통이 터지는 한편 맥이 쭉 빠져 달아났다. 도저히 말로 표현할 수 없는 기분이었다. 그 난폭한 거대도시 한가운데서 돈도 없이 헤매고 있을 두 아이의 모습이 눈에 선했다.

"당장 리우데자네이루로 가요."

니키였다.

콩스탕스는 그 생각에 즉시 난색을 표했다.

"내가 보기에 그건 불가능해 보여요. 두 사람은 지금 인터폴의 추적을 받고 있는 몸이라는 사실을 기억할 필요가 있어요. 아마 샤를드골 공항에 이대로 나갔다가는 십 분도 못 돼 체포될 걸요."

"당신이 우릴 도와줄 수 있지 않겠어요?"

니키가 금방이라도 울음을 터뜨릴 듯한 얼굴로 콩스탕스를 쳐다보았다.

"우리 아이들의 생명이 걸린 일이에요."

콩스탕스는 한숨을 푹 내쉬며 창문 쪽으로 고개를 돌렸다. 그녀는 24시간 전, 래러비 커플과 관련된 파일을 휴대폰으로 전송받으면서 이 사건에 뛰어들게 되었다. 자료의 처음 몇 페이지를 넘기는 동안에는 아주 평범해 보였던 수사였는데 이처럼 복잡한 양상을 띠고 전개되리라고는 상상조차 하지 못했다. 이제 그녀는 래러비 커플과 자녀들에 대해 각별한 애정을 느끼게 되었다는 걸 인정하지 않을 수 없었다. 그들을 끝까지 도와주고 싶었지만 지금은 뛰어넘을 수 없는 장벽이 가로놓여 있었다.

"미안해요. 내겐 두 분이 문제없이 파리를 뜨게 해줄 수 있는 방법이 없어요."

콩스탕스는 니키의 눈길을 피하며 말했다.

55

"어서 오세요, 라그랑주 부인! 어서 오세요, 보차리스 선생님."

니키와 세바스찬은 탑승티켓을 돌려받은 다음, TAM항공사(중남미 최대의 항공사)의 매력적인 스튜어디스의 안내를 받으며 비즈니스 칸에 있는 그들의 좌석을 향해 걸어갔다. 세바스찬은 재킷을 벗어 스튜어디스에게 맡겼지만 콩스탕스와 그녀의 부하가 마련해준 두 개의 여권만큼은 소중히 간직했다.

"이게 통하다니 믿어지지가 않아."

세바스찬은 보차리스의 신분증에 붙은 사진을 보며 속삭였다.

"이 친구는 최소한 나보다 열다섯 살은 아래인데 말이야."

"누군 나이보다 젊게 보여서 좋겠네?"

니키가 살짝 빈정거렸다.

"출국 검사를 하는 사람들이 일을 대충 한다는 걸 처음 알았어."

니키는 현창을 통해 어둠 속에서 빛나는 항공표지등을 불안스레 쳐 다보았다.

장대비가 퍼붓고 있었다. 비는 활주로를 흠뻑 적시며 아스팔트 노 면을 번들거리는 은빛 천으로 덮어놓았다. 궂은 날씨가 그녀의 비행 공포증을 가라앉혀줄 리 없었다. 그녀는 승객들을 위해 비치된 세면 도구세트를 뒤져 숙면용 안대를 찾아냈다. 안대로 눈을 가리고 제레 미의 방에서 가져온 아이팟을 켠 다음 최대한 빨리 잠이 들기를 기대 하며 헤드폰을 머리에 걸쳤다.

두려움을 이겨내야 해.

힘을 아껴야 해.

니키는 브라질에서 벌어질 이 게임의 후반전이 결코 쉽지 않으리란 생각이 들었다. 그들은 파리에서 시간을 너무 많이 허비했다. 아이들 을 되찾을 수 있는 실낱같은 가능성을 살리고 싶다면 신속하게 움직 여야만 했다.

요람처럼 흔들리는 음악에 실려 잠이 밀려들었다.

니키는 꿈과 추억들이 뒤섞이는 모호한 상태 속으로 조금씩 빠져들 었다. 지금도 출산의 기억은 거의 현실처럼 생생하게 느껴졌다. 그녀 가 처음으로 아이들과 헤어지게 된 때, 뱃속에서 움직임이 느껴지던 날들을 무사히 보내고 나서 그 깊고 강한 끈이 처음으로 끊어졌던 그 때의 기억 말이다.

두 시간 전에 이륙한 보잉777 여객기는 현재 포르투갈의 남쪽 상공 을 비행하고 있었다. 세바스찬은 스튜어디스에게 자신의 음식쟁반을 치워달라고 부탁했다.

세바스찬은 좌석에서 몸을 뒤틀고 있었다. 잠을 자두고 싶었지만 신경이 곤두서 잠이 오지 않았다. 그는 무료함을 달래기 위해 콩스탕스가 준 관광안내서를 펼쳐 첫줄부터 읽어보았다.

　인구 1,200만의 거대도시 리우데자네이루는 카니발과 고운 모래해변 그리고 도시에 만연한 축제분위기로 유명한 관광명소이다. 브라질에서 두 번째로 큰 이 도시는 폭력과 범죄가 빈발하는 곳이기도 하다. 매년 5천 건의 살인사건이 발생하는 리우데자네이루 주는 세계에서 가장 위험한 장소로 손꼽힌다. 이 도시의 인구 당 살인 비율은 프랑스에 비해 30배나 높으며……

　세바스찬은 소름이 쫙 끼쳤다. 더 이상 읽고 싶지 않은 글이었다. 책 읽기를 중단한 그는 관광안내서를 좌석에 붙은 그물포켓망에 집어넣었다.

　지금은 관광안내책자나 읽고 겁에 질려 있을 때가 아니야.

　다음 순간, 세바스찬의 생각은 콩스탕스에게로 옮겨갔다. 이런 힘든 상황에서 콩스탕스를 만난 건 불행 중 다행이었다. 콩스탕스가 아니었다면 지금쯤 파리의 감방에서 잠을 자고 있을지도 몰랐다. 그녀는 그들에게 비행기티켓을 사주었을 뿐만 아니라 신분증과 돈, 휴대폰까지 마련해줬다.

　콩스탕스가 겪고 있는 불행한 운명은 그의 마음을 너무나 아프게 했다.

　그렇게 젊고 활기찬 여자가 그런 몹쓸 병에 걸리다니!

　콩스탕스의 의료파일을 읽고, 그녀와 대화하면서 사람은 운명의 결정에 따를 수밖에 없는 존재라는 걸 알게 되었다.

　의사의 진단이 백 퍼센트 정확하다고 단정할 수 있을까?

세바스찬은 의사의 절망적인 진단이 내려지고 나서도 끈질긴 투쟁으로 보란 듯이 병마를 이겨낸 사람들을 여러 명 보아왔다. 뉴욕의 저명한 암전문의 가렛 굿리치 박사는 악성종양에 걸린 어머니를 치료하는데 성공했다. 소용없는 일이 될지 모르지만 그는 콩스탕스가 가렛 굿리치 박사를 만날 수 있게 도와주리라 마음먹었다.

세바스찬의 생각은 다시 제레미에게로 돌아왔다. 분노와 경탄이 얽힌 모순된 감정이 교차했다. 제레미는 자기 자신을 위험에 빠뜨렸을 뿐만 아니라 카미유까지 이 일에 끌어들였다. 제레미의 무분별한 행동을 생각하면 분통이 터졌지만 다른 한편으로는 가족을 위해 그런 일을 꾸민 마음이 헤아려져 가슴이 뭉클했다.

제레미가 부모를 재결합시키기 위해 거짓 납치사건을 꾸미기까지 했다는 사실은 그동안 부모의 이혼이 얼마나 큰 고통이었는지 짐작케 하는 것이었다.

세바스찬은 아들의 강인한 도전 정신에 자부심이 느껴지기도 했다. 제레미는 여러 번 그를 깜짝 놀라게 했다. 멋지게 속이고, 또 무수히 감동시켰다.

세바스찬은 눈을 감았다. 정신없이 흘러간 지난 사흘의 시간을 생각하자니 현기증이 느껴졌다. 그의 삶은 단 몇 시간 만에 통제 불능의 상태가 되었다. 궤도에서 벗어나다 못해 완전히 전복되어 버렸다. 지난 72시간은 불안과 고통 그리고 흥분과 열정의 연속이었다.

제레미의 생각처럼 니키와 함께 있으면 살아 있다는 느낌이 들었다. 때론 천사 같고, 때론 악마 같은 니키는 싱싱한 생명력과 철부지 같은 장난기 그리고 그의 마음 깊은 곳을 흔들어놓는 원초적인 매력을 가지고 있었다.

그들은 아이들을 구해야 한다는 일념으로 한 팀을 이루었다. 실망과 갈등으로 점철되었던 시간도 있었고, 극과 극인 성격 탓에 수없이 다투기도 했지만 끝내 하나로 뭉치게 되었다.

물론 아직 티격태격하는 것 말고는 소통의 방법을 알지 못하고, 여전히 서로에 대한 원망으로 속이 부글부글 끓긴 했지만 둘의 관계가 시작된 첫날처럼 은밀한 연금술과 공모의식이 흐르고 있었다.

니키와 함께 있으면 삶은 갑자기 스크루볼 코미디 같은 양상을 띠곤 했다. 그는 캐리 그랜트였고, 그녀는 캐서린 헵번이었다. 이제 그는 명백한 사실을 인정하지 않을 수 없었다. 니키와 함께 웃고, 다투는 일만큼 즐거웠던 기억이 없었다. 니키는 자그마한 불씨를 되살려 매일의 삶을 풍요롭고 강렬하게 만드는 여자였다.

세바스찬은 한숨을 길게 내쉬며 좌석에 몸을 묻었다. 그의 머릿속에서 경고등이 주의를 주듯 깜빡대고 있었다. 만일 아이들을 되찾고 싶은 마음이 있다면 니키와 다시 사랑에 빠지는 일만큼은 절대로 피해야 한다고.

니키는 그의 최대 동맹군이지만 동시에 가장 경계해야 할 적이기도 하므로.

제 4 부
이파네마의 아가씨

두 사람 사이에는, 그들이 아무리 굳게 결합되
어 있다 할지라도 깊은 심연이 존재하며, 사랑
은 그 위로 아주 허술한 구름다리 하나를 걸쳐
놓을 수 있을 뿐이다.

–헤르만 헤세

56

"택시입니다! 택시입니다! 택시가 손님을 호텔까지 모셔다 드립니다."

열기 가득한 분위기, 사방에서 웅성거리는 소리, 짐을 찾거나 세관을 통과하기 위해 길게 늘어선 줄…….

갈레앙국제공항은 한증막만큼이나 후텁지근했다.

피곤에 절은 니키와 세바스찬은 공항홀로 나오자마자 관광객들을 소리쳐 부르는 택시기사들을 지나 렌터카 대리점들이 있는 곳으로 걸어갔다. 상파울루에서 잠시 예정되었던 기항은 한없이 늘어졌다.

비행기는 예정보다 2시간 반이나 늦어진 11시 반에 상파울루를 이륙했다.

"당신은 차를 빌려. 나는 돈을 환전해올게."

니키가 말했다.

세바스찬은 렌터카 점 앞에 늘어선 줄의 맨 뒤에 서서 보차리스의 운전면허증을 꺼내들었다. 그는 차례가 되자 어떤 차종을 고를지 망설였다. 이제 아이들을 찾아 헤매야 할 텐데 도시 안의 이동으로 끝날 것인지, 아니면 울퉁불퉁한 도로를 돌아다녀야 할지 알 수 없었다. 결국 랜드로버를 선택했고, 차를 찾으러 강한 햇빛이 넘실대는 주차장으로 나갔다.

세바스찬은 땀을 비 오듯 흘리며 재킷을 벗고 운전대에 앉았고, 니키는 콩스탕스가 휴대폰에 남긴 메시지를 들었다.

콩스탕스는 이파네마 구역의 플라비아가 일한다는 해변 부근에 호텔을 잡아주었다. 콩스탕스는 파리에서도 추가 수사를 계속해나가고 있으며 그들에게 행운을 빈다고 했다.

장시간 여행으로 몸이 파김치처럼 늘어진 그들은 일랴 도 고베르나도르에서 시내까지의 도정을 표시하는 고속도로 표지판(조나 술—센트로—코파카바나)을 눈으로 확인하며 말없이 차를 몰았다.

세바스찬은 이마의 땀을 훔치고 나서 눈꺼풀을 문질렀다. 하늘은 더러운 기름을 발라놓은 듯 우중충했고, 숨이 막힐 정도로 오염된 공기가 눈을 따갑게 했다. 차창을 짙게 선팅 해 바깥 풍경이 뿌연 주황색으로 보였다. 마치 터치가 거친 그림을 보는 듯했다.

차는 몇 킬로미터도 못가 극심한 교통체증 속에 갇혀버렸다. 체념한 그들은 차창 밖으로 눈을 돌려 주변풍경을 둘러보았다. 고속도로 양편으로 붉은 벽돌 건물들이 끝없이 펼쳐져 있었다. 저마다 옥상에 빨랫줄을 매어놓은 삼층 건물들이었다. 서로 포개지고 얽히며 불안정한 균형 속에 겹쳐져 있는 그 집들은 마치 포도송이를 연상케 했다.

파벨라는 미로처럼 복잡하고 혼란스러운 판자촌이었다. 어마어마하게 광범위하게 자리 잡은 파벨라는 주변 풍경을 조각내고, 전망을 부수거나 뒤틀고, 지평선에 무수한 균열을 내며 그 지역 전체를 황갈색과 적갈색, 다갈색 색조의 입체파 콜라주처럼 보이게 했다.

서민들의 오막살이인 파벨라의 모습이 사라지고, 산업시설들이 모습을 드러냈다. 몇 백 미터를 지나갈 때마다 차기 월드컵과 2016년 올림픽을 알리는 광고판이 세워져 있었다. 이 두 가지 빅 스포츠행사 때문에 도시는 온통 거대한 공사판으로 변해 있었다. 철책들이 둘러쳐진 엄청난 규모의 공사장들은 도시의 윤곽을 바꿔놓기에 충분했다. 벽들을 허무는 불도저들, 땅을 파 뒤집는 로더들 그리고 쉬지 않고 폐자재를 실어 나르는 덤프트럭들……

랜드로버는 고층건물 숲이 우거진 도시의 중심부를 가로질러 대형 호텔과 쇼핑센터들이 즐비한 도시의 남부지역으로 들어섰다. 비로소 리우데자네이루는 모두가 기대하는 그림엽서의 자태를 드러냈다. 한쪽은 바다, 다른 쪽은 언덕과 산들로 둘러싸인 시다데 마라빌료자(경이로운 도시)의 풍광 말이다.

랜드로버는 이제 해변도로로 접어들어 그 유명한 비에이라 소토 대로를 따라 달렸다.

"바로 저기야!"

니키가 유리와 목재, 대리석으로 지은 작은 건물 하나를 가리켰다.

랜드로버를 주차요원에게 맡긴 그들은 멋지고 세련된 호텔 건물 안으로 들어섰다. 그곳은 마치 미국 TV드라마 〈매드맨〉의 한 장면 속에 들어와 있는 듯한 느낌이 들게 할 만큼 1950년대 식 가구들로 우아하게 장식되어 있었다.

로비에서는 기분 좋은 느낌이 났다. 빨간 벽돌, 감미로운 음악, 마룻바닥, 푹신한 소파들, 약간 구식 느낌이 도는 서가……. 바짝 긴장한 그들은 카운터-아마존에서 베어온 나무둥치를 깎아 만든 것-에 팔꿈치를 얹고 콩스탕스와 보차리스의 이름을 숙박부에 기재했다.

객실에 들어선 그들은 목을 축이고 태양으로부터 몰려와 해변에서 거세게 부서지는 파도를 바라보며 잠시 한가로운 시간을 보냈다. 호텔의 안내책자를 보니 '이파네마'라는 이름은 '위험한 물'이라는 뜻으로 아메리카인디언의 방언에서 유래되었다고 나와 있었다. 조금은 불길한 징조일 수도 있었지만 그들은 크게 신경 쓰지 않았다. 그들은 반드시 '이파네마의 아가씨'를 찾아내고 말리라는 굳은 결심을 하고 객실을 나왔다.

호텔 밖으로 발을 내딛자마자 매캐한 배기가스 냄새와 차들이 내뿜는 소음이 숨을 턱턱 막히게 했다. 보도에는 조깅을 하는 사람들, 인라인스케이터들 그리고 자전거를 타는 사람들이 쉴 새 없이 지나가며 행인들과 공간 확보를 위한 다툼을 벌였다. 거리에는 고급상점, 피트니스센터 그리고 성형외과 클리닉들이 밀집해 있었다.

니키와 세바스찬은 도로를 건너 한들거리는 야자수들과 함께 해안선을 따라 쭉 뻗어 있는 산책로로 갔다. 해변의 널찍한 조망대는 이리저리 어정거리며 손님들의 눈길을 끌기 위해 온갖 꾀를 짜내는 행상들의 왕국이었다. 그들은 아이스박스나 양철통을 들고 다니거나 성냥갑만 한 노점에 들어앉아 야자수열매 수액, 마테 차, 수박, 오븐에 구운 비스킷, 바삭바삭하면서 캐러멜 맛이 도는 꼬까다 과자, 대로 전체에 매큼한 냄새를 풍기는 쇠고기꼬치구이를 팔고 있었다.

그들은 좁다란 석조계단을 통해 해변으로 걸어 내려왔다. 옆쪽의 코파카바나해변에 비해 한결 세련된 장소라 할 수 있는 이파네마 해변은 작열하는 태양의 열기와 함께 눈부시게 빛나는 백사장을 따라 3

킬로미터나 뻗어 있었다.

지금은 점심시간이라 백사장 주변은 사람들로 가득했다. 대양은 넘실거리며 다가와 무지갯빛 포말을 일으키며 부서지는 파도의 힘찬 너울들로 반짝이고 떨렸다.

니키와 세바스찬은 해변에서 호텔고객 전용으로 마련된 공간을 빠져나와 플라비아가 일한다는 바를 향해 걸어가기 시작했다.

해변에는 7백 미터마다 높다란 감시탑이 하나씩 서 있었다. '푼토'라고 불리는 감시탑들은 일종의 지표 겸 해수욕객들의 약속장소로 흔히 이용되는 곳이었다. 푼토8은 무지개 색 깃발로 장식되어 있는 것으로 보아 동성애자들의 만남 장소인 듯했다.

니키와 세바스찬은 그곳을 지나쳐 계속 걸어갔다. 대양에서 솟은 파도의 거품이 그들에게까지 날아왔다. 저 멀리에는 보석처럼 반짝거리는 카가라스 섬들과 사이먼이 가지고 있던 사진을 통해 이미 본 적이 있는 '두 형제' 언덕의 쌍둥이 같은 모습이 보였다.

그들은 축구와 비치발리볼을 즐기는 사람들 사이를 요리조리 빠져나가며 드넓게 펼쳐진 백사장을 계속해서 걸었다. 떠들썩한 해변은 속옷이나 수영복을 주제로 패션쇼가 벌어지고 있는 런웨이를 방불케 했다.

이파네마에서는 온통 관능이 넘쳐흘렀다. 공기에서 에로틱한 긴장감이 느껴지는 듯했다. 선탠오일을 바른 조각 같은 체격의 서퍼들이 지켜보는 가운데 날씬한 아가씨들은 성형한 가슴을 보란 듯이 내밀고 손바닥만 한 비키니 한 장만을 걸친 차림으로 골반을 흔들어대며 해변을 활보하고 있었다.

니키와 세바스찬은 푼토9에 도착했다. 척 보기에도 이 해변에서 가장 '클래스'가 있어 보이는 곳으로 리우데자네이루의 상류층 젊은이들의 집합장소인 듯했다.

"자, 그러니까 이제 우리는 이름이 플라비아이고, 어떤 칵테일 바에서 서빙을 하는 반 벌거숭이 금발미녀를 찾아야 한다는 얘긴데……."

니키가 말했다.

"까샤싸가 저기 있어."

세바스찬은 고급스러워 보이는 한 열대풍의 초가집을 가리켰다.

까샤싸는 고급 파레오 드레스를 두르고 잠자리선글라스를 낀 차림으로 보사노바 리믹스를 들으며 한 잔에 60헤알 하는 모히토 칵테일을 홀짝대는 여유 있는 고객들이 드나드는 비치 바였다.

세바스찬과 니키는 웨이트리스들을 눈여겨 살펴보았다. 모두가 비슷비슷한 모습들이라 누가 누군지 분간이 되지 않았다. 스무 살, 모델 같은 몸매, 미니스커트, 어깨와 가슴을 훤히 드러낸 네크라인…….

"Hello, my name is Betina. May I help you?(안녕하세요, 내 이름은 베티나예요. 무엇을 도와드릴까요?)"

아름다운 여인들 중 하나가 그들에게 물었다.

"우리는 아가씨를 찾고 있어요. 혹시 플라비아라고 이 집에서 일하나요?"

니키가 물었다.

"플라비아? 네, 여기서 일하지만 오늘은 보이지 않네요."

"혹시 그 아가씨가 어디에 사는지 알아요?"

"저는 모르지만 플라비아의 집이 어딘지 알만한 아가씨를 불러드리죠."

그녀가 불러온 아가씨는 또 다른 바비인형이었다. 금발에 푸른 눈,

눈부신 미소…….

"크리스티나예요. 플라비아와 같은 동네에 살죠."

크리스티나가 그들에게 인사했다. 더 없이 아름답긴 했지만 왠지 슬프고도 금방이라도 부서져버릴 것 같은 연약함이 느껴지는 아가씨였다.

"플라비아는 사흘 전부터 여기에 일하러 나오지 않았어요."

"혹시 왜 그런지 이유를 알 수 있을까요?"

"아뇨. 우리는 근무타임이 같을 때는 함께 내려와요. 하지만 플라비아는 요즘 집에 없어요."

"플라비아가 사는 집이 어딘지 알아요?"

크리스티나는 언덕이 있는 쪽을 가리켰다.

"호씨냐에 있는 집에 살아요."

"플라비아에게 전화해봤어요?"

"네, 하지만 전화를 걸 때마다 자동응답기가 대신 받았어요."

니키는 지갑에서 제레미의 사진을 꺼냈다.

"혹시 이 아이를 본 적이 있어요?"

니키가 사진을 보여주며 물었다.

크리스티나는 고개를 가로저었다.

"플라비아는 남자친구를 수시로 바꾸는 애라서…….'

"플라비아의 주소를 우리에게 알려줄 수 있어요? 플라비아의 부모님을 찾아뵙고 몇 가지 물어볼 게 있어요."

브라질 아가씨는 인상을 찌푸렸다.

"호씨냐는 관광객들이 가볼 만한 곳이 못돼요. 두 분만 거기 간다는 건 말도 안 될 만큼 위험하죠."

세바스찬이 다시 한 번 부탁해봤지만 크리스티나는 완강하게 거절했다.

"그럼 아가씨가 우릴 호씨냐까지 데려다 줄 수 없을까요?"

니키가 물었다.

크리스티나는 그 제안이 썩 달갑지 않은 표정이었다.

"그건 불가능해요. 방금 나와서 일을 시작했거든요."

"크리스티나, 오늘 일당은 우리가 지불할 테니 제발 동행해줘요. 플라비아가 친구라면 아가씨가 도울 필요가 있지 않겠어요?"

크리스티나는 그제야 고개를 끄덕였다.

"좋아요. 그럼 잠깐만 기다리세요."

크리스티나는 보스로 보이는 남자에게 허락을 받으러 갔다. 몸에 꼭 끼는 수영복 차림으로 그보다 나이가 두 배는 더 많아 보이는 고객과 함께 브라질의 국민칵테일인 까이피리냐를 마시고 있는 청년이었다.

"좋아요, 허락을 받아냈으니 저와 같이 가요."

크리스티나가 돌아와 말했다.

"차를 가지고 오셨나요?"

57

　랜드로버는 파벨라의 구절양장처럼 굴곡진 도로를 유연하게 올라갔다. 핸들을 잡은 세바스찬은 크리스티나가 가리키는 대로 차를 운전해갔다.

　크리스티나는 남부의 호화로운 주택단지들을 지난 뒤 언덕을 타고 구불구불 오르는 에스트라다 다 가베아, 다시 말해 이 도시 최대의 파벨라에 이르는 접근로로 그들을 인도해왔다. 대부분의 빈민촌과 마찬가지로 호씨냐도 도시를 굽어보는 거대한 언덕인 〈모로〉 위에 세워진 마을이었다.

　차창을 내린 니키의 눈에 헤아릴 수 없이 많은 집들이 언덕의 사면에 다닥다닥 붙어 있는 모습이 보였다. 얽히고설키고, 겹치고 포개지며 황갈색 벽돌들로 지평선을 꽉 틀어막은 그 오두막들은 금방이라도 허물어져 머리 위로 쏟아져 내릴 것 같은 불안감을 안기기에 충분했다.

차가 '아스팔트(리우데자네이루에서는 부유층이 모여 사는 해변 근처의 구역 〈아스팔트〉와 파벨라들이 걸려 있는 언덕들인 〈모로〉를 도식적으로 대립시키곤 한다.)'를 벗어나 언덕들에 다가감에 따라 눈에 두드러지는 역설이 한 가지 드러났다. 도시에서 가장 훌륭한 조망을 제공하는 지역이 바로 이 파벨라라는 사실이었다. 독수리둥지처럼 쉽게 접근할 수 없는 곳에 자리 잡은 파벨라가 제공하는 경관은 레블론과 이파네마의 해변들뿐만이 아니었다. 파벨라는 요새처럼 전략적인 위치에 자리 잡고 있었다. 다시 말해 아래쪽에 있는 도시를 관측하기에 더없이 이상적인 장소였다. 마약밀매업자들이 왜 파벨라를 사령부로 삼는지 잘 설명해주고 있었다.

세바스찬은 랜드로버를 후진시켰다. 이제 파벨라의 입구는 그다지 멀지 않았지만 급격히 휘어지는 이중 커브길이 마치 병목지점에서처럼 차량의 흐름을 방해하고 있기 때문이었다. 낡은 오토바이나 털털거리는 모터택시들만이 이 지옥처럼 꽉 막힌 곳을 빠져나올 수 있는 특권을 부여 받고 있었다.

"가장 간단한 방법은 차를 여기다 세우고 걸어가는 거예요."

크리스티나가 충고했다.

세바스찬은 차를 갓길에 주차시켰다.

그들 일행은 전천후 사륜구동차를 버리고 백여 미터 떨어진 호씨냐 입구까지 걸어 올라갔다.

파벨라에서는 관광안내책자들이 묘사하는 비참한 이미지가 전혀 느껴지지 않았다. 니키와 세바스찬은 살벌한 사지에 들어가게 되리라 각오했지만 그들 앞에 나타난 곳은 자못 건전한 분위기마저 느껴지는 서민 마을이었다.

거리는 깨끗했으며 콘크리트로 지은 집들은 수도와 전기는 물론 케이블TV도 연결되어 있었다. 몇몇 자그마한 4층 건물들이 그라피티 낙서로 뒤덮여 있는 게 보이긴 했지만 낙서의 알록달록한 색깔 때문에 오히려 유쾌한 느낌을 주었다.

"리우데자네이루에서 다섯 사람 중 한 명은 파벨라에 살아요."

크리스티나가 설명했다.

"여기 사는 사람들의 대부분은 착실한 근로자들이죠. 보모, 파출부, 버스기사, 간호사, 심지어는 교사들도 있어요."

아래의 해변에서 보았던 향료와 꼬치구이, 옥수수의 고소한 냄새가 여기서도 맡아졌다.

나른하다고 할까, 아니면 약간 분주하다고 할까?

분위기는 대체로 평온했다. 귀청이 터질 듯 크게 틀어놓은 바일레 펑크(노골적인 가사에 랩과 펑크가 혼합된 형식의 장르로 리우데자네이루 빈민가의 전형적인 음악이다 : 옮긴이) 곡들이 집집마다 흘러나왔다. 큰길에서는 아이들이 자기가 마치 네이마르이기라도 되는 양 공을 뻥뻥 차댔다. 다양한 연령대의 남자들은 테라스테이블에 앉아 밤베르그 필젠 맥주를 홀짝거렸고, 여인네들은 아기를 돌보거나 창턱에 팔꿈치를 괴고 수다를 떨고 있었다.

"얼마 전에 군대와 경찰이 불시에 쳐들어왔어요."

크리스티나가 총알자국이 벌집처럼 난 어느 거대한 프레스코화 앞을 지날 때 말했다.

큰 도로를 벗어난 그들은 비탈진 골목길들이 거미줄처럼 얽혀 있는 곳으로 들어갔다. 곳곳이 계단으로 좁아드는 가파른 골목길들의 미궁이었다.

파벨라는 분위기가 차츰 바뀌면서 좀 더 쇠락한 집들이 나타났다. 집들이 난파 후에 깨진 곳을 얼기설기 막아놓은 선박들과 비슷했다. 문 앞에는 쓰레기가 산더미처럼 쌓여 있었고, 머리 위에 얼기설기 이어져 있는 전깃줄들은 이곳에서 불법접속이 횡행하고 있다는 사실을 증명해주었다.

니키와 세바스찬은 벌떼처럼 랜드로버를 둘러싸고 돈을 구걸하는 꼬마들로부터 벗어나기 위해 진땀을 흘려야 했다.

새롭게 나타난 거리는 이름이 없었으며, 집들에도 주소가 붙어 있지 않았다. 낡아빠진 건물들의 위협적인 그림자들만이 노천 하수구의 수면에 어른거렸다. 으슥한 구석마다 고여 있는 웅덩이들에서는 구름처럼 모여든 모기떼가 왱왱거렸다.

"지자체는 종종 큰 도로에 있는 쓰레기통만 수거해가죠."

크리스티나가 설명했다.

젊은 웨이트리스를 앞장세운 삼인조는 걸음을 재촉했고, 그 발길 앞에 쥐들이 후닥닥 도망쳤다. 5분 후, 그들은 더욱 허술한 집들이 다닥다닥 붙어 있는 언덕의 반대쪽 사면으로 빠져나왔다.

"이제 거의 다 왔어요."

크리스티나는 금방이라도 쓰러질 듯 서 있는 어느 집의 유리창을 두드리며 말했다.

잠시 기다리자 꼬부랑 할머니가 문을 열어주었다.

"플라비아의 어머니세요."

푹푹 찌는 날씨였지만 노파는 두터운 숄로 몸을 감싼 모습이었다.

"Bom dia, Senhora Fontana. Voce ja viu Flavia?(폰타나 부인 안녕하세요? 혹시 플라비아 보셨어요?)"

"Ola, Cristina.(안녕, 크리스티나.)"

노파는 먼저 인사를 건넨 뒤 빠끔히 열린 문틈으로 크리스티나의 질문에 대해 뭐라고 대답했다.

크리스티나가 몸을 돌리고 통역을 해주었다.

"폰타나 부인의 말로는 이틀 전부터 딸의 얼굴을 본 적이 없대요."

노파가 크리스티나에게 다시 뭐라고 말하기 시작했다. 포르투갈어를 한 마디도 하지 못하는 니키와 세바스찬은 그들이 대화하는 모습을 우두커니 지켜보고 있어야만 했다.

어쩜 저리 나이 든 할머니에게 스무 살짜리 딸이 있을까?

니키는 노파를 유심히 살펴보는 동안 머리에서 떠오르는 의문을 지울 수 없었다. 주름살로 쭈글쭈글한 노파의 얼굴은 여러 근심과 수면 부족으로 곳곳이 움푹 꺼져 있었다. 최소한 일흔 살은 되어 보였다. 무슨 하소연을 하는지 중간 중간 우는 소리 때문에 말이 끊기는 노파의 이야기는 듣기가 여간 고역스럽지 않았다.

크리스티나는 노파의 말을 중단시키고 다시 통역을 해주었다.

"플라비아는 주초에 미국인 남매를 집에 데려왔었다고 하네요."

니키는 지갑을 열어 쌍둥이 사진을 노파에게 내밀었다.

"Eles sao os unicos!(그들이 맞아요!)"

노파는 쌍둥이의 얼굴을 즉각 알아보고 말했다.

세바스찬의 심장이 세차게 요동쳤다. 이제는 목적지에 거의 다 와가는 듯한 느낌이 들었다.

"지금 그 아이들이 어디에 있습니까?"

세바스찬이 조급하게 다그쳐 물었다.

크리스티나가 다시 노파에게 설명을 시작했다.

"무장한 사내 몇 명이 그저께 새벽에 집으로 들이닥쳤대요. 그들이 플라비아와 두 분의 자녀들을 납치해갔다고……."

"무장한 사내들?"

"오스 세링구에이로스Os Seringueiros!"

노파가 소리쳤다.

니키와 세바스찬은 크리스티나의 입만 뚫어지게 쳐다보았다.

"그러니까 그들은 세링구에이로라고 하네요."

노파가 크게 소리치는 바람에 이웃사람들이 몰려들었다. 창밖으로 몸을 내놓고 텔레노벨라(스페인, 포르투갈, 중남미에서 제작되는 TV연속극으로 세계적인 인기를 얻고 있다 : 옮긴이) 이야기가 한창이던 동네 아낙네들은 노파의 집 앞에서 벌어지는 구경거리를 놓치지 않기 위해 몰려들었다. 노파의 집 주변에서 어슬렁거리던 음산한 눈빛의 남자들이 무슨 구경거리라도 난 양 모여든 아이들을 쫓아버리며 다가왔다.

크리스티나는 노파와 몇 마디 대화를 더 나누었다.

"부인이 두 분에게 플라비아의 방을 보여주겠대요. 두 분의 자녀가 그 방에다 소지품을 두고 갔다나 봐요."

니키와 세바스찬은 초조한 마음으로 노파를 따라 집안으로 들어갔다. 바깥 모습을 보고 짐작했지만 집안은 안락한 분위기와는 거리가 멀었다. 대충 엮어 조립한 합판들이 벽을 대신하고 있었고, 플라비아의 방은 이층침대 두 개를 벽에다 붙여놓은 침실에 지나지 않았다.

매트리스 위에 놓인 캐러멜 색 가죽배낭이 세바스찬의 시선을 잡아끌었다. 카미유가 여행할 때 주로 가지고 다니는 배낭이었다. 세바스찬은 배낭을 뒤집어 안에 든 내용물을 모두 쏟아냈다. 청바지 한 벌, 티셔츠 두 장, 속옷 몇 개, 세면도구파우치 한 개 등으로 특별히 시선을 끄는 물건은 없었다.

어쩌면 카미유의 휴대폰은 혹시…….

세바스찬은 휴대폰을 켜보려 했으나 배터리가 바닥나 있었다. 그는 맥이 탁 풀리는 걸 느끼며 휴대폰을 호주머니에 집어넣었다. 아무튼 이제 방향을 제대로 잡은 셈이었다.

'세링구에이로'라고 하는 갱단에게 납치되어 가기 전에 카미유와 제레미는 브라질 아가씨와 함께 이 집에 왔었던 게 분명했다.

노파는 다시 소리 지르고, 울고, 딸꾹질하고, 하느님께 맹세하고, 주먹을 불끈 쥐기도 하며 뭐라고 소리를 질러댔다. 크리스티나는 이제 나가자고 눈짓을 보냈다. 바깥 분위기도 한창 달아올라 있었다. 사람들은 불에 기름을 붓는 재미를 만끽하고 있었다. 집 앞에 몰려선 무리들이 세바스찬 일행을 보고 으르렁대기 시작했다. 분위기가 자못 팽팽해지며 긴장감이 높아져 갔다. 이제 그들은 이 동네에서 환영받지 못하는 존재들이었다.

갑자기 노파가 그들에게 욕설을 퍼부었다.

"할머니 말로는 플라비아가 납치된 건 두 분의 자녀 때문이래요."

크리스티나가 통역해주었다.

"두 분의 자녀가 할머니의 집에 불행을 몰고 왔다고 욕을 퍼붓고 있어요."

이제 분위기는 한층 악화되었다. 약간 취기가 있어 보이는 동네사람이 니키를 거칠게 밀어붙였고, 세바스찬은 어느 집 창문에서 날아든 음식쓰레기가 든 양동이를 아슬아슬하게 피해야만 했다.

"두 분은 어서 돌아가세요. 제가 이 사람들을 진정시켜 볼게요."

"고마워요, 크리스티나! 하지만……."

"빨리 돌아가요. 두 분에게는 너무나 위험한 상황인 것 같아요."

체념어린 고갯짓을 주고받은 니키와 세바스찬은 욕설과 위험을 가하는 소리를 들으며 황급히 자리를 떴다. 그들은 가파른 골목길들이 거미줄처럼 얽힌 빈민촌의 미로 속에서 뜀박질을 하듯 차를 세워둔 곳으로 돌아왔다.

차를 주차해둔 이중커브 길에 다다른 그들은 다시 한 번 깜짝 놀라지 않을 수 없었다. 그들이 타고 온 랜드로버가 어디론가 사라지고 없었다.

58

니키와 세바스찬은 찌는 듯한 무더위와 먼지, 피로감, 공포 속에서 한 시간이 넘게 터덜터덜 걸은 끝에 겨우 택시를 잡아탈 수 있었다. 택시운전사는 그들이 정신없어하는 틈을 타 호텔까지 데려다주고는 무려 200헤알을 뜯어갔다. 마침내 땀으로 흠뻑 젖은 몸으로 호텔 객실의 문턱을 넘어선 그들은 완전히 녹초가 되어 있었다.

니키가 샤워를 하는 동안 세바스찬은 프런트데스크에 인터폰을 해 카미유의 휴대폰을 충전할 수 있게 배터리케이블을 가져다 달라고 부탁했다.

벨보이는 5분 만에 달려왔다. 세바스찬은 휴대폰을 전원에 연결했으나 배터리가 방전된 까닭에 사용하려면 적어도 몇 분을 더 기다려야 했다.

세바스찬은 조급해지는 마음을 달래기 위해 손톱을 물어뜯기도 하고, 실내를 북극처럼 만드는 에어컨 바람을 낮추기도 했다. 그러고 나서 다시 휴대폰을 집어 들고 진작 알아두길 잘했다고 생각하며 카미유의 비밀번호를 입력했다.

몇 달 동안 딸을 염탐해온 사실이 미안했지만 그 덕분에 휴대폰 비밀번호를 기억하고 있어 무척이나 다행이었다.

갑자기 세바스찬의 얼굴이 일그러졌다. 흉곽 부분에 격심한 통증이 엄습해왔기 때문이다. 그 동안 잊고 있던 상처가 오랫동안 길을 걸은 탓에 되살아난 것이다. 타박상 투성이의 몸 전체가 욱신거렸고, 등은 마치 반절로 접히는 것 같았고, 목덜미는 나무토막처럼 뻣뻣해졌다. 양쪽 옆구리가 유세프와 졸개들이 가한 주먹질의 고통을 고스란히 떠오르게 했다.

세바스찬은 눈을 들어 거울에 비친 자신의 모습을 들여다보았다. 텁수룩하게 자란 수염, 땀이 말라비틀어진 머리칼, 살벌하게 빛나는 눈동자를 보노라니 마치 다른 사람을 대하는 듯했다. 셔츠는 땀에 흠씬 젖어 몸에 찰싹 달라붙어 있었고, 색깔이 누렇게 변색돼 보였다.

세바스찬은 거울에서 눈을 돌리고 욕실 문을 열었다.

가슴 위까지 타월을 둘러 묶은 니키가 샤워부스에서 걸어 나오고 있었다. 물에 흠씬 젖어 뒤엉킨 그녀의 머리칼이 어깨 위에서 출렁이다가 아래로 흘러내렸다.

니키는 추운지 몸을 파르르 떨었다. '당신은 노크할 줄도 몰라?', '뻔뻔스럽게 음흉해!' 같은 말들이 쏟아져 나올 거라 생각했는데 니키는 한 걸음 가까이 다가오더니 그를 뚫어지게 쳐다보았다.

니키의 쑥색 눈동자에서 신비한 그림자가 어른거렸다. 빛나는 성운 같은 주근깨가 보일 듯 말 듯 살짝 흩뿌려진 그녀의 우윳빛 피부는 수

증기에 감싸인 채 한층 뽀얗게 빛났다.

세바스찬은 덥석 니키의 목을 잡고 입술을 포갰다. 그 바람에 니키의 타월이 저절로 흘러내리며 알몸을 드러냈다.

니키는 조금도 저항하지 않고, 거친 입맞춤에 몸을 맡겼다. 세바스찬은 한 줄기 욕망의 물결이 치밀어 오르며 아랫배가 뜨끈해지는 것 같은 느낌을 받았다. 둘의 숨결이 하나로 섞여들었다. 오랫동안 잊고 지낸 니키의 살결에서 박하 향 같은 신선한 느낌이 났다.

현재의 한 가운데로 과거의 기억들이 밀려들었다. 예의 감각들이 되살아났고, 갖가지 추억들이 플래시가 터지듯 일제히 명멸하며 떠올랐다. 몸이 완벽하게 밀착된 가운데 근육이 팽팽해지고, 심장이 쾅쾅거리며 뛰었다. 아찔한 현기증에 사로잡힌 그들은 오랫동안 좌절과 원망 속에 가둬놓았던 끈들을 풀어헤쳤다. 그들은 조금씩 긴장의 끈을 풀고 자제력을 잃어가며 서로의 몸에 깊숙이 빠져들었다.

바로 그때 은방울처럼 청아한 멜로디가 들려왔다. 그 소리가 그들의 뜨거운 포옹을 풀게 했다.

카미유의 휴대폰 벨소리였다.

SMS가 도착한 걸 알리는 그 소리가 그들을 다시 암담한 현실세계로 되돌려놓았다. 그들은 허둥지둥 정신을 수습했다.

세바스찬은 셔츠의 단추를 다시 잠갔고, 니키는 타월을 집어 들었다. 그들은 함께 침실로 달려가 휴대폰 옆에 무릎을 꿇고 앉았다. 휴대폰 화면의 사탕 모양 아이콘에 메일 두 통이 도착했다는 메시지가 보였다. 전자우편서비스로 보내온 사진 두 장이 서서히 휴대폰 화면에 나타나기 시작했다.

결박되고 재갈이 물린 제레미와 카미유의 모습이 클로즈업된 사진들이었다.

세 번째 메시지가 불쑥 떠올랐다.

두 분의 자녀를 살아 있는 모습으로 만나고 싶은가요?

깊은 충격을 받은 그들은 두려움에 사로잡힌 시선을 교환했다. 그들이 미처 대답할 말을 찾아내기도 전에 또 다른 SMS가 다그쳐 물어왔다.

그런가요, 아닌가요?

니키는 휴대폰을 집어 들고 문자판을 두드려 답변을 보냈다.

그래요.

문자의 대화가 이어졌다.

그렇다면 내일 아침 새벽 3시, 마나우스의 수상도시로 오시오. 카드를 가져오실 것. 반드시 두 사람만 와야 하고, 아무에게도 알리지 마시오. 그렇지 않을 경우…….

"카드? 무슨 카드? 이 사람들이 말하는 카드가 뭐지?"
세바스찬이 그 말을 머릿속으로 되뇌어 보며 소리쳤다.
니키는 문자판을 두드렸다.

어떤 카드?

대답은 오랫동안 지체됐다. 두려움에 사로잡힌 니키와 세바스찬은 방안을 가득 채운 비현실적인 빛 속에서 석상처럼 굳은 채 꼼짝 하지 못하고 있었다.

세상은 석양에 잠겨들고 있었다. 하늘과 해변, 건물들은 연분홍에서 진홍색에 이르는 갖가지 색채들이 연주하는 교향곡 속으로 녹아들고 있었다. 2분 정도가 흐른 후 니키는 재차 물었다.

어떤 카드를 말하는 거죠?

마치 일초가 천년처럼 느껴졌다. 그들은 숨도 쉬지 못하고 문자메시지를 애타게 기다렸다.

갑자기 해안 쪽에서 긴 함성이 솟았다. 저녁마다 있는 일이지만 해가 '두 형제' 언덕 뒤로 떨어지자 관광객들과 시민들이 세상이 떠나가라 내지르는 함성이었다. 멋진 하루를 보내게 해준 태양에게 고마움을 표시하기 위한 관습이었다.

세바스찬은 분통을 터뜨리며 문자메시지를 보낸 번호로 전화를 걸어봤지만 들리는 건 공허한 신호음뿐이었다.

세바스찬은 큰소리로 중얼거렸다.

"도대체 이 사람들이 말하는 카드란 무얼 뜻하는 걸까?

심카드? 은행카드? 어떤 지도? 아니면 그림엽서?(심카드, 은행카드, 지도, 그림엽서는 프랑스어에서 모두 carte라는 동일한 단어를 포함하고 있다 : 옮긴이)

니키는 벌써 호텔 측이 고객들을 위해 비치해놓은 브라질지도를 침대 위에 펼쳐놓고 있었다. 그녀는 납치범들이 지정한 약속장소에 사인펜으로 십자표시를 했다. 아마존 유역 최대 도시, 다시 말해 세계에서 가장 광대한 숲의 한복판에 자리한 마나우스는 리우데자네이루에서 3천 킬로미터나 떨어져 있었다.

세바스찬은 벽시계를 쳐다보았다. 벌써 저녁 8시가 가까워지고 있었다.

어떻게 새벽 3시까지 마나우스까지 갈 수 있단 말인가?

세바스찬은 호텔 프런트에 전화해 리우데자네이루와 아마존 지방의 수도를 잇는 항공편 시간을 물어보았다.

몇 분 후, 프런트에서 다음 비행기는 22시 38분에 예정되어 있다고 알려주었다.

그들은 일 초도 망설이지 않고 티켓 두 장을 예약한 다음 공항으로 가기 위해 택시를 불렀다.

59

"Boa noite senhoras et senhores승객 여러분, 안녕하십니까? 저는 기장인 조제 루이스 마샤도입니다. 승객 여러분을 이 에어버스 A320기로 마나우스까지 모시게 되었습니다. 비행시간은 약 4시간 15분 정도 소요될 예정입니다. 원래 22시 38분에 이륙하기로 예정되었지만 30분 정도 지체돼……."

니키는 한숨을 쉬고 현창 밖을 내다보았다. 몇 해 남지 않은 국제스포츠행사들을 준비하기 위해 터미널 확장 공사가 한창이었다. 활주로에는 십여 대의 대형화물기가 줄을 서서 이륙허가가 나기만을 기다리고 있었다.

니키는 파블로프의 조건반사가 작용한 것처럼 거의 기계적으로 눈을 감고 헤드폰을 머리에 걸쳤다. 사흘 동안 벌써 세 번째나 타는 비행기였고, 탈 때마다 불안감이 사라지기는커녕 갈수록 증폭되었다. 그녀는 음악을 들으면서 불안감을 떨쳐버리려고 볼륨을 높였다. 지금 그녀의 정신은 끔찍이도 혼란스러웠다.

정신적으로나 육체적으로나 기진맥진한 탓일까? 갖가지 이미지들과 느낌들이 머릿속으로 몰려들어 아우성을 쳤다. 아직도 느낌이 생생하게 남아 있는 세바스찬과의 짧은 포옹, 아이들에게 드리워진 위험한 그림자, 아마존에선 또 무슨 일이 기다리고 있을까?

비행기는 여전히 이륙하지 않았다. 니키는 헤드폰에서 들려오는 음악소리를 듣다가 갑자기 이상한 생각이 들어 눈을 떴다. 어디선가 익숙하게 들어본 곡 같았다.

일렉트로닉 팝과 브라질 힙합이 혼합된 이 음악을 어디서 들었더라?

파벨라에서 들었던 바로 그 음악이었다. 그곳의 열어젖힌 창문마다 흘러나오던 리우데자네이루 바일레 펑크…….

니키는 노래의 제목들을 스크롤해 보았다. 삼바, 보사노바, 레게 리믹스, 포르투갈어로 된 랩 등이 모여 있었다. 다시 말해 이 아이팟은 제레미의 것이 아니었다.

왜 지금껏 이 사실을 깨닫지 못했을까?

니키는 헤드폰을 벗고 아이팟 속에 저장된 파일들을 훑어보았다. 음악, 동영상, 사진, 게임, 주소록 등이 들어 있었다. 특별히 이상하게 보이는 건 없었다.

적어도 그녀가 상당히 큰 분량의 PDF파일이 들어 있는 마지막 폴더를 찾아내기 전까지는 그랬다.

"내가 뭔가를 찾아낸 것 같아!"

니키가 자신이 발견한 폴더를 세바스찬에게 보여주며 말했다.

세바스찬도 아이팟을 들여다보았으나 화면이 손톱만 해 파일을 읽는 게 거의 불가능했다.

"이 파일 폴더를 컴퓨터에 연결해야 할 것 같아."

세바스찬이 말했다. 그는 안전벨트를 풀고 좌석 사이의 통로를 거슬러 올라가 노트북을 두드리고 있는 한 남자를 찾아냈다. 겨우 그를 설득해 노트북과 케이블을 몇 분 동안 빌려오는 데 성공했다. 자리로 돌아온 세바스찬은 아이팟을 노트북에 연결했고, 화면에 PDF파일이 뜨자 클릭하여 열었다.

처음 나타난 사진들이 그들의 눈을 놀라게 만들었다. 그들의 눈에 아마존의 울창한 수풀 속에 누워 있는 프로펠러단엽기가 보였다. 그 비행기는 정글 한복판에 추락한 게 분명해보였다.

세바스찬은 스크롤하여 사진들을 훑어보았다. 아마도 휴대폰으로 촬영한 듯 화질이 썩 좋지는 않았지만 밀림에 추락한 쌍발기가 터보프로펠러를 장착한 더글러스 DC-3라는 사실을 알아보기에는 충분했다.

세바스찬은 어렸을 때 이 비행기 모형을 여러 대 만들어본 적이 있었다. 제2차 세계대전 당시의 상징적인 비행기로 항공사에 한 획을 그은 유명 제품이었다. 세계 도처의 전선들(인도차이나, 북아프리카, 베트남 등)로 수많은 병사들을 실어 날랐고, 그 후 민간에서 재활용되었다. 튼튼하고 투박하면서도 관리가 쉬운 이 기종은 도합 만 대가 넘게 제작되었고, 지금도 중남미와 아프리카, 아시아의 하늘을 누비고 있었다.

추락에 가까운 불시착의 결과로 비행기의 코 부분과 뒷날개의 에일러론 부분이 심각하게 파손되었고, 조종석 유리창도 박살나 있었다. 캔틸레버 구조의 앞날개도 완전히 부서졌으며, 프로펠러는 얽히고설킨 덩굴에 꼼짝 못하게 끼어 있었다. 옆구리에 두 개 문짝 부분이 커다랗게 뚫린 가운데 동체만이 그럭저럭 제 형태를 유지하고 있었다.

그 다음 사진은 더욱 섬뜩했다. 기장과 부기장의 모습이 보였다. 조종복은 피가 스며들어 거무튀튀했고, 얼굴은 이미 부패가 상당 부분 진행된 상태였다.

세바스찬은 다음 사진을 보았다. 비행기의 내부는 보통 화물기 분위기였다. 승객석 대신에 나무상자들이 층층이 쌓여 있었고, 열려 있는 철제궤짝들 안에는 각종 중화기들, 기관단총, 수류탄 등이 보였다. 하지만 그들을 가장 놀라게 한 건 믿겨지지 않을 만큼 많은 양의 코카인이었다. 투명비닐과 접착테이프로 묶어 싸놓은 수백 개의 네모난 꾸러미들이 이제 보니 모두 코카인이었다.

400킬로그램? 500킬로그램?

정확히 추산하긴 힘들었지만 적어도 수천만 달러어치는 될 성싶었다.

그 다음 이미지들은 한결 선명했다. 사진의 주인공이 팔을 쭉 뻗어 휴대폰으로 자신의 모습을 촬영한 듯했다. 머리칼을 굵직한 타래로 길게 땋아 내린 드레드락 머리의 소유자인 서른 살 가량의 꺽다리 남자였다. 며칠 동안 면도를 하지 못한 듯 수염이 텁수룩하게 자란데다 땀이 줄줄 흘러내리는 깡마른 얼굴은 구름 위를 나는 듯 더 없이 행복해보였다. 번들거리는 눈은 붉게 충혈되었고, 동공은 확대되어 새카맸다. 코카인을 물리도록 흡입한 사람의 얼굴이었다.

남자는 헤드폰을 꼈고, 등에는 커다란 배낭을 멨으며, 무릎까지 내려오는 반바지의 벨트에는 캠핑용 수통을 클립으로 고정시켰다. 비행기 추락현장을 우연히 발견한 사람 같지는 않아 보였다.

"선생님, 비행기가 곧 이륙합니다. 안전벨트를 매고, 컴퓨터는 꺼주세요."

세바스찬은 주의를 주는 스튜어디스를 향해 고개를 끄덕였다. 그는 이야기의 끝이 궁금해 자료를 급히 넘겨갔다. 마지막 페이지들에 들어 있는 사진은 아마존 숲을 찍은 위성사진 한 장, GPS좌표들이 열거된 목록 그리고 문제의 쌍발기를 찾아갈 수 있게 해주는 상세한 길 정보들이었다.

보물지도가 따로 없군.

그런데 가만 '지도carte'라?

"우리에게 가져오라고 한 카드carte가 바로 이 지도였어. 그들은 처음부터 이 지도를 찾고 있었던 거야."

니키는 얼른 휴대폰을 꺼내 컴퓨터 화면에 대고 사진을 찍어댔다. 비행기, 지도 그리고 자메이카 풍 헤어스타일의 남자까지……

"지금 뭐하는 거야?"

"이 정보들을 콩스탕스에게 보낼 생각이야. 그녀가 마약밀수꾼들의 정체를 알아낼 수도 있잖아."

이제 비행기는 활주로로 가기 위해 유도로로 진입했다. 스튜어디스는 몹시 화난 얼굴로 다시 그들에게 다가와 퉁명스런 어조로 당장 휴대폰을 끄라고 명령했다.

니키는 지시를 따르기 전에 찍은 사진들 중 재빨리 몇 장을 골라 자신의 메일주소를 통해 첨부파일로 발송했다. 그녀는 세바스찬이 스튜어디스와 말씨름을 하고 있는 틈을 타 수신인 란에 콩스탕스의 메일주소와 로렌조 샌토스의 메일주소를 첨부해 넣었다.

60

로렌조 샌토스의 비행기가 리오 브랑코의 조그만 공항의 활주로에 내려앉은 시각은 저녁 9시가 조금 넘어서였다. 그는 아크레 주의 주도까지 오기 위해 서른 시간 이상을 비행했다. 저가항공사의 좁아터진 좌석 위, 소란스런 승객들 틈에 끼어 앉아 두 군데의 기착지―상파울루와 브라질리아―를 거쳐야만 했다. 그야말로 온몸의 진을 빼는 여행이었다.

컨베이어벨트 앞에 다다른 샌토스는 피곤한 눈꺼풀을 비비며 트렁크를 화물칸에 넣게 만든 객실사무장을 원망하며 투덜거렸다. 그는 짐이 나오길 기다리며 메일을 확인하려고 휴대폰을 켰다.

니키가 보낸 메일 한 통이 도착해 있었다. 메일에 대해 메모해둔 건 없었다. 제목도 없었고, 설명도 없었다. 다만 사진 십여 장이 들어 있을 뿐이었다.

사진 이미지들이 단말기로 전송되고 있는 동안 샌토스는 짜릿한 흥분이 온몸으로 밀려드는 걸 느꼈다. 그는 사진을 한 장 한 장 검토해보았다. 아직 모든 게 명확하지는 않았지만 조금씩 머릿속에서 몇 개의 퍼즐이 맞춰지면서 자신의 직감이 일부분 맞았다는 걸 알 수 있었다.

본능을 따라 브라질까지 온 게 얼마나 잘한 일인가!

샌토스는 자신의 손이 가늘게 떨리고 있음을 깨달았다.

이 열에 들뜬 흥분, 위험, 두려움…… 경찰이 가장 좋아하는 칵테일이었다.

샌토스는 니키에게 전화를 걸어보았지만 곧바로 자동응답기에 연결되었다. 이제 그는 장담할 수 있었다. 그녀가 보낸 메일은 일종의 구조요청이었다. 그는 트렁크를 찾아야 한다는 걸 깜박 잊어버렸다. 그는 얼마나 다급했던지 벌써 헬리콥터 터미널로 가는 방법에 대해 알아보고 있었다. 마침내 행운의 여신이 그에게 미소를 지었다.

오늘밤, 그는 일석이조의 사냥에 성공할 결심이었다. 그의 모든 경력을 통틀어 가장 큰 마약사건을 해결하는 동시에 사랑하는 여인을 다시 차지하고 싶었다.

같은 시간 파리

콩스탕스는 끈질긴 노력을 계속하고 있었다. 그녀는 아침부터 래러비 커플을 돕기 위해 할 수 있는 모든 방법을 다 동원했다. 사이먼의 페이스북 페이지에서 플라비아의 사진들을 찾아내 각처의 관계자들에게 보냈는데 그 결과 놀라운 사실들을 알게 되었다.

콩스탕스의 눈은 바짝 말라 있었다. 모니터로 작업하는 사람들의 숙명인 눈이 따끔거리는 느낌을 없애려고 눈을 연신 깜박거려보았다.

컴퓨터 화면의 디지털시계를 힐끗 보았다. 어느덧 새벽 3시였다. 잠시 휴식을 취하기로 하고, 주방으로 가서 곡물 빵과 누텔라크림으로 타르틴을 한 개 만들었다.

정원을 마주한 채 간식을 맛보고 있는데, 한 입씩 베어 물 때마다 어린 시절 생각이 고스란히 되살아났다. 시월 말의 산들바람이 얼굴을 어루만졌다. 그녀는 눈을 감았고, 평화를 느꼈다. 마침내 분노에서 해방되고, 죽음의 공포를 벗어버리기라도 한 것처럼 그녀는 평화로운 느낌에 온몸을 내맡겼다.

창으로 흘러들어오는 미풍의 부드러운 감촉과 함께 가을동백의 달콤한 냄새가 맡아졌다. 이 평화의 느낌 속에서 현재의 순간이 더없이 강렬하게 다가왔다. 누가 들으면 말도 안 되는 소리라고 할 수도 있겠지만 종말은 더 이상 불가피한 게 아닌 듯 모든 두려움이 물러가버렸다.

금속성 벨소리가 전자메일 한 통이 도착했음을 알려주었다.

콩스탕스는 눈을 뜨고, 노트북 화면 앞으로 돌아왔다.

니키가 보낸 메일이었다. 첨부파일을 클릭하자 곧 그녀가 보낸 사진들이 나타났다. 정글 한복판에 추락한 비행기의 잔해, M-16과 AK-47소총 그리고 수백 킬로그램의 코카인이 실린 궤짝들, 잔뜩 흥분해 있는 어떤 캠핑 족, 아마존지역 지도 하나……

그 후 세 시간 동안 콩스탕스는 노트북 화면에서 거의 한 번도 고개를 들지 않았다. 이 사진들이 의미하는 게 무엇인지 알아내기 위해 자신의 네트워크 전체에 수십 통의 메일을 발송했다. 그녀의 휴대폰 벨이 울린 건 아침 6시 반이 다 되어서였다.

니키였다.

61

아마조니아 한가운데 떠 있는 콘크리트 섬

브라질 북서부에 위치한 마나우스 시는 아마존 밀림 가장 깊숙한 곳에서 종양과도 같은 도시 지역을 사방으로 전이시키며 드넓게 펼쳐져 있었다.

네 시간이 넘게 비행한 니키와 세바스찬은 마침내 공항터미널에 내려섰다. 수하물을 찾는 홀에는 호객행위를 하는 불법택시기사들이 득실댔다.

니키와 세바스찬은 그들은 무시해버리고, 정식택시회사의 창구로 가서 예약쿠폰을 한 장 구했다.

비가 내리고 있었다.

터미널을 빠져나온 그들을 반긴 건 숨을 턱 막히게 하는 열대의 축축한 열기였다. 공기는 더러웠고, 습기를 잔뜩 머금고 있었다. 먼지,

오염된 수증기, 매연 등이 뒤섞인 대기는 호흡하기 힘들 만큼 매캐했다.

택시회사직원에게 쿠폰을 제시하자 그는 빨간색과 녹색으로 재도 장한 메르세데스240D 앞으로 인도해주었다. 1970년대 말에 유행한 차종이었다.

차안은 밀폐된 공간 특유의 냄새가 코를 찔렀다. 부패물, 유황, 토사물 등이 뒤섞인 악취였다. 그들은 서둘러 차 유리부터 내렸다. 뻣뻣한 머리칼, 온통 썩어버린 치아에 브라질축구대표팀 유니폼을 걸쳐 입은 젊은 혼혈인 기사에게 목적지를 알려주었다.

라디오에서는 브라질식 마카레나가 쉬지 않고 흘러나왔다. 귀가 떠나갈 듯 시끄러운 음악, 정말이지 견디기 힘든 소음이었다.

세바스찬은 볼륨을 낮춰달라고 기사에게 강력하게 요청했다. 니키는 휴대폰을 켜 프랑스에 전화를 걸어보려고 해보았다. 소득 없는 통화시도가 몇 차례 반복된 끝에 마침내 콩스탕스가 전화를 받았다.

"그동안 자세히 알아봤는데, 좋지 않은 소식을 전해야 할 것 같아요."

콩스탕스가 말했다.

"좋아요. 하지만 우린 시간이 그리 많지 않아요."

니키는 미리 그렇게 말한 다음 세바스찬도 대화내용을 들을 수 있게 외부스피커로 연결했다.

"내 이야기를 잘 들어봐요. 플라비아의 사진들을 내가 아는 사람들에게 보냈어요. 몇 시간 전, OCRTIS, 즉 마약불법거래단속중앙국에서 일하는 한 동료로부터 전화를 받았어요. 그는 사진 속의 여자를 안다고 했어요. 그녀의 이름은 플라비아가 아니라는군요. 그녀는 바로 마약계의 바비인형이라 불리는 소피아 카르도사라는 여자랍니다. 세링구에이로 카르텔의 두목이자 브라질 마약계의 대부인 파블로 카르도사의 외동딸이죠."

니키와 세바스찬은 하얗게 질린 얼굴로 서로를 쳐다보았다. 세링구에이로……. 이미 리우데자네이루에서 들어본 적 있는 이름이었다.

"한 달 전부터 파블로 카르도사는 철통같은 경계망을 자랑하는 어느 연방교도소에 갇혀 있어요. 공식적으로 말하자면 카르도사의 카르텔은 브라질당국이 벌인 대규모 소탕작전으로 와해된 걸로 되어 있더군요. 소피아 카르도사는 아버지의 제국을 계승하겠다는 야심을 품고 있는 것 같아요. 그녀가 이파네마 해변에서 웨이트리스로 일한 건 위장전술일 뿐이었어요. 그녀는 파벨라에서 한 번도 살아본 적이 없어요. 두 분을 호씨냐에 데려가 헤매게 한 것도 의도된 연출이었어요."

차안에서 숨 막히는 악취가 났지만 니키는 도시의 소음을 차단하고자 차 유리를 올렸다. 날씨는 후텁지근했고, 공기 중에는 끈끈한 습기와 매연이 배어 있었다. 멋대가리 없이 비쭉비쭉 솟아 있는 고층건물들이 이 도시의 화려했던 과거의 자취들인 낡은 건물들과 어울려 서 있었다. 과거 한 때, 이 아마조니아의 수도가 전 세계 고무생산을 주도했던 시절이 있었다. 한밤중인데도 거리는 아직도 바글대는 사람들로 소란스럽고 활기에 차 있었다.

"그럼 비행기는 뭐죠?"

니키가 물었다.

"OCRTIS의 동료에게 DC-3의 사진들을 보여주었어요. 그 사람 말로는 이건 의심의 여지가 없답니다. 그 쌍발기는 카르텔 소속일 테고, 거기에 실린 마약은 볼리비아에서 운반해온 거랍니다. 4백에서 5백 킬로그램 정도 돼 보이는 순수 코카인으로 가격은 약 5천만 달러어치에 해당된답니다. 그 화물기는 지금으로부터 2, 3주 전에 비행 중 고

장을 일으켜 밀림 한복판에 추락한 것 같답니다. 그 날부터 플라비아
와 체포를 면한 카르텔 멤버들이 열심히 비행기를 찾기 시작했겠죠."

"그렇게 큰 비행기를 찾아내는 일이 그토록 어려운 일인가요?"

세바스찬이 물었다.

"아마존 밀림에서라면 충분히 그럴 수 있죠. 추락한 위치에 따라서
는 찾는 게 아예 불가능할 수도 있어요. 아마존의 밀림은 아직 사람의
발길이 닿지 않은 곳도 있으니까요. 그런 곳이라면 도로도 접근로도
없다고 봐야죠. 그 비행기에는 조난위치추적기도 없었던 것 같아요.
내가 그 문제에 대해 조사를 좀 해봤는데, 작년 브라질군은 정글에 추
락한 적십자소속 세스나기 한 대를 찾아내는 데 무려 한 달이나 걸렸
다더군요. 인디오부족의 도움을 받지 못했다면 영원히 찾지 못했을
수도 있다더군요."

콩스탕스는 몇 초 동안 뜸을 들였다가 다시 말을 이었다.

"무엇보다 놀라운 점은 그 비행기를 찾아낸 사람의 정체일 거예요."

"무슨 말씀인지 모르겠어요."

"추락한 쌍발기와 관련된 사진들은 죄다 휴대폰으로 찍은 것으로
보여요. 사진에서 보이는 캠핑 족 옷차림으로 봐서 그가 우연히 비행
기의 잔해와 마주쳤다고 볼 수 있겠죠. 하지만 난 그렇게 생각하지 않
아요. 그 남자는 비행기를 찾고 있었고, 카르텔의 다른 친구들보다 앞
서서 현장에 도착한 것이라고 봐요. 팔을 쭉 뻗은 모습으로 사진을 찍
은 것으로 보아 그 남자는 혼자였던 것 같아요. 그 남자는 성조기가 그
려진 티셔츠 차림이었어요. 그 부분에서 난 그 사람이 분명 브라질 사
람이 아닐 거라 짐작하고, 인터폴의 데이터베이스를 뒤져보았어요.
자, 놀라지 말아요. 그 사람은 뉴욕경찰이 5년 전부터 쫓고 있던 수배

범이에요. 장기징역형을 면할 수 없다는 걸 알게 된 그는 브루클린을 떠났죠. 이름은 멤피스 데커, 그가 바로 르 부메랑의 주인인 드레이크 데커의 동생이에요."

니키와 세바스찬의 입이 동시에 딱 벌어졌다. 공항을 벗어난 이후, 그들은 줄곧 같은 길을 달리고 있었다. 도시의 북서부에서 시작하여 역사적인 구시가를 거쳐 항구에까지 이르는 도로였다. 그 도로의 이름은 아베니다 콘스탄티노 네리로 이 도시를 관통하는 유일한 도로였다.

갑자기 차가 고속도로 인터체인지 같은 길을 타는가 싶더니, 선착장들이 줄줄이 이어지는 아스팔트길로 빠져나왔다. 리우네그루 강의 검은 물결 위로 마나우스 항구가 끝없이 펼쳐져 있었다.

"DC-3를 발견한 친구가 드레이크 데커의 동생이라고요? 확실해요?"

세바스찬이 물었다.

"확실해요."

콩스탕스가 단언하듯이 대답했다.

"그는 사진과 지도를 자신의 아이팟에 저장하여 뉴욕의 형에게 보냈어요. 드레이크는 이 아이팟을 제레미가 훔친 포커용구 트렁크에 보관했던 거죠."

"멤피스 데커가 지금 어디 있는지 알아요?"

니키가 다급히 물었다.

"알다마다요. 그의 시신은 아마존 강가의 소도시인 코아리의 버스 터미널 주차장에서 발견됐어요. 현지 경찰의 보고서에 따르면 시신은 심하게 손상됐고, 고문을 받은 흔적도 남아 있었대요. 그는 지금 공동묘지에 묻혀 있어요."

"플라비아의 졸개들 짓일까요?"

"아마도 그럴 거예요. 멤피스 데커를 고문해 비행기가 추락한 위치를 알아내려고 했겠죠."

택시는 첫 번째 선박들 앞을 지나쳤다. 갑판에 알록달록한 해먹을 수백 개씩 매달아놓은 거대한 배들이었다. 이어 그들은 벨렘, 이키토스, 보아비스타, 산타렘 같은 아마존 유역의 주요 기항지들로 떠나는 화물선들에 할당된 정박구역을 가로질러 거대한 재래시장에 이르렀다.

어마어마한 규모의 철골지붕 아래 늘어선 상인들의 진열대에는 각종 생선, 약초, 해체된 쇠고기덩어리, 동물가죽, 열대과일들이 넘쳐났다. 후텁지근한 공기는 마니오크 냄새를 머금고 있었다. 다채롭고도 혼란스러운 이 '아마존 중앙시장'은 활기로 가득 차 있었다. 수십 명의 어부들이 부산스럽게 움직이며 아직도 펄쩍펄쩍 뛰는 새우들을 진열대에 채웠다.

택시가 적갈색의 부두를 따라 계속 나아가고 있는 동안 세바스찬은 피곤한 눈꺼풀을 문지르며 사건들을 인과관계에 따라 재구성해보았다. 카르텔의 남자들은 멤피스를 살해하고 난 후, 그들 중 일원—아마도 그 마오리 거인—을 보내 드레이크 데커와 접촉하게 했다. 드레이크 데커는 제레미에게 아이팟을 도둑맞았다고 실토했다. 사이먼이 말했듯 드레이크는 제레미의 성도 주소도 몰랐다. 그가 가진 정보라고는 제레미라는 이름과 록그룹 더 슈터즈를 좋아한다는 사실이 전부였다.

플라비아는 이 록그룹의 페이스북 페이지를 찾아들어가 제레미를 찾아냈고, 그가 아이팟을 가지고 브라질에 오도록 유도했다.

그야말로 기가 막힌 계획이었고, 사악하고도 냉혹한 음모가 숨겨져 있었다.

"여기가 바로 수상도시입니다."

창고와 컨테이너들이 점점 줄어드는 대신 무질서하게 지은 가옥들이 나타나기 시작하는 가운데 택시기사가 알려주었다.

수상도시는 검은 물의 가장자리에 지어진 일종의 파벨라였다. 물속에 박아놓은 말뚝 위에 나무오막살이를 짓고, 지붕으로 물결 모양의 양철 판을 덮어놓은 집들이 난립해 있는 판자촌이었다. 자동차들이 언제라도 빠져들어 옴짝달싹하지 못하게 될 수 있는 걸쭉하고도 끈적거리는 진흙수렁이기도 했다.

"콩스탕스, 이제 전화를 끊어야겠어요. 도와줘서 고마워요."

"니키, 거기에 가지 말아요. 그건 미친 짓이에요. 그 자들이 어떤 짓을 하는 인간들인지 알기나 해요?"

"콩스탕스, 내겐 선택의 여지가 없어요. 그들이 내 아이들을 붙잡고 있으니까요."

콩스탕스는 잠시 말을 멈추었다가 서글픈 어조로 경고했다.

"만일 두 분이 그들에게 비행기가 있는 좌표를 넘겨준다면 그 즉시 살해당할 거예요. 두 분과 아이들 모두 다……. 그들이 그러리라는 건 보지 않아도 뻔해요."

니키는 더 이상 듣기를 거부하며 전화를 끊었다. 그녀는 눈을 돌려 세바스찬을 힐끗 쳐다보았다. 그들은 이길 수 없는 게임의 마지막 세트에 접어들었다는 걸 알고 있었다.

택시기사는 차를 세우고 요금을 받아 호주머니에 쑤셔 넣은 다음, 서둘러 유턴을 해 두 사람을 황량한 풍경 한가운데 내버려두고 떠나갔다.

니키와 세바스찬은 두려움에 사로잡혀 한동안 우두커니 서 있었다. 칠흑 같은 밤이었고, 어둠 속에서 부슬비가 내렸다. 빗물은 황폐해진 대지로 스며들었다. 대지는 이제 가시덤불에 에워싸인 거대한 진흙수렁으로 바뀌었다.

새벽 3시 정각, 어둠 속에서 코뿔소만한 허머 두 대가 튀어나오더니 그들이 있는 곳까지 다가왔다. 눈이 멀 것 같은 강렬한 전조등 불빛을 받으며 그들은 그 괴물 같은 사륜구동차에 깔리지 않으려고 옆으로 비켜섰다.

차들은 시동을 끄지 않은 채 멈춰 섰다.

차문이 열리고 벨트로 꽉 조인 위장군복, 길게 두른 탄띠, 멜빵으로 걸머진 임벨 기관단총으로 중무장한 세 명의 사내가 어둠 속으로 튀어나왔다. 그들은 마약밀매업자로 전향한 게릴라들이었다.

그들은 손목을 등 뒤로 묶고 테이프로 입을 틀어막은 카미유와 제레미를 총으로 겨눈 채 지프차에서 사정없이 끌어냈다.

아이들은 살아 있었지만 얼마나 더 살 수 있을지는 아무도 몰랐다. 금발에 날씬한 몸매의 젊은 여자가 마침내 모습을 드러내더니 허머의 문짝을 세차게 닫고는 전조등 불빛 가운데 의기양양한 자세로 버티고 섰다.

일명 마약계의 바비인형이라 불리는 소피아 카르도사였다.

플라비아.

62

플라비아는 표범처럼 유연하고 칼날처럼 날렵했다. 부슬비와 사륜구동차의 강렬한 전조등 불빛 속에서 플라비아의 호리호리한 실루엣이 선명하게 드러나 보였다. 어깨 위로 금빛 머리카락이 물결치듯 내려왔고, 두 눈은 무지갯빛 광영으로 신비하게 반짝거렸다.

"당신들, 내게 전달해줄 게 있지 않나?"

플라비아가 크게 외쳤다.

니키와 세바스찬은 그녀와 10여 미터쯤 떨어진 곳에서 아무런 대꾸도 하지 않고 서 있었다. 브라질 여자의 모아 쥔 두 손에서 자동권총의 광택이 번득였다. 그녀는 카미유의 머리칼을 움켜쥐고 관자놀이에 글록의 총신을 들이댔다.

"어서 지도를 내놓으시지."

세바스찬은 자기 딸을 안심시키는 눈빛을 해보이며 한 발짝 앞으로 나섰다. 공포로 하얗게 질린 카미유의 얼굴은 바람에 달라붙은 머리카락의 가닥들로 어지러이 얽혀 있었다.

세바스찬은 나직한 목소리로 니키를 재촉했다.

"니키, 아이팟을 내줘."

빗방울이 섞인 돌풍이 경사지에 무성히 자란 잡초들을 휩쓸고 지나갔다.

"어서 주지 않고 뭘 망설이고 있나?"

플라비아가 조급증을 드러냈다.

"지도만 내주면 당신들은 곧바로 아이들을 데리고 미국으로 돌아갈수 있어."

매력적인 제안이었지만 믿을 수 없는 말이었다.

콩스탕스의 경고가 아직도 니키의 머릿속에서 맴돌았다.

'만일 두 분이 그들에게 비행기가 있는 좌표를 넘겨준다면 그 즉시 살해당할 거예요. 두 분과 아이들 모두 다⋯⋯. 그들이 그러리라는 건 보지 않아도 알 수 있어요.'

어떻게 해서라도 시간을 벌어야 했다.

"지금 내게는 지도가 없어요."

니키가 소리쳤다.

모두가 경악한 얼굴로 한동안 아무 말도 하지 못했다.

"뭐라고? 당신에게 지도가 없다고?"

"지도를 없애버렸어요."

"당신이 왜 그런 짓을 했는지 설명해줄래?"

플라비아가 믿지 못하겠다는 목소리로 반문했다.

"지도를 넘겨주고 나면 당신이 우리를 살려둘 까닭이 없잖아요."

플라비아의 얼굴이 얼음처럼 싸늘하게 변해갔다. 그녀는 부하들에게 고갯짓으로 몸수색을 지시했다. 세 명의 게릴라는 즉시 포로들에게 달려들어 호주머니들을 뒤지고 옷 위를 샅샅이 더듬었다.

그들은 결국 아무것도 찾아내지 못했다.

"지도는 없지만 난 추락한 비행기가 어디에 있는지 정확한 위치를 알고 있어요."

니키는 두려움을 감추려 애쓰며 그렇게 말했다.

"오로지 나만이 당신을 비행기 추락 장소로 데려다줄 수 있을 거예요."

플라비아의 얼굴에 망설임이 떠올랐다. 인질들을 데리고 다닌다는 건 계획 밖의 일이었지만 지금은 달리 선택의 여지가 없었다. 2주 전, 고문을 가하면 멤피스의 혀를 풀어놓을 수 있으리라 믿었지만 결국 그는 비행기가 추락한 위치를 대지 않은 채 죽었다.

플라비아는 냉정을 유지하려 애쓰며 손목시계를 들여다보았다. 카운트다운이 끝을 향해 치닫고 있었다. 한 시간이라도 허비하면 그녀보다 먼저 경찰이 DC-3을 찾아낼 확률이 높았다.

"저들을 끌고 가!"

플라비아가 부하들을 향해 소리쳤다.

게릴라들은 일제히 래러비 커플과 두 아이를 차량 쪽으로 떠밀었다. 니키와 세바스찬은 사륜구동차의 뒷좌석에 거칠게 던져졌고, 제레미와 카미유는 다른 차에 갇혔다.

두 대의 차는 올 때보다 빠른 속도로 항구를 떠났다.

그들은 동쪽으로 약 반 시간을 더 달렸다. 처음 차량 행렬은 어둠 속에서 차가 거의 없는 간선도로를 질주하다가 질척질척한 흙길로 접어

들었다. 차들은 양쪽이 급경사면으로 에워싸인 호숫가의 오솔길을 따라가다가 위압적인 포스의 블랙호크 한 대가 세워져 있는 어느 널찍한 들판으로 빠져나왔다.

헬리콥터는 마약밀매업자들과 인질들을 기다리고 있었던 듯했다. 그들이 땅에 발을 내려놓기 무섭게 헬리콥터 조종사는 터빈을 가동시켰다. 래러비 가족은 기관단총의 위협을 받으며 헬리콥터에 올라탔고, 플라비아와 부하들이 그 뒤를 따랐다.

플라비아는 머리에 헬멧을 쓰고 부조종석에 자리를 잡았다.

"어서 이륙해!"

조종사가 고개를 끄덕였다. 그는 기체가 맞바람을 받게 방향을 돌린 다음 조종레버를 잡아당겨 헬리콥터를 이륙시켰다. 헬리콥터가 일정한 속도로 날기 시작하자 플라비아는 니키 쪽으로 고개를 돌리고 부드러운 목소리로 물었다.

"자, 어디로 갈까요?"

"우선 테페 쪽으로 가요."

플라비아가 니키를 쳐다보았다. 차분한 태도를 보이려고 애썼지만 금방이라도 폭발할 것처럼 이글거리는 눈빛이었다.

니키는 그녀에게 더 이상의 정보를 제공하지 않았다. 리우데자네이루에서 마나우스까지 비행기로 날아오는 동안 그녀는 코카인이 가득한 비행기까지의 도정을 면밀히 검토했다. 그런 다음 머릿속으로 그도정을 여러 단계로 나누었다. 그 단계들을 하나씩 공개하면서 최대한 시간을 벌겠다는 요량이었다.

기체 뒤에 앉아 있는 세바스찬은 아이들과 접촉할 수 없다는 게 무엇보다 답답했다. 세 명이나 되는 게릴라들이 주위에 병풍처럼 둘러

앉아 의사소통을 차단해버린 탓이었다.

세바스찬은 갑자기 열이 나고 속이 메스껍고 다리의 관절들이 욱신거리며 쑤셔왔다. 등줄기에서 으스스한 오한이 느껴졌고, 목덜미는 뻣뻣했으며, 머리는 계속 지끈거렸다.

열대 독감인가?

세바스찬은 파벨라에 갔을 때 모기에게 수없이 물렸던 생각이 났다. 모기들이 뎅기열을 옮긴다는 건 알고 있었지만 발병을 하기에는 잠복기간이 너무 짧지 않은가?

그렇다면 비행기에서?

파리에서 리우데자네이루까지 오는 동안 바로 앞좌석에서 끙끙대고 앓던 한 승객의 모습이 떠올랐다. 그는 비행기로 날아오는 동안 내내 모포를 뒤집어쓰고 몸을 덜덜 떨었다. 어쩌면 그에게서 고약한 병균이 옮았는지도 모를 일이었다.

신열이 계속 오르는 데에는 속수무책이었다. 세바스찬은 오한이 이는 옆구리를 조금이라도 덥혀볼 양으로 양손으로 문지르며, 상태가 더 이상 악화되지 않길 바라며 몸을 옹송그렸다.

테페는 마나우스에서 5백 킬로미터도 넘는 거리에 있었다. 헬리콥터는 그 먼 거리를 세 시간 남짓 걸려 주파했다. 눈이 질릴 정도로 끝없이 펼쳐진 나무숲 위를 비행한 끝이었다.

플라비아는 니키를 조종석에 앉히고, 모니터를 통해 블랙호크의 진행상황을 지켜보게 했다.

"자, 이제 어디로 갈까요?"

분홍빛과 파란빛이 적당히 어우러진 새벽하늘에 해가 떠오르기 시작할 때 플라비아가 니키에게 물었다.

니키는 티셔츠 소매를 걷어 올렸다. 그녀의 팔뚝 위에는 마치 커닝하는 학생처럼 일련의 숫자와 글자들이 볼펜 글씨로 적혀 있었다.

S 4 3 21
W 64 48 30

니키는 어느 지점을 지리학적 좌표로 표시하는 방법을 세바스찬으로부터 제대로 배워두었던 것이다. 위도와 경도. 도, 분 그리고 초.

플라비아는 눈살을 찌푸리며 조종사에게 그 데이터를 항법장치에 입력하라고 지시했다. 블랙호크는 반 시간 정도 더 날아간 뒤 숲 한 가운데의 조용한 빈터에 내려앉았다. 모두들 서둘러 헬리콥터에서 내렸다. 게릴라들은 정글에서 길을 트는 만도와 수통, 무거운 배낭을 챙겼다. 래러비의 가족들은 손목을 몸 앞으로 내어 플라스틱 끈으로 묶었고, 허리에는 수통을 하나씩 달아 주었다.

그런 다음 일행은 원시림 속으로 걸어 들어갔다.

63

"아빠, 괜찮아?"

제레미가 걱정스런 표정으로 속삭였다.

세바스찬은 제레미를 안심시키려고 짐짓 윙크를 해보였으나 정작 아들은 믿지 않았다. 세바스찬의 불덩이 같은 몸은 땀으로 흠뻑 젖어 들었고, 목과 얼굴은 온통 빨간 반점으로 덮여 갔다.

그들은 벌써 두 시간째 강행군 중이었다. 두 게릴라가 각기 하나씩 든 만도를 휘둘러 길을 트며 앞으로 나아가면 세 번째 게릴라가 포로 들을 앞세우고 뒤를 따랐다.

니키는 플라비아의 감시를 받으며 대열의 후미에서 걸었다. 그녀는 카르텔의 보스에게 새로운 좌표를 알려주었다.

플라비아는 즉시 휴대용 GPS수신기에 좌표를 입력했다.

니키는 플라비아의 손에 들린 GPS수신기의 화면을 연신 흘끔거리며 차의 진행상황을 계속 체크해갔다. 비행기 안에서 검토한 지도에 따르면 DC-3의 잔해까지는 아직도 제법 먼 거리가 남아 있었다.

그들은 지금 문명으로부터 멀리 떨어진 곳에 있었다. 울창한 숲의 미로 속을 헤매고 있는 느낌이었다. 위험은 도처에 산재해 있었다. 나무등치, 뿌리, 물웅덩이 등을 피해 걸어야 했다. 뱀들과 타란튤라 거미도 조심해야만 했다. 피로와 더위 그리고 심지어 옷까지 뚫고 공격해오는 모기떼의 습격을 견뎌내야 했다.

앞으로 나아갈수록 수풀은 더욱 빽빽하고 끈적끈적해졌다. 숲은 단테가 상상한 지옥의 가마솥처럼 끓어오르고, 부글거리고, 무수한 숨결들로 술렁거렸다. 공기는 발효되는 토양의 텁텁한 냄새로 가득 차 있었다.

나뭇가지들이 얽혀 이룬 터널을 지나고 있을 때 갑자기 열대소나기가 몰아쳤지만 플라비아는 행군을 멈추려 하지 않았다. 소나기가 20분 동안 계속되며 땅을 수렁으로 만들어 전진을 더욱 어렵게 만들었다.

그렇게 다섯 시간을 행군한 후 정오에 잠시 휴식을 취했다. 세바스찬은 몸이 휘청거렸고, 금방이라도 기절할 것만 같았다. 공기 중에는 여전히 끔찍한 습기가 배어 있었다. 습기는 신열과 함께 그를 더욱 숨막히게 했다. 수통의 물을 다 마셨는데도 여전히 목이 지독하게 말랐다.

카미유가 눈치를 채고 자기 수통을 내밀었으나 그는 거절했다.

세바스찬은 나무등치에 몸을 기댔고, 머리를 들어 40미터에 달하는 까마득한 높이까지 뻗어 있는 나무 꼭대기를 올려다보았다.

정신이 오락가락한 상태여서일까, 나뭇잎들 틈새로 간간이 드러난 새파란 하늘이 너무나 편안하게 느껴졌다.

세바스찬은 갑자기 심한 가려움을 느꼈다. 한 무리의 붉은 개미들이 팔뚝을 타고 셔츠 소매 속으로 침입해 들어오고 있었다. 그는 붉은 개미들을 털어내려고 몸을 나무둥치에 대고 비벼댔다. 얼마나 심하게 비볐던지 좁쌀만 한 곤충들이 벌건 액체를 터뜨리며 짓뭉개졌다.

그때 게릴라 한 명이 그의 앞으로 걸어오더니 만도를 번쩍 치켜들었다. 세바스찬은 겁에 질려 몸을 바짝 웅크렸다. 게릴라의 칼날이 나무를 찍었고, 그는 세바스찬에게 나무의 수액을 맛보길 권했다. 나무둥치에서 코코넛처럼 희고 끈적끈적한 액체가 흘러나왔다. 게릴라는 수액을 수통에 채울 수 있게 세바스찬의 손목 끈을 잘라주었다.

그들은 거기서 한 시간을 더 걸은 끝에 마침내 멤피스 데커가 지도에 표시해놓은 지점에 이르렀다. 한데 거기에는 아무것도 없었다. 그저 얽히고설킨 무성한 수풀만이 있을 뿐이었다.

"당신, 날 데리고 장난친 거야?"

플라비아가 악을 써댔다.

"이 지점에 분명히 강이 있어야 해요."

니키가 억울하다는 듯이 항변하며 불안한 기색으로 GPS화면에 나타난 좌표를 확인했다. 센서가 장착되어 작동하는 수신기로 현재 위성수신에 아무런 문제가 없다는 걸 알려주고 있었다.

그렇다면 뭐가 문제일까?

니키는 주변 풍경을 자세히 살펴보았다. 풍성한 깃털의 파란 새들이 앵무새들처럼 시끄럽게 떠들어대고 있었다. 한 무리의 나무늘보들이 비 맞은 털을 말리려고 볕이 잘 드는 나뭇가지를 찾는 중이었다.

갑자기 니키가 화살표 표시가 되어 있는 한 나무둥치를 가리켰다. 멤피스가 나중에 길을 다시 찾을 수 있게 만도로 나무에 표시해둔 게 보였다.

플라비아는 일행에게 행군의 방향을 바꾸라고 명령했다. 그렇게 10여 분을 더 걷자 흙탕물이 흐르는 강이 앞을 가로막았다.

걷기였지만 강물의 깊이는 걸어서 건널 수 있을 만큼 얕지 않았다. 그들은 꼼짝 않고 수면에 떠 있는 악어들을 경계의 눈빛으로 바라보면서 강물을 따라 북쪽 상류 쪽으로 거슬러 올라갔다. 강둑은 덤불이 제법 무성했지만 지금껏 지나온 밀림에 비하면 시계가 트여 있어 구름다리와 마주치게 될 때까지 쉽게 앞으로 나아갈 수 있었다.

구름다리는 질긴 넝쿨들을 엮어 양쪽 강둑의 나뭇가지들에 매어놓은 것이었다.

누가 이 다리를 만들었을까? 멤피스?

이 정도 다리를 놓으려면 시간이 꽤나 필요할 거라는 점을 감안해 볼 때 별로 개연성이 없는 이야기였다.

어쩌면 인디오들일 수도 있으리라.

첫 번째로 구름다리 위로 성큼 뛰어오른 사람은 플라비아였다. 그 뒤를 따라 한 사람씩 조심스레 다리를 건너기 시작했다. 다리는 수면에서 10미터나 되는 높이에서 크게 출렁거렸다.

한 사람이 지나갈 때마다 그 허술한 구조물은 금방이라도 끊어져 내릴 듯 심하게 출렁거렸다. 결국 무사히 다리를 건넌 일행은 다시 에메랄드색 숲으로 들어가 한 시간 가까이 걸었다. 마침내 하늘이 뻥 뚫려 있는 곳, 위쪽이 환하게 트여 있어 햇볕이 따뜻하게 땅을 덥히고 있는 정글의 개활지에 다다랐다.

"여기가 바로 좌표와 일치하는 곳이에요."

니키가 말했다.

"지도에 의하면 DC-3의 잔해는 이 빈터에서 북동쪽으로 3백 미터 정도 떨어진 곳에 있어요."

"저 화살표를 따라가 봐!"

게릴라 하나가 화살표가 새겨진 또 다른 나무를 가리키며 소리쳤다.

"조심해서 가야해."

플라비아가 글록 권총을 빼들며 주의를 주었다.

이런 밀림 깊숙한 곳에 경찰이 숨어 있을 가능성은 희박했지만 플라비아는 아버지가 체포된 이후 심한 강박증에 시달리고 있었다. 그녀는 일행의 선두에 서서 부하들에게 최대한 신중하게 움직이라고 지시했다.

이제 얼마 남지 않은 거리였지만 세바스찬에게는 수천 리나 되는 것처럼 멀게 느껴졌다. 눈꺼풀이 무겁게 내려앉았고, 코에서는 계속해서 코피가 흘러내리고 있었다. 와들와들 떨리는 몸은 실신 직전의 상태였으며, 몸 전체가 땀으로 흠뻑 젖어들었다. 머리를 송곳으로 후비는 듯한 통증이 다시 한 번 엄습해왔고, 세바스찬은 그대로 맥이 풀리고 말았다. 그는 정신이 가물거리는 걸 느끼며 땅을 향해 털썩 무릎을 꿇었다.

"어서 일어나!"

게릴라 하나가 그의 옆으로 달려오며 소리쳤다.

세바스찬은 얼굴에 흥건한 땀을 훔치며 간신히 몸을 일으켰다. 그는 수통에 입을 대고 수액을 몇 모금 마시면서 니키와 아이들을 눈으로 찾아보았다. 그의 흐릿해진 시야에 게릴라들의 위협을 받으며 제레미와 카미유가 몸을 꼭 붙이고 있는 모습이 보였다.

제레미가 살짝 눈짓을 보내왔다. 그 순간, 뭔가 번쩍하며 눈이 부셨다. 덤불 아래의 땅에 반쯤 묻힌 물체가 오색찬란한 빛을 발하고 있었다.

제레미는 손목이 묶여 있었지만 살그머니 그 물체를 집어 들었다. 악어가죽으로 외장을 한 백금 토치라이터였다. 제레미는 은빛으로 번들거리는 토치라이터 뚜껑에 서로 얽힌 형태로 새겨져 있는 L. S.라는 이니셜을 발견했다.

로렌조 샌토스.

그 토치라이터는 니키가 샌토스에게 선물했던 물건이었다.

제레미는 그 라이터가 어쩌다 아마존 정글 한복판에 떨어져 있게 되었는지 의아해하며 호주머니에 집어넣었다.

일행은 다시 전진하기 시작했다. 그들은 몇 주 전 멤피스 데커가 가지들을 쳐서 대충 뚫어놓은 오솔길로 요리조리 빠져나가면서 걸었다.

그렇게 10분쯤 걸었을까, 플라비아가 다시 한 번 만도를 휘둘러 마지막 나뭇가지를 옆으로 젖혔다.

그들의 눈에 비행기 잔해가 보였다.

안쓰럽고도 섬뜩한 몰골이었다.

64

그들은 조심조심 앞으로 나아갔다.

길이가 20미터가 넘는 DC-3의 은빛 동체가 울창한 수풀 아래에서 반짝이고 있었다. 착륙용 바퀴는 거센 충격에 날아가 버렸고, 코 부분은 커다란 나무둥치에 부딪혀 짓뭉개졌고, 조정석은 박살이 나 있었다.

동체는 형편없이 짜부라졌고, 십여 개의 현창은 유리가 산산조각 나버려 옆구리에 구멍이 숭숭 뚫린 듯한 처량한 몰골이었다. 화살촉 모양으로 날렵하게 뒤로 뻗은 두 개의 강철날개는 무참하게 꺾여 있었다.

한 마디로 비행기는 곧 부식되어 없어질 사체에 불과했다. 문제는 그 사체 안에 5천만 달러어치가 넘는 코카인이 들어 있다는 것이었다.

플라비아의 얼굴에 안도의 미소가 스르르 번져갔다. 이제야 긴장이 풀리는 게 느껴졌다. 드디어 코카인을 찾는 데 성공한 것이다. 코카인을 팔아 챙길 수 있는 수천만 달러의 돈이라면 세링구에이로 카르텔을 재건할 수 있으리란 생각이 들었다. 그녀가 이 일을 시작한 건 돈 때문이 아니라 아버지의 명예를 회복하기 위해서였다.

파블로 카르도사는 한 번도 그녀를 진지하게 인정해준 적이 없었다. 이제 남은 생을 감방에서 썩게 될 두 오빠들만 좋아했다.

과연 그 결과가 어땠는가? 그녀 혼자만이 약삭빠르게 경찰의 손아귀에서 빠져나오지 않았던가?

플라비아의 아버지는 '황제'라는 별명으로 불렸다. 이제는 그녀가 마약계의 '여제'가 될 차례였다. 그녀의 제국은 리우데자네이루에서 카라카스, 보고타를 거쳐 부에노스아이레스까지 펼쳐지리라.

두 발의 총성이 정글의 축축한 정적을 깨뜨리며 원대한 꿈에 사로잡혀 있는 플라비아를 소스라쳐 놀라게 했다. 앞에서 길을 트며 나아가던 두 게릴라는 머리에 총알을 한 발씩 맞고 바닥으로 쓰러졌다. 쌍발기의 동체 속에 몸을 숨긴 저격수가 그들을 겨냥하고 있었다. 세 번째 총알이 공기를 가르며 날아와 플라비아의 몸을 스쳐지나갔다.

플라비아는 다시 총알이 날아오기 전에 바닥으로 몸을 던지며 쓰러진 게릴라의 기관단총을 집어 들었다. 래러비 가족도 뒤따라 바닥으로 몸을 던졌다.

플라비아의 격렬한 반격이 시작되었다. 그녀와 경호원은 쌍발기의 동체를 향해 십자포화를 퍼부어댔다. 두 개의 총구에서 화염과 불똥이 맹렬히 뿜어져 나왔다. 총알은 귀가 멍멍해지는 파열음과 함께 기체를 맹공격했다.

그러고 나서 한참 동안 정적이 내려앉았다.

"놈은 죽었을 거예요."

경호원이 자신 있게 말했다.

플라비아는 반신반의했지만 확신에 찬 게릴라는 신중하지 못하게 동체 옆구리에 뚫린 문을 성큼 넘어 기체 안으로 뛰어 들어갔다. 몇 초 후, 신이 난 얼굴로 뛰어나온 그가 의기양양한 목소리로 외쳤다.

"놈이 죽었어요."

플라비아는 방아쇠에 손가락을 걸고 기관단총 총신으로 래러비 가족을 겨누어 다시 한 곳에 모이게 했다.

"이들을 죽여!"

플라비아가 게릴라에게 지시했다.

"네 명 다 죽일까요?"

"그래, 어서 서둘러."

플라비아가 기체 안으로 뛰어 들어가며 소리쳤다.

게릴라는 케이스에서 권총을 빼내더니 탄창을 갈아 끼웠다. 능숙하고도 거침없는 동작으로 보아 이런 종류의 작업을 여러 번 해본 듯했다.

게릴라는 눈 하나 까딱하지 않고 포로들을 무릎 꿇게 했다.

세바스찬, 니키, 카미유, 제레미…….

게릴라는 차가운 총신을 제레미의 목덜미에 가져다대었다. 공포에 사로잡힌 제레미는 굵은 땀방울을 흘리며 경련하듯 몸을 떨었다. 제레미의 입이 보기에도 애처로울 만큼 일그러졌다.

제레미는 자신이 철없이 저지른 짓이 부른 참담한 결과에 비통해하고 있었다. 견디기 힘든 죄책감에 사로잡힌 제레미는 더 이상 참지 못하고 울음을 터뜨렸다. 단지 부모님을 다시 맺어주고 싶었을 뿐이었다. 제레미의 순진한 생각은 결국 끔찍한 결과로 마감될 위기에 처해 있었다. 카미유와 아빠 그리고 엄마가 그와 함께 한 자리에서 죽음을 맞이하기 직전이었다.

제레미의 가슴속에서 뜨거운 오열이 들썩거렸다.

"다들 미안해요."

제레미가 울음을 삼키며 그렇게 말하는 순간 킬러의 손가락은 벌써 방아쇠에 닿아 있었다.

65

플라비아는 기체 안으로 들어갔다. 동체 안에서는 화약과 부식토, 휘발유 그리고 죽음의 냄새가 떠돌았다.

플라비아는 코카인이 든 상자들이 어지러이 널려 있는 복도를 통과해 샌토스의 시신이 있는 곳까지 다다랐다. 샌토스 형사의 몸은 총알로 벌집이 된 상태였다. 시신의 입가에서 검고 걸쭉한 피가 길게 흘러내리고 있었다.

플라비아는 주검을 차갑게 내려다보며 도대체 누구이기에 자기보다 먼저 비행기의 위치를 찾아낼 수 있었는지 궁금해졌다. 그녀는 몸을 굽히고 시체의 재킷 안주머니를 뒤졌다. 지갑 같은 게 있으리라 기대했지만 그녀의 손에 잡힌 건 뉴욕경찰청 배지가 박힌 가죽케이스였다.

불길한 느낌이 들어 몸을 일으키려는데 형사의 오른쪽 팔목에 끼워진 금속팔찌가 눈에 들어왔다.

수갑?

너무 늦어버렸다. 번쩍 눈을 뜬 샌토스가 마지막 힘을 다해 플라비아의 손목을 잡아 수갑의 두 번째 고리에 집어넣은 다음 철커덕 소리가 나게 잠가버렸다.

플라비아는 서둘러 손을 빼려 했으나 이미 늦었다. 이제 끔찍한 쇠사슬에 묶여버린 신세가 되었다.

"아우렐리오, 나를 구해줘!"

플라비아는 울부짖듯 소리를 지르며 부하에게 도움을 청했다.

기체 안에서 들려온 비명소리에 게릴라는 동작을 멈췄다. 제레미를 처형하려던 그는 총신을 들어 올리고 포로들을 뒤에 남겨둔 채 비행기 동체 안으로 달려 들어갔다. 그는 쌍발기의 동체 내부를 가로질러 플라비아가 있는 곳까지 다가왔다.

"어서 나를 풀어줘."

플라비아가 울부짖었다.

아우렐리오는 이 상황에서 자신이 무엇을 얻을 수 있을지 즉각 계산해보았다. 그의 두 눈에서 기이한 섬광이 번뜩였다. 이제 모든 게 분명해졌다. 코카인과 수천만 달러의 돈, 권력과 위엄이 저절로 자신의 손 안에 들어온 셈이었다. 물질적 제약에서 영원히 벗어날 수 있는 짜릿한 삶이 눈앞에 다가와 있는 듯했다.

아우렐리오는 글록의 총신을 들어 올려 플라비아의 이마에 가져다 대었다.

"미안해."

아우렐리오는 그렇게 웅얼거리며 방아쇠를 당겼다.

세상이 떠나갈 듯한 총성이 울리면서 세바스찬이 동체의 이중문을 철커덩 닫아버리는 소리를 덮어버렸다.

세바스찬은 니키에게로 몸을 돌리고 아이들을 안전한 곳으로 피신시키라는 뜻으로 고갯짓을 했다. 그런 다음 샌토스의 라이터에 불을 붙여 현창 안으로 집어던졌다.

소낙비처럼 퍼부은 자동화기의 일제사격이 기체를 벌집으로 만들며 주 연료통에 구멍을 숭숭 내놓았고, 그 바람에 가솔린에 흠뻑 젖은 쌍발기는 즉시 화염에 휩싸였다. 맹렬한 불길이 높다란 나무들의 맨 위까지 치솟았다.

비행기는 순간적으로 폭발했다.

그로부터 2년 뒤

모든 것이 피로 시작되었고,
모든 것이 피로 끝나게 되리라.

비명도
폭력도
두려움도
고통도.

벌써 몇 시간 전부터 진통이 계속되고 있었지만 열병에 걸려 착란
상태에 빠진 것처럼 시간이 한없이 팽창하면서 현실적인 지표가 모두
사라져버렸다.

니키는 기진맥진해 있었지만 아직도 팽팽하게 긴장된 상태로 눈을

뜨고 다시 호흡을 시도해보려고 안간힘을 썼다. 그녀의 몸은 터질 듯이 답답한 열기에 휩싸여 있었고, 심장은 부서질 듯 쿵쾅댔으며, 얼굴은 땀으로 흥건히 젖어 들었다.

관자놀이를 쿵쿵 울려대며 흐르는 혈류는 머리통을 옥죄며 시각을 흐려놓았다. 네온등의 강렬한 불빛 속에 섬뜩한 이미지들이 언뜻언뜻 눈에 들어왔다. 주사기, 각종 금속기구들 그리고 의미심장한 시선을 교환하며 분주히 손을 움직이고 있는 의사와 조산원들······.

다시 뱃속으로 거센 물결이 밀려들었다. 니키는 숨이 막힐 듯한 고통에 이어 저절로 터져 나오는 비명을 간신히 삼켰다. 잠시 분만을 멈추게 한 다음 산소를 흡입하고 싶은 마음이 굴뚝같았지만 이번에는 끝까지 가보기로 결심했다.

니키는 침대 양쪽 손잡이를 필사적으로 붙잡으며, 17년 전 자신이 이 고통의 순간을 어떻게 견뎌낼 수 있었는지 자문해보았다. 옆에서 세바스찬이 뭐라고 격려의 말을 했지만 그녀의 귀에는 그 어떤 소리도 들려오지 않았다. 양수가 터지면서 자궁이 한층 격렬하게 수축하기 시작했다.

산부인과전문의는 옥시토신 투여를 중단시키고, 그녀의 배 위에 손을 얹었다. 조산원이 그녀가 다시 호흡할 수 있게 도와주면서 수축이 시작되는 순간에 숨을 멈추어야 한다는 점을 다시 한 번 상기시켰다.

니키는 진통이 시작되기를 기다렸다가 있는 힘을 다해 아기를 밀어냈다. 의사가 아기의 머리를 빼낸 다음 어깨와 몸을 천천히 끄집어냈다.

아기가 드디어 첫울음을 터뜨리는 순간 세바스찬은 활짝 미소를 지으며 니키의 손을 꼭 잡았다.

의사는 모니터링 화면을 힐끗 쳐다보며 니키의 심장박동을 체크했다. 그런 다음, 다시 아래로 눈길을 내려 쌍둥이의 머리가 나타난 걸 확인하고는 두 번째 분만을 준비했다.

〈끝〉